염상섭문학

효풍
曉風

| 일러두기 |

1. 이 책은 1948년 1월부터 11월까지 『자유신문』에 연재된 것을 저본으로 삼았다.

2. 현행 한글맞춤법을 원칙으로 현대의 어휘에 맞추어 읽기 쉽게 수정하였으며, 작품 분위 기에 영향을 주는 것은 원본 그대로 두었다. 대화체, 방언의 경우 당시의 표현을 존중 하였으며, 다만 명백한 오자는 바로잡았다.

3. 원본에서 한자를 병기하여 쓴 경우, 문맥상 이해가 되지 않는 것을 제외하고는 한글로 만 표기하였다.

4. 외래어표기법에 따랐으나 작품의 분위기에 영향을 주는 것은 원본 그대로 두었다.

5. 문장부호의 경우 읽기에 좋도록 정리하였으며 특히 반복되는 줄표, 쉼표 등의 경우에는 대체로 생략하였다.

6. 대화에 사용된 『 』, 「 」 등은 각각 " ", ' '로 고쳐 적었으며 강조 표현 등은 ' '로 통일하였다.

7. 연재 당시 인명의 오기는 내용에 맞게 고쳤다.

염상섭 장편소설

효풍

해설 김종욱(서울대)

글누림

元旦부터 本紙連載小說

曉風

廉想涉 作

金仁承 畵

【作者의말】

차 례

효풍

골동상

동지 추위에 영하 십칠 도 삼 부 타던 것이 이틀 지간에 내일이 크리스마스라는데 오늘은 아침결부터 고드름이 녹아내리더니 한나절 질쩌덕거리던 진고개 어구는 석양판이 되니까 벌써 먼지가 날릴 듯이 뽀송뽀송하고 날씨는 여전히 푸근하다.

혜란(蕙蘭)이는 경요각(瓊瑤閣) 안 우중충한 맨 구석에 놓인 응접용 안락의자에 혼자 폭 파묻혀 앉아서 불기 없는 난로만 멀거니 바라보고 있다.

경요각이란 괴벽하고 어려운 이름을 한문 글자를 폐지한다는 이 시절에 누가 붙여 주었는지는 모르겠으나 문패만 보아서는 우선 어느 궁전 구석에서 뒹굴던 전각 현판이나 주워다가 붙인 것이 아니면 청요릿집으로밖에 볼 수 없을 것이다. 그러나 이편 유리창 안에서 내어다보고 섰는 청동 불상이며 화병 나부랭이 족자께를 보면 고물상이나 골동품이 분명한데 또 저편 쇼윈도 속을 들여다보면 시계의 행렬이 있고 가짜인지 진짜인지 금반지, 보석 반지, 진주 목걸이, 비취옥 패물 심지어 옛날의 호박풍잠까지 신구 금은보석 장신구로 소담스럽게 꾸며 놓았으니 보석상 시계점도 겸업인가 보다. 게다가 문전이며 유리창에 메리 크리스마스, 웰컴 어쩌고 하는 영어를 한 자씩 오려서 가로세로 솜씨 있게 장식을 한 것을 보면 장사가 장사니만치 세모(歲暮) 대매출은 못할망정 경요각이란 그 이름과 같이 외국 사람을 상대로 멀리 온 해방의 은인에게 조선 보물로 보답하고 크리스마스의 선물을 하려는 어떤 독지가의 사업인지 영업인지인 모양이다.

마침 불이 확 들어왔다. 요새같이 정전이 잦고 송전을 제한하는 때라 혜란이는,

"벌써 불 줄 때가 되었나?"

하고 팔뚝의 시계를 쳐들어 보니 다섯 시다. 황황한 불빛에 금시계 껍질이 반짝하는 것보다도 컴컴한 속에 갇혀 앉았다가 분결같이 희고 매끈한 팔목이며 예쁜 손등의 살까지 한참 못 보던 것을 본 듯이 새삼스럽게 환히 비치는 데에 혜란이는 만족을 느끼면서 발딱 제쳐진 부드러운 손길을 무심히 바라보다가 내일은 매니큐어를 가서 해야 하겠다고 생각하였다. 아닌 게 아니라 불빛에 어른거리는 마노(瑪瑙) 같은 뾰족한 손톱이 약간 자란 것 같다.

혜란이는 나오는 하품을 어금니로 깨물어 참으며 기지개를 어깨를 비틀어 켜고 나더니 옆에 놓인 손가방에서 분갑을 꺼내어 얼굴에 비춰 본다. 하루 종일 만에 보는 자기 얼굴이 역시 오래간만 같아 구치베니도 싫어하고 엷게 분세수 정도로 자기 얼굴의 본바탕을 자랑하는 혜란

이는 얼굴에 잡티 하나 앉지 않은 데에 만족하며 분갑을 손가방에 넣고는 무심코 맞은편 구석 탁자 위에 세워 놓은 관음상(觀音像)으로 눈길이 갔다. 밖에 관음보살은 생그레 웃으며 자기의 거동을 노려보고 섰는 것 같아서 혜란이도 무심결에 생긋 마주 웃었다. 그러자 밖에서,

"혜란 씨 손님요"

하고 소리를 커다랗게 친다. 혜란이는 손님이란 소리에 생기가 나서 나섰다. 말쑥한 서양 청년이 하나 앞을 서고 통역인 듯한 중년 신사가 뒤에 따라 들어오다가 조선 신사는 혜란이를 보자,

"호오! ……"

하고 눈을 커다랗게 뜨며 웃는다.

혜란이도 그다지 놀랄 것은 없으나 의외란 듯이 발을 멈칫하고 웃는 낯으로 공손히 허리를 꼬박하였다.

"아 언제부터 여기 와 있어?"

"한 일주일 돼요"

"그래 학교는? ……"

"벌써 지난 가을에 그만두었죠"

"응 참 그런 말 들은 법해."

서양 청년은 두 사람의 인사가 끝나기를 기다리며 잠깐 비켜서서 혜란이의 홀싹한 몸매와 양장을 한 옷매를 흥미 있는 눈으로 바라보고 섰다.

"아 참 이 양반은 ×××에 계신 미스터 베커인데 인사하슈."

신사는 혜란이를 늘씬한 청년 미스터 베커에게 소개하였다. 혜란이

11

는 눈에 한층 더 정채가 돌면서 자기소개와 함께,

"무어 변변히 보실 만한 것은 없으나 천천히 구경해 주세요."

하고 그리 유창한 영어는 아니나 예전 선생 앞에서 시험이나 뵈듯이 발음에 주의하여 가며 인사를 하였다.

"허허허, 미스 김이 여기 와 있는 줄 알았다면 난 괜히 따라왔군."

옛날 영어 선생 장만춘(張萬春) 씨는 혜란이의 영어에 감복하고 신통하다는 듯이 이런 웃음의 소리를 하고 나서 미스터 베커에게,

"이 사람은 여학교 때의 내 제자요 최근까지 영어 선생 노릇을 한 영문학에 조예가 깊은 사람요."

하고 혜란이를 보통 점원이 아니라는 소개를 자랑삼아 하였다.

미스터 베커는 다소 경의를 표한다는 은근한 표정을 지어 보이며,

"네 그렇습니까? 조선 민속에 대해서 많이 가르쳐 주시기 바랍니다."

고 인사를 하였다.

장만춘이의 말을 들으면 베커는 요새 하는 일은 실업 방면의 사무이지만 취미로 조선 민속을 연구하려고 틈틈이 재료를 수집하고 있다 한다.

"내 무어 아는 것 있나요 조사하실 것 있으시면 심부름은 해 드리죠 마는."

혜란이는 지나는 말로 이렇게 대꾸를 하면서 어쨌든 그 단아해 보이는 인상이 좋기도 하거니와 무엇을 연구하려 드는 인텔리 청년인 점에 호감을 느끼었다.

한 바퀴 돌면서, 한 바퀴래야 진짜인지 가짜인지? 고려자기니 분원사

기니 하는 화병개와 이지러진 접시 쪼가리며 녹슨 부처님, 일본 사람의 달마 상, 벽에 걸린 서화 폭들을 이삼백 점은 빽빽이 늘어놓은 좁은 틈을 끌고 다니면서 혜란이는 주인에게 얻어들은 풍월로 고적 안내꾼처럼 대강 설명을 하여 주고 응접실 겸용인 사무실로 들어오려니까 밖에 나갔던 주인이 마침 들어온다. 주인이 들어오니까 네 사람은 조선말은 쏙 빼 버리고 영어로만 수작이 되었다. 영어 회화의 경연(競演) 쉼직하나 모두들 유쾌하였다. 듣는 베커는 물론이요 그 중에도 제일 유창한, 아무리 유창해도 베커만이야 못하겠지마는 어쨌든 본토는 아니나 하와이에서 청년 시대를 지낸 이 상점 주인 이진석(李晋錫)이 역시 서투른 조선말보다는 서양 사람과 영어로 거침없이 이야기하니 유쾌하고 혜란이는 혜란이대로 서양 청년과 회화 연습을 하니까 재미있다.

"솜, 생고무, 종이 우선 급한 대로 이 세 가지 중에서 한 가지만이라도 우리 같은 양심적으로 무역을 해 보겠다는 사람에게 내맡겨 주었으면 구급이 될 뿐 아니라 이런 혼란은 면하겠는데 정부에서 어느 정도 통제를 한다든지 보호 감시를 하는 것은 좋으나 요새같이 모리배의 패에 넘어가서야 이거 큰일 아닌가요? ……"

이진석이가 초면인 미스터 베커를 붙들고 하는 이야기가 대개 이러한 종류의 수작이었다.

해방 후에 귀국한 이진석이가 골동상이 될 만한 소질이나 안식도 없었겠거니와 워낙에 골동상 아닌 이진석이로서는 이 미스터 베커 같은 진객에게 골동품을 하나라도 팔아먹겠다는 배짱보다는 베커가 무역, 산업 관계의 기관에서 일을 본다는 바람에 이게 웬 떡이냐고 천재일우의 호기나 만난 듯이 본업은 집어치우고 장광설을 늘어놓는 것이다.

미스터 베커는 싱글싱글 웃어 가며 조로록 대꾸만 하다가 이야기가 한소끔 지나니까 화두를 슬며시 돌려서,

"미스 김은 미술 공예품에도 취미가 많으시겠죠? 조예가 깊으시겠지?"

하고 혜란이에게 말을 붙인다. 순탄하고 부드러운 목소리가 그 눈찌와 같이 호의에 가득 찼다. 교양 있는 청년이라 그렇기도 하겠지마는 사실 첫눈에 호감도 가진 것이요, 이야기에 어울리지 못하고 가만히 있었는 것이 안되어서 말을 걸어 주는 친절도 있는 것이었다.

"내가 뭘 알아요 그저 고용살이로 와 있는 것이죠"

혜란이는 얼굴을 약간 붉히며 웃어 보인다. 쪽 뻗은 콧날과 맑은 눈찌가 불빛 밑에 보면 푸른빛이 배어 보일 만치 흰 살빛과 함께 청초하여 보이지마는 도톰하면서도 선(線)이 또렷한 입술을 상긋하며 벌리면 고르고 하얀 잇속이 살짝 비치다가 꺼지며 미소만 잔잔히 남는 것을 보면 그 청초한 데서 흘러나오는 쌀쌀한 맛을 조화시킬 만한 애교가 풍기는 것이었다.

"아니올시다. 우리 미스 김은 이 방면에 취미도 있기에 이렇게 와 주었지마는 우리 상점의 지배인이 될 것입니다. 나는 아무래두 미국에 다시 건너가서 솜, 생고무, 종이를 두어 배 실어 가지고 와야 할 테니까! 허허허……."

하고 이진석이는 너름새를 늘어놓다 웃음의 소리만 아니라 사실로 그런 계획이나 복안을 가지고 있는 말눈치 같다.

"그거 좋은 계획이구려."

미스터 베커는 청년답게 소탈한 말씨로 이렇게 찬성을 하며 혜란이를 건너다보고 웃는다.

"그는 고사하고 저런 이쁜 색시를 어떻게 끌어냈단 말요? 그럴 줄 알았다면, 내가 미스 김의 아버지를 잘 아는 사인데."

장만춘이가 한마디 계제라는 듯이 이런 소리를 하고 껄껄 웃는다.

"어어, 그래요?"

하고 주인은 의외라는 듯이 눈을 크게 뜬다.

장만춘이가 혜란의 부친과 교분이 있는 줄 알았다면 이번에 혜란이를 끌어오는데 두 다리 세 다리 넣어서 그렇게 고심참담하지 않아도 좋았겠다는 생각이 드는 것이지마는 어쨌든 장만춘이가 혜란이 부친을 안다는 말에 이진석이는 귀가 번쩍하였다.

하와이에서 해방이 되자 달겨든 이진석이니 장만춘이와 사귄 지도 이태밖에 아니 되지마는 우연한 기회로 일인이 내놓고 가는 이 상점을 맡게 될 제 장만춘이의 신세도 졌던 터이라 지금도 상점 경영에 대하여 장만춘이와 의논도 하고 중개도 의뢰하는, 말하자면 장만춘이는 여기의 고문 겸 객원 격은 되는 셈이요, 혹시는 큰 거간 노릇도 해 주는 형편이다. 장만춘이로 말하면 이진석이의 사업을 직접 도와주고 또 이 두 사람을 맞붙여 준 것이 브라운이라는 전쟁 중에 쫓겨 갔던 미국 사람의 알선이니까 자기의 공이라고만 내세울 것은 못 되나 하여간에 통역으로 나서서 박봉 생활을 하는 처지에 한 달에 한두 번은 오천 원, 만 원씩 집어 주는 것이 큰 도움이 되고 보니 자연 발걸음이 잦아 이진석이의 일이라면 극진히 보아주고 있는 터이다.

베커 청년은 무슨 생각이 났던지 아까 보던 백자동 병풍(百子童 屛風)과 남사당(男寺黨)패 막춤 추는 인형을 다시 보여 달라고 하여서 주인은 손을 데리고 진열대로 나갔다. 이진석이는 베커 군을 끌고 나가면서 이자의 힘으로 일만 될성부르면 백자동 병풍 하나쯤, 지금 시가(時價)로 십만 원은 하겠지만, 선사를 해도 좋다고 생각하는 것이었다. 이 사람은 월전에 마카오 종이에 맛을 들인 뒤로는 한층 더 눈이 벌게서 돌아다니는 판이요 코 큰 사람만 보면(그야 제이 고향의 친구나 만난 듯이) 반갑기도 하겠지마는 제 코부터 컹컹 소리를 내며 무슨 냄새를 맡으려 들고 쓸모가 있을 위인인지 진맥을 하기에 바쁘다.

"그래 어때? 손님이나 있을 때는 심심치 않겠지만 외국 손님이 그리 자주 드나들지는 않지?"

방 안에 둘이만 남으니까 장만춘이가 입을 벌린다.

"하루에 서양 사람이라고는 대여섯 차례 다녀나 갈까요. 그나마 미술품을 들여다보기보다두 내 얼굴만 치어다보고 나가 버리니까요."

하고 혜란이는 쌕쌕 웃어 버린다.

"허허허……그야 케케묵은 골동품보다는 산[生] 미술품이 눈을 더 끌 것이 아닌가! 더구나 이런 시절에……."

하고 장 선생은 웃다가,

"그러나 자네두 인젠 어서 시집을 가야지. 백묵 가루를 안 먹게 되더니 더 고와졌네그려!"

하고 놀리는 소리를 한다. 혜란이는 이런 소리를 들어도 부끄러워 할

나이도 아니지마는 생글 웃으며 고개를 약간 꼬다가,

"제 입 하나 먹기두 어려운 세상에 시집이 다 뭐겠습니까. 영어 공부나 더 하겠습니다."

하고 고개를 쳐든다.

"아무러면 색시더러 벌어먹이란 사람야 있을까. 허허허……한데 여기는 어떤 연줄로 왔나?"

장 선생은 자기가 보기에도 이런 옴두꺼비 같은 얼치기 고물 부스럭지를 그러모아 놓고, 서양 사람 교제의 미끼로나 쓰려는 이 경요각에 이 여자가 끌려든 것이 의외이기도 하고 이 여자 자신이 골동품 이상으로 미끼가 되지나 않을까 싶어 아까운 생각도 드는 것이었다.

"이리저리 사람을 새에 놓고 조르기두 하구 학교를 그만두구 들어앉았기가 갑갑하기에, 영어 공부나 될까 하구 나와 봤죠."

"그두 그렇겠지만 그럴 줄 알았다면 좋은 데가 한 자국 있었는걸……이왕이면 공부가 될 데를 가야지."

장만춘이는 자기 있는 데로 끌었으면 자기도 이용하기 십상이라고 생각하는 것이다. 그러나 다시 생각하면 이진석이가 내놓을 것 같지도 않고 떼 가기도 어려울 것이다.

"좋은 데 있으면 가죠. 첫째 낮이면 졸려서 죽을 지경예요 부처님 공양이나 하고 보살님 지키러 절간에 온 셈예요"

하고 혜란이는 웃는다. 그러나 생각하면 아무 되는 일 없이 책을 보거나 낮잠을 자거나 마음대로요, 한 달에 오천 원으로 정했으나 주인은 형편 보아서는 좀 더 내놓아도 좋을 듯이 말을 비치니 이만한 데도 없다. 게다가 아까 실없는 소리처럼 하던 말을 들어 보아도 자기는 무역상을 경영하고 이 상점의 지배인을 시킬 작정이라 하니 웃음의 소리라 하여도 귀가 솔깃하지 않을 수 없다.

"참 그런데 학교는 왜 그만두었나?"

장 선생은 자기가 다니는 ×××에 소개를 할까 하는 생각을 하고 보니 언젠가 제 동창생들에게 들은 말이 생각나서 캐어묻는다.

"빨갱이라구 몰려서 내쫓겼답니다."

"허어 내 그런 말 들은 법하기에 말야. 그래 정말 빨갱이가 되었나?"

장 선생은 눈이 커다래진다.

"글쎄요? ……"

하고 혜란이는 생글 웃다가,

"보리밭에만 가두 취한다구……고추밭에만 가두 혀가 문드러질 지경인데요!"

하며 학교에서 쫓겨난 것이 아직도 분한 듯이 눈을 치뜨며 무심코 저 구석을 흘겨보자니까 탁자 위에 섰는 관음보살이 또 상그레 웃으며 아까처럼 건너다본다. 이번에는 그 웃음이 비웃는 것같이 보인다.

"그래! 지금 학교들이란 종이 있어야지. 아이들은 뉘 춤에 노는지도 모르고 날뛰고 교사들은 세력 다툼에 파쟁들이요, 게다가 또 뒤에다 제각기 꼬드기고 쑤석대고 하니 자연 그럴 수밖에!"

장 선생은 퍽 양심적으로 개탄하는 말눈치다.

"선생님은 왜 그만두셨어요? 지루하시기는 하겠지만 그래 학교보다 지금 다니시는 데가 나으세요?"

"사실 교원 생활에 멀미도 나고 해방 바람에 나두 엉덩이가 들먹거리려서 나서 본 것이지마는 하나나 어디 마음대루 되던가? 첫째 제 밑천 없이 손에 걸리는 거라곤 없고 결국 이 지경으로 젊은 애 꽁무니나 따라다니며 형사 비슷한 일이나 아니하면 거간꾼이지 별수 있나? 허허……."

장 선생이 자탄하며 자기 자신을 비웃는 듯한 풀 없는 말소리를 들으니 혜란이는 딴 정신이 드는 듯싶이 옛날 이 선생의 모습을 생각하며 장만춘이의 얼굴을 치어다보았다. 사십을 훨씬 넘었겠지마는 벌써 희끗희끗 센머리가 눈에 띈다.

형사 비슷한 일 아니면 거간꾼 아니냐는 그 말이 귀에 찡하여 가슴이 뭉클하였다.

"왜 그런 말씀은 하세요. 선생님 같으신 양반이 인제 정말 한참 활동해 주셔야죠"

혜란이는 입으로는 이렇게 위로하면서도 왜 학교를 그만두고 그따위 데로 들어갔는지 장 선생의 당돌한 짓이 한편으로는 미웁기도 하였다.

그러나 또다시 생각하면 전쟁 때 영어 선생쯤이야 누가 거들떠보지도 않았지마는 해방이 되고 미군이 진주한 지도 이태가 되는 오늘날에도 자기가 배우던 영어 선생님이 옛날로 말하면 형사 끄나풀이나, 고물상 거간꾼으로 떠돌아다니게 되었으니 딱한 일이다. 이것은 해방을 건성 한 탓인지, 장 선생의 성격이나 자기 자신의 잘못인지, 영어를 한다는 그것이 또 혹은 내가 영어를 하거니 하고 막연히 섣불리 나선 거기에 실수가 있었는지 어쨌든 혜란이는 장 선생을 보기가 민망하고 이 앞에 앉았는 것이 싫어졌다.

"글쎄 이판에 가만히 들어앉았을 수도 없고 이 무서운 물가에 어떻게든지 자식들과 살아가야는 하겠지마는……자네 뭐 아나? ……"

별안간 '자네 뭐 아나?'라는 장 선생의 말에 혜란이는 무슨 신기한 소리가 나오나 하고 귀를 반짝 쳐들었다.

"……예전에 저 화개동 경기중학교 터에 한성일어학교가 있었느니. 그때만 해도 나는 여남은 살밖에 안 되었었지마는 그때 거기를 나온 사람이 군수 도지사 나중에는 중추원 참의도 얻어 하고 한때 세월이 좋았느니 누가 영어하는 사람 위해서 해방해 주었다던가? 허허허……."

혜란이는 생긋 웃어만 보였으나 지금 장 선생의 이 말이 무슨 뜻인지 분명히 종을 잡을 수가 없다. 그러하니 자기도 군수도 지사도 중추원 참의까지 하게 되리라는 말인지 그까짓 것이 무어랴고 비웃는 말인지 분간을 할 수가 없다.

"참 그런데 자네 아버지 요샌 무얼 하시나?"

혜란이가 자기 생각에 팔려서 아무 말도 없이 앉았는 것을 보고 장만춘이는 말을 돌린다.

"대학에 일주일 몇 시간 맡으신 것 나가 보시는 외에는 집에 들어앉으셔서 책이나 보시고 약주나 잡숫죠."

"허허 그거 팔자 좋으시군!"

"그나마 한참 그 법석을 하던 스트라이크가 잠잠해지니까 학생들은 먹을 것이 없어 잘들 안 나오구 추워지니 석탄은 없구 아버지께서는 그저 화만 내시면서 약주만 잡수시려 드시구……"

하고 혜란이가 눈살을 찌붓 하는 것을 보고, 장 선생은 허허허 하고 그럴 것이란 뜻인지 모든 것이 기가 막힌다는 생각인지 호걸풍의 웃음을 터뜨려 놓는다.

사제 간에 이런 이야기를 주고받고 앉았으려니까,

"그럼 내일 미스 김을 보내죠"

어쩌고 하는 주인의 말소리가 들리며 베커를 데리고 이진석이가 들어온다.

"백자동 병풍이란 것과 조선 댄스하는 인형을 가져가기로 하였습니다."

베커는 앉지도 않고 가려는 눈치로 혜란이한테 자상히 웃는 낯으로 보고하듯이 말을 건다. 통역으로 데리고 온 장만춘이는 존재를 잊어버렸는지 거들떠보지도 않는다. 작히나 하면 애를 써 통역을 하여 주러 작반을 하여 온 사람이니 의논 삼아라도 장만춘이에게 한마디 말을 붙일 것인데 통변쯤은 부리는 하인으로 아는지 나이 어려서 그렇겠지마는 좌중의 눈치로 보아서 혜란이는 장 선생이 가엾고 무안쩍어 하지 않을까 애가 씌웠다.

"내일 미스 김이 추운데 가지고 오지 않더라도 내가 가지러 올 테니까……."

"아니 보내 드리죠 오후 다섯 시에."

주인과 베커가 이런 수작을 하며 섰으려니까 유리창 밖에서 중절모자를 쓴 얼굴이 얼찐는 것을 재빨리 본 혜란이는 살짝 일어나며 좌중에 고개만 까딱해 보이고 급한 발씨로 나간다.

남자들의 눈길은 여자의 뒷모양을 쫓다가 유리를 격하여 창밖으로 쏠렸다.

남녀의 반갑게 마주 웃는 겉모습이 유리창에 슬쩍 스치면서 지나쳐 가 버린다.

'응……'

이진석이는 찌푸려지려던 눈살을 커다랗게 뜨며 혼자 속으로 웅얼거렸다.

그러나 젊은 남자가 와서 미인을 따내 가는 것을 무심히 보지 않기는 이진석이만이 아닐 것이다.

베커 청년은 뒤미처 장만춘이도 떨어뜨려 두고 총총히 나왔다. 문밖에 남녀가 나란히 서서 소곤거리는 것과 마주치자 베커는 혜란이에게 은근한 인사를 던지며 남자의 얼굴을 힐끗 그러나 약삭빨리 위아래를 훑어보고 획 가 버린다.

"누구야? 벌써 동무가 하나 생긴 게로군?"

남자는 놀리듯이 웃는다. 보통 들어왔다가 나가는 객이거니 하면서도 그 인사하는 품이 친구와 같이 정중하고 자기 얼굴을 유심히 치어다보는 것이 예사롭지 않았기 때문이다.

"아니 고물을 사 가는 사람야……그래 오늘은 날더러 혼자 가라구? ……"

혜란이는 섭섭하고 떨어지기가 싫다는 표정으로 어리광 비슷이 코먹은 소리를 내어 보인다.

이런 때는 이 해만 넘으면 스물넷이나 되는 혜란이건마는 어머니의 치마꼬리를 갓 떨어진 애송이 같고 여학교를 나왔을 시절의 모습이 그대로 있는 것 같다. 원래가 여학교 선생 같은 벅차고 단조로운 직업에 파묻혀서 올드미스로 늙어 버릴 혜란이도 아니지마는 학교를 그만두니까 마음부터 잔뜩 결박을 지었던 굴레를 벗어 놓은 것 같아서 그렇겠지마는 다시 학생 시대로 돌아간 듯이 앳되어지고 얼굴도 제대로 한참 피어 가는 것이었다.

"그래요 연회, 연회라야 신문기자끼리 간단한 월례횐데……오늘 그리 춥진 않지만 혼자 가게 해서 미안하우. 그 대신 내일……."
하고 남자의 부연 기름한 상에는 별안간 환한 웃음이 떠오르며 부리부리한 정력적 커다란 눈에 여자를 애무하는 새로운 영채가 돈다.

"내일 어때?"

"내일은 우리 크리스마스를 쇠잔 말야. 내 서울 안에서 제일 코코아 맛이 좋은 데를 모시구 갈게!"
하고 남자는 떼어 놓고 가는 아이를 달래는 듯한 소리를 하며 여자의 눈을 들여다보고 웃는다. 혜란이의 공상적인 눈이 점점 커지며 감미(甘美)한 꿈을 쫓듯이 상그레 눈웃음이 피어오르다가,

"그럼 내일은 꼭 와 줘요. 낮에라두 틈날 젠 전화를 걸든 놀러와 주든……심심해 죽겠어!"
하고 매달리듯이 남자의 얼굴을 치어다본다.

"그래, 그래!"

남자는 길 가는 사람들이 복작대는 중에서도 힐금힐금 치어다보고 가는 것이 싫어서 선뜻 떨어지며,

"그럼 갈 테야."

하고 돌쳐서다가 그래도 그대로 떼치고 가기가 서운한지 또 한번 돌아다보며 오른손을 획 쳐들어 알은체를 하고는 뚜벅뚜벅 가 버린다. 올해 새로 해 입었다는 검불그레한 푸근한 외투에 싸인 헌칠한 뒷모양도 깨끗해 보이지마는 걸음걸이도 스물대여섯쯤밖에 안 되는 적은 사람으로서는 무게가 있어 점잖다.

혜란이는 길 가는 사람을 구경삼아 서서 남자의 뒷모양이 사람 틈에 싸여서 스러질 때까지 멀거니 섰다가 저녁 바람에 어깨가 오싹하는 것을 깨달으면서 상점 문 안으로 들어왔다.

오늘은 혼자 떨어져서 가게 된 것이 섭섭하고 쓸쓸한 생각도 들고 명륜동까지 타박타박 혼자 걸어갈 것이 까맣다.

이것은 요새 혜란이가 경요각에 나오게 된 뒤부터 새로 생긴 버릇이지마는 여섯 시가 넘어서 상점 문을 닫고 파해 나올 때쯤 되면 병직(秉直)이가 문전에 대령하고 있었던 듯이 꼭 시간을 대어 와서 둘이 같이 여기저기 찻집에 들렀다가 명륜동까지 차를 타거나 걷거나 하여 함께 가서는 자기는 집으로 들어가고 병직이는 고개 하나 넘어 성북동으로 헤어져 가는 것이었다. 버릇이란 이상스러워서 이렇게 하루 거르지 않고 날마다 만나서 놀고 동행이 되기는 요새 한 일주일밖에 안 되건마는 오늘 하루 떨어지기가 그렇게 섭섭하다. 실상은 한동안 뜨악하였던 반동으로 이렇게 감정이 죄어쳐져 가는 것인지도 모른다.

"그 누구요?"

사무실에 들어오니까 진석이가 헤헤 웃으며 묻는다. 그 웃음이 야비해 보여서 혜란이는 잠깐 불쾌하였다.

"오빠예요 한 동리 사는 일갓집 오빠."

라고 되는대로 대답을 하였으나, 누가 찾아오든 아랑곳이 무언가 싶었다.

혜란이가 웃음 하나 안 보이고 핀잔주듯이 대꾸를 하는 기색에 진석이의 넙죽한 입가에 떠돌던 웃음이 어색히 스러지며,

"그럼 차차 나가보실까요?"

하고 장만춘이를 건너다보다가,

"오래간만에 선생님도 만나 뵙고 했으니 저녁이나 같이 자시러 가십시다."

하고 끈다.

"아 난 싫어요. 요릿집엔 더구나."

마음이 쓸쓸한 판에 가 보고도 싶으나 이런 늙은이 축을 따라다니기는 싫었다.

당세풍경

"아 이건 난 과한데. 난 좀 더 하자면 역시 정종이 좋아."

장만춘이는 시장했던지 진짜 위스키라는 것을 두 잔을 마시더니 벌써 얼굴에 나타나며 셋째 잔을 따르려는데 머리를 내두른다.

"무얼 내가 영감 주량을 아는데!"

진석이는 서양 사람의 조선말 같은 혀 꼬부라진 소리를 하고 그래도 따른다.

"뭐가 뭐요. 미스터 리처럼 육식이 장 위에 밴 사람 말이지. 나같이 전쟁 통에 몇몇 해를 주리고 창자가 가랑잎같이 바짝 마른 끝에……해방 첫 서슬에야 고기 저름 얻어먹어 봤지만은 요새 같아서야……."

장만춘은 한참 주워섬기다가 옆으로 앉은 혜란이의 웃는 낯을 치어다보고는 자기도 픽 웃어 버린다.

"그런 궁한 소리 그만하시구 고기 좀 많이 자시우."

진석이는 핀잔을 주듯이 이렇게 웃으며 혜란이의 접시에 저편에 놓인 전유어와 닭볶이를 덜어다가 주며 권하고는 떡볶이 합을 이리로 밀어 놓는다. 혜란이는 진석이 틈틈이 권하는 것이 어째 근질근질한 것 같고 성이 가실 지경이나 사이다 고뿌를 옆에 놓고 이것저것 찬찬히 먹고 앉았다. 생각해 보니 아닌 게 아니라 자기 뱃속에도 고기 저름이 들어가 본 지도 오래다. 옆에서 장 선생이 쉴 새 없이 걸쌈스럽게 자시는 것이 궁기가 끼어 보이기는 하나 부친 생각도 난다. 김치 쪽으로 강술만 자시는 부친에게 이 전유어를 싸다가 드리면 얼마나 잘 잡술까 하는 생각을 하다가 그런 천착한 생각이 왜 머리에 떠올라 왔누 하고는 혼자 얼굴이 붉어졌다. 처음부터 기분이 좋아서 끌려온 것은 아니지마는 넉넉지 않은 쓸쓸한 집안 생각이 나서 그러한 것만이 아니라 궁기가 끼인 이 중늙은이와 목덜미가 붓듯이 주름이 지도록 달라붙은 사십을 바라보는 이 떡방아꾼 같은 '식민지 신사' 사이에 끼여 앉았기가 기분이 무겁고 가슴이 벅차오르는 것 같다.

그래도 무역바람에 낀 이 브로커 선생만은 혼자 신기가 좋은 모양이다.

"장 선생 내 지금 계획하는 일만 잘 들어서면 미국 떠나기 전에 이 김 선생을⋯⋯."

하고 진석이는 혜란이를 슬쩍 거들떠보며,

"⋯⋯김 선생을 우리 상회의 지배인으로 모시려 하는데 어떻습니까?"

하고 껄껄 웃는다. 말끝에 가서 웃어 버리는 것을 보니 얼마나 진담일지는 모르겠으나 오기 싫다는 사람을 상점 일에 의논할 것이 있으니 가자고 한사코 끌고 온 것은 아까 상점에서 베커 앞에서도 하던 이 말을 하려던 듯도 하다.

"아, 그렇게만 되면 작히나 좋겠소"

장만춘이의 대답은 탐탁지가 않았다.

"얼마나 지내보셨다구 나 같은 어린 사람을 뭘 보시구요? ……"

혜란이는 잠자코 듣고만 있다가, 무엇을 경계하는 듯한 날카로운 눈을 반짝 뜨며 이렇게 역습을 하였다. 혜란이를 놓칠까 보아서 아무쪼록 마음을 붙이게 하려는 뜻인 모양이나, 혜란이는 을러앉은 것 같아서 핀잔을 한번 주어 보는 것이다.

"무얼 보구라니요? ……"

진석이는 혜란이가 시비나 하려는 사람처럼 암팡지게 달려드는 기세에 잠깐 눌리는 기색이더니 금시로 제 마음을 가누고 껄껄 웃으며

"그래 여 대의원이 나는 세상에 김 선생 같은 이가 그 조그마한 상회 하나 못 주무르겠단 말씀요?"

하고 되레 핀잔을 준다. 핀잔이라느니보다도 이것 역시 을러앉히는 수작이다. 혜란이가 여학교 선생이었으니까 그러는 것이겠지마는 미스 김이라고 하지 않고 연해 김 선생, 김 선생 하는 것도 을러앉히는 것같이 들려서 좋을 것이 없다.

"아 영어를 그만큼 하시겠다 서양 사람 교제를 척척 해내시겠다 학교의 선생님 노릇을 해 보신 경력이 있으시겠다 무엇으로 보든지 그만 것 못 하시겠단 말요? 혼자야 물론 어렵지만 상점 안 일만 맡아 달라는 부탁예요"

"그야 그렇지. 차차 경력을 쌓노라면 못할 거 없지."

장만춘이도 그럴 듯이 들리는지 인제는 저(筆)를 쉬고 한 마디 거든다.

　"그것두 장사판에를 다녀 봤다든지 하면 모르죠만……그 왜 젊은 양반 있지 않아요?"

　젊은 양반이란 진석이의 첩처남이라나 하는 장부 맡은 아이 말이다.

　진석이는 고개를 내두른다.

　"하여튼 김 선생이 아무리 처녀라 하기로 김 선생의 학문에 눌려서라도 점원들을 휘두를 수가 있을 거요. 젊은 놈들도 꿈쩍 못할 거니까."

하며 인제는 웃지도 않고 내일이라도 곧 실행할 듯이 실제 문제를 꺼낸다.

　"암 그렇지. 차차 실권을 잡고 권위를 세워 나가면 틀이 잡히는 거지."

　장만춘이는 다시 저를 들며 또 한 마디 한다.

　그러자 계집애가 일본 술을 가지고 들어오니까 한 병 들어서 만춘이의 잔에 치고서 혜란이 앞에 놓인 빈 위스키 잔에도 따르려 한다.

　"에그 난 못해요"

하고 혜란이는 질겁을 하며 조그만 유리잔을 집어 상 밑으로 내려놓았다. 그렇지 않아도 아까 사이다에 위스키를 쳐서 먹으면 향취가 더 좋다고 덜컥 부어 주기에 어떤가 하고 한 모금 마셨더니 좋기는 좋으나 취하여 오르는 것 같아서 가슴이 답답한 판이다.

　"미스 김두 시집은 안 가겼을망정 학교 선생도 다니셨으니 사회인 아니슈. 지금 세상에 사교장에 나선 레이디가 칵테일 한 잔이나 이까짓

왜주 한 잔 못 한대서야 어디 말이 되나요.”

진석이는 잘 들지 않는 말씀씨로 이런 소리도 한다. 아까도 그 ‘사회인’이 요릿집에 좀 가기로 어떠냐고 끌고 장 선생도 권하기에 온 것이지마는 이런 크낙한 요릿집에 올 줄은 몰랐다. 난생 처음이지마는 누구보다도 아버지께서 아셨다가는 큰일이다.

진석이는 하는 수 없이 손에 든 술병을 식탁 위에 놓으며 아까부터 재촉을 하던 마담을 어서 불러오라고 명한다.

“네 인제 오서요 지금 서양 손님이 오셔서…….”

“뭐 서양 손님? 누구야?”

“왜 전에 같이 오셨던 조선말 잘하시는 양반 안 계세요? …….”

“응, 미스터 브라운인 게로군.”

진석이는 반색을 한다.

“그래 손님들이 많아?”

“네, 대여섯 분 돼요.”

“어쨌든 마담부터 곧 좀 오라구 해 주우.”

하고 진석이는 계집아이가 나가기를 기다려서,

“미스 김은 이 집 마담 못 보았겠지? 오늘 다른 데보다두 여기를 온 것은 마담을 뵈어드리자는 것인데.”

하며 웃는다.

“왜요? 설마 요릿집 마담 쳐 놓고 나 알 사람은 없을 텐데? …….”

혜란이는 인사성으로 해죽 웃는다.

이 집은 아까 들어올 제 잠깐 보기에도 화양절충(和洋折衷)으로 전에는 웬만한 요릿집이었거나 호텔이었던 모양이다. 이 방은 다다미방이지마는 바깥채는 위 아래층이 양실인 모양이요 하여튼 서양 손님도 온다니 댄스홀 같은 것도 있을지 모를 거다.

"인제 들어오건 보슈. 미스 김하구 형제랄지 한 판에 박아낸 것 같을 거니."

"헹, 그렇게 말하니 딴은 그래."

하고 장만춘 영감은 웃다가

"허나 그보다도 쪽발이 왜녀가 진솔 버선을 뭉그려 신었으니까 떠들어들대는 거지."

하고 술잔을 들어 마신다.

"헤에 아직두 일본 사람이 남아 있어요?"

혜란이는 자기 닮은 여자라는 데에 호기심도 났지마는 일녀가 이런 험난한 세상에 처져 있으면서 이러한 크낙한 요리업을 경영한다는 데에 놀랐다.

"응 남편이 조선 사람이거든."

장 선생의 말은 예사롭고 간단하였다.

"응 온다? 온다!"

장지 밖에서 슬리퍼를 팔닥팔닥 끄는 소리가 들리니까 진석이는 기겁을 하며 풍을 친다.

술김에 장난이겠지마는 이 집 마담이 마음에 퍽 드는 눈치다.

혜란이는 그 마담이 자기를 닮았다는 말을 생각하며 진석이의 얼굴이 물끄러미 치어다보였다.

문이 살짝 열리며 남치맛자락이 풀떡하는 것을 보고 혜란이는 무심코 기생이 들어오나 하였다.

"안녕합쇼? 장 선생님 오래간만이올시다……."

혜란이는 우선 이 여자의 빈틈없는 조선 말씨에 눈이 커다래졌으나 마담의 눈도 혜란이에게로 먼저 갔다.

'흥 이게 날 닮았다는 새루 온 사무원이군.'

마담은 어제 이진석이가 자네와 쌍둥이 했으면 좋을 학자 여사무원을 얻어 들였다는데 한번 데리고 오마고 떠들어대던 것이 생각난 것이다.

마담은 혜란이의 맞은편에 사뿐 앉으며 좌중에 다시 인사를 하고 나서 술병을 든다. 간데없는 조선 기생이다. 호박단 양회색저고리에 뉴똥 남치마 파마한 머리 앞도 수수하게 얌전히 제자리가 잡혔거니와 장 선생이 외씨같이 뭉그려 신었다는 버선 신은 발 맵시는 스란치마에 가려서 미처 못 보았지마는 이것이 기모노에 게다로 자라난 여자던가 생각하면 혜란이는 하도 신기해서 보고 또 보고 하는 것이다.

"당신이 못 잊어 또 왔네."

"네 고맙습니다."

하고 생긋 웃는 눈은 역시 혜란이에게로 갔다.

"어디 뭐 잡수실 게 있나……."

술을 치고 나서 마담은 역시 주부의 인사성으로 상 위를 한번 둘러보더니 손뼉을 친다. 아닌 게 아니라 눈빛으로 가짓수만 늘어놓았지 정작 먹을 만한 것이라고는 두어 젓가락만 들어가면 밑바닥이 보이는 요리 음식이라, 술은 인제 부리만 땄는데 그릇마다 비었다.

"구자 국물 좀 가지고 오구, 안주를 뭐나 더 가져와요. 꼬치랑 찌개라 두 바룻하게 끓여 오래지."

계집아이가 들어오니까 마담은 이렇게 분별을 하고 진석이가 내미는 술잔을 받는다.

"그 조선말은 내가 되레 배워야 하겠으니……나두 미국 가서 근 이십 년 있었지만 어디 우리 영어가 그 만할 수가 있다구."

진석이는 벌써 몇 번이나 한 소리이건마는 새삼스럽게 신통해서 무안스러울 만치 여자의 생글생글 웃는 얼굴을 멀거니 치어다본다. 그러나 마담은 자기 처지가 처지니만치 그런지 나이가 걸맞은 여자 손님이 있어 그런지 좀 열없는 기색으로 다소곳이 앉았다. 일본 사람으로 조선 사람이 되었다는 것이 그 미모와 함께 이런 장사에는 인기를 끄는 '간판'도 되겠지마는 그렇다고 어깻바람이 나서 너름새 좋게 얼레발을 치거나 하는 그런 기미는 안 보인다. 퍽 조심을 하는 눈치요 어딘지 쓸쓸한 그림자가 어리어 보인다. 아직 나이 어리고 제 성격이 원체 그래서도 그렇겠지마는 혜란이 눈에는 좀 가엾어도 보이고 동정이 갔다.

"자 이번에는 이것을 한잔 할까?"

하고 위스키 잔을 내미니까,

"에그 전 이렇게는 못 합니다."

하면서도 잔을 받으며 혜란이 보기에 좀 점한 생각이 들었던지 또 한번 살짝 치어다보고 인사성으로 방긋 웃어 보인다.

아까부터 그렇게 생각하였지만 방긋 웃는 입모습이 혜란이 눈에도 딴은 자기 비슷한 데가 없지 않다고 생각하였다. 갸름하고 상큼한 상판에 동그스름한 턱밑이 또 도톰히 괴인 것이라는지 귀염성스러운 입모습이 같은 데가 많다. 그러나 혜란이의 이지적이고 암상이 날 때는 약간 모가 지며 쌀쌀스럽게 보이는 맑은 눈찌에 비하여 마담의 눈은 더 짙고 좀 컴컴하다.

그러한 특색을 더 살리느라고 그러는지 그리 적은 편도 아닌 둥근 눈찌를 살짝 검푸르게 그려서 눈이 더 시원해 보이면서 음침맞은 인상을 주는 것이 남자의 마음을 건드려 놓는다. 게다가 비칠 듯이 흰 혜란이의 살갗에 비해서 이 여자는 약간 철색을 띤 감숭한 귀염성스러운 얼굴 위에서 게슴츠레 뜨는 눈의 표정이 자유자재로 노니 얼굴 전체가 모진 데가 없이 어느 남자에게나 자기의 감정을 실려 오는 듯싶이 어딘지 모르게 유혹을 느끼게 하여 일본 사람이란 생각도 잊어버리고 동정을 가지게 한다. 진석이 같은 사람도 그 눈의 매력에 끌리는 모양인지 혜란이가 마담 같고 마담이 혜란이 같아서 마담도 좋거니와 혜란이도 좋아 매우 흥이 나는 모양이다.

"참 이 분이 우리 상회에 새루 오신 양반인데."

진석이는 두 여자끼리들 말을 붙이게 하려 하였다.

마담은 꼬박 고개만 숙여 보이고 나서 혜란이를 말끄러미 치어다보더니,

"선생님 S여고보(女高普)에 다니시지 않으셨어요?"

하고 말을 붙인다. 의외의 질문이다.

"예에, 어떻게 아슈?"

혜란이는 눈이 뚱그래졌다. 사실 S여고보가 자기의 모고(母高)요, 올 가을까지 교편을 들던 지금의 S여중학교다.

"어쩐지 많이 뵌 양반 같다 했더니……농구하러 제일고녀(第一高女)에 오셨었죠? 그때는 퍽 조그만 아가씨셨는데……."

하고 마담은 생긋 웃는다. 혜란이도 자기를 구면이라고 알아보는 것이 신기한 생각이 들어서 깔깔 소리를 내어 웃으면서,

"그럼 제일고녀를 나오셨군요? 그땐 가끔 연습 시합하러 갔었지만 댁에서두 바스켓볼 하셨습디까?"

"아뇨 난 늘 구경만 했죠마는……."

하고 마담은 반가워하는 웃음을 생그레 띠우고 여전히 이모저모 쳐다본다.

이야기가 이렇게 되고 보니 혜란이도 이 여자가 요릿집 주부라는 생각은 잊어버리고 십 년 전 학생 시대로 돌아간 듯이 친숙한 생각도 든다.

3학년 때부터 농구선수가 되었던 혜란이는 그때 열다섯 살밖에 안 되는 제일 꼬맹이였고 경기장에 나가면 인기도 있었기 때문에 유표히 눈에 띄었을 것이다. 혜란이는 남보다 한 해 먼저 열입곱에 졸업하였지마는 머리가 일되느라고 키는 졸자랐던지 가냘프고 꼬맹이던 것이 이십을 바라보니까 별안간 무럭무럭 자라서 지금까지 홀싹 커진 것이다.

"이런 데서 다시 뵈니 선생님야 모르시겠지만 반갑습니다."

마담 역시 사고무친하고 옛날 동무라고는 다 떨어져 간 지금에 옛날 동창생이나 만난 것같이 반갑기도 하거니와 장삿속이 아닌 동무가 그

리워서 친하고 싶어 하는 말눈치였다.

"허어 이건 또 의외로군!"

무엇이 의외라는지 진석이는 까닭 없이 무릎을 탁 치며 덮어놓고 흥에 겨워한다.

"바루 여기 계신 이 장 선생님이 그때 우리 농구부 부장이셨는데!"

하고 혜란이가 장만춘이를 바라보며 눈을 깜짝 하고 해죽 웃으니까,

"허허 영감도 그런 청춘 시대가 있었군요!"

하고 진석이는 또 무릎을 치며 감탄을 한다. 장만춘이도 주흥이 차차 나는지 껄껄 웃으며, 비로소 말참견을 한다.

"나라구 청춘 시절이 없었겠소마는 오늘밤에는 나 역시 한 십 년 젊어진 것 같군!"

하고 아까부터 손이 자꾸 들어가던 포(脯) 접시로 또 손이 가면서,

"참 그런데 브라운 씨가 왔다지? 좀 오시라구 해 주겠소?"

하고 이른다.

"여쭈어 보죠"

하고 마담은 일어서려 한다. '여쭈어 보죠'란 브라운 같은 이 판에 세도가 당당한 미국 신사가 장만춘이쯤 오란다고 올 것 같지 않아서 하는 말눈치다.

"아니 나하구 같이 가세."

진석이가 따라 일어선다. 진석이 역시 브라운이 와 있는 것을 안 바에는 쫓아가서 경의를 표하든지 모셔와야겠다고 생각한 것이다.

"쥔아씨 나가는 길에나 밥을 올려 보내 주슈."

혜란이는 브라운이 오고 어쩌고 하면 술자리가 길어질 것 같아서 얼른 밥 한 술 뜨고 먼저 일어서 버리려는 생각을 하였다.

진석이는 벌써 알아차리고 이 식탁의 꽃을 놓칠까 보아서 그러는지 무엇을 그렇게 서두느냐고 말리면서 서양식으로 마담의 팔깍지를 끼고 나섰다.

그러나 방문 밖으로 나서자 진석이는 팔깍지를 풀어서 마담의 어깨를 싸안으며 한 손으로 마담의 그 조그만 손을 쥔다. 그러고 가고 싶어서 따라 나가는 모양 같다.

"저 어머니가 조선 사람이던가 보죠?"

나가는 두 남녀의 어울리지 않는 뒷모양을 바라보다가 혜란이가 장만춘이에게 말을 붙인다.

"그렇지도 않은 모양야. 어떻게 조선말을 그렇게 배웠느냐고 물어보니까 원체 저의 집이 통감부 시대에 이주해 와서 부모도 조선말을 잘하지마는 나면서부터 조선 사람 유모의 젖으로 길러 냈다던가? 게다가 남편이 조선 사람이거든!"

"헤에! 이런 영업을 하기에 난 조선 기생의 몸에서 났거나 한 줄 알았군요. 하기는 여자란 시집만 가면 우스운 거예요. 제 동무 하나두 서도 사람에게로 시집을 가더니 불과 이삼 년에 어쩌면 그렇게 서도(西道) 사투리를 흠빽 배웠을까요"

"그두 그렇지만 정치 세력이란 무서운 걸세. 남편이란 자는 워낙 제가 반해서 끌어들인 데릴사위니 웬 시집살이를 했겠나. 그 소위 '국어 상용' 시대에 부부끼리인들 조선말을 썼겠나마는 시절이 바뀌니까 저렇게 기를 쓰고 부랴사랴 조선 사람이 되었네그려!"

장 선생은 매우 유쾌한 듯이 웃는다. 장 선생이 이야깃거리 삼아 들려주는 이 집 젊은 부부의 로맨스란 것도 얼마든지 있을 수 있는 거리의 화제에 지나지 않지마는 심심파적으로 귀를 기울일 만도 하다.

"이 집이 적산인 줄 아나? 적산야 적산이지마는 실상은 데릴사위, 일본 사람은 양자라지 않나? 그 양자 덕에 늙은 내외는 값진 것은 다 빼어 가지고 미리 빠져나갔고 남은 것은 딸 내외가 이렇게 고스란히 물려가지게 된 거라네."

해방 되던 해 봄에 소개(疏開) 법석이 날 제까지도 이 거리에서 '가네마스(金松)'라면 일류는 못 가도 쏠쏠히 알려진 요릿집이었지마는 지금의 취송정(翠松亭)은 이 집의 외딸 가네코(金子)가 해방과 함께 치마저고리를 떨치고 나서면서 갈아 붙인 문패다.

"요 골목을 빠져나가면 바루 모퉁이가 지금의 충무백화점, 예전에 M백화점 아닌가? 거기 약품화장품부 점원에 임평길(林平吉)이란 미남자가 있었으니 자네도 학생 시절에 크림병이고 가오루갑이나 사러 들렀다가 눈여겨보았을걸세."

장 선생은 이런 실없는 소리를 하고 낄낄 웃는다.

"가네코는 제가 쓰는 화장품은 물론이요 저의 집에 쓰는 약이란 약은 언제든지 앞장을 서서 손수 사러 M백화점으로 달아 나섰다네. 아마 한 번에 살 것을 두어 번 걸러서 사 오기도 하고 정 가 보고 싶으면 쓸데없는 약도 족히 모아들였을걸세. 하하하……."

혜란이도 흥흥 하고 콧소리를 내며 웃었다.

"그것을 여학교 사년 때부터 졸업하던 해 가을까지 계속하였다는데 그때 가네코에게는 벌써 정식으로 약혼한 사이는 아니나 고등상업에 다니는 젊은 애가 하나 있었더라던가? ……그래도 약은 여전히 사러 다녔다니 연애에는 참 정말 국경이 없나 보네."

혜란이는 또 생글 웃으며 귀를 기울이고 앉았다.

"그만치 다정다감한 처녀라 먼첨 남자가 저와 같은 해에 졸업을 하자 군대로 붙들려 가서 반년이 못 되어 전지(戰地)로 나가 버리고 보니 한층 더 심심하고 갑갑하다고 부모를 졸라서 취직자리를 골라 들어간다는 데가 바루 앞집인 M백화점이었다네그려!"

"헤에? 퍽 대담하군요. 그래 화장품부 점원이 됐군요?"

혜란이는 감탄하는 듯이 눈을 치떠 보이며 웃는다.

"화장품부인지 약품부인지 하여간 임평길이란 젊은 애는 가네코만큼 대담하지 못하였던지 언제까지나 노상안면으로 싱긋 웃고만 지나치니 단판 씨름으로 원정을 나선 셈일세그려. 그 마담의 눈을 보게그려. 그만한 열정가 아니겠나?"

장 선생은 잔을 들어 목을 축인다.

"그래두 부모들이 잘 들어 주었군요"

"잘 들어 주지 않으면 어쩌나? 둘도 없는 무남독녀 귀한 외딸이 발버둥질을 치며 발광인데 하는 수 있겠나마는 또 늙은 부모도 생각하면 저 희끼리 사위를 고른댔자 전쟁 통에 생과부나 청춘과수로 늙힐 것이니 영 해롭지 않게도 여겼을지 모를걸세."

하여간 한 풍파 있었으나 조선 아이에게는 아직 징병 징용이 없던

39

때라 그것이 여러모로 도움이 되었던지 창씨 통에는 이름만은 고쳤어도 성은 제대로 지니고 있을 수 있던 임평길이는 길야평길(吉野平吉)이가 되어 가네마스의 양자 사위가 되어 들어갔던 것이다. 그러나 아직 입적을 하지 않았던 관계로 일본인으로서 징병에 끌려가지도 않았고 조선에서 징병 징용이 실시될 때도 장인 덕에 빠져서 콧노래를 부르며 팔자 좋게 잘 먹고 자빠져 있었다.

"그래 친일파 반역자 소리는 안 들나요?"

"그렇지 않아도 한때는 저 마담두 불려 다니고 하마터면 이 집을 뺏길 뻔 했다네. 하지마는 그만한 이쁜 계집이 있겠다, 이런 시절에는 이쁜 계집이 있는 것도 한 무기거든. 게다가 제 손으로 만드는 요리가 있지 않은가? ……"

"헤에, 그래요?"

혜란이는 저절로 코웃음 섞인 탄식 비슷한 소리가 나왔다.

"그뿐인가! '길야'라는 성을 떼어 버리고 임가(林家) 행세를 하면 다시 훌륭한 조선 사람 아닌가! 양애비나 장인의 재산을 상속한 것이 아니라 조선 사람으로서 적산을 쳐 맡았다는 데야 그만 아닌가."

"그래 어떻게 그렇게 내평을 잘 아세요?"

"문제가 됐을 제 같이 있는 사람이 직접 조사도 했지만 신문에도 나지 않았던가? 하여간 요새는 그 임가두 기생첩 떼어 들이구 거드럭거린다네."

"그야말로 해방 덕 봤군요."

"덕이거나 마나……언제 덕 보자고 해방되기를 바랐겠나마는 난 요새 와서는 영어 배운 것이 후회된다네!"

"왜요? ……"

"왜요라니 한 세상 만났다고 날뛰는 그놈들의 뒷배나 봐 주고 술잔이나 얻어먹자고 영어를 배웠겠나? 우리 처지는 구문도 아니 나오는 거간이니! 그래두 욕은 욕대루 먹구!"

장만춘 선생의 이 말에 혜란이는 새삼스럽게 눈이 반짝하여졌다.

"참 그두 그래요. 하지만 또 욕먹을 짓을 하는 사람두 없지는 않겠죠. 세상이나 만난 듯이."

어쩐둥 이야기가 풀이 빠지고 우중충해 들어가는 판에 밖에서 떠들썩하는 소리가 나며 마담이 문을 살짝 열고 비켜서니까 브라운이 성큼 들어선다.

"장 선생, 오래간만이군요"

하고 유창한 조선말로 인사를 하고 장 선생과 악수를 하려니까 뒤따른 늙직한 조그만 영감이 들어서다가 혜란이가 일어서서 꼬박 하는 것을 의외라는 눈으로 잠깐 거들떠본다.

"나는 장 선생이 오셨다기에 끌려왔지만……그 왜 그렇게 뵙기가 어렵소"

브라운의 뒤를 따른 영감이 이런 소리를 하는 것은 자기까지 끌려온 것을 겸연쩍어서 변명하는 듯도 하고 특별히 장만춘이를 만나러 왔다는 생색을 보이려는 말눈치 같기도 하다.

"아 미스 김! 미스터 리한테 와서 일을 보는 것은 알았지만 그래 재미 좋으슈?"

브라운도 혜란이를 알은체하며 장만춘이가 내어 주는 상좌로 가서 앉는다.

혜란이는 생긋 웃어만 보이면서 어서 빠져 달아날 생각으로 망단해 멈칫거리며 서 있다. 브라운보다도 함께 온 박종렬(朴宗烈) 영감이 어려웠다.

이 영감을 이런 데서 만날 줄은 천만뜻밖이요 마음이 조마조마하기도 한 것이다.

박종렬 영감이 친구의 딸이 주석에 끼여서 거북히 생각하는 이상으로 혜란이는 이 자리에 있기가 싫었다.

아버님의 친구일 뿐이 아니라 미구에는 시아버지로 모셔야 할 양반이거니, 하는 저 혼자의 속셈이 혜란이에게는 따로 있기 때문이다.

박종렬이는 병직이의 부친이다.

브라운과 장만춘이와는 브라운 부친의 이야기를 하는 모양이다. 일전에 온 부친의 편지에 자기의 건강만 허락하면 해방된 새 조선에를 꼭 한번 가 보고 싶다고 하였더라고 브라운이 떠들어 놓으니까,

"허어 그러실 테죠 춘부 영감은 올해 아마 근 칠순 되셨을걸요?"
하고 만춘이가 대꾸를 한다.

"예순여덟이시죠 아무튼지 삼십여 년, 후반생을 조선에서 늙으셨으니까 조선이 고향 같으시거든요"

"헤에 그렇게 되셨던가요!"

장만춘이와 박종렬이나 똑같은 소리를 하며 장단을 맞추어 주었다. 광산가(鑛山家)이던 노(老) 브라운과 안면들은 없었으나 전부터 소문은

들어 짐작하는 터이다.

브라운의 부친은 한국 시대부터 조선에 와서 운산금광(雲山金鑛)을 경영하던 한 시대 전 사람이었다. 한밑천 잡기도 하였지마는 끝판에는 결국에 총독부에 밀려 탄광은 삼정(三井)에 팔아넘기고 무슨 오일컴퍼니인가라는 석유회사 지점까지 치워 버리고 조선을 떠난 지가 칠팔 년 전 일이다. 그래도 아들만은 원체 조선서 자랐기도 하였고 아내가 남편보다는 본국서 정통으로 교육을 받은 여성으로서 미션스쿨에 교편을 잡고 있었던 관계로 좀 더 처져 있으면서 조그마한 무역상을 경영하던 것이나, 이 역시 전쟁 바로 전에 쫓겨 갔던 것이다.

"아버지는 일생일대의 사업을 뺏기고 쫓겨 가셨으니 조선이 평생에 안 잊히시나 보아요"

브라운은 얼마쯤 감개무량도 하고 그 일본 세력을 걷어차고 자기만이라도 이 땅을 다시 밟은 것이 보복이나 한 듯이 통쾌하고 뽐내 보고 싶은 충동을 새삼스럽게 깨닫는 기색이다.

"춘부 영감께서도 한번 권토중래를 하셔야 하겠군요!"

박종렬 영감도 비위를 맞추어 주는 수작으로 한마디 한다.

"그야 그렇지도 하지마는 젊은 내가 이렇게 와서 여러분의 건국 사업에 일비지력을 바치면 그만이지 조선의 산업 개발을 우리 아버님 같은 늙은이의 손을 빚내서야 되겠소? 여러분의 손으로 하셔야지. 허허허."

브라운은 어디까지가 본심에서 나온 말이요 어디까지가 어벌쩡하는 수작인지 모르겠으나 이런 소리를 하며 권하는 대로 술잔을 든다. 이 브라운 청년은 조선말을 잘하느니만치 미군을 따라 자원해서 온 것이지마는 이진석이와 연상약한 삼십여 세쯤 된 비즈니스 맨 타입의 정력가이다. 아무 데도 소속은 없으나 조선 사정에 정통하느니만치 어디를 가나 신임을 받고 은연한 세력을 가지고 있다.

"미스 김 인제 좀 앉구려. 마담두 거기 앉구."

브라운은 새로 들여온 음식을 올리고 이것저것 주간알선(酒間斡旋)을 하는 두 여자를 바라보며 말을 붙인다.

"염려 마시구 식기 전에 어서 잡수세요"

마담이 비프스테이크의 접시를 들여놓으며 생글 웃어 보이니까 브라운은 껄껄 웃으며,

"마담이나 내나 외국인이 이렇게 조선 사람이 된 것을 보니 조선도 인제는 일등국 된 것 아니요"

하고 연해 듣기 좋은 소리만 한다.

"말씀만이라도 고맙소이다. 어서 여러분 덕에 일등국이 되어야 하겠습니다."

진석이가 말을 받으니까 브라운은 되받아서,

"여러분 덕이라니? 우리가 여러분 덕에 귀화한 일등 국민이 되겠다는데!"

하고 또 나무라며 웃는다. 오늘이 크리스마스이브라 덕담으로 속 빈 인사만 교환하는 것 같아야 이야기가 일향 탐탁하게 어울리지를 못한다.

빠져나갈 틈을 타지 못한 혜란이는 가만히 섰기만도 안 되었고, 박종렬 영감에게 경의를 표하느라고 술시중을 거든 것이지마는 역시 먼저

가겠다고 나설 계제도 못 되어 권하는 대로 다시 자기 자리에 앉는 수 밖에 없었다.

"미스 김! 당신이 빨갱이가 되었다는 소문에 우리 마누라는 눈이 뚱 그래서 비관을 하고 있던데 그래 정말요?"

남자들의 수작이 또 한소끔 끝나니까 이번에는 브라운이 영어로 혜란이에게 말을 건네며 웃는다.

혜란이는 그따위 소리는 하도 들어서 인제는 시들한 듯이 웃어만 보이며,

"만록총중에 일점홍이란 말이 있지요? 장미꽃은 붉은 것이 자랑으로 시(詩)가 됩니다!"

하고 영시(英詩)나 읊듯이 구절을 꺾어 넘기며 힘 안 들이고 한마디 해 내던진다. 남자들은 껄껄 웃었다. 진석이 옆에 앉았던 마담만은 영문을 모르니 따라 웃을 수도 없고 시기에 가까운 부러운 눈으로 혜란이의 입을 살짝 치어다보았다. 자기가 이 처지 이 판에 저만큼 영어를 했더라면 얼마나 생색 있게 써먹고 수완껏 활동을 할 수가 있었을까 하는 생각을 하는 것이다.

"하지만 선생님께는 미안해요. 공연히 걱정을 하시게 해 드려서……."

선생님이란 지금 문교부에 있는 브라운 부인 말이다.

열일곱에 여학교를 마치고 L여자전문 영문학과에 들어간 혜란이는 브라운 부인에게 일 년 동안 회화와 영작문을 배웠고 영문학자의 딸이니만치 그때부터 전교 제일의 재원이라고 귀염을 받았더니만큼 인상이

깊었던지 이번에 다시 와서도 동창회의 환영회에서 만난 뒤로 금시로 친해진 것이다.

이번 경요각에 와 있게 된 것도 이상한 인연으로 이 부인이 새에 들기 때문이었다.

"지금 판에 어느 방면, 어느 기관 쳐 놓고 좌익 계열에서 아니 스며 들어간 데가 없는 것도 사실이지만 또 한편 빨갱이 빨갱이 하는 말처럼 대중없는 것도 없지. 제 비위에만 틀리면 단통 빨갱이를 들씌우니까……"

장만춘이가 새판으로 빨갱이 시론(時論)을 꺼내니까 박종렬 영감은,

"그두 그렇지만 경계는 단단히 해야지, 어디 요새 젊은 애들 믿을 수가 있어야지……"

하고 혜란이를 한참 바라본다. 마치 혜란이의 입술 빛이 붉은가 흰가 찰색(察色)이나 하려 드는 눈치다. 혜란이는 무심코 눈길이 마주치니까 고개를 떨어뜨렸다.

"이 영감 곧 달걀 지고 성 밑에 못 갈 양반이로군! ……"

브라운은 이런 속담도 곧잘 써 가면서,

"그래서 영감은 미스 김을 쓰려다가 말았소그려?"

하고 박종렬이를 돌려다 보며 웃는다.

"그야 김 규수는 우리 술장사 같은 데는 과분하고 적당치가 않아서 그만둔 것이지마는……"

박종렬이는 웃어 보이지도 않고 새침하니 이렇게 대꾸를 한다. 이 영감은 남문 안 창골[倉洞]에 본점이 있는 서울 양조회사(釀造會社) 사장이

니 술장수라는 말이다. 현재 혜란이의 오라비 태환(台煥)이가 영어 마디나 하고, 또 친구의 자식이고 한 관계로 이 회사의 사장 비서 격으로 있지마는 또 그런 연줄로 혜란이가 학교에서 나오니까 혜란이를 비서 자리에 들여앉히고 태환이는 무슨 주임 자리로 승차를 시키려는 의논이 한때 있었던 것이라서 빨갱이로 학교에서 배척을 받고 쫓겨났다는 소문이 귀에 들어오자 에크머니나! 하고 그 이야기는 흐지부지되고 만 것이었다. 브라운이 그 내평까지야 어찌 알랴마는 때마침 혜란이를 귀애하는 브라운 부인도 그럼 문교부에 들어와서 나하고 같이 일을 하자고 끄는 것을 양조회사에 들어가기로 결정이 되었다고 거절해 버렸던 것이라서 소문만 나고 게도 구럭도 잃어버리게 되었던 것이다.

그러나 브라운 부인도 그 후 혜란이의 퇴직 이유를 알고서는 혀를 내둘렀던 것이다.

그러나 박종렬이가 머리를 내두르고 퇴짜를 하게 된 것은 실상은 아들 병직이가 은근히 헤살을 놓기 때문도 있었다. 병직이 생각에는 자기 애인을 부친의 회사원으로 내놓기 싫지마는 그보다도 서양 사람 교제에 내세워서 이용하고 영어나 팔아먹게 하는 것이 싫었다.

더구나 비서로 있던 계집애를 나중에 며느리로 들여앉히게 될 경우를 생각하면 아무래도 부친이 반대를 할 것 같아서 혜란이더러도 승낙 말도록 반대를 하였지마는 부친에게도,

"그 계집애 빨갱이예요"

하고 단념해 버리도록 풍을 쳐 놓았던 것이다.

박종렬이는 잠깐 앉았다가 장만춘이와 무엇인지 숙설숙설하고 잘 부

탁한다는 인사를 연해 하며 가 버린다. 이런 것을 보면 장 씨가 자기의 신세를 자탄하는 것 보아서는 외화도 좋고 권리도 그럴 듯한 모양 같다. 뒤미처 브라운이 건너가자 이번에는 계집아이가 들어와 혜란이를 소곤소곤 불러내 간다. 혜란이는 이때까지 무심하였지마는 생각해 보니 오라비가 박 사장을 따라 저 방에 와서 있었던 것이다.

"난 먼저 가 봐야 하겠어요."

혜란이가 이 김에 가 버리려고 외투를 떼어 들려는 것을 진석이는 한사코 말린다.

"무어 태환 군인 게로군? 들어오라지."

장만춘이는 벌써 알아차리고 이런 소리를 한다.

"아 너 어떻게 여기를 왔니?"

혜란이를 보자 저편 돌치는 모퉁이에 섰던 태환이가 웃는다. 입에서는 술내가 혹 끼친다.

"저녁 먹으러 가자기에 구경 삼아 와 봤지! 집에 가서 나 여기서 만났단 말은 말우."

오라비가 그만한 이해야 있을 것이요, 무슨 숨어 다니는 굽죄일 일이 있는 것은 아니지마는 난생 처음 와 보는 요릿집에서 공교롭게도 오라비까지 만나다니 숨어 못 살 세상이라고 생각하였다.

"너두 너 같은 소리도 못한다마는 이런 술집에는 점잖으신 닥터나 레이디는 오실 데가 못 되는 데야."

하고 태환이는 비웃어 본다. 사내 동생과 또 달라서 시집도 안 간 계집애 동생을 이러한 요릿집에서 만난다는 것이 피차에 창피스럽기도 하고 불쾌하기도 하고 가풍에 없는 일이지마는, 이 집에 온 것을 알고서야 모른 척할 수가 없어서 불러 본 것이다.

"그래요! 그래요! ……"

하며 혜란이는 빌듯이 웃어 보이다가,

"이런 구경두 해방 덕인데!"

하고 누구를 비꼬는 수작인지 코웃음을 치며 버티어 본다. 조금 아까 장 선생과 이야기하던 해방 덕이란 말이 머리에 떠오른 것이다.

"쓸데없는 소리 말구 늦기 전에 어서 가거라."

남매가 이런 소리를 하며 막 헤어지려는데 뒤에서 진석이가 쭈르르 나오더니,

"아까 잠깐 뵈었지만 김 선생 오라버님이시라죠? 좀 들어가시죠?"

하고 은근히 끈다. 태환이는 사양을 하다가 누이가 신세를 지고 있는 사람이니 뿌리칠 수도 없어 따라섰다.

"선생님 안녕하십니까? 한데 선생님께서두 이런 데를 다 오십니까?"

방에 들어서며 태환이는 공손히 절을 하며 장만춘이에게 이런 인사를 하였다. 누이동생을 이런 데 끌고 온 것이 생각 없는 짓이라고 비꼬는 어기도 섞였으나 언제나 선술집으로만 돌아다니는 장만춘인 줄을 잘 알기 때문이다.

"허허허 참 우리 언젠가 대폿집에서 만났지! ……나두 해방 덕에 선술집을 면하구 이렇게 간신히 자네들 틈에 어울리게 되었네! 허허허."

태환이는 이진석이와 다시 인사가 끝난 뒤에 장만춘이를 건너다보며,

"그래 요새두 대폿집에 가십니까?"

하고 옛이야기 삼아 웃는다. 해방 전 술이 극도로 귀하였을 제 종묘 앞 대폿집이란 선술집에 그나마 열을 지어 들어서던 것이 반가운 추억도 되거니와 그때 장 선생을 두어 번 만나서 함께 어울리기도 하였던 것이다.

"웬걸! 해방 덕에 이렇게 출세하지 않았나? 인젠 고등이 돼서……허허허."

"출세두 좋고 고등두 좋지마는 이렇게 학교 선생님네들이 이 근처로 발전을 하신대서야 큰일 아닌가요. 나중에는 저런 애까지 이렇게 와서 제 집 안방처럼 버텨 앉았게 되었으니……하하하."

하고 누이를 건너다본다. 장만춘이는 듣기에 좀 괴란쩍어서 픽 웃고 말았다.

"대관절 대폿집이란 뭐요?"

진석이는 아까부터 궁금해서 묻는다.

"하하하 미스터 리 같은 고등 아메리카 신사는 모를 말이지마는…… 어쨌든 우리 같은 노흡한 패는 자연도태요 매씨 같은 유위한 교원은 인위도태(人爲淘汰)요……그러고 보니 이렇게 되는 수밖에 별수 없지!"

장 선생은 이렇게 변명 삼아 휘갑을 친다.

태환이는 진석이가 권하는 술잔을 받으면서,

"참 그런데 아무 경험 없는 저 애를 맡아 주셔서……."

하고 인사를 하니까,

"천만에요 그러나 아까두 이야기가 났지마는 염려 마세요 세상에서는 빨갱이니 어쩌니 하여두 내가 잘 맡았습니다."

하고 풍을 친다.

"학교는 말할 것도 없고 브라운 부인이나 심지어 댁 회사의 박 사장까지 차 버리다니 말이 됩니까. 나는 슬며시 의분을 느끼구 누가 뭐라든지 나는 믿습니다."

"고마운 말씀입니다."

태환이는 이렇게 대꾸는 하면서도 이 사람이 혜란이를 언제부터 안다고 의분까지 느낄 거야 무어 있누? 하고 속으로 코웃음을 쳤다.

"적어도 매씨가 그런 분이 아니시란 것만이라도 변명을 해 드리구 싶어 오시라고 한 것입니다. 내 본뜻은 거기 있습니다!"

술이 돌수록 속에서 복받치는 기운을 주체를 할 수가 없는 듯이 손짓을 해 가며 입찬소리를 한다.

"고맙습니다!"

혜란이도 오라비의 입내를 내며 남자의 입술을 빤히 치어다본다. 속이 채 익지 않은 뻘건 비프스테이크 저름이 기름진 핏방울을 뚝뚝 흘리며 진석이의 시뻘건 두꺼운 입술로 널름 들어가는 것을 보고 혜란이는 비프스테이크 같은 남자라고 생각하며 입을 삐쭉하였다.

혜란이는 이 남자가 자기를 무슨 큰 의협심으로 구제나 해 주고 보호해 주려고 데려온 듯싶이 생색을 내는 것이 몹시 귀에 거슬리고 자존심을 꺾는 것 같아야 불쾌한 것이다.

실상은 혜란이가 브라운 부인 집에 들렀다가 그것도 인연이 닿느라고 그랬던지 마침 와서 앉았던 진석이와 만난 것이 오늘날 경요각에 나오게 된 자초였다. 전부터 여사무원 하나를 얻어 달라고 부탁을 하여

51

두었던지 브라운 부인은 두 사람을 인사를 시키고 나서 당장 그 자리에서,

"미스 김! 보석상 점원 노릇 좀 해 보면 어때? 다이아 반지 끼구 싶지 않아?"

하고 웃음의 소리를 할 제 혜란이는 상점원이라니 가당치도 않다고 완곡히 거절하여 버렸던 것이다. 혜란이 눈에 비친 이진석이는 굵다란 금시곗줄이나 늘이고 헐레벌떡 돌아다니는 주식점(株式店) 중개인이랬으면 알맞겠다는 인상뿐이기 때문에 첫눈에 그 밑에서 일하기는 싫다고 생각하였던 것이다.

그런 것이 하루 걸러서는 브라운 씨를 내세워서 박종렬 영감을 다리를 놓고 태환이에게 청이 들어서자 태환이는 태환이대로 이리저리 내용을 알아보고 한 뒤에 오라비도 갑갑하게 들어앉았느니 가 보려거든 가 보라고 권하기에 나오기로 한 것이다. 당장 시집을 갈 것도 아니요, 넉넉지도 않은 살림에 한 푼이라도 벌어야만 할 형편이기는 하나 그렇다고 경요각 아니면 아주 갈 데가 없고 당장 등에 몰리는 일이 있어서 자청을 해 온 것은 아니다.

그러한 설왕설래는 하여간에 제 편에서 허겁지겁을 하던 며칠 전 일은 까맣게 잊어버린 듯이 저 잘났다는 공치사만 하는 소리를 들으니 얼굴이 빤히 보이고 아니꼽게까지 생각이 드는 것이다. 혜란이의 이러한 점은 저의 아버지의 기품 고대로이다.

태환이는 누이가 내색을 보이는 것이 안되었던지 슬며시 누이에게 눈짓을 하고 나서,

"나두 남의 집 고공살이를 하지마는 주인이 그만치 사정을 알아주기란 수월치 않은 일이죠."

하고 진석이를 치켜세워 주며 커다란 입을 벌리고 껄껄 웃는다. 이 사람은 어머니 편을 닮아 그런지 그 입가가 허여멀건 얼굴도 큼직하고 걸걸한 품이 누이와는 다르다. 그는 고사하고 진석이가 미국서 한밑천 붙들어 가지고 온 모양이라니 실상 얼마만한 실력인지는 모르나 혹 이용할 데가 없으란 법도 없다는 생각으로 슬슬 비위를 맞추어 주는 것이다.

"미스터 김은 호한야! 매씨는 잠깐 지내봐두 무서운 양반인데……허허허. 우리 좀 친해 봅시다."

진석이가 매우 유쾌한 듯이 태환이의 손을 붙들고 흔들려니까 계집아이가 들어와서 박종렬이 방의 손님들이 가신다는 기별을 한다. 태환이가 후다닥 일어나는 김에 혜란이도 함께 가자고 따라 일어선다. 문간에를 나오니까 손님 배웅을 나온 마담이 생긋 웃어 보이면서도 본능적으로 잠깐 적의를 품은 듯이 경원(敬遠)하는 기색이더니 가까이 오며,

"또 놀러오서요"

하고 상냥히 인사를 한다. 혜란이는 다만 가엾은 생각이 들어서 마주 상긋해 보였다.

그들의 그룹

"어젠 좀 늦었죠?"

이진석이는 아침에 혜란이를 만나는 길로 어제 인사를 한다. 자기 딴은 그렇게 하룻밤 놀았으니만치 전보다 더 친숙해졌다는 은근한 표정이나 혜란이는 그렇지도 못하였다.

어제 오라비를 붙들고 하던 말에 아니꼽다고 토라졌던 감정이 하룻밤을 지냈어도 아직 충분히 가시지를 못한 것이다. 이 남자가 하여간에 자기에게 친절한 것은 사실이요 어제 그 말도 자기 깐에는 호의를 표하느라고 한 말이겠지마는 그 친절이나 호의가 꾸어다 박은 듯한 헛생색 같고 부자연하게 들려서 별로 고마운 줄을 모르겠다.

"참 어제 그 베커 군 오거든 병풍하구 탈춤 추는 것 같은 인형 있지 않소? 그거 내주슈. 만일 안 들르거든 이 집으로 갖다 주어야 하겠는데 ……."

진석이는 테이블 위의 메모에서 종이쪽지를 빼어 주며 분홍 양단저고리를 입은 혜란이의 홀쭉한 어깻집을 바라본다. 요새야 겨우 조선 여자의 옷맵시를 알아보게 되었지마는 이 여자는 자기 첩보다 몸집이 가느니만치 허리께가 날씬하고 조선옷 입은 몸매가 더 예쁘장스러운 데에 눈이 저절로 가는 것이다.

"갖다 주긴요 더구나 오늘이 크리스마스인데……."

혜란이는 그렇지 않아도 어제 잠깐 곁결에 들은 말이 있는지라 베커의 집에나 가게 되지 않을까 하는 짐작이 있어서 구격에 잘 맞지도 않는 양장을 입고 서양 사람의 집에 가서 제 꼴이나 뵈일까 보아서 조선옷을 입고 나선 것이다.

"보내마고 했으니까 하여간 다섯 시 전으로 아이놈 들려 가지구 가 보슈. 크리스마스면 상관있나? 오늘 놀고 들어앉았을 거니까."

"그래 돈은 받으셨어요, 돈 받아 가지고 올 거예요?"

"아니 우선 갖다 놓고 자세히 감정을 해 본다는 거니 꼭 살지도 모르지만 돈야 미스터 장이 새에 들었으니까……. 그러구 그 집은 매코이 박사 집에 기숙을 하고 있는 모양인데 아마 예전 대화정 ××국장 관사일 거니 찾긴 쉬울 거요."

혜란이는 마음에 싸지 않았으나 싫다고 할 수도 없어 주소를 적은 쪽지를 핸드백에 넣었다.

주인이 훌쩍 나간 뒤에 혜란이는 신문을 펴 들면서,

'이건 장 선생은 고물상 거간이라더니 거간두 못 되는 배달꾼인가!'

이런 생각을 하며 혼자 코웃음도 쳤다.

한가로운 반나절이 지나고 새로 세 시가 넘어도 베커는 오지 않는다.

오늘은 어제 병직이와 특별히 놀러가자고 약속한 것을 생각하면서 이
왕이면 일찍 갖다 주고 올까 하는 생각을 하고 앉았는 판에 베커가 터
덜터덜 들어온다.

혜란이가 마침 잘 되었구나 하는 생각을 하며 마주 나오려니까 베커
는 인사 대신에 웃어만 보이면서 다짜고짜 주인을 찾다가 없다니까,

"어제 부탁한 그 물건 내일 다섯 시에 보내 달라구 하슈. 지금 친구
의 초대를 받아 가느라구 틈이 없으니……"

하고 바쁜 듯이 팔뚝의 시계를 들여다본다. 어제같이 일면(一面)이 여구
(如舊)로 은근하던 맛은 없어지고 보통 점원에 대한 사무적 태도요 갈
길이 바빠서도 그렇겠지마는 허둥허둥하며 좀 머줍은 기색이다.

"좀 들어가시죠."

하고 응접실로 끌어 보았으나,

"아니 시간이 없어서……. 또 요담 장만춘 씨하구 놀러 오리다."

하며 베커는 혜란이의 시선은 피하면서도 조선옷 입은 맵시를 슬쩍슬
쩍 눈여겨보다가,

"자, 그럼 부탁하우."

하고 나가 버린다. 혜란이는 한시름 잊었다고 마음이 거뜬하였다. 그러
나 어제 초면이건마는 정중하고 정숙하던 태도가 없어지고 흥부리는
듯한 언사나 거동이 좀 불쾌도 하였다. 또 그러나 눈을 한 군데 두지
못하고 수줍은 듯도 하고 어색하게 허둥허둥하던 들뜬 표정이 침착하
고 단아해 보이던 첫인상과 달라서 혜란이는 혼자 픽 웃으며,

'나이 몇 살이나 되었을구?'

하고 멀거니 생각해 보았다. 스물대여섯쯤 되는 미장가 전의 총각 같다는 생각을 하니 그 수줍어하고 머쭙은 거동이 도리어 천진스러운 듯도 싶다.

'왜 이 저고리가 눈이 부시던가? ……'

혜란이는 오늘 처음 팔을 꿰어 보는 분홍 양단저고리가 마음에 들어서 또 한번 앞섶께를 내려다보았다.

그러나 결코 자기 얼굴이 눈이 부시던가? 라고는 혼잣말로라도 하지는 않았다.

하여간에 그렇게 생각하니 일개 외국 청년에게 아무러한 대접을 받았거나 그다지 마음에 걸릴 일은 아니지마는 결국에 자기가 무시를 당하였거니 하는 불쾌한 생각이 스러졌다. 주인이 들어오기에 그런 이야기를 하니,

"허어 신용이 있군. 그럼 내일은 꼭 갖다가 두우."

하고 또 다진다.

"난 안 가면 어때요. 총각인지 홀애비인지 혼자 있는데 가기두 거북하구. 알지두 못하는 걸 조선 풍속을 캐어묻거나 하면 성이만 가실 거구……."

"온 천만에! 누가 총각 찾아가시랍디까? 장사꾼이 손님 찾아가는 거지! 그 사람두 신사예요. 하여간 지금 이 판에 그런 청년이 조선을 연구하려 드는 것만 신통하고 다행하지! 돈 들여가며 선전을 해야 할 지경인데! 이것두 건국 사업이거니 하고 묻는 대로 잘 가르쳐 주시구려."

돈에 눈이 벌건 진석이가 제법 이런 소리를 한다.

"오늘 크리스마슨데 어째 쓸쓸하군. 좀 일찍 마치고 강 군이나 데리구 차라두 먹으러 가십시다."

강 군이란 장부를 맡아보는 진석이의 첩처남 말이다. 진석이는 이십년 가까이 하와이에서 지낸 습관으로 크리스마스가 설 같아서 쓸쓸히 넘기기가 섭섭한 모양이나 그렇다고 미국 사람과 어울리지도 못하고 교인 축과 교제가 있는 것도 아니니 첩의 집으로 친구를 끌어들여 크리스마스 놀이를 한달 수도 없고 설빔 못한 어린아이처럼 풀이 없이 쓸쓸한 모양이다.

"난 곧 가야 하겠어요. 약속한 데가 있어요."

"어제 그 젊은이가 또 오는 게로군요?"

하고 진석이가 웃는다. 아닌 게 아니라 그렇기는 하지마는 그 웃음이 또 야비하고 시뻘건 입술이 투미스럽게도 보인다. 그는 고사하고 강가라는 첩처남인지 기생오라비 따위하고 어울려서 차(茶)고 저녁밥이고 먹으러 다니고 싶지는 않았다.

주인은 정작 혜란이가 싫다는데 첩처남쯤 데리고 나선대도 별수 없다는 생각이 들었던지 더 조르지도 않고 또 나가 버렸다.

그러나 여섯 시를 쳤건마는 정작 병직이가 아니 온다. 차차 불안한 기분이 떠오른다. 전부터 그렇지만 병직이가 노는 사회나 병직이의 주위라는 것은 자기와 동떨어지기 때문에 누구와 어떻게 어울려 놀고 어디를 헤매는지 도무지 알 수가 없다. 대강 겉짐작이야 있지마는 자기와의 교제라는 것도 근 일 년을 두고 지내보아야 주기적으로 들쭉날쭉하는 것이었다. 날마다 만나다시피 한소끔 교제가 잦다가는 또 한동안 뜸하고 뜸하였다가는 또다시 죄어치고 하는 것이었다.

어제부터 어쩐지 또다시 병통이 생기는가 싶더니 오늘도 문을 닫을 때까지 어제 그렇게 하고 간 사람이 얼씬도 아니한다.

혜란이는 실상 온종일 은근히 여섯 시가 되기만 기다리던 것이라 서운하기도 하고 인제는 지쳐서 단념해 버리고 나섰다. 홀태 속 같은 진 고갯길을 곧장 올라가며 을지로 4가 정류장까지 바로 갈 작정이었으나 그래도 사람의 일이란 모를 거라 허위단심 오는 것을 한걸음 새에 어긋날 것만 같아서 제 공상에 혼자 분한 생각을 참고 명동으로 돌쳐섰다.

네거리 국제극장 앞에 와서 또 잠깐 멈칫하였으나 발길은 저절로 왼편 전찻길 쪽으로 돌아섰다. 그동안 일주일 틈날 때마다 이 길로 병직이와 둘이 찻집에를 찾아 거닐던 길이다.

"오, 미스 김!"

병직이의 목소리다. 불빛은 환하나 사람이 복작대는 속에서 병직이의 얼굴이 얼른 나타나지 않는다.

혜란이가 멈칫 서려니까 빙그레 웃는 병직이의 얼굴이 다가오며 뒤미쳐서 최화순이의 웃는 둥 마는 둥 하는 얼굴이 눈에 띈다.

"오래간만이로군요!"

화순(和順)이는 여전히 웃지도 않고 인사를 붙인다. 왼편 입귀가 빼뚜름히 처지면서 나오는 그 말씨는 언제나 남을 넘보고 비웃는 것같이 들리나 저 타고난 버릇이니 하는 수 없다. 무슨 특별히 혜란이가 못마땅해서 그런 것은 아니다.

"네. 그동안 별고 없으세요?"

혜란이는 이렇게 대꾸는 하면서도 이럴 바에는 바로 집으로 가는 것을 공연히 길을 돌았다고 후회도 났다.

첫째는 병직이가 이 여자와 찻집을 도느라고 이렇게 늦는 것을 모르고 눈이 빠지게 기다린 것이 분하다.

그러나 그보다도 이 여자 앞에서는 언제나 자기가 휘둘리는 것 같은 자격지심이 들어서 화순이와 맞닥뜨리는 것이었다.

"하마터면 못 만날 뻔하였군요!"

병직이는 그래도 반가운 기색으로 웃는다. 병직이나 혜란이나 둘이만 만나면 말이 반말지거리로 무관히 나가나, 남의 앞에서는 서로 공대를 하는 것이 거진 습관이 되었다.

"아녜요. 어디들 가세요? 난 집으루 가겠어요"

사실 혜란이는 심사가 나서 그대로 빠져 달아나 버리고 싶었다.

"그럴 거 뭐 있소 지금 마중을 가던 길인데……."

병직이는 어제 약속을 까먹은 것도 아니요 지금 이 여자의 기분을 짐작 못하는 것이 아니지마는 어제부터 화순이에게 붙들려서 헤나지를 못하는 형편이니 혜란이에게 미안한 생각이 없는 것은 아니나 하는 수 없다고 그저 달래기만 하는 것이다.

"왜 그러세요? 같이 놀러가십시다요"

화순이도 이렇게 붙들며 남자를 치어다보고,

"저리 가지?"

하고 앞장을 선다. 말눈치가 놀러갈 데를 저희끼리 미리 이야기가 있었던 모양이지마는 화순이의 거동은 마치 부부끼리 길에서 만난 손님을 대접하러 끌고 가는 것 같다.

둘이만 재미있게 놀러 가리라고 벼르던 혜란이는 화순이의 그 꼴에 하도 어이가 없어서 당장 돌쳐설 생각이었으나 남자가 함께 가자고 은근히 눈짓을 할 뿐 아니라 점잖지 않게 삐쭉 달아나는 것도 도리어 창피스러울 것 같아서 아무 소리 없이 따라섰다.

이때껏 병직이 앞에서라도 입 밖에는 내본 일이 없지마는 둘의 사이를 은근히 미심쩍게 보아 오던 터이라 요새는 어떻게 지내는지 둘이 노는 꼴을 구경이나 하리라는 생각도 한편에 있었던 것이다.

지금은 병직이가 B신문사로 옮겨 가서 갈려 있으나 올여름까지도 A신문사에서 책상을 느런히 하고 있었던 두 사람의 사이다.

그런 점은 의심을 하자면 한이 없는 일이라 모른 척하는 것이 수이겠지마는 그래도 언제나 불안을 느끼는 것이요, 딱 마주치면 마지못해 외면을 못할 뿐이지 본능적으로 싫은 것이다.

그러나 화순이 편은 아무렇지도 않다. 병직이에게 대해 혜란이가 어떠한 사람인지 눈치를 못 챌 만치 둔감한 화순이가 아니다.

그런 무신경한 화순이도 아니다. 무신경은커녕 이맛살이 좁은 듯하고 턱이 빨라서 광대뼈가 좀 나온 듯한 포동포동한 혈색 좋은 얼굴에서 샛별 같은 두 눈이 대룩하고 반짝하면 남의 오장 속까지 들여다보는 듯한 그런 화순이다. 게다가 신문기자 노릇을 다섯 해나 해 먹었다. 왼편 입귀를 삐뚜름히 처뜨리고 콧등에 선웃음이 지어 오르는 듯하며 남자의 얼굴을 곁눈으로 살짝 치어다보는 화순이는 이 세상을 그 대룩거리는 눈으로 흘겨보고 코웃음을 치는 것이다. 그러나 그 특징 있는 입귀가 도리어 남자의 눈을 끄는 애교를 풍기듯이 맑은 연못을 생각게 하는 그 정채와 재기가 발린 두 눈이 남자의 마음을 낚는 것인 모양이다.

세상을 코웃음으로 흘겨보는 화순이가 남자를 대수롭게 여기고 고마운 존재로 볼 리가 없는 것은 으레 그럴 일이지마는 생활상 없지 못할 필요한 존재로는 안다.

돈을 주는 남자가 있다면 서슴지 않고 받기도 하고 연애를 하자는 남자가 비위에 과히 삐뚤지만 않으면 마다고는 아니한다. 그다지 함부로 노는 음분한 여자는 아니지마는 제 눈에 드는 남자면 손아귀에 쓸어넣기도 한다. 병직이가 그 한 사람이다. 그러나 연애도 과학적으로 처리할 것이라는 신념만은 잊지 않고 있는 모양이다. 원체 남자에게 귀염을 받겠다기보다도 남자를 애무(愛撫)하는 편이지마는, 그 애무도 자기가 마음 내킬 때 자기가 필요한 때에 한(限)한 것이다. 혜란이가 병직이와의 교제인지 애정인지가 주기적 간헐적으로 뜸하다가는 모닥불을 부어오듯이 하여 한결같지 않은 데에 불만을 품는 것도 그 원인이 이러한 화순이의 영향을 받는 데 있는 모양이다. 하여간 그러하기 때문에 화순이에게는 질투라는 것이 없다. 혹은 병직이와 일 년 반이나 교제해 내려오는 동안에 그 애무를 한번도 병직이 편에서 박차 버린 일이 없으니까 그런지도 모르겠으나 어쨌든 이러한 투기를 모른다는 점만은 난봉을 피우고 첩치가를 하고 하는 남편의 뒤를 소리 없이 받드는 정숙한 부인의 부덕(婦德)과도 일맥상통하는 점이 있다. 어디까지나 자기본위면서도 자기를 연애나 남자의 굴레 밖에 자유롭게 놓아두는 동시에 저편도 구속을 안 하려 한다. 냉담한 것도 아니나 집착도 안 한다. 그리고 스스로 가로되 이것이 과학적 연애라고 한다.

"고물상 점원으로 들어가셨다죠?"

두 남녀가 저희끼리 할 이야기를 하게 내버려 두려는 생각인지 뒤에서 오는 사람은 잊어버린 듯이 한참 앞서 가던 화순이는 발을 멈칫하여 혜란이와 나란히 걸으며 말을 붙인다. 혜란이는 이 여자의 입귀는 보지 못했으나 그 말의 어기가 역시 '고물상 점원 따위!' 하고 삐쭉하는 것 같아서 또 불쾌하였으나 잠자코 생긋 웃어만 보였다.

화순이는 곁눈으로 혜란이의 웃는 입모습을 보고 새삼스레 예쁘다고 생각하였다.

"그러지 말구 신문사에나 들어가시는 게 좋았지."

화순이는 혼잣소리처럼 하다가,

"어디 우리 신문사에 말해 볼까? 영어 하는 사람 하나 쓴다나 보던데……."

하며 정작 혜란이는 제쳐 놓고 병직에게 의논을 한다. 혜란이가 병직이에게 매인 사람으로 쳐 놓고 하는 말 같기도 하나 마치 내외끼리 딸자식의 취직 걱정이나 하는 듯싶다.

"딴소리, 빨갱이라고 쫓겨난 사람을?"

병직이는 웃어 버린다. 혜란이도 속으로 코웃음을 쳤다. 그러나 하여튼지 간에 의외로 호의를 가진 양이 고마웁기는 하다는 생각이 든다.

"왜 어때……? 흐응 그따위 소리를 하면 내 당신네들 교제두 못 하게 혜살을 놀걸."

하고 화순이는 입귀를 한층 더 움쭉해 보인다. 농담 같으나 말소리가 올찬 품이 실없는 말만도 아닌 듯도 싶다. 화순이가 다니는 A신문이란 좌익계통이라고 지목을 받는 신문이다. 병직이가 부친에게나 친구들에게 다소 좌익 색채를 가진 듯이 주의를 듣는 것도 A신문사에 있었던 관계요, 그 누(累)가 혜란이에게까지 미쳤던 것이다.

붉은 신문기자와 연애를 한다는 둥 결혼을 하리라는 듯하는 소문이 혜란이를 학교에서 밀어내는 구실의 하나이었던 모양이다. 그것은 하여간에 질투를 모르고 혜란이와의 교제에 강짜라고는 해 본 일이 없는 이 여자가 좌익 계열을 꺼리는 듯한 말눈치에 가서는 금시로 핏대를 올리며 둘의 사이를 떼어 놓을 듯이 암상을 내는 것을 보니 병직이도 속으로 흐흥! ……하고 고개를 끄덕이었다.

광충교 못 미쳐서 길을 다방골로 접어드는 것을 보니 혜란이는 '누님 집'에를 가나 보다는 짐작이 들었다. 그 집에 드나드는 손님마다 주부를 보고 휘뚜루마뚜루 누님이라 하니 병직만의 수양 누이도 아니지마는 혜란이도 학교를 그만둔 뒤에 병직이에게 끌려서 두어 번 점심 먹으러 와 본데다 나삐 말하면 문패 없는 술집이나 전시대의 은근짜[隱君子라든가 하는 그런 따위 우중충한 데가 아니라 '누님'이 명랑한 성격의 소유자요 인텔리 여성이니만치 현대적이요 이네들의 조선식 찻집이요 구락부쯤 여기는 모양이다. 혜란이는 이 집에 한낮에 손님이 없어 조용한 틈을 타서 둘이 놀러왔던 것을 생각하면 화순이와도 그렇게 다녔을 것 같아서 마음에 실죽하고 좀 얼굴이 뜻뜻도 한 것을 깨달았다. 화순이와 어울려서 이야기가 났다가, 어제 약속이 있던 터이라 혜란이도 떼칠 수가 없으니 하는 수 없이 이렇게 된 형편이다.

"언니, 손님요!"

앞문을 피해서 뒷문으로 들어서며 화순이가 소리를 치니까, 불이 환히 비치는 안방 서창이 열리며 '누님'이 내다본다.

"어이! 왜 그동안 그렇게 볼 수가 없어? 웬 색시는 몰이를 해 가지구!"

하며 주부는 반색을 한다. 양조장 아들이라 술집에서는 더 떠받드나 보다.

화순이는 이력차게 늘 자기네들이 차지하고 노는 뒷방을 턱짓으로 가리키며,

"저기 비었겠지?"

하고 그리로 돌쳐서려니까 오늘은 손님이 없을 거니 안방으로 들어오라 한다. 이맘때면 한참 북적댈 터인데 뜰아래채에서인지 한두 패 떠들썩하는 소리는 멀리 들리나 퍽 쓸쓸하다.

"어째 오늘은 왜 이리 조용하우?"

병직이가 앞장을 서서 서창 뒷마루로 올라서며 말을 건다.

"아마 이 생화두 한철 지났나 봐!"

주부는 이런 소리를 하며 방석을 내놓는다.

"왜?"

"나 같은 중립파는 지겨웠다는 데야 별수 있던감!"

하고 주부는 코웃음을 친다.

"그 잘난 중립과 과붓집 무엇 내세운 듯이 인젠 그만 내세우."

화순이는 이렇게 핀잔을 주며 오버를 벗어 걸고 남자의 외투도 받아

서 그 위에 걸치고는 옆에 체경에 얼굴을 잠깐 비춰 본다.

혜란이는 자연 수줍은 듯이 길치로 앉으면서 요새는 음식집도 중립파가 있나? 하고 혼자 속으로 웃었다.

여기서 필자는 말이 난 김에 씻은 배추 줄거리같이 생긴 중립파, 술장수 마누라를 잠깐 소개하려 한다.

사십은 넘었을 듯한 이 중년 인텔리 마담은 누가 보든지 결코 홑벌로 볼 음식점 주모만은 아니다. 진주(晋州) 태생이라면 기생퇴물로 알겠지마는 일본에 가서 어엿이 ×여자고등사범 수물리과(數物理科)를 마친 여류과학자다. 여류과학자의 말로가 술장수라는 것도 해방 조선의 적지 않은 아이러니지마는 당자더러 말하라면 여학교 어린애들에게 대수 기하(代數 幾何)쯤을 가르치는 것을 늙어 가는 자기가 아니라도 할 사람이 있으니까 조선 독립에 '이바지'하느라고 좌우정객(左右政客)과 우국지사(憂國之士)에게 위안을 주느라고 이런 장사를 시작한 것이라 한다.

원체 시가다 본가에 먹을 것이 있는데, 삼십이 넘자 홀로 되어 집칸 땅마지기를 가지고 자기 마음대로 편안히 지내는 형편에 해방이 되고 보니 가만히 죽치고 들어앉았기도 싫은 판이라 동무가 충동이는 대로 이런 특종 요릿집을 벌이고 앉아본 것이라서 의외로 대번창이었다. 첫째가 영리요 둘째가 연줄 있는 손님만 골라 받으니 자연 좌우익 할 것 없이 정계 실업계의 누구라면 겉짐작이라도 할 만한 사람이거나 신문 기자 축의 출입이 잦게 되어서 개중에는 모리배도 섞였겠지마는 어쨌든 정계의 동향이니 사회의 풍문이니 하는 것이 한때는 이 '누님집'으로 모여드는 듯싶어서 독립 추진의 은연한 한 책원지가 된 듯한 관(觀)

이 없지도 않았다.

'누님'은 장사가 쏠쏠히 되는 것도 재미있었지마는 한편으로는 이러한 데에 신바람도 더 났던 것이다.

"누님이 장래 대신(大臣) 영감을 얻고 싶은 게지?"

하고 뒷구멍으로들 웃기도 하였지마는 하여간 서울 명물의 하나로 평판도 좋고 당자는 해방 후의 신형여걸(新型女傑)로 자처하는 듯도 싶다.

젊은 아이들이 기롱 삼아서,

"대관절 누님은 뭐요?"

하고 물으면,

"뭐라니? 술장수지!"

하고 겸손해 보이나,

"아니 조정원(趙貞媛) 여사의 정치이념이 무어냔 말예요?"

하고 충동이면,

"보다시피 귀가 둘이니까 왼편으로두 듣고 오른편으로두 듣지마는 머리야 하나 아닌가베!"

하고 도도히 정치담을 늘어놓는 것이었다.

"에쿠 위험천만이로군! 한 편에는 모스크바 단파(短波)의 리시버를 달고 한편 귀는 워싱턴과 즉결되구."

"염려 말어. 조정원이가 죽구 썩었기루 스파이 노릇으로 입에 풀칠은 안 할 것이니!"

하고 웃어 버리는 것이었다. 이래(邇來) 입심 좋은 젊은 축들은 누님에게 일두양이주의자(一頭兩耳主義者)라는 존호를 바쳤거니와 딴은 장사란 손님을 낮가리고 되는 법이 없으니 원체 색론에 초연한 것이 장사꾼의 보호색이 되는 것이다. 그러나 그렇다고 그 자칭 '중립'이라는 것이 술 한 잔이라도 더 팔자는 욕기로 예도 좋다 제도 좋다 하고 두루춘풍으로 지내려는 약은 수작만은 아닌 것 같다. 조정원 여사와 같이 서글서글하고 중성적 성격을 가진 사람은 그것이 천성에서 우러져 나오는 본심이어서 도저히 편향 편애가 어려운 듯싶다.

그렇기 때문에 음식이나 손님 시중에 녹록지 않고 손이 크며 호오를 가리거나 층하를 두지도 않거니와 손님 사정도 잘 보고 외상도 곧잘 준다.

"그 축들은 요새는 뜸하겠구려?"

주부가 음식 분별을 하려 밖에 나갔다가 들어오니까 화순이가 말을 붙인다. 그 축들이란 요새 검거선풍(檢擧旋風)에 걸린 사람들 말인 모양이다.

"응, 자연 발이 멀어져 가지만 그건 고사하구 정식 허가를 신청하겠다 해도 허가가 될 리두 없으니 영업을 집어치라는구먼."

"그래 탄압이 여기까지 오드람?"

하고 화순이는 반항적 어조로 입귀를 깨문다.

"무얼 귀가 둘에 머리는 하나밖에 안 가진 우리 누님을 무엇하자고 탄압을 할라구!"

하고 병직이가 웃으니까 여자들도 따라 웃는다.

"그 패가 드나드는 것을 어쩨 모를라구! 역시 탄압이지."

화순이가 또 한번 쏘는 소리를 하며 입귀를 처뜨린다.

"딴은 그렇기에 나 같은 중립파도 오해를 받는지 모르지."

하고 주부는 유산태평으로 웃는다.

"게다가 우리 누님이 실상은 속이 컴컴해서, 그동안 세금 안 바치구 한밑천 든든히 벌은 모리배, 민족 반역자거든! 음식점 정리를 하려는 판인데 허가를 해 주려 들 리가 있나? 허허허……."

병직이의 말과 탄압이라고 화를 내는 화순이의 말과는 달리 이만치나 상거가 있다.

"무어? ……저놈의 총각의 말 따위 들어 보소!"

하며 주부는 호들갑스럽게 눈을 커다랗게 뜨고 어이가 없어 웃다가,

"술장수 밥장사두 홧김에 집어치련다마는 모리배, 역적 소리까지 듣기는 싫구나! 어디 두구 봐라. 그 따위 입을 놀리구서 맛있는 고기 저름 하나 입에 들어가나!"

하고 또 분주히 나간다. 뒷방에는 손님이 한 패 들어가는 기척이 났다. 주부가 들어오며,

"지금 저기 동민(東民)이 왔어."

주부는 이런 소리를 하며 좀 뜨악해 하는 기색이다.

"응? ……동민 씨가? ……"

하고 화순이는 의외라는 듯이 눈을 커닿게 뜬다.

"글쎄……이젠 염려 없게 됐나?"

병직이도 의아한 낯빛이다.

"어디 좀 가 볼까?"

하고 화순이가 일어서려는 것을 주부가 눈짓으로 말린다.

"누가 찾든지 말 말라고 부탁을 하며 들어가니라는데."

병직이도 말렸다. 주부나 병직이나 동민이보다도 화순이의 신변을 더 생각해 주는 것이었다.

밥상이 들어오자 비로소 좌석은 좀 활기가 들었다. 오늘은 주객이 다 흥이 빠져 보이고 남은 세 남녀의 감정도 제각기 제대로 놀았지마는 더구나 혜란이는 이 사람들의 이야기와는 잘 어울리지 않아서 자리가 거북하고 어제 취송정에서와 같이 어서 밥이나 한술 얻어먹고 자리를 뜨고만 싶었다.

병직이는 주부와 대작을 하여 반주를 시작하니까 화순이도 한몫 본다. 술잔을 들어 쭉쭉 마시는 양이 화순이만치 별로 눈 서툴러 보이지는 않으나 술집에 드나드는 '그런 여자'가 연상이 돼서 혜란이는 자기까지 께름칙한 생각이 없을 수 없었다. 도대체 좌우니 중립이니 하는 섣부른 정치담이 듣기에 귀살머리쩍은 생각도 들지마는 어제 오늘 연이틀째 이런 데로만 돌게 된 것이 혼자 속으로 찡찡하다.

'누구나 이러다가 난봉이 나는 게 아닌가?'

엊그제까지 교편을 잡았더니만치 혜란이는 얼마쯤 자기반성이 날카로운 편이다. 다만 병직이와의 교제에는 그런 사념이 없다.

두 집안의 양해(諒解)나 결정이 아직 없을 뿐이지, 언제나 이 남자의 건즐(巾櫛)을 잡을 사람은 자기거니 믿기 때문이다.

술이 댓순 돌려고 할 때 밖에서, 이동민(李東民) 어쩌고 하는 두런두런하는 소리에 방 안은 말을 뚝 끊고 괴괴하여졌다.

"글쎄요…… 그런 양반 모르겠는데요……"

심부름꾼 아이의 소리다.

"조금 전에 들어온 사람인데! 주인 없니?"

그 말눈치가 뒤를 밟아 왔거나 나오기를 장맞이하고 있었던 사람 같다. 너 따위 어린애와는 이야기가 안 된다는 듯이 볼멘소리로 허둥허둥 주인을 찾는 소리도 예사롭지 않다. 안방 안의 여러 사람의 얼굴에는 불안한 빛이 살짝 떠올랐다. 그 중에도 화순이의 눈이 한층 더 동그래지며 긴장하여졌다.

주부가 아이놈의 '아주머니!' 하고 부르는 소리와 함께 일어서는 것을 보자 화순이는 무슨 생각이 들었는지 아무 소리 없이 등 뒤의 서창을 살짝 열고 황급히 빠져나갔다.

뒤꼍 툇마루로 나선 화순이는 컴컴한 속을 오른편으로 쏜살같이 달아났다. 대청의 북창께까지 삥 돈 툇마루를 꼽들이면 반 간통쯤 되는 골재기의 건너편에 뒷방이 느런히 세 개가 있다.

불이 환히 켠 첫 방에 동민이가 들어앉았을 것이다.

맨발인 화순이는 깡충 뛰어 저편 마루로 건너서며 방문을 열었다.

그러나 빈 방석 두 개와 재떨이가 놓였을 뿐이다.

"흠! ……."

하고 화순이는 비로소 목 밑까지 차오른 숨을 내쉬었다. 위로 연달린 두 방에 불이 안 켜진 것으로 보면 이동민이가 다른 방에 있을 리는 없다. 인제 생각하니 마루 위고 아래고 구두가 아니 놓인 것도 볼 새 없이 허둥댄 것이 우습다. 도로 저편 마루로 건너서려니 아까는 얼떨결에 훌쩍 뛰어 섰지마는 다시는 뛸 용기가 아니 났다.

화순이는 한 발에만 흙을 묻히고 저편으로 건너 올라서려다가 그래도 확실한 것을 알아보려는 생각이 번쩍 들면서 맨발인 채 두어 간통 떨어진 뒷문께까지 단걸음에 뛰어가 보았다. 과연 문이 열려 있다.

아까 들어올 제 구두를 잃어버릴까 보아 자기 손으로 분명히 빗장을 질러 놓았던 것이다. 빗장을 다시 찌르고 마악 돌쳐서려는데 안에서 부엌 모퉁이를 돌아 들어오는 발자취가 우중우중 났다. 질겁을 한 화순이는 비호같이 안방 뒤 축대로 올라섰으나 채 한 발을 툇마루에 걸치기도 전에 검은 두 그림자가 힐끗 곁눈에 띈다. 앞선 것은 이 집 아이놈인 모양이다.

화순이는 발의 흙도 털지 못하고 뒤에서 덜미를 잡는 듯이 안방으로 들어왔다. 숨이 턱에 닿는 듯한 화순이의 얼굴은 해쓱하였다.

"벌써 갔어!"

숨찬 소리로 가만히 한마디 하는 화순이의 낯빛은 안심한 모양이면서도 눈 속에는 일맥의 불안이 다시 떠올랐다.

주부도 자기 자리에 들어와 앉았다. 네 사람의 신경은 귀로만 모으고 물그름 말그름 치어다들 보고 앉았다.

"응? 가다니? 그 웬 소리야?"

"글쎄요……?"

"글쎄라니? 어디루 갔단 말이냐? 뒷문도 이렇게 잠겨 있지 않니?"

저벅저벅 발자취가 나며 뒷문을 가서 만져 보는 모양이다.

"뒷문을 괜히 잠갔군!"

화순이의 애가 씌우는 침이 마른 목소리나 그래도 촉 처진 입귀를 꼭 다문 양이 당차 보인다.

"별일 없어!"

병직이가 여자들을 안위시키려고 한마디 하였다. 혜란이는 어떻게 되는 형편인구? 하는 겁을 집어먹으며 눈만 깜박깜박하고 화순이와 병직이를 번갈아 가며 살짝 치어다보았다. 그러나 이런 일에는 결이 난 사람들처럼 그다지 허둥대지 않는 기색을 보니 혜란이는 설레 하던 마음이 좀 가라앉기도 하고 자기의 얼굴이 까닭 없이 도리어 해쓱해진 것 같아서 열없는 생각도 든다.

"여보 쥔!"

형사는 창 밑으로 다가와서 유리창으로 꾸붓하고 들여다보며,

"지금 들어간 그 색시 좀 나오라구 해 주."

하고 소리를 친다. 주부는 뒷마루로 나가며 화순이에게 어떻게 할 테냐고 눈으로 묻는다. 화순이는 선뜻 일어났다.

병직이도 가만히 앉았을 수 없어 따라 나갔다.

"당신 지금 어디를 다녀 들어갔소?"

공연히 앞마당에 영업장이 있느냐? 방 안 손님은 누구냐? 하고 실랑이를 하는 동안에 정작 알맹이를 놓쳐 버린 것이 분해서 속으로는 발을 구르는 것이다.

"변소에 갔었어요. 왜 그러세요?"

'왜 그러세요?' 하고 역습을 하여 오는 기세에 형사는 가뜩이나 한 판에 화가 버럭 났다.

"변소가 어디기에 맨발로 갔더란 말요?"

그렇지 않아도 맨발질하던 것을 들킨 것이 무엇보다도 마음에 걸리던 터이다.

"맨발은 언제 맨발질을 해요?"

화순이도 눈을 똑바로 떴다.

"그럼 나왔을 때 저 문은 열렸습디까?"

"열렸더군요. 그래 들어오는 길에 닫았죠."

열렸더라고 해야 경우가 맞는다. 닫혀 있었더라고 하면 도망꾼이를 뒤로 빠져나가게 하고서 문을 닫은 사람이 이 집 안에 따로 있게 될 것이니 주인네가 성화를 받을 것이란 생각이 들어서 이실직고를 한 것이다.

"무슨 신칙이야, 주인이 할 거지 당신더러 문 닫으랍디까?"

"당장 우리 구두가 여기 있으니 잃을까 봐……."

구두란 말에 형사는 마루 구석을 기웃이 들여다보며,

"당신 구두가 어떤 거요?"

하고 묻는다. 저편 구석에 세 켤레가 나란히 놓인 것 중에 맨 앞에 놓인 것을 되는대로 가리켰다.

그러나 구두짝이 방문 밑에 되는대로 벗어던져 있더라면 몰라도 아까 방안으로 허겁을 하여 뛰어 들어가던 것을 번연히 본 이 사람더러 방문에서 저만치 떨어져 짝을 맞추어 가지런히 놓인 구두를 보고도 맨발질을 아니하였다고 믿어 달라는 것은 이편이 무리였다.

화순이는 입맛이 썼다. 뒷문까지 가 볼 필요가 어디 있었는지? 매사에 끝까지 확적한 것을 보고야만 마음을 놓는 자기의 성격인지 신문기자의 기질인지가 공연한 짓을 하게 하여 횡액에 걸리나 보다고 속으로 혀를 찼다.

"그래 어디서 볼일을 봤단 말요? 우선 발바닥부터 좀 봅시다."

이 사람도 직업의식이 매우 강렬한 모양이다. 소변 자리를 가리키라는 것이요, 양말 바닥에 흙이 안 묻은 것을 당장에 보이라는 것이다.

"당신이 누구신지? 무슨 때문인지는 모르겠지마는 그래도 체모는 차리겠죠?"

화순이는 얼굴이 파래지며 딱 얼러대었다.

경관은 술집에 드나드는 그런 여자는 아닌가 보다 하는 생각이 들면서 잠깐 머쓱하여졌다. 여자에게 대한 그런 심문이 동양 도덕으로나 민주 경찰의 정신으로나 지나쳤지 않았나 하는 의문이 머리 한 구석에 없지는 않았으나 자기의 직권이란 관념이 머리에 떠오르자 다시 내보인다.

"당신 어디 사오? 남편 직업이 뭐요?"

하고 호통을 쳐 보인다.

"아, 그러실 게 아니라."

이때껏 주부의 뒤에 비켜서서 물계만 보고 있던 병직이가 나섰다.

화순이 성미에 섣불리 A신문사 기자 명함이나 내어놓았다가는 이 경우에 큰일이라고 생각한 것이다. 그러나 어느덧 혜란이도 옆에 나와 섰다가 손끝을 넌지시 잡아당기며 가만히 있으라고 소리 없이 말린다.

"가만있어!"

형사는 병직이에게 잠깐 눈을 흡떠 보이고 나서 화순이에게로 다시 덤빈다.

"대관절 당신은 뭐요?"

화순이는 잠자코 양복 웃주머니 속에 아무렇게나 넣어 둔 명함 한 장을 쭉 빼내어서 주었다.

형사는 기자(記者) 두 자에 잠깐 눈이 번쩍하여졌다. 신문기자가 대수론 것이 아니라 그는 여자거니 생각하였던 것이 여기자라니 얼굴이 다시 치어다보이는 것이었다. 그러나 A신문사라고 쓴 것을 보고는 입가에 웃음이 떠올라 왔다. 무슨 단서를 비로소 잡았다는 자신과 유쾌를 느낀 것이다.

"당신은 누구슈!"

이번에는 바로 전에 가만있으라고 그렇게 핀잔을 주던 병직이에게로 달겨든다. 병직이도 하는 수 없이 잠자코 명함갑을 꺼냈다.

형사는 명함을 획 보고 나서 뒤에 섰는 혜란이를 가리키며,

"당신두 신문기자요?"

비양대듯이 웃는다.

검속

"아뇨 이 사람은 내 내자(內子)요!"

병직이는 자기도 모르게 이런 소리가 얼떨결에 휙 나왔다. 혜란이는 귀밑이 발개지며 얼굴이 화끈하는 것을 깨달았다. 화순이도 동시에 똑같은 정도로 귀가 번쩍하고 얼굴에 심각한 표정이 떠오르며 입귀는 한층 더 뒤틀렸다. 이때껏 느껴 보지 못하던 질투가 자다가 깬 듯이 번쩍하고 눈을 뜨고는 가슴속에 뭉클히 처지는 것을 깨달았다. 자기가 이러한 곤경에 끌려 들어가는 것은 이때껏 물계만 보다가 겨우 한마디 거드는 듯하더니, 불뚱이 혜란이에게 뜰 듯싶으니까 선뜻 자기 아내라고 가로막고 나서는 것을 보니, 그 내자라는 말이 우스꽝스러우면서도 아니꼽고 시기(猜忌)가 저절로 나는 것이다.

하여간 형사는 이 남자의 부인이란 바람에 더 시달리게 하지는 않았으나,

"잠깐 갑시다."

라는 말이 나오고야 말았다.

여러 사람은 코가 맥맥하여 잠깐 말이 아니 나왔다.

"가자시면 가죠마는 무엇 때문인지나 알아야죠."

화순이는 그래도 당돌하였다.

"무엇 때문이든지! 그래 이동민이가 이리 빠져나간 것을 모르겠단 말야?"

형사는 딱 얼러대었다.

"이동민이가 누구인지 누가 어쨌는지 내가 아랑곳이 뭐예요?"

화순이도 암팡지게 맞선다.

"천만에! 그럴 리가 있겠습니까. 그러시지 마시구 추운데 좀 올라오시죠."

술이나 한잔 단단히 내겠다는 듯이 주부는 얼레발을 친다.

"잔소리 말아요. 당신두 갑시다."

눈을 부릅뜨며 소리를 꽥 지른다. 이동민이가 지명수배 중의 인물이라 하여도 그리 대수롭게 여기는 거물도 아니요, 이 형사 역시 우연히지난 길에 원광으로 보고 기연가미연가하면서 뒤를 대섰던 것이니 이렇게까지 심하게 할 것은 아니겠으나 바짝 마른 상에 두 눈이 반짝거리는 것만 보아도 성미가 몹시 강팔라서 여간 술잔 대접에 넘어가서 허허웃고 말 사람 같지는 않다.

주부는 그래도 연해 웃음을 쳐 가며 달래도 보고 빌어도 보았으나별수 없었다. 하는 수 없이 혜란이까지 네 남녀가 따라나서고야 말았다.

××서(署)에 가서는 화순이는 제쳐 놓고 혜란이부터 불러들여 심문을

시작하였다. 그것은 혜란이가 언뜻 보기에 온순하고 시집 갓 간 모던 아가씨 같아서 별 농간 없이 실토를 할 듯싶어 그런 모양이다. 혜란이는 거리낌 없이 사실대로 말하였다. 다만 하나 말이 위착나지 않게 하느라고 병직이의 아내 행세를 하고 주소도 병직이 집 번지를 댄 것만이 거짓말이라면 거짓말이나 그런 중에도 행복스럽고 마음이 느긋한 거짓말이었다. 아무리 경관 앞에서지마는 아내요 남편이요 하는 말을 입 밖에 내본 것은 이 세상에서 처음이다. 심문은 의외로 간단히 끝나고 형사가 평탄한 낯빛으로 나가라기에 놓아주나 보다고 반색을 하였더니 다른 순사가 옆방으로 끌어다가 사람이 우글대는 속에 앉혀 놓는다.

이 방도 취조실인 모양이다. 문 맞은께 놓인 기다란 걸상에 늘어앉은 사람들은 무엇 때문에 붙들려 오고 무엇을 호소하러 온 사람인지 모르나 세상이 밤낮 할 것 없이 뒤숭숭하니 이 속도 밤이 들어가건마는 낮같이 분주히 들락날락하고 북적댄다.

방문에서 또 바로 마주치는 자리에 앉게 된 혜란이는 드나드는 뭇 남자의 눈길이 쉴 새 없이 자기 얼굴로 오는 것도 적잖이 괴롭거니와 이런 데 들어와 앉았으니 세상이 금시로 천리만리 멀어진 것 같고 집에서 알면 얼마나 놀라서 야단이 날까 애가 씌워 마음이 조비비듯 한다.

경찰서에 붙들려 와 본 것도 처음이지마는 이러다가 유치장 신세까지 지지 않을까 하는 생각을 하니 몸서리가 쳐지며 자기 몸이 어쩌다 이렇게도 천덕구니가 되었나 싶어 발버둥질이라도 쳐 보고 싶다. 시계를 들여다보니 어느덧 아홉 시에 들어가나 겨울밤은 퍽 깊은 것 같다. 방 안이 써늘해지고 등덜미가 오스스하다.

어찌되는 셈인지? 일행에서 혼자 떨어져 하회를 모르고 어느 때까지 앉았자니 도지개가 틀리는 것 같아서 남자들의 시선을 피하던 혜란이는 도리어 문이 펄썩만 하면 이편에서 고개를 반짝 쳐들곤 하였다. 그러나 병직이는 좀체 나타나지를 않는다.

아홉 시를 쳤다. 차차 사방이 괴괴해지고 밤이 이슥해진 것 같다. 혜란이는 오 분에 한 번씩 팔뚝의 시계를 들여다보며 거딘 듯이 앉았다. 인제는 사람들도 차차 삐여졌으나 저편 정면에서 금동달이 경관의 취조만은 여전히 계속되고 있다. 차고 무거운 방 안의 공기가 머리를 쳐들 기운도 없이 위에서 내리누르는 것만 같다.

그러자 드나드는 발자취도 한참 뜸하던 방문이 펄썩 열리며 병직이의 허어 하고 웃는 화려한 얼굴이 나타난다.

혜란이는 단걸음에 뛰어 난로 앞까지 갔다. 보는 사람만 없으면 얼싸안든지 손이라도 잡았을 것이다.

"안 돼! 이리 와!"

뒤따른 경관의 일갈에 병직이는 어이없다는 웃음을, 주춤 서며 입가에서 웃음이 스러지는 혜란이에게 던지고는 돌쳐서 버린다. 혜란이는 일이 심상치 않아 간다는 생각이 들자 얼굴이 해쓱하여지며 남자의 뒷모양을 말끔히 바라보며 섰으려니까 병직이는 저편 교의에 가서 앉으며 이편을 건너다보고 또 한번 싱긋 웃는다. 혜란이도 뒤틀린 미소로 대거리를 하여 주었다. 자기는 이유가 있든 없든 유치장에를 들어간다기로 상관없겠지마는 이 남자가 경관에게 끌려다니며 감시를 받는다는 것이 분하고 애처롭다.

"저기 가 앉았어요"

지금 그 경관은 입가에 웃음을 띠어 보이면서도 목소리만은 핀둥이를 주듯이 꽥 지르고 나가 버린다. 혜란이는 그제야 비로소 정신이 난 듯이 앉았던 걸상으로 가서 앉았다.

한 삼십 분이나 혜란이와 병직이는 물그름 말그름 건너다보고 앉았으려니 피차에 딱하고 우스운 광경이었다. 조금 있더니 먼저 그 순사가 들어와서 혜란이더러만 가도 좋다고 한다. 혜란이는 눈이 반짝 띄며 일어섰다. 그러나 선뜻 발이 떨어지지를 않았다. 병직이를 살짝 건너다보며,

"저 양반은요? ……나만 나가라시는 거예요?"

하는 대답을 기다리기가 초조한 듯이 물었다.

"그런 걱정 말구 어서 나가요"

경관은 여전히 웃으면서 몰아대는 소리를 한다. 남자의 미소가 무엇을 의미하는 것인지 잘 아는 혜란이는 떼를 써 보겠다는 생각으로,

"저 양반이 가게 될 때까지 나두 여기서 기대리겠어요"

하고 버티어 보았다. 사실 밤을 같이 새더라도 혼자 나설 수는 없었다.

"안 돼! 그렇게 떨어질 수가 없거든 그럼 유치장으로 갑시다."

경관은 훌뿌리면서도 실없어 웃으며 저고리 소맷자락을 잠깐 끈다.

"어서 먼저 가 있어요"

병직이도 저편에서 담배를 피워 들고 앉았다가 소리를 치며 웃어 보였다. 남자의 유산태평으로 웃는 것을 보니 그런 대로 안심이 되어서,

"그럼 나가서 문간에서 기대리구 있을 테에요"

하고 혜란이는 하는 수 없이 나섰다.

"온, 당치 않은 소리! 춘데 어서 택시라두 불러 타구 가요"

병직이는 한시름 잊게 되어 다행도 하거니와 설마 자기를 유치장에야 넣으랴 싶어 태평으로 앉았다.

혜란이는 불빛이 흐릿한 복도를 지나 정문께로 돌쳐서려니까 다방골 '누님'의 외투 입은 검은 그림자가 이리로 달아 온다.

"어떻게들 됐소?"

정원이는 오래간만에나 만나는 듯이 혜란이의 손을 붙든다. 혜란이도 뜻밖에 여기서 정원이를 만난 것이 반갑고 든든하였다.

"병직 씨두 붙들어 두는 꼴이 암만해두 욕들 볼 것 같은데 우리만 어떻게 내버려 두구 갈 수 있어요"

"그러게 말요!"

두 여자는 맞붙들고 섰으나 별 묘책이 나서지를 않는다.

"인제야 화순이를 취조하나 보던데."

정원이는 언제 끝날지 모르는 것을 턱없이 기다리고 있을 수 없으니 가자는 말눈치다. 정원이는 그렇겠지만 혜란이로서는 차마 이대로 발길이 돌쳐서지를 않았다.

"그러지 말구 우선 나가서 병직 씨 집에 전화나 걸어 봅시다. 좀 늦었어두 그 영감이 나서면 무슨 도리든지 있을 것이니……."

혜란이도 아까부터 그런 생각이 없지 않던 터이라 하여간 경찰서 문을 같이 나섰다. 청요릿집을 찾아 들어가 병직이 집에 전화를 걸어 보았으나 아무리 걸어도 나오지를 않는다.

전화는 좀처럼 나오지를 않는다. 두 여자는 하는 수 없이 단념하고 거리로 나왔으나 선뜻 헤어지기가 어려웠다. 그렇다고 혜란이 역시 밤은 깊어 가는데 망설이고만 있을 수도 없었다.

"염려 말고 어서 가슈. 뒤미쳐 나오겠지."

하고 정원이가 택시를 붙들어 태워 주는 대로 올라탔다. 큰길에서 차를 내려 캄캄한 골목을 단숨에 치달아 문전까지는 왔으나 어쩌면 부친이 깨어 계실 듯싶은데 문을 열어 달라고 소리를 칠 수도 없어 잠깐 말을 멈추고 한숨 돌린 뒤에 문을 찌긋이 밀어 보니 의외로 열린다.

"누구냐? 애기냐?"

발자취를 죽여 들어서서 가만가만 문을 잠그려는데 모친은 벌써 알아듣고 건넌방이 열리는 소리가 나며 소리를 친다. 마당에 들어서니 방방이 불이 환하고 모두들 깨어 있는 모양이다.

"왜 이리 늦었니?"

모친은 나무라면서도 인제야 마음 놓았다는 반기는 소리다.

"어이 춥습니다. 문 닫으세요"

오라범도 마루로 나섰다.

"전차 기대리느라구 늦었구나?"

하고 알은체를 하는 것은 부모 앞에서 앞질러 변명을 해 주는 것이다. 오라범댁도 밥을 차려 주려는 생각인지 뒤따라 나온다. 혜란이는 불안스러운 생각에 잠자코 마룻전으로 와서 구두를 벗으려니까,

"날마다 이게 무어란 말이냐……?"

하고 아래채 서재에서 부친의 강강한 역정스런 소리가 흘러나온다. 부

친이 약주라도 취해 주무시나 보다 하고 안심이 되던 혜란이는 깜짝 놀라서 벗으려던 구두를 다시 끌고 부친의 방 앞으로 내려갔다. 문을 방긋이 열고 얼굴을 뵈이려니까 부친은 보던 책에서 고개를 들며 안경을 벗어 놓고 딸의 얼굴을 무심히 바라보다가,

"그 상흰가 뭔가 그만두고 내일부터는 들어앉았거라. 너 안 번다고 굶어 죽기야 하겠니. 밥 대신 죽 먹었으면 그만 아니냐?"

하고 소리를 꽥 지른다.

혜란이는 고개를 떨어뜨리고 섰다가 부친이 추울까 보아 창문을 고이 닫으려 하였으나 부친의 역정은 아직 덜 끝났다.

"그래 어디를 갔더란 말이냐."

"동무 집에서 저녁 먹자고 여럿이 모였다가 다방골서부터 걸어오느라구 늦었어요."

하는 수 없이 거짓말 반 정말 반을 꾸며댔다.

그러나 부친의 성미에 상점을 그만두고 들어앉았으란 말이 나왔으니 여기에는 좀 뜨끔하지 않을 수 없었다.

모친의 방으로 들어간 혜란이는 따라 들어오는 오라비를 붙들고 지금 겪고 온 이야기를 하니 태환이는 별로 놀라는 기색도 없이,

"흥! 공무집행방해로 며칠 욕보겠군. 병직이도 이젠 발 빼라니까 화순이 따위 좌익분자하구 여전히 휩쓸려 다니니 그 꼴이지!"

하고 혀를 찬다.

병직이와는 중학부터 동창이요 매부를 삼으려고까지 하는 터이니 거기서 더 친할 수 없는 막역의 친우지마는 병직이 부친 박종렬 영감이

뒷배를 보아주는 청년단의 선전부장으로 있는 태환이로서는 병직이의 사상 경향에 가서만은 눈살을 찌푸리고 머리를 내두르는 것이다.

"그 어쩐단 말이냐? 좀 늦긴 했지만 박 의원(朴 議員) 댁에 가서 기별 두 해야 하구 어떻게 곧 풀려나오게 해야지."

딸이 경찰서에 붙들려 갔다가 나왔다는 소리에 펄쩍 뛰던 모친은 장래 사위가 봉욕을 하고 있다는 말에 애를 부덩부덩 쓴다. '박 의원'이란 박종렬 영감의 해방 전까지의 택호(宅號)다.

박종렬이는 일제시대에는 도회(道會)의 의원(議員)을 지냈었기 때문이다. 세상이 바뀌고 보니, 종렬 영감은 자신은 의원이란 '의'자도 듣기 싫다 하겠지마는 이 마님은 그런 생각은 꿈에도 없이 입에 익은 대로 부르는 것이다.

"가만 내버려 두세요. 이 밤중에 갈 수두 없지만 그 영감님두 아들이 그런 데 추축하는 게 못마땅한 판이니까 고생 좀 시키라고 코웃음을 칠 걸요!"

하고 태환이는 여전히 태연무심하게 빙긋 웃는다.

"그게 무슨 소리냐?"

모친은 눈살을 찌푸린다. 이 부인은 병직이 부친이 아들을 어째 못마 땅해 하고 태환이부터 그렇게 좋던 사이가 무슨 까닭에 점점 번버스름 하여 가는지 분명히는 알 수 없어도 겉짐작은 못 하는 것이 아니다. 그 러나 그 허우대 좋고 부숭부숭한 병직이를 귀여워하는 마음은 한결같 다. 누가 무어라든지 세상에 둘도 없는 사윗감으로 믿고 있는 것이다. 이 점은 모녀의 생각이나 감정이 일치한다.

또 그러나 영감은 반드시 마나님이나 딸의 생각과 반드시 일치하지는 않는 형편이다. 혜란이 부친은 마누라라든지 아들 태환이와도 또 다른 각도로 병직이를 보기 시작하게 된 것이다.

실상은 병직이 자신이 요샛말로 소위 진보적 경향을 가졌다는 것을 못마땅히 생각한다느니보다는 병직이 부친이 못마땅하여 그 집에 딸을 보내기 싫다는 생각을 곰곰 하고 있는 터이다.

혜란이 부친 김관식(金寬植)이란 노인은, 아직 오십여 세밖에 안 되었으니 노인이라기도 어중되지마는 미국도 다녀오고 영문학에 정통한 젠틀맨이요 교육가일 뿐 아니라, 워낙 성미가 꼬장꼬장하고 개결한 편이나 한편으로는 그 견개(狷介)를 스스로 자랑하고 자만하는 편이기도 한 성미다. 이러한 김관식 선생의 눈으로 박종렬 영감을 바라보면 아무리 세교(世交)가 있는 오랜 친구이지마는 입을 비쭉하고 코웃음을 치는 것이다.

도의원 시절에도 그랬지마는 해방 후의 종렬 영감의 행동을 더욱 못마땅하게 보는 것이다.

"남자 하나 보고 딸 주는 것이지 누가 사돈 영감 보고 시집보냅디까."

혜란이의 혼담이 나올 때마다 늙은 내외간에는 이러한 잔 충돌도 있어 온 터이다.

청춘의 괴롬

은은한 불빛이 명랑히 가득 찬 응접실, 한가운데 응접세트에서 떨어져 오른편 소파에 베커 청년과 혜란이는 나란히 앉아서 또 이편으로 펼쳐 세운 백자동 병풍을 바라보며 서로 감상하며 문답에 흥이 난 판이다.

"저 소나무 밑에 학이니 사슴이니 하는 것은 무언가요?"

"그건 십장생(十長生)이라고 오래 살라는 축복의 뜻이지요."

어려서도 백자동 병풍이란 구경도 못 하던 혜란이지마는 베갯모나 수젓집에 수(繡) 놓은 것을 보아서 십장생쯤은 알던 터이라 거기에 달아서 나오는 불로초, 거북, 학, 두루미 이야기에 자신 있는 응대를 하는 동안에 혜란이는 처음에 잠깐 머금었던 불안과 경계하는 마음이 어느덧 풀어졌다.

"그렇습니다. 사람의 생(生)의 집착이야 하는 수 없는 본능이지마는 오래 산다느니보다도 우리는 청춘의 자랑과 행복을 언제까지나 지니고 싶지 않습니까? 청춘의 신선하고 발랄한 생활력을 자유자재로 발휘하면서 향락할 수 있는 것은 정당히 향락할 수 있는 것만이 아마 인생의 최대 행복이요 또 명예라고까지 생각합니다……?"

입가와 눈찌에서 노상 웃음이 스러지지 않는 이 청년은 커다랗게 소리를 내어 웃으면서 말끝에 가서는,

"그렇지 않습니까?"

하고 굳게 동의를 구하는 듯이 눈 속이 깊어 가며 고개를 들이댄다. 혜란이도 이때껏 늘 웃는 낯으로 대하여 왔지마는 간신히 남자의 그 왕일한 생활력과 청춘의 정열에서 우러나오는 박력에 압도가 된 듯이, 간신히 고개만 까딱까딱해 보이면서도 입술이 저절로 벌어지며 하얀 이빨이 불빛에 아른아른 반사한다. 스팀의 훈훈한 쾌적한 온도가 별안간 더워진 듯이 혜란이는 얼굴이 화끈 달면서 두 볼이 발개졌다.

"미스 김 내가 오키나와(沖繩)에서 포연을 무릅쓰고 전야(戰野)에 노숙하면서 종군할 때 조선에까지 와 볼 줄은 꿈에도 생각지 않았지마는 오늘 이렇게 당신과 나란히 앉아서 꿈의 나라 동화의 세계 같은 저 병풍을 치고 앉아서 이런 이야기를 하며 하룻밤을 유쾌히 보낸다는 것은 기적이요 옛이야기같이 생각이 드는군요!"

베커 청년은 이러한 술회를 하면서 백자동 병풍으로 잠깐 보내던 눈을 다시 혜란이에게로 돌린다. 입가에서는 차차 웃음이 스러져 가는 대신에 그 온유한 눈은 경경(耿耿)한 윤광이 점점 더 타오른다.

혜란이는 무심코 소리를 내어 웃었으나 눈은 남자의 눈을 피하여 창밖으로 돌렸다.

방 안에 전등불은 황황하나 바깥은 아직 박모(薄暮)다. 마주 건너다보이는 목멱산 골짜기에 녹다 남은 잔설은 방 안의 공기가 훈훈하니만치 쌀쌀히 눈에 스며든다.

'어떻게 그동안 나왔을까? ……'

어두워 가는 밖을 내다보니 불현듯이 병직이의 생각이 난다. 아까 낮에 오늘 해전으로는 나오게 되리라는 오빠의 전화는 있었으나 다섯 시 조금 전에 병풍을 지워 가지고 경요각을 나설 때까지 나왔다는 전화도 없었고 병직이의 그림자도 보이지 않았다,

경찰서, 유치장, 형사, 다방골집, 화순이, 이 모든 것이 주마등같이 머릿속을 한 바퀴 돌아 나갈 제 그 세상은 이 방 안의 정결하고 쾌적하고 평화로운 공기와는 멀리 떨어진 딴 세상 같은 생각이 든다.

어제 경찰서에 붙들려 갔던 자기와 지금 이 방에 앉았는 자기부터가 딴 사람 같다.

"참 오키나와에까지 종군을 하셨다죠?"

잠깐 침묵이 지난 뒤에 아까부터 흥미를 가지고 들은 말을 꺼냈다.

"네. 통역 겸 선전공작대로요"

베커 청년의 정열적 표정도 다시 가라앉고 순탄하여졌다.

"예? 통역이시라니 그럼 일본 말을 아십니까?"

혜란이는 이 청년이 일본 말을 한다는 것이 반갑거나 신기하다는 것보다는 동양적으로 한걸음 가까워진 듯싶어 웃어 보였다. 베커는 선뜻 일본 말로,

"좀 알죠. 어려서 아버지 따라 일본에 삼사 년 와 있었지요."

하고 웃는다. 그리 어색하지 않은 발음이다. 혜란이는 해방 이후 아무 데서도 들어보지 못하던, 취송정의 가네코(金子) 자신에게서도 들어 보지 못하던 일본 말을 이 미국 청년에게서 듣는 것이 희한하여 웃었다.

베커가 제풀에 이야기 삼아 들려주는 말을 들으면 열두 살 적에 총영사인 부친을 따라 일본에 삼 년, 상해에 이태나 가 있었다 한다. 동양 취미에 눈뜨기 시작하고 흥미를 가지게 된 것은 그 때문인 모양이다.

"일본의 자연은 역시 사쿠라 피는 봄이라 하면 조선의 자연은 맑게 개인 가을 하늘 같다 할까? 일본은 원예가의 손을 빌려 꾸민 정원과 같은 나라라면 조선은 먹으로 그린 동양화 같은 나라라고 할까요?"

전쟁 때문에 일본에 가 볼 기회를 잃어버리고 만 혜란이가 일본이 어떻더냐고 물으니까 베커는 이런 소리를 하며 일본 여자 옷의 색채의 미를 예찬하는 것이었다.

"그러나 너무 현란해서 야비하게 보일 지경이지만 거기에 비하면 당신네 조선 여자의 옷은 빛깔이며 그 맵시가 과연 조선의 자연에 어울리게 청초하고 단아하면서도 동양화를 현대화한 느낌이 있지 않아요!"
하며 이 이국청년은 또 한번 다시 혜란이의 조선옷 입은 몸매를 슬쩍 곁눈으로 돌려다 본다.

방 주인은 훌쩍 일어나서 맨틀피스 앞으로 가더니 초인종을 누른다.

"이 집 주인마님 미세스 매코이를 소개해드릴까요?"

베커는 다시 소파로 오면서 이런 발론을 한다.

"예에……하지만 난 곧 가야 하겠으니까 요담 기회에……."

이런 수작을 하며 앉았으려니까 아까 들어올 제 안내를 하여 주던 그 아낙네가 나타난다. 나이 사십쯤 된 스커트에 누르스름한 재킷을 입은 조선 부인이다. 예전에 브라운 집에서도 이런 여자를 보았지마는 전쟁 전에 선교사 집에 식모나 시중꾼으로 있던 사람이 다시 이러한 직업을 얻은 것일 것이리라.

베커는 차를 가져오라고 명한 뒤에 주인마님이 무엇을 하고 계시냐고 물으니까 아직 아니 들어오셨지마는 저녁 식사 시간이 되었으니까 곧 들어오리라고 유창한 영어로 대답을 하며 힐끔힐끔 혜란이의 얼굴을 치어다본다. 그 흘겨보는 듯한 눈찌가 경멸하는 표정을 일부러 눈치채게 하는 것 같아서 혜란이는 아까 들어올 제 품었던 호의가 스러지며 몹시 불쾌한 것을 깨달았다. 실상은 물건만 데밀고 갈 작정이었으나, 베커가 친절히 강권도 하거니와 같은 조선 여자가 있는 데에 마음이 놓여서 상점 아이는 먼저 보내고 들어왔던 것이다. 그러나 이 아낙네는 자기가 카페 계집애나 노는 년으로 아는지 그 기색이 괘씸도 하고 분하다.

차는 금시로 날아왔다. 차를 가운데 응접 테이블에 놓고 나가면서도 그 아낙네는 삐쭉하고 야비한 웃음을 던지고 나간다.

"조선 와서 미인화도 이것저것 보았지마는 그 그림 속에 선녀의 입에서 지구의 저편짝 먼 나라 우리가 쓰는 말이 흘러나오는 것을 들으면 어쩐지 꿈의 나라에 온 것 같아요"

응접세트로 다시 와서 차를 마시며 마주 앉은 혜란이를 또 새로운 호기심으로 바라보며 베커는 이런 소리를 꺼낸다. 혜란이는 생긋만 해 보이고 김이 모락모락 오르는 찻잔으로 눈을 떨어뜨렸다. 은행 색 반회장저고리에 검붉은 양직 치마를 입은 날씬한 몸매가 어제 분홍빛 저고리를 입은 것을 본 인상과도 또 달리 베커의 눈에는 신선하고 스마트해 보이는 것이다. 얼굴에 약간 홍조를 머금고 다소곳이 앉았는 포즈는 스케치라도 하여 보고 싶을 만치 아담하고도 따스한 표정이 어리어 보였다.

"미스 김! 나 같은 속 모를 이국 총각과 이렇게 둘이만 마주 앉았으면 무서운 생각도 드시겠지? 허허허……"
하고 베커는 커다랗게 달뜬 웃음을 터뜨려 놓는다.

"무서워요! 당신 나라 병정은 무서워요 더구나 찻간에서는."
하고 혜란이는 풍유적으로 이렇게 대꾸를 하며 웃다가,

"그러나 민주주의 국가의 젠틀맨은 믿습니다. 여자를 덮어놓고 존경하거나 애호하는 것이 아니라 여자의 인격을 아는 민주주의 국가의 신사를 나는 존경할 줄 압니다."
하며 엄연히 남자의 얼굴을 치어다보는 혜란이의 입가에서는 웃음이 스러졌다.

베커 청년의 얼굴에서도 실없어져 가는 표정이 스러지며 놀라는 기색과 함께 거북스러워 하는 낯빛이 잠깐 떠올랐다.

그러나 다음 순간에는 그 긴장한 표정이 풀어지면서 진심으로 이 여자를 존경하고 애무하는 어조로 돌변하는 눈치다.

"아까 말씀은 실례였습니다. 용서하세요"
하고는 베커 청년은 그만 말이 막혀 버렸다. 혜란이의 미모에 얼떨떨하면서 이지적으로 억눌러 둔 생리적 충동이 머리를 들던 한 순간이 지나니까 베커 청년은 제풀에 무안한 듯이 얼굴이 벌게져서 말이 아니 나오는 것이다. 그러나 눈은 여전히 경경히 빛난다. 마음이 다시 제 자국에 가라앉으면서 이 여자에 대한 시각이 달라져 갔다. 참을 수 없는 경애의 감정, 귀여운 생각이 샘솟아 오르는 것을 깨달았다. 그러나 그것은 한순간 전과는 아주 딴판인 깨끗한 부드러운 정서를 회복한 것이었다.

"무어 실례라실 거야 있어요!"

혜란이는 진심으로 웃어 보이면서 남자의 말없이 뉘우치는 기색에 도리어 미안한 생각이 들었다.

"미스 김! 내가 조선에 와서 우연한 기회에 당신을 친구로 갖게 된 것을 더없는 행복으로 여깁니다!"

베커는 감격에 떨리는 언성으로 이러한 소리를 하며 곧 혜란이의 손이라도 붙들고 싶은 기세이었다.

혜란이는 유쾌 이상으로 행복을 느꼈으나, 다만 잔잔한 눈웃음을 남자에게 던져 주었다.

베커 청년은 숨이 막히는 듯이 또 잠깐 멀거니 앉았다가,

"식기 전에 차를 드시죠"

하고 비로소 평범한 인사로 고비에 넘친 자기의 감정을 느꾸려 하는 모양이었다.

혜란이는 남은 차를 얼른 마시고 곧 일어설 생각으로 두어 번에 질러서 마셨다. 베커는 찻잔을 드는 혜란이의 하얀 매끈한 손길과 찻잔이 닿는 입술을 무심히 바라보고 앉았다. 처녀의 입술에 닿는 사기잔조차 부럽고 시기가 나는 듯싶이 인사를 하고 일어서는 혜란이를 베커 청년은 붙들려고는 아니하였다. 이 여자의 자기에게 대한 감정이 어떠한 것

도 모르고 턱없이 허겁지겁하는 눈치를 보이기 싫은 자존심으로도 그렇거니와 웬 셈인지 자기도 모르게 부걱부걱 고이는 달뜬 감정의 중압에서 벗어나고 싶어서도 혜란이가 간다는 것이 한편으로는 도리어 시원한 것이었다.

"지나는 길에라도 놀러 들러 주세요"

문간까지 배웅을 나온 베커더러 이런 인사를 하고 마지막 웃음을 던지니까 베커 청년은 입귀가 뒤틀리면서,

"그 부탁은 내가 당신께 돌려보냅니다!"

하고 가슴이 벅찬 듯이 킥킥 막히는 웃음을 터뜨린다.

혜란이는 어둑어둑한 거리를 이만치 나올 때까지 지금 헤어질 때의 베커의 표정이 머리에서 떠나지를 않았다. 여자의 살결같이 희고 보글보글한 두 뺨이 불그레하게 상기가 되면서 뒤틀린 입가에 떠오르는 그 웃음은 어머니를 떨어지기 어려워하는 어린애의 표정과 같이 천진스럽게 보였던 것이다. 어쩐지 청년의 쓸쓸한 생활이 가엾은 생각도 든다. 깊이 사귀어 본 바는 아니나 자기에게 호기심만이 아닌 호의를 가지고 점잖게 친구로 대하여 주는 그 태도도 마음에 들었다.

'……당신을 친구로 갖게 된 것을 더없는 행복으로 압니다……'고 무엇에 감격한 듯이 하던 말을 생각하고는 혜란이의 귓바퀴가 뜻뜻해지는 것을 깨달았다. 어쨌든 별일은 아니건마는 이틀 사흘을 두고 애가 키이던 일을 무사히 치르고 난 것이 시원하다. 처음 만나는 이국 청년과의 교제에 버젓하게 응대하였을 뿐 아니라 저편이 질질 끌려오는 듯한 눈치가 무슨 승리를 얻은 듯이 유쾌하다.

그러나 진고개 거리로 꼽들어 차차 상회를 바라보니 이 생각 저 생각 다 스러져 버렸다.

'오늘이야 나오게 되겠지.'

아까 다섯 시 바로 전에 나올 때까지 전화통만 바라보며 애걸을 하던 생각을 하면서 혹시 그동안에라도 병직이가 와서 기다리고 있지나 않을까 싶어 혜란이는 발이 잽싸졌다. 상회에 들어와 보니 아까 나갈 제와 다른 기척이 없다.

"누구 오지 않았습니까?"

"아뇨"

"전화두?"

"없어요"

벌써 문을 닫으려는 점원들은 이 사품에 빈지를 들이려고 밖으로 빠져나간다.

사무실로 들어가 보니 주인이 혼자 멀거니 앉았다가 인사성으로 픽웃어 보인다. 혜란이도 마주 웃어 보였으나 반갑지 않았다. 시들은 웃음은 아니나 달리아 같은 웃음이라고 생각하였다. 생생하고 정열적인 베커 청년의 웃음과는 딴판이다. 부드럽고 마음을 턱 놓은 듯한 병직이의 화려한 웃음과도 다르다. 잇속만 바라면서 사람을 낚으려는 그런 웃음에는 혜란이는 외면을 하고 싶었다.

"그래 베커 군이 무어랍디까?"

주인이 묻는다.

"좋아하더군요 그러나 정작 병풍보다도 나하구 이야기하는 것이 더 좋은 모양이던데요"

하고 혜란이가 실없이 웃으려니까 진석이가 그 두꺼운 입술을 커다랗
게 벌리며 껄껄껄 웃는다.

그들의 지향

오라비 회사로 전화를 또 걸어 보니 아직도 감감 무소식이라 한다. 부친이 상부에 말 한마디만 하면 될 일이요 술은 얼마든지 있으니 나중에 술만 보내면 그만일 것이다. 그러나 이 영감은 자기 아들이 빨갱이 냄새를 피우고 붙들렸다는 것이 가문이나 더럽힌 듯이 싫은 데다가 예전 도의원 시절에 고관대작과 어울리던 한때의 꿈이 아직도 머리 한구석에 남아 있기 때문에 몸소 가서 머리를 굽히고 청촉을 하기는 차마 싫다는 관료적 만심으로 해서 무사히 풀려나올 요행을 기다리고 있는 터이다.

이 추위에 어젯밤을 유치장 속에서 어떻게 지내고 오늘은 또 얼마나 고생을 하였을까 싶어 전화통에서 떨어져 돌쳐서는 혜란이의 얼굴은 한층 더 핏기가 없고 맥이 빠졌다.

"뭐요? 왜 그러슈?"

주인이 묻는다.

"아녜요."

아까부터 몇 번 전화를 걸 때마다 무슨 군호나 하듯이 옆 사람이 눈치를 채일 세라고 조심은 하였으나 역시 말눈치가 달랐던 모양이다.

장부를 맡은 수만이가 생긋 웃으며 치어다본다. 원체 기생오라비라 해끄름하게 생긴 젊은 애가 애죽애죽 웃는 양이 혜란이에게는 얄미워 보였다.

병직이가 금방 뛰어 들어올 것만 같아서, 주인이 일어서지 않기에 혜란이도 머뭇거리며 섰으려니까 뒤에서 유리창을 똑똑 두드리는 소리가 난다. 돌려다 보니 언젠가처럼 병직이의 헤에 하고 웃는 얼굴이 바로 창밖에 코를 맞대고 섰다.

혜란이는 단걸음에 뛰어나오다가 다시 돌쳐서며 외투와 핸드백을 들고 나섰다.

"언제 나오셨소?"

"조금 아까……."

두 남녀는 앞문만 터놓고 빈지를 두른 우중충한 상점을 빠져나왔다.

"멧 시에 나오셨기에 전화라두 걸어 주실 일이지."

자연, 원망 비슷한 소리가 나왔다.

"무어! 나오는 길로 들렀더니 뭐 베커인가 하는 서양 사람 집에 갔었더라면서?"

병직이의 어기는 다소간 반발적으로 되레 핀잔을 준다.

"흥. 누가 그래요?"

"한 방에 있는 그 젊은 애가 그러던데."

이 말에 혜란이는 고개를 끄덕끄덕하며 자기만의 짐작은 든다는 표정이다. 한 방에 있는 청년이라면 수만이가 응대를 하였을 것인데 아까 들어오는 길로 그동안 전화가 오지 않았더냐 찾아온 사람은 없더냐고 사환 아이에게 묻는 것을 옆에서 듣고도 모른 척하던 수만이가 괘씸도 하고 그 심보가 이상하였다.

병직이 역시 수만이를 몇 번 본 인상으론 반들반들하고 까닭 없는 적의를 품은 눈으로 위아래를 훑어보는 양이 못마땅하였지마는 아까도 여섯 시 반까지는 다시 올 터이니 혜란이더러 일러 달라고 부탁을 하여 보았었는데 그 말을 전하지 않았다니 불관한 일이지마는 고의로 그랬다니 왜 그랬을구? 하는 생각이 들어서 좀 불쾌하다.

"그 애가 주인의 첩처남이랬지?"

"그까짓 건 고사하구, 그래 얼마나 추웠어요? 화순이도 나왔겠죠?"

"고생은 뭐 하룻밤쯤! ……. 화순이는 다방골 가서 기대린댔는지 같이 가 봅시다요"

병직이는 유치장에서 자고 나온 사람 같지도 않게 여전히 깨끗하고 유산태평으로 명랑하다.

"회사에 전화라두 거실 일이지."

"회사에는 떠들기가 싫어서 아까 집에만 걸어 놨으니까 염려 없어."

유치장에서 나오는 길로 신문사에 들러서 한바탕 떠들어 놓고 경요각에 들렸다가 찻집에 가서 세수를 하고 쉬어서 다시 나선 길이라 한다.

혜란이는 다방골 집에 또 끌려가기가 싫고 오늘도 늦었다가는 아버

99

님 꾸지람이 무서웠으나 함께 봉변을 한 일행이 모이는 자리에 빠지기
도 안됐고 남자와 떨어지기도 싫어서 그대로 따라서는 수밖에 없었다.

"그래 뭐라구 하구 내보내요?"

"무슨 말이나 있었나. 별안간 나가라니까 나왔지."

하고 병직이는 픽 웃다가,

"참 그런데 그저껜가 취송정에서 집의 아버지 만나 뵈었다지?"

하며 말을 돌린다.

"응. 참 그 이야기를 한다면서……"

하고 혜란이는 전같이 응석하는 듯한 어조로 변하면서 이렇게 둘이만
만나서 이야기를 하는 것도 퍽 여러 날 만인 것같이 생각이 든다.

"그래 뭐라구 하십디까?"

"무어라구 하시진 않지만 눈살을 잔뜩 찌푸리시구……그 애두 학교
를 쫓겨나더니 요릿집에를 드나들구 바람났나 보더라구 혀를 차시는
품이 좀……"

하고 병직이는 픽 웃어 버린다.

"좀……어째요?"

"며느리감으론 좀 틀렸단 말씀이겠지."

병직이가 여전히 놀리듯이 싱긋 웃으니까 혜란이도,

"잘됐군요! 유치장까지 따라다니는 유력한 제일 후보자가 대령하고
있겠다! ……"

하고 냉소를 하여 버린다.

"뭐 어째?"

병직이는 혜란이의 왼편 새끼손가락을 붙들어 틀다가 다시 손을 포근히 잡았다.

컴컴한 길에서 혜란이도 손을 놓으려 하지 않고 붙든 손을 가리려는 듯이 착 붙어서 걷는다.

"붉은 아드님이시라 백일홍 같은 며느님이 보구 싶으신 게로군!"

전등불이 환한 점방 앞에를 오니까 혜란이는 붙들린 손을 빼며 식식 웃는다.

"그렇게 말하면 난 할 말 없는 줄 알구?"

병직이도 위협을 하며 토라져 보인다.

"무슨 말? 어디 말씀해 봐요"

"첫째 경요각 부처님 뒤에 서리운 음침한 공기가 수상쩍고, 둘째 취송정 잔치는 그 음침한 기분을 불빛 밑에 끌어내어 소풍을 시킨 것일 거요, 셋째 베커 총각이 티타임에 초대한 것은 장차 국제사교장에 비약하시려는 전초전이요 하하하."

두 남녀는 웃고 말았다. 혜란이는 기가 나서 변명을 하려 들지도 않았다.

다방골집에는 오늘은 술손님도 안 받고 조용하였다. 화순이는 어디 다녀오마 하고 잠깐 들렀다가만 갔다 한다. 경찰서 이야기, 유치장 논래로 거진 한 시간이나 보냈으나 화순이는 좀체 현영을 아니한다. 혜란이는 부친의 꾸중이 무서워서 마냥 앉았을 수도 없고 그렇다고 병직이만 떨어뜨려 두고 일어설 수도 없고 조바심만 하는 것을 어쨌든 저녁이나 먹고 가자고, 장국밥을 시켜다가 막 먹으려니까 그제서야 화순이가 타달타달 들어온다.

"동민 씨 잠깐 만나 보구 왔어."

외투를 벗어 내동댕이를 치고 선머슴처럼 병직이 옆에 펄썩 주저앉으며 말을 꺼낸다.

"흥……지금 어디 있어?"

화순이는 거기에는 대꾸도 않고,

"쉬, 건너서겠다는군!"

하고 남자의 얼굴을 치어다본다.

"흥……."

병직이는 또 흥 할 뿐이요, 그 이상 더 입을 벌리지 않았다. 건너선다는 것은 이북으로 간다는 말일 것이리라.

"홧김에 나두 갈까 봐!"

화순이는 잠깐 무슨 생각에 팔려 앉았다가 아랫입술을 악물며 눈살을 찌푸린다. 이런 때의 이 여자의 표정은 그 모습에 어울려서 도리어 어딘지 귀여운 맛이 난다.

"딴소리 말구 춘데 어서 이거나 한잔 들어요."

정원이는 자기 앞에 놓인 잔을 내어 주며 권하였다. 정원이로 생각하면 벌써 육칠 년 사귀어 온 동생 같은 화순이가 이북으로 떨어져 가겠다는 말은 멀리 귀양이나 보내는 것 같아서 듣기도 싫었다. 병직이는 잠자코 앉았을 뿐이다.

"어서들 잡수세요. 난 게서 저녁 먹구 왔어요."

화순이는 술잔은 받으며 더운 것을 시켜 온다는 것은 말리었다. 혜란이는 권하는 대로 장국밥을 다시 뜨기 시작하였다.

"유치장 신세나 졌구. 여기 있어서 시원한 게 있어야지……. 병직씨……같이 가 봅시다! 차마 못 떨어지시겠지만……."

화순이는 샐쭉 웃으며 장국 그릇에 머리를 숙이고 앉았는 혜란이를 건너다본다.

화순이는 난생 처음이었던 하룻밤 하룻낮의 유치장 경험에 은근히 흥분된 모양이나 사상적으로도 반발적 격동을 일으킨 눈치다. 그다지 자별하게 지내던 터도 아닌 이동민이가 숨어 있는 데를 급히 수소문해서 찾아간 것이라든지 자기도 이북으로 나서겠다는 말눈치라든지 병직이까지 끌고 가려는 것을 보면 어제까지 보던 화순이와는 딴사람이 된 것 같다.

"응, 우리 가자구."

화순이는 술잔을 내어서 병직이에게 주며 달래듯이 어리광을 피듯이 조른다. 남자가 승낙을 하면 당장 이 자리에서라도 옷을 떼어 입고 나설 듯싶은 기세가 마치 밥을 먹고 나서 남편더러 극장 구경이나 가자고 조르는 말눈치 같다. 그러나 차차 정열에 타오르는 그 오달진 눈은 남자의 웃고만 앉았는 환한 얼굴을 쓰다듬어 주면서 옆에 보는 사람만 없다면 몸을 실리고, 아니 남자를 끌어안고 한참 보채고 싶은 표정이다.

병직이는 손에 든 빈 잔에 술을 받으면서 여전히 빙그레 웃기만 한다.

"그래 못 가겠단 말야? 응 알았어! 으레 그럴 테지."

화순이는 샐쭉 토라져 보이며 정열이 혹 꺼진 듯한 눈길을 또다시 혜란이에게 보낸다. 그 눈은 혜란이도 이때껏 이 여자에게서 보지 못하던 쌀쌀한 눈이었다.

쉴 새 없이 시시각각으로 변하는 화순이의 표정을 눈여겨본 사람은 이 여자가 하룻밤 새에 이렇게도 변하였을까 하고 놀랄 것이나, 단 하루의 유치장 생활이 이지적인 반면에 열정적인 이 여자의 성격에 그만한 격변을 주었다.

화순이는 지금 감정이 흥분하고 사상적으로 격동을 받은 반면에 몹시 외로운 생각에 잠겨 있는 것이다. 어젯밤에 저 창밖 뒷마루에서 경관과 옥신각신할 때도 병직이가 자기는 거들지 않다가 혜란이가 심문을 받으니까 서슴지 않고, '내 내자요' 하고 가로막고 나설 때부터 외로운 생각이 들며 생전 경험해 보지 못하던 질투를 혜란이에게 느꼈지마는 외로운 생각 세상이 신푸녕스러운 생각이 들수록 이 남자가 자기에게서 떨어져 나가는 것만 같고, 남자의 마음이 자기에게서 돌아섰구나 하는 생각이 깊어 갈수록 혜란이에게 투기가 나는 것이다. 아니, 이 남자가 빠져 달아날수록 남자를 쫓아가며 붙들려는 애욕이 눈을 더 크게 뜨고 경계를 하는 것이요, 또 그만치 혜란이가 별안간 눈엣가시로 보이는 것이다. 혜란이는 심상치 않아 가는 공기에 질려서 맥맥히 앉았다. 그러나 혜란이는 혜란이대로 남자의 말이 무어라고 나올지, 남자의 기색이 어떻게 변할지 조마조마하여 전 신경을 귀와 눈에 모으고 있다.

"그만둬요. 다 알았어!"

화순이는 병직이가 입에만 대고 내려놓은 술잔을 집어다가 쭉 들이켜고 자기 손으로 또 쭈르륵 따른다. 그러나 얼굴은 도리어 해쓱해 간다.

"무얼 다 알았단 말이요, 그까짓 것쯤에 괜히 흥분이 돼 가지구?"
하며 병직이는 나무라며 달래며 마침 자리를 떴다가 들어오는 정원이
를 보고,

"누님, 이 아씨가 오늘 좀 화가 나셔서 하니 혼자 보내지 말구 데리
구 주무시며 위로를 해 주시구려."
하고 웃는다.

"에 그렇지 않아두 그럴 생각인데 인제 뜻뜻한 국물이 들어올 테니
조그만치 술이나 한 잔씩 더하구……."

정원이의 눈에는 화순이가 이북으로 가자는 논래도 결국에는 저희끼
리 시새는 사랑싸움인 듯해서 그리 깊이 아랑곳을 하고 싶어 하지 않는
눈치였다.

그러나 화순이는 별안간 기색이 달라지며 다시는 말이 없이 무슨 궁
리에 팔린 사람처럼 가만히 앉았다.

흥분과 정열이 가라앉느라고 좀 노곤한 눈치인 모양이나, 얼굴은 조
그만 호수의 물결처럼 잔잔하고 맑다.

정원이가 새로 데워 들여온 술을 한잔 더 권하여도 화순이는 마다고
도리질을 한다. 병직이를 눈으로 애무하며 금시로 달려들 것 같던 열정
이 혹 꺼지며, 그 눈으로 사래질을 하고 술잔을 들어다가 쭉쭉 마시던
화순이는 오 분 전 십 분 전의 화순이다. 지금 화순이는 주의를 세워
나가기가 얼마나 어려운 것인가? 사랑이란 이다지도 괴로운 것인가 하
는 생각이 머리에 펀득 떠오르자 그 고민에 끌려 들어가려는 자기를 다

시 끌어내려고 애를 쓰고 앉았는 것이다. 그러나 그 피난처는, 안전지대는 역시 '과학적 연애'라고 생각하는 것이다. '과학적 연애'면야 질투를 피할 수가 있다. 적어도 질투를 누를 수가 있다. 질투의 눈을 싸매놓으면 사랑의 괴롬이 없다. 적어도 그 고민이 경감한다. 이렇게 생각하면 혜란이란 존재는 자기에게 아무것도 아니다. 미울 것도 없고 고울 것도 없다.

그리고 자기의 생애에 매달린 두 가지 괴롬에서 한 가지가 덜리느니만치 어깨가 반은 가벼워지는 것 같다.

그러나 그것으로 만족할 수 있겠는가고 화순이는 제 마음을 다져 보려 하였다.

'하지만 이북으로 가려는 바에야, 따라오거나 말거나 그 까짓것!'

하는 생각도 든다.

"자, 그만 일어서지."

화순이는 혼자 생각에 골똘히 잠겨 앉았다가 병직이의 소리에 얼굴을 잠깐 치어다보았으나, 웃지도 않고 먼저 일어섰다.

"왜 그래. 적적한데 혼자 가면 뭘 해요"

정원이가 붙들었으나 화순이는 제 하숙에 가서 편히 쉬겠다고 따라나섰다.

문밖에 나서자, 사직동으로 가는 화순이는 곧 헤어졌다. 풀 없는 인사를 남기고 쓸쓸히 혼자 떨어져 가는 양이 병직이에게는 가엾어도 보이고 미안하나 어찌하는 수가 없었다.

"저렇게 혼자 떨어져 가는 것을 보면 같은 여자 마음에 가엾어도 보이지만 아무튼지 종을 잡을 수 없는 성미야 노도광란 같은가 하면 금시로 잔잔히 흐르는 금파은파 같고……."

혜란이는 병직이와 나란히 걸으면서 화순이의 성격을 평하는 것이다. 혜란이는 승리감을 느끼며 유쾌하였다.

"그런 청담무상(晴曇無常)한 다각적인 성격에 묘미가 있거든! 남자를 공기 놀리듯 하는 것을 남자는 모른 척하고 받아 주는 데 흥미를 느끼거든!"

"흐흥……그래 거기에 녹아나셨구려?"

혜란이는 빼쭉하는 소리를 하였으나 속으로는 그리 토라진 것도 아니다. 병직이는 다만,

"허허허……."

웃어 버렸다. 혜란이는 말이 사실이니 기를 쓰고 부인하잘 필요도 없거니와 이 여자의 열정을 돋우는 수단으로도 화순이와의 관계를 숨길 필요가 없다. 비판적이요 냉철한 편인 혜란이가 실상은 자기의 정열에 피동적으로 끌려오는 것 같아서 병직이는 다소의 불만을 가지고 있는 것이다. 그러나 그와는 정반대로 혜란이에게 투기하는 버릇을 심어 주지 않겠다는 이기적 수단으로도 그리하는 것이다. 다른 여자와의 교제를 무심히 보거나 하는 수 없는 일이라고 단념해 버리는 그런 습관을 길러 주려는 것이다.

"그래! 아무려면 쫓아가시지는 않겠지?"

"구경 삼아 한번은 가 보구두 싶지마는……."

"그 왜 그러슈? 누구를 못살게 구느라구?"

혜란이는 이렇게 나무라면서 덤벼드는 소리를 친다.

"하지만 화순이가 간다는 것과는 의미가 달라요. 화순이를 쫓아간다는 것도 아니요……."

우익청년단을 지도한다는 오라비도 가다가는 이북이 어떤 꼴인지 좀 가 보고 싶다는 소리를 하는 터이니 이것도 요새 청년의 공통한 감정이나 희망 같기도 하다고 생각이 든다.

"쓸데없는 객설 말아요. 설마 천 년 이천 년 뒷걸음질 쳐서 서라벌서 대동강의 비밀을 바라보는 우리는 아니니까!"

혜란이는 이렇게 핀잔을 주다가 말을 돌려서,

"참 어떡하면 좋단 말예요? 언제까지 이러구만 있을 수도 없구…… 게다가 아버니께서마저 그런 소리를 하신다니……."

하고 정색으로 의논을 한다.

"뭐 그렇게 걱정야. 우리가 하기에 달렸지. 실상은 내가 더 걱정야."

"무에?"

"경요각 문전에는 수문장이 서 있고 백자동 병풍 뒤에는 천래의 복음을 속삭이는 미동(美童)이 손을 벌리고 있을 거요……허허허. 왜 아니 위협을 느낄까."

"하하하. 백자동 병풍 이야기는 뉘게 들었어요?"

"아까 그 첩처남이라든가 하는 그 애가 그러더군."

공세(攻勢)

……아무래도 나는 가야 하겠습니다. 그러나 모든 것을 다 버리고 가도 당신만은 버리지 않고 갈 것이니 안심하세요. 한술 더 떠서 안심하시라는 말씀에 웃으실 것이죠. 눈살도 찌푸려지시겠죠. 그러나 두고 보세요! 따라오시고야 말 것이니까! ……요새 며칠처럼 당신이 미워 보이기도 처음이지마는 또 그러나 당신을 떠나서는 살 수 없는 것을 인제야 잘 알게 된 것 같습니다. 유치장의 하룻밤은 우리에게 첫날밤[初夜]이었던 것입니다. 당신이 보시기에도 요새로 딴사람이 된 것 같겠죠마는 사실 어제까지의 화순이가 아닙니다. 첫날밤을 치른 새색시는 새살림의 새 설계를 하여야 할 것입니다. 첫째 지금까지는 여성 친구와의 교제를 무관심으로 적어도 관대하게 보아 왔지만 인제는 그럴 수가 없습니다. 사랑은 정복이 아니요 독재가 아니라고 생각합니다마는 완전한 합일과 독점은 절대 조건이라고 다시 생각하게 되었습니다……. 긴 말씀은 이따가 뵙고 하지요. 파해 나오시는 길에 들러 주세요. 어제는 전화도 통

치 않고……오늘은 몸살이 나서 쓰고 드러누웠습니다.

　병직이는 지금 찻집에서 아까 신문사에서 나오는 길에 받아 넣은 화순이의 편지를 꺼내 들고 앉았는 것이다.
　'흥! ……'
하고 병직이는 혼자 웃었다. 그 사연이 우스운 것이 아니라, 이때껏 사귀어도 편지라고 받아본 일이 없더니만치 신기한 생각이 나서 웃은 것이다. 여학생 시대에도 그랬지만 사랑 편지를 쓰고 앉았는 그런 곱살스럽고 고탑지근한 화순이도 아니던 것이다.
　'그러나 서두르는 품이……'
하며 병직이는 찻잔을 들며 곰곰 생각하였다. 요새로 기가 부풀어서 그렇겠지마는 정말 가려고 결심이 굳어 가는 모양이니 어떻게 해서든지 마음을 가라앉혀 붙들어 놓아야 하겠다고 생각하는 것이다. 그러나 그 악지를 이겨낼 수가 있을 것 같지도 않다. 이겨내기는커녕 깐죽깐죽 달라붙어서 끄는 것을 막아낼 장비가 없을 것 같다. 병직이는 꿋꿋하고 고집도 상당히 센 편이나 그 얼굴과 같이 원체 성미가 부드럽고 너그러워서 남의 비위를 거슬려 가며 맞서기를 싫어하는 성미라 대개의 경우에는 화순이에게 끌리고 마는 자기인 줄을 알기 때문에 지금부터 제풀에 불안을 느끼는 것이다.
　병직이는 하여간 화순이의 병위문은 가야 하겠는데……하는 생각을 하며 테이블을 떠나서 난로 앞에 와서 불을 쪼이며 담배를 꺼냈다. 벌써 여섯 시로 들어간다.

이 사람 저 사람 찻집 친구의 인사를 대거리하면서도 머릿속으로는 사직 끝까지 화순이 집에를 가기가 귀찮은 생각도 나고 지금 혜란이에게도 들러 봐야는 하겠는데 혜란이를 만나면 뿌리치고 자연 떨어지기 쉽지 않고……한참 망설이는 판에 보이가 오더니 전화를 받으라고 한다.

"나예요!"

수화기에서 흘러나오는 혜란이의 목소리는 어리디 어리게 들렸다. 웃음 섞인 소리는 아니다. 요행히 때맞춰 붙든 것이 반가워서 깡충깡충 뛰는 소리다.

"나 어디 있는 줄 아세요?"

"그거 무슨 소리야? 어디 있는 게 보이면 쩍국 하게. 허허허……."

병직이는 유치장에 다녀나온 뒤로 혜란이가 더 귀여운 생각이 드는 것이다. 유치장에 다녀 나온 뒤라느니보다도 화순이가 이북으로 같이 가자고 조르기 때문인지도 모른다.

"두 말 말구 취송정으루 오시겠어요?"

"뭐? ……거긴 어쩌 또 갔어?"

"글쎄 있다가 자세히 이야기할게 잠깐 오셔서 날 찾으세요 6호실예요"

병직이는 전화통 앞에서 말이 막혀 버렸다.

"주인이 베커를 데리고 오는 길에 따라왔는데 여덟 시쯤 해서는 난 갈 테니 같이 가시게 그 전에 잠깐 들르세요"

"글쎄 그래두 좋지만 요새루 웬 난봉이 이렇게 나는 거야?"

병직이는 전화통에다 대고 나무라며 웃었다. 베커고 누구고 간에 그런 데 어울려 다니는 것이 싫었다.

전화를 끊고 자기 자리로 나와 앉은 병직이는 오늘은 화순이 방문을 단념하는 수밖에 없다고 생각하며 하여간 취송정으로 가 보리라고 작정하였다. 오래간만에 마담과 대작으로 술을 먹어 보고도 싶다.

그러나 혜란이의 뒤나 밟아서듯이 혼자 가기도 쑥스런 생각이 들어서 태환이나 끌고 갈까 하고 부친의 회사로 전화를 걸어 보았다. 자리에는 없으나, 섣달 대목이라 요새는 밤일들을 하는 터이니까 뒤미쳐 들어오리라 한다.

들어오거든 취송정으로 보내 달라고 일러 놓고 병직이는 찬찬히 나섰다.

"에그 오래간만이군요? 어찌 혼자세요?"

아래층에서 만난 계집애가 인사를 한다.

"응 뒤미쳐 손님이 와."

이층으로 올라가서 뒤채 조그만 다다미방으로 끌려 들어서며,

"마담 좀 만나자구 해 주게,"

하고 우선 마담부터 불렀다. 이 집에서도 부친의 회사의 술을 쓰는 관계도 있고 일 년 가까이 단골로 다녔으니까 그렇지만 이 집 마담과도 다방골집 누님만큼은 친숙한 터이다.

"오늘은 무슨 바람이 불어서?"

오 분도 못 되어 가네코가 들어서며 웃는다.

오늘은 흰 하부다에 치마에 분홍저고리를 입었다.

"두었다 보니까 더 이뻐졌구려! 점점 젊어가니 어떻게 된 셈요?"

병직이가 인사 대신에 이런 실없는 소리를 하자니까, 마담은 서슴지 않고 남자의 옆으로 와서 앉으며 상 위에 놓인 양담뱃갑으로 손이 간다.

"이 총각이야말로 장가갈 날이 가까워 왔나? 더 부예졌구려. 호호호."

마담도 한마디 대거리를 하며, 남자가 켜서 내미는 라이터에 담배를 들이댄다.

"암만해두 총각이 장가갈 날이 얄팍해진 게로군? 저번 보너스 때 다녀가신 후에 오늘 처음이지?"

가네코는 일본 말을 꺼낸다. 둘이만 만나서는 일본 말로 수작을 하는 때도 있으나 이태 삼 년 아니 쓰고 못 들어보니만치 귀에 서투르기도 하고 가네코의 빈틈없는 서울 아낙네 사투리를 듣는 것만 같지 못한 것이었다.

"왜? 나 같은 사람두 기대려 주니 고맙지. 허허허."

사람 좋은 병직이는 껄껄 웃었으나, 가네코 같은 미인에게 이러한 시비를 듣는 것이 유쾌치 않은 것도 아니었다.

"기대리긴 당신 아니면 술 못 팔까 봐서요?"

하고 가네코는 신푸녕스러운 표정으로 핀잔주듯이 웃는다. 가네코와는 전부터 이런 객담을 곧잘 하는 사이다. 서로 꼬집는 소리도 하고 토라져도 보이고 하여 왔으나 그렇다고 무슨 까닭이 있는 것도 아니다. 보기에는 정분난 기생이 시새는 것 같으나 젊은 사이의 과장한 감정으로 장난삼아 공연히 그래 보는 데에 흥미와 유쾌를 느끼는 것이었다. 가네

113

코로서는 연애에 주렸으면서도 툭 터놓고 연애를 할 처지도 아니고 보니 이렇게 연극하듯이 연애 소꿉장난이라도 하여 보고 싶은 모양이다.

술이 들어왔다. 마담은 술병을 들어 따르면서,

"누가 또 오슈?"

하고 묻는다.

"글쎄……김태환 군이 올 듯한데……. 난 염려 말구 어서 가서 볼일 봐요."

"응! 인제야 알겠군! 내 어쩐지 혼자 불쑥 오신 게 다르더라니!"

마담은 빼쭉하고 병직이가 주는 술잔을 받는다.

"무얼 알았단 말야?"

하고 병직이는 웃는다.

"딴청 말구 가만있어요 내 모셔올 게니."

마담은 병직이와 대작을 하고 앉았는 것이 싫은 것은 아니나 차차 바빠 가는데 언제까지 병직이의 대거리만 하고 있을 수도 없는 거라 핑계 핑계 빠져나간다.

마담은 병직이와 혜란이의 사이를 곁짐작이라도 하고 있던 터는 아니다. 그러나 그렇지 않아도 늘 함께 오는 태환이의 누이가 저 방에 와서 있다는 이야기를 막 꺼내려던 판인데 태환이와 맞춰 놓고 뒤쫓아 온다는 말눈치에 대강 짐작은 든 것이다.

마담 대신으로 들어온 색시와 술잔을 주거니 받거니 하고 앉았으려니까 마담이 혜란이를 데리고 들어온다.

"벌써 오셨어요?"

혜란이는 반색을 하며 들어오나, 병직이는 싱긋 웃어만 보일 뿐이다. 이러한 집에서 가네코와 한자리에 만나는 것이 덜 좋았다.

"그래 누구누구 왔어?"

"베커하구 장만춘 씨 그리구 처남요"

"베커란 일본 말두 하구 재미있는 청년이던데."

마담은 들어온 길에 술을 또 한잔 권하며 이런 소리를 한다.

"앉아 계세요"

하고 마담은 일어섰다. 병직이와 혜란이가 어떤 사인가 어떻게 노나 구경도 하고 싶었으나 물색없이 잔뜩 지키고 앉았을 맥도 없고 이 방 저 방 한 번씩은 들여다봐 주어야 하겠으니 마담은 바빴다. 그러나 두어 방 들러서는 진석이 방으로 가 보았다. 가네코는 장사꾼이다. 어느 손님에게 더 마음이 생긴 것은 아니로되 베커 청년과 일본 말이 통하고 친절히 굴어 주는 데에 마음이 가는 것이었다.

"아, 우리 집 아가씨는 어디서 개평을 떼구 있단 말요?"

진석이는 들어와서 앉는 마담을 붙들고 시비다.

"개평은커녕 임자가 따라와서 찾아가겠다는데!"

말은 상스러우나, 마담은 그러한 상스러운 소리를 기탄없이 하는 것이 도리어 유쾌한 듯이 한마디 내던지고는 혜란이가 없어져서 맥이 빠진 것처럼 멀거니 이 사람 저 사람 눈치만 보고 앉았는 베커를 치어다보고 생긋 웃었다.

베커는 마담이 따르는 술을 받으면서도 말은 못 알아듣고 혜란이가 어쨌다는 것인지 궁금해 하는 눈치다.

"응, 박 사장 자제가 온 게로군! 뭐? 이름이 박병직이랬지?"

진석이가 이런 소리를 하며 첩처남을 건너다보려니까 장만춘이가 아무도 건드리지 않는 고추장찌개 냄비에서 숭어 토막을 덥석덥석 덜어다가 한참 맛있게 먹다가,

"참, 저희끼리 무어 약혼한 새라던가 하더니……."

하며 한마디 곁들인다.

"빨갱이라구 회사에도 쓰려다가 말았는데 그 영감이 빨갱이 며느리 얻을 리 있나요."

진석이는 가당치도 않은 말이라는 듯이 비꼬아 본다.

"딴은 그래! 하지만 그들이 빨갱일 리는 없지."

하며 장만춘이가 베커에게 술을 권하며,

"미스터 베커, 지금 빨갱이 이야기가 났으니 말이지만 어디 이 빨간 국물 좀 마셔 보실 용기는 없겠소?"

하고 웃는다. 베커는 도리질을 해 보이다가,

"누가 빨갱이라는 건가요?"

하고 웃는다.

"미스 김 말요."

하는 장만춘이의 대답에 베커는 금시로 얼굴이 벌게지며,

"미스 김이? 당치 않은!"

하고 일변 놀라며 언하(言下)에 열심히 부인을 하고 고개를 설레설레 내두르는 품이 좌중의 여러 사람을 무색케 하였다.

"베커 상[樣], 빨갱이가 그렇게 싫으셔요?"

마담은 이 이국청년이 잠깐 보기에도 혜란이에게 퍽 호의를 가진 것은 눈치채었지마는 이렇게까지 기가 나서 변명을 해 주는 것을 보고는 흥미를 느끼는 것이다.

"아니, 빨갱이가 좋을 것도 없지만 미스 김은 내가 잘 알아요! 사귄 지는 며칠 안 돼도 조선 여성으로, 아니 현대 여성으로 존경할 인격자라고 나는 믿는데 빨갱일 리가 있나요!"

베커는 유창한 일어로 이렇게 칭찬을 하는 데에 흥이 나는 듯이 쾌쾌히 한 마디 해 던진다.

베커 청년이 정열적으로 혜란이를 위하여 변명하고 칭양하는 바람에 진석이는 자기가 칭찬이나 받은 듯이 손뼉을 치며,

"하여간에 우리 점원이 현대 여성으로 존경할 인격자라 하시니 누구보다도 내가 기쁘군요. 허허허."

하고 커다랗게 웃으니까 마담도 실없는 어기로 뒤를 받아서,

"동양 여성의 미점을 잘 보아주셔서 나두 감사합니다."

하고 머리를 꼬박해 보인다. 그러나 진석이나 마담이나 속으로 시기 비젓한 생각이 제각기 어렴풋이 있는 것이다. 처음부터 멍청히 앉았던 첩 처남이란 아이도 까닭 없이 못마땅하다는 눈치로 입을 쫑긋해 보인다.

"하여간 김혜란 양은 어려서부터 내가 길러 내서 잘 알지만 빈틈없는 사람이지."

장만춘이도 한마디 하였다. 그러나 나이 먹은 옛날 선생의 이 말은 아무 꾸밈없이 공정하였다.

마침 방 안에 들어서는 혜란이를 치어다보며 무심코 환성이 떠올랐

다.

"왜들 그러세요?"

혜란이는 수줍은 듯 멈칫 섰다.

"이리 오슈. 미스 김이 코뮤니스트라기에 지금 나는 쌍수를 들어 일대 예찬을 한 판인데! 허허허."

베커는 이때껏 은근히 기다렸다는 듯이 손을 벌리며 자기 곁으로 와 앉으라고 한다.

"왜 또 빨갱이 논래가 났던구? 하지만 베커 씨가 빨갱이 예찬을 하시다니 섭섭한 말씀이군요?"

혜란이는 가만히 베커 옆으로 가서 앉았다.

"왜요?"

베커는 부드러운 웃음을 혜란이에게로 던진다.

"요새 형편에는 국외추방은 아니라두 본국 송환은 될 거니 말이죠"

"허허허……그래 어디를 가셨습니까? 난 아주 가신 줄 알았구려."

베커는 말을 돌리며 팔뚝의 시계를 들여다본다. 벌써 여덟 시로 들어간다.

혜란이가 자리를 뜬 지도 거진 한 시간이다.

"동무가 왔어요."

"당신 동무라면 빨갱이겠구려? 좀 만나 봤으면……. 조선의 코뮤니스트란 대체 어떤지?"

베커는 언젠가 경요각에 처음 갔던 날 문전에서 보던 깨끗한 조선 청년을 머리에서 그려 보며 이런 실없는 소리를 한다.

"빨갱이 친구가 소원이라시면 어디 하나 구해서 언제든지 소개해 드리죠."

혜란이도 웃고 말았다.

"저 방 손님 이리 오시랍시다?"

그 말끝에 진석이가 혜란이의 의향을 묻는다.

"저 방 손님이 누구게요?"

"누구라니 우리 늘 만나는 터 아니오. 저녁때면 도장 안 찍고 출근하는 친군지. 허허허……."

진석이가 병직이를 청하자는 말에 마담은 잠자코 일어섰다.

"어디를 가우?"

"저 방 손님 청하러요!"

"그래 그래."

진석이는 결코 병직이에게 호감이나 호기심을 가진 것도 아니요, 박종렬이의 아들이라 해서 친해 두려는 것도 아니다. 혜란이의 애인이라니 마음에 늘 걸리지마는 또 그러니만치 한걸음 더 뛰어서 기회 있으면 가까이 해 두자는 것이다.

마담은 나가면서 혜란이의 의향이 어떤지 살짝 돌려다 보자니까 혜란이는 눈짓을 하며 도리질을 하여 보이는 양이 그만두라는 눈치였다. 그러나 마담은 반발적으로 모른 척하고 나와 버렸다. 혜란이가 애인을 혼자 내버려 두고 오지는 않았겠지마는 마담은 오늘은 유난히도 병직이에게 마음이 끌렸다. 혜란이에게 경쟁심이 났다든지 시기가 나는 것은 아니라는 생각이면서도 이 방에 들르면 저 방이 마음에 키고 저 방에를 가면 이 방에를 와서 엉정벙정하는 기분에 싸이고 싶은 그런 달뜬 감정에 기가 부풀어 오르는 것을 깨달았다. 그렇다고 누구를 미워하거나 마음이 외곬으로 가서 누구를 꼭 만나고 싶다고 애가 타는 것은 아니다.

마음에 드는 두 남자 세 남자가 자기를 둘러싸고 있는 듯한 느긋하고 유쾌한 정열적 기분에 잠겨 가는 것이었다.

마담은 방문 안에 슬리퍼 두 켤레가 놓인 것을 보고, 온다던 혜란이의 오빠가 왔나 보다 하는 생각을 하며 문을 쑥 열다가 어색한 낯빛으로 멈칫 문지방 밖에 섰다.

보지 못하던 여자 손님이 있을 줄은 생각도 안 한 것이다. 그나마 남자의 어깨에 매달려서 키스를 하던 판인지 귓속을 하였는지 몸을 외로 꼬고 달라붙어 앉았던 여자는 웬 쌩이질이냐는 듯이 마지못해 슬며시 비켜 앉으며 눈 밑에 선 사람을 한번 거들떠본다.

아무리 노는계집이라도 이런 경우에 질겁을 해서 떨어져 앉을 터인데 이런 뻔뻔스러운 여자는 처음 본다는 호기심도 났으나 마담은,

"실례하였습니다!"

하고 웃어 보이며 문을 닫았다. 그러나 이때껏 달뜬 감정에 혼자서 기분이 좋았더니만치 속으로는 안 볼 것을 보았다는 생각과 함께 몹시 불쾌하였다. 금시로 자기 신세가 가엾이 내려다보이는 듯한 쓸쓸한 생각도 든다.

"들어와요 상관없어!"

병직이는 방 안에서 소리를 치다가 쫓아 나와서까지 가는 사람을 붙

든다.

가네코는 반동적으로 그리고 자기는 일본 사람이라는 자존심이 뱃속에서 번뜩하며 흐흥 웃었으나 그래도 그대로 따라 들어갔다. 따라 들어가면서도 마담은 마음이 다시 유쾌하여졌다.

이 남자가 자기 앞에서 아무런 꼴을 보였던지 그것은 금시로 잊어버리고 자기를 끌어 주는 것만 다행히 생각하도록 이 남자에게 자기 마음이 그렇게 쏠렸던가? 하는 생각을 해 보는 것이었다.

마담은 들어와 앉는 길로 술병을 들어 화순이에게 한잔 권하였다. 그러나 화순이는 잠자코 자기 앞의 술잔을 들어 홀짝 마시더니, 남자에게로 빈 잔을 넘긴다. 마담이 든 술병은 저절로 병직이의 손으로 따라갔다.

화순이는 냉연하다. 언뜻 남자의 어깨에 매달려서 더운 입김을 남자의 귀에 혹혹 뿜었더냐는 듯이 잠잠히 앉았다. 완전히 마담을 무시하고 앉았는 표정이다. 마담은 아니꼬운 생각이 들면서 공연히 들어왔다고 후회가 났다. 실상 생각하면 자기는 이런 영업을 하는 장사꾼이다.

손님끼리 어쩌거나 아랑곳이 없는 일이요, 자기 집 계집애를 끼고 기롱을 하기로 보고도 모른 척할 처지인데 왜 그런 것이 눈에 거슬리는 것인지 자기가 생각해도 웃을 일이다. 기생첩에 빠져서 요새는 더구나 돌아다보지도 않는 남편이 생각나서 남편도 딴 계집 앞에서는 그러려니 하는 생각으로 그런가 하면 반드시 그런 것도 아니다. 남편이 버스러져 나간 데에 고독을 느끼는 것은 사실이다. 그러나 그와는 별개로 막연히 남자가 그리운 것도 사실이다. 분명히 말하면 남자가 그립다는

121

것보다도 사랑하고 사랑을 받는 감미한 정서에 포근히 안겨 보고 싶은 충동에 공연히 마음이 설레해진 것이다. 이런 욕망이나 불만은 언제나 소리 없이 마음속에 서리어 있고 한가로운 때면 공상에 젖어 있는 것이지마는 오늘은 더구나 혜란이 때문에 충동을 받은 것이 지금 다시 화순이 앞에서는 한 고비에 차게 된 것이다.

가네코는 지금 클라이맥스에 오른 연애극을 본 뒤에 마음에 드는 그 배우의 얼굴이나 치어다보듯이 멀거니 병직이의 얼굴을 치어다보고 앉았다.

"우리 애인이요. 인사하슈."

주기도 띠었지마는 병직이는 이렇게 실없는 소리로 화순이를 소개한다. 마담은 잠자코 점잖게 고개를 숙여 화순이에게 인사를 하였다. 화순이 역시 '우리 애인'이라고 실없이 구는 남자의 어기가 못마땅해서 조금도 웃어 보이지 않으며 인사 대답을 한다. 그러나 금시로 농치며,

"대관절 애인이 몇 분이나 되시나요? 실상은 이런 양반이 실살도 못하고 장가를 못 가시는 거야?"

하고 커다랗게 웃는다.

"왜? 여기는 제일 애인, 저긴 제이 애인……."

하고 병직이는 혜란이가 있는 방 쪽을 턱짓으로 가리킨다.

"또……?"

"당신은 제삼 애인! 허허허."

"고맙습니다. 제삼 차례에라도 가니!"

하며 마담은 코웃음을 치다가,

"스왈로에를 가면 제 몇째 애인까지 있는지!"

하고 화순이더러 들어보라는 듯이 입을 빼쭉하고 놀린다.

스왈로란 이 취송정에서 남쪽으로 빠져나가 큰 길거리에 있는 댄스홀 말이다. 원체 병직이와 마담이 작년 이맘때 처음 만난 데가 거기이었던 것이다.

"쉬, 쉬, 남을 실없이 난봉꾼을 만드는구려."

"왜 한참 빠져서 죽자 사자 하던 누구라던가. 댄스 제일 잘하는 애 있었지? 그래 요새두 가슈?"

"딴소리! 아무리 이래봬두 댄서쯤하구 죽자 사자 할까. 참 그런데 우리 오래간만에 한번 가 볼까? 스왈로에."

"에이 듣기 싫어요 객설!"

이때껏 마담과 입씨름을 하고 앉았는 것에 무심히 귀를 기울이고 있던 화순이는 눈살을 찌푸리며 핀잔을 준다. 그러나 마담을 끌고 댄스홀에 갈까 보아 그런다느니보다도 아까부터 자기를 제일 애인이니 어쩌니 하던 그 객설이 못마땅하였던 것이다.

자기를 앞에 놓고 그런 소리가 거침없이 나오는 것을 보면 이 남자가 인제는 자기를 이 마담 정도로밖에 생각지 않는가 싶어 분한 것이다.

"그러지 말구 심란한데 우리 오늘 하룻밤 실컷 추어 보자구."

병직이는 화순이와도 가자는 것이다.

"무엇 때문에 심란하신구? '제삼'까지만으론 부족해서 제사 제오 부인을 보아지이다고 심란하신 게로군?"

마담은 여전히 실없이 대거리를 한다.

바쁜 몸이요, 이 여자와 노는 이 자리가 유쾌할 것도 없지마는 병직이의 부옇고 서글서글한 얼굴을 바라보며 농지거리를 하고 앉았으면 시간 가는 줄을 모르고 그만 끌려 들어가는 것이다.

"어디 있다가 틈나면 가 볼까?"

마담은 남자가 권하는 대로 술을 받으며 다시 말을 꺼낸다. 화순이가 반대하는 것을 무시해 보고도 싶거니와 댄스라면 사족을 못 쓰는 마담이라 오래간만에 이 남자와 추어 보고 싶은 충동이 버쩍 나는 것이다.

"그건 이따 얘기로 지금 가서 한번 출까?"

"그래두 좋죠"

두 남녀는 일어서며 화순이더러도 같이 가자고 눈짓을 하였으나 화순이는 입귀를 삐쭉하고 쓴웃음을 보일 뿐이다. 그러나 병직이와 마담이 댄스의 포즈로 얼싸안으며 좁은 방을 한 바퀴 돌다가 방문을 열고 나서는 것을 보고는 화순이도 따라 일어서고 말았다. 댄스라면 화순이도 싫다는 축은 아니다. 동경 시절에는 예전에 널뛰기만큼 몸이 달던 한때도 있었다.

"댄스를 안 하시려우. 저 방으로들 오서요"

마담은 저편 복도를 꼽들여 막다른 방으로 쪼르르 앞질러 가더니 방문을 열고 소리를 친다.

"응? 댄스 좋지."

하며 진석이는 주빈인 베커의 얼굴부터 치어다본다. 베커는 싱그레 웃으며 혜란이의 기색부터 살피듯이 그리로 고개를 돌린다.

"미스터 베커 가서요 미스 김 같이 오서요"

마담은 문을 닫고 저편 큰방으로 들어가는 병직이를 뒤쫓아 갔다.

이 조그만 양실은 여간한 손님이 아니면 들이지 않는 담화실이요 양요리 먹는 특별실이다. 가운데 테이블만 한구석으로 치우고 방 치장으로 놓아둔 빅터 레코드에 스위치만 넣으면 너더댓 패 추기는 아늑하고 알맞다. 마담과 계집애가 테이블을 밀어 놓는 동안에 벌써 화순이는 병직이에게 달겨들어 추기 시작하였다. 화순이는 실상은 기분이 좋은 것은 아니나 그렇다고 비쌔고 토라져 보일 것도 없고 남자의 품에 안기고 싶은 충동에 마담을 제쳐 놓고 앞질러 덤빈 것이다.

오늘 저녁에 와 달라는 편지를 받아 보고도 시치미 떼고 혜란이의 꽁무니를 따라서 이런 데 와 앉았는 것을 열고가 나서 쫓아온 것을 생각하면 화순이는 남자가 미웁지 않을 수 없었다. 그러나 밉다고 토라져만 보이고 비쌔기나 하는 그런 화순이도 아니었다. 어디까지든지 공세를 취하는 화순이었다. 남자의 잔감정 같은 것은 모른 척하고 팩팩 달려들어 육박을 하여 가는 것이다. 더구나 토라진 감정보다도 아까 편지를 쓰던 때와 같은 애욕에 뒤덮여서 가만히 다른 여자의 손에 맡겨 놓고 멀거니 바라보고만 있을 그런 마음의 여유가 없는 것이다.

"별안간 댄스가 하구 싶어서 부전부전히 이렇게 쫓아왔어?"

병직이는 레코드가 흘러나오니까 차차 신이 오르면서, 앞에 매달린 화순이의 귀에 입을 대고 속삭였다.

"그래! 왜 그래! 무슨 큰소리야! 인제 동아줄로 꼭 비끄러매 놀 테니 그런 줄 알아요"

화순이도 눈웃음을 치며 흘겨본다. 화순이는 기다리다 못해 뛰어나

와서 병직이가 단골로 다니는 찻집을 두 군데나 들러서 겨우 취송정에
와 있는 것을 알아낸 것이었다. 둘째 번 집에 왔을 제 카운터가,

"김태환 씨한테 전화를 거시는 눈치가 아마 취송정으로 맞추시고 그
리로 가시나 보던데요"

하고 알려 주는 것을 듣고 화순이는 단걸음에 뛰어왔던 것이다.

그러나 태환이는 아니 오고 말았다.

마담은 정작 추고 싶어서 데리고 온 자기는 제쳐 놓고 앞장을 선 화
순이와 먼저 추는 것이 좀 실쭉도 하였으나 잠깐 구경을 하고 섰으려니
까 저 방 손님들이 우중우중 건너오는 기척이 난다.

베커와 혜란이를 나란히 앞세우고 진석이가 들어서며,

"미스터 베커, 마담하구 한번 춰 보슈. 여기선 아마 마담이 담폰일
걸."

하고 권하며 빙글빙글 돌면서 저편으로 물러나가는 병직이의 추는 양
을 바라본다.

'흐흥……여자를 데리고 왔군!'

병직이가 딴 여자를 데리고 왔다는 것이 진석이에게는 의외이기도
하고 잘되었다는 생각도 든다.

이때껏 혜란이의 뒤를 밟아왔거니 하는 생각으로 불쾌하였던 것이다.

"베커 씨, 자아."

하고 마담은 베커 청년에게로 손을 벌리며 달려들었다.

마담이 베커와 어울리는 것을 보자 진석이는 혜란이에게 손을 벌리
며,

"어떠슈? 한번……."

하고 청하였으나, 혜란이는,

"난……."

하고 웃어만 보이고 저편 구석으로 가서 안락의자에 몸을 묻어 버린다.

진석이는 좀 점한 기색으로 멀거니 섰으려니까 마침 첩처남 아이가 작은 마담을 끌고 들어온다. 작은 마담이란 가네코의 친동생일 리는 물론 만무요 남편의 첩의 반연으로 데려온 것이나 실상은 남편이 마담의 감시역으로 둔 것이다.

"야, 마침 잘됐네. 자네두 한몫 보겠지?"

진석이는 첩처남이 추려는 작은 마담을 가로채어 버렸다.

세 패가 끼고 도니 방 안의 공기가 차차 조그만 댄스홀만큼은 어우러져 들어갔다.

"나 같은 늙은 사람두 들어갈 수 있소?"

장만춘 영감도 혼자 떨어져 앉았기가 심심하여 벌건 얼굴로 엉금엉금 기어든다.

"이리 오세요"

혜란이가 자리를 내어 주고 옆에 소파로 비켜 앉는다.

"미스 김은 댄스 안 하우?"

"제가 뭘 해요……."

하고 혜란이는 웃었으나, 한 차례 추고 난 병직이가, 화순이를 데려다가 앉히고 쉴 새도 없이 혜란이를 끄니까,

"싫어, 난 싫어!"

하고 손질을 하면서도 그래도 따라나서고 말았다. 여학교 선생님이 사교댄스일망정 알 리 없고, 일본에도 못 가 본 혜란이가 어느 틈에 댄스를 배웠으랴마는 그야말로 병직이의 춤에 어느덧 숨어 배운 거다. 혜란이가 병직이에게 안겨 살랑살랑 제법 정확한 스텝을 떼어 놓으며 한가운데로 밀고 나오는 것을 본 베커는 눈이 번쩍하며 바라본다. 진석이도 슬슬 곁눈질을 한다. 두 남자는 병직이가 똑같이 미지의 남자이지마는 다소 부러운 눈으로 두 남녀의 전체의 포즈와 스타일을 봐 보는 것이다. 베커는 자기 가슴에 매달린 이 일본 계집애도 '현대적' 동양 미인이라고 생각 않는 바가 아니다.

힐끗 보면 혜란이의 모습 비슷한 데가 좋게도 보이는 것이다. 그러나 마담이 양주병을 화병 삼아서 꽂아 놓은 튤립이라면 혜란이는 아침이슬을 머금은 백합같이 청초하다고 생각하는 것이다. 아무의 더운 손길이 닿지 않은 서슬이 그대로 있는 바위틈의 산백합(山百合) 그것은 동양적 풍취라고도 이해하는 것이다.

"이번만 끝나거든 슬그머니 빠져나가십시다."

앞에 매달린 혜란이는 남자를 치어다보며 소근거린다.

"베커는 어떻게 하구?"

병직이는 실없이 웃어 보였다.

"으응!"

혜란이는 남자의 실없는 말에 잠깐 앵돌아져 보이다가,

"그런데 화순이는 왜 부르셨소?"

하고 대거리로 한 마디만 한다.

"부르긴 누가 불러 별안간 습격을 당한 거지."

"나두 인제는 다시는 이런 데 오지도 않겠지만 나중엔 별일두 많어!"

"별일 될 거 뭐 있누. 이렇게 댄스도 하구 엉정벙정 놀면 그만이지."

병직이가 본성이 허랑하고 난봉은 아닌 줄 알건마는 그 낙천주의가 너무 지나친 데에 혜란이는 불안을 느끼는 것이다. 사랑의 윤리나 도덕을 무시하고 덤비는 그 수작에 반대인 것이다. 그러나 이 자리에서는 댄스의 흥이 빠질까 보아 잠자코 말았다. 자동레코드가 두 곡조를 마치니까 혜란이는 이편 장만춘이 앞까지 와서 손을 풀었다. 베커와 마담도 따라왔다. 두 남자를 나란히 앉히고 여자들은 잠깐 숨을 돌리려니까 진석이도 떨어져 와서 혜란이를 실없이 흘겨보며,

"그런 줄 몰랐더니 본격적이시던데 어디 이번엔 나하구……"

하며 쉴 새도 없이 다시 끌어내려 한다.

"안 돼요. 어쩌다 마지못해 한 번은 몰라두……"

하고 혜란이가 도리질을 하며 웃으려니까 마담이 뒤를 받아서,

"그것두 낯가려서!"

하고 비양댄다. 혜란이는 생긋 웃으며 나란히 앉아서 마주 웃어 보이는 두 남자를 바라보다가,

"참, 인사들 하시죠"

하고 병직이에게 눈짓을 하였다. 병직이는 유쾌한 낯빛을 잠깐 곁의 베커에게로 보내며 몸을 일으키려니까 저편도 여기에 응하여 마주 웃으며 일어서 은근한 표정으로 악수를 청한다. 병직이는 간단한 회화면 알아듣기는 하나 이편에서 차마 말을 붙이지를 못하니 자연 벙어리 인사

가 되었다.

"내 친구예요"

혜란이는 병직이를 자기의 친구라고 하였다. 뒤따라서 화순이도 친구라고 소개하였다. 장만춘이 역시 병직이와 맞대하기는 오늘이 처음이었다. 이진석이는,

"늘 뵈면서두……."

하고 좋은 낮으로 악수를 하였다. 혜란이는 이 길에 첩처남 강수만이라도 인사를 시키려 하였더니 어느 틈에 작은 마담을 끼고 저편에서 꼼작꼼작 댄스를 하고 있기에 그만 내버려 두었다.

"실례지만 인제 난 곧 가 봐야 하겠어요"

인사들이 끝나니까 혜란이는 좌중에 한마디 하고 나서려 한다.

"왜 그래요 손님두 함께 우리 방으로 가십시다."

진석이는 춤도 더 추고 싶으나 함께 몰려가서 세잔갱작을 하려는 생각이다. 그러나 잽싸게 빠져나온 혜란이는 방으로 뛰어가서 벌써 외투를 들고 나온다.

"우리두 어서 갑시다."

화순이는 병직이를 데리고 자기 방으로 가서 치장을 차리면서도 혜란이가 먼저 떨어져 가도록 거레를 하였다.

"그대루 가실 테에요."

"안 돼! 나두 옷 입구 나올 테니 잠깐만……."

이리로 향하여 나오던 마담과 마주치자 이런 소리를 하고 외투 입은 남자의 어깨에 두 손을 탁 얹는다.

"오늘은 틀렸어. 요담 가자구."

병직이가 달래듯이 웃으니까,

"흐응……변덕두! 그래두 난 가구 싶어! 그러지 말구 데리구 가 줘
요."

미인을 둘씩이나 데린 당신은 느긋도 하겠지마는 나는 쓸쓸하고 마
음이 싱숭생숭하다는 표정으로 남자의 어깨를 흔들며 보채듯이 조르다
가 뒤미쳐 나오는 화순이가 가까이 오는 것을 보자 마담은 두 손을 얼
른 빼며,

"잠깐만 기대려요 곧 나올 테니까."

하고 이편 말은 들을 새도 없이 저쪽 구석 층계로 달아난다.

"가긴 뭘 가. 그대루 갑시다."

화순이는 마담이 남자의 어깨에 두 손을 걸고 꼬리를 치는 양이 보
기 싫었던 것이다.

"응! 공연한 소리지."

병직이는 문밖에서 혜란이가 기다리고 있을 것이 애가 씌우고 화순
이는 화순이대로 보채고 하여 난처한 처지였다.

아래층으로 내려와 문간에서 구두를 찾아들 신고 나서려니까 벌써
마담이 흰 고무신에 외투를 들쓰고 옆문에서 나타난다.

"정말 갈 테요? 손님들은 내버려 두고 이거 무슨 난봉야?"

병직이는 마당 한가운데 멈칫 서며 어이없다는 듯이 껄껄 웃는다.

"내 난봉야……."

마담은 내 난봉야 처녀 적부터라고 실없는 소리가 입에서 나오는 것

을 다시 돌려서,

"가다가는 이만 난봉쯤 행기가 돼서 몸 보양도 되거든요"

하고 마담은 앞장을 선다. 병직이니 베커니, 팔팔 뛰는 듯한 젊은 미남자들을 에워싸고 여자들이 오락가락거리며 시새는 양을 보니, 오랫동안 피 속에 숨었던 '난봉'이 봄바람을 쏘인 읽[蟲]처럼 별안간 머리를 반짝 든 모양이다.

대문 밖에를 나선 병직이는 혜란이를 찾기에 눈이 분주하였다.

그러나 눈에 아니 띈다, 진고개 편 동구 밖으로 나가서 기다리는 듯싶었으나 마담은 박절히 메치고 그리로 갈 수도 없는 형편이다.

"가만있어. 보낼 사람은 보내고!"

하며 병직이가 불빛이 희미한 골목으로 충충 걸어가려 하니까,

"어디를 가세요"

하고 뒤에서 혜란이의 목소리가 난다. 바로 취송정 비스듬히 건너편 골짜기로 들어서서 기다렸던 모양이다.

"이리 와요 댄스홀 구경 안 가?"

그런 데에는 이때껏 가 본 일이 없더니만치 이런 기회에 구경을 시켜 주고 싶었다.

"싫어요 어서 가 보세요"

혜란이가 돌쳐서려는데 베커가 대문에서 저벅저벅 혼자 나온다.

스왈로 회담

"오 미스 김!"

베커는 오랜간만에나 만나는 것처럼 혜란이에게 소리를 친다. 혜란 이가 달아나고 마담마저 없는 주석에 붙들려 앉았다가 맥없어서 빠져 나오는 판인데 혜란이를 의외로 또다시 만나기란 매우 반가웠다.

"마침 잘되었군요 베커 선생 우리 댄스홀 구경가는데 같이 가십시다 요"

마담이 앞질러 대꾸를 한다.

"허 댄스홀! 미스 김두 가슈?"

역시 관심의 초점이 혜란이에게 있다.

"난 그런 데 갈 자격이 없어요 안녕히 가셔요"

혜란이는 언제까지 이러다가는 한이 없다는 생각이 들어서 딱 잘라 말하고 되돌쳐섰다. 그러나 실상은 병직이에게 할 폭백이 아무 죄 없는 베커에게로 간 것이었다. 까닭수를 모르는 베커는 덤덤히 헤죽헤죽 가

133

는 혜란이의 뒷모양을 바라보고 섰다. 숙녀답게 은근한 인사성이 없이 왜 그리 쌀쌀한지? 자기가 무슨 실례를 한 일이나 없었나? 하는 생각도 하여 보는 것이다.

스왈로는 큰길만 건너서면 바로 거기였다.

"자 그럼……. 나는 시간이 없어서……."

혜란이나 작반이 되었으면 몰라도 취미가 그리 저속지 않은 베커는 댄스에 그리 흥미도 없고 또 그런 천속한 댄스홀에 발을 붙여 놓기가 싫어서 헤어져 가려 하였다. 그러나 이삼십 분만 잠깐 구경만 하고 가라고 마담이 지성껏 붙들고 병직이도 권하는 바람에 어떤 꼴인가 풍속도를 구경해 두고 싶은 호기심도 한편에 있어 끌려 들어가고 말았다. 실상은 혜란이에게와 같은 일종의 경의를 품은 친숙미와는 다르지마는 첫눈에 반가운 얼굴이었고 마담도 자기에게 친절하고 소중히 대접하여 주는 데에 마음이 솔깃하여서 누가 기다려 주는 것도 아닌 쓸쓸한 홀아비 방보다는 낫다는 생각도 없지 않은 것이었다.

베커는 머리를 받을까 무서운 좁다란 안문을 밀치고 들어서서 양장에 조선옷에 가지각색으로 꾸민 댄서들 틈에 양복 입은 '꼬맹이'들이 끼어서 서고 앉고 부산히들 서성거리는 품이 댄스홀이라기보다도 명동 거리에서 늘 보는 다이아진 장거리 같다고 발을 들여놓기가 싫은 생각이 들었다. 담배연기와 입김에 섞인 향긋한 암내에 베커는 가슴이 답답한 것을 참고 들어서 보았다. 여러 사람의 시선은 자기에게로 모이는 것 같다.

우선 눈에 띄는 것은 이런 자리에는 어울리지도 않는 하얀 소복한 여자와 웃통을 벌겋게 내놓은 반나체(半裸體)의 양장미인(?)이다. 살빛이 희지도 못한 시뻘건 어깨집이 떡 벌어진 것을 건너다보며 베커는 니그로를 생각하였다. 휘죽 돌려다 보는 검붉은 그 얼굴도 니그로이었다.

"저 여자, 남양에서 왔으면 추위를 더 탈 텐데……."

베커는 고개를 기울여 앞에 섰는 마담의 귀에다 대고 속삭였다.

무심결에 남자의 더운 입김이 귓바퀴를 건드리는 데에 근질하고 마음이 설레면서 마담은 돌아다보고 생긋 웃었다.

푸른 불빛이 컴컴스레하게 흐르는 홀 속에는 명색이 밴드랍시고 있고 여남은 패 춤을 추는 양이 방 안에 자욱한 담배연기에 서려서, 부연 물속에서 고기가 노는 것을 들여다보는 듯한 느낌이다.

"저 위층은 뭐요?"

"바예요."

"어디 거기나 올라가 볼까?"

베커는 들어오자마자, 도리질을 하고 달아나 버리기도 안 되었고 바란 꼴도 견학을 해 두고 싶어서 병직이를 끌었다.

"예, 뒤미쳐 올라가죠."

병직이는 초면에 베커를 따라서기로 싫고 그보다는 댄스가 하고 싶었다.

마담은 베커를 데리고 이층으로 올라갔다.

보이가 벌써 알아차리고 카운터의 맞은편 조그만 양실로 안내를 하여준다.

댄서인지 여자를 데리고 앉아서 술을 마주 먹는 젊은 애가 있을 뿐이요 방 안은 조용하다.

"맥주를 잡숫죠."

하고 마담은 비루를 명하였다. 그렇지 않아도 목이 컬컬한 판이라 베커는 맥주를 한 모금 먹고 갈까 하던 터이다. 베커는 술을 홀짝홀짝 마셔가며 속삭거리고 앉았는 남녀를 멀거니 바라보며 앉았다가, 불쑥 웃으면서,

"조선 청년 남녀는 누구나 댄스를 할 줄 아우?"

하고 묻는다.

"이런 데 다니는 청년은 모던이랍니다. 인텔리층이죠. 여자는 나 같은 난봉꾼이구요. 호호호……."

"모던? 인텔리?"

하고 베커는 코웃음을 치다가,

"그럼 지금 저 아래에 미스터 박하구 온 여자는 인텔리요? 노는 여자요?"

하고 경멸하는 눈치로 묻는다. 베커는 인제서야 아까 혜란이가 난 그런 데 갈 자격이 없다 하고 뺑소니를 쳐서 가던 뜻을 안 것 같다.

"신문기자라나 봐요."

마담은 아까 병직이에게 잠깐 들은 대로 대답을 하였다.

"에? ……신문기자?"

베커는 눈을 커다랗게 뜬다.

당장 맥주와 샐러드가 들어왔다.

맥주를 한 모금 켜고 난 베커는 마담의 눈치 빠른 분별에 흡족하였

다.

"블루리본만은 못하죠?"

마담도 브라운 씨 덕에 언젠가 맛본 일이 있는 미군들이 먹는 맥주 말이다. 베커는 웃기만 한다. 자기 나라 물건이 좋은 거야 더 말해서 무엇 하느냐는 눈치다.

"아래 가서 그 사람들 불러오슈."

베커는 그 여자가 신문기자라는 데에 호기심이 있는 모양이다.

"네. 지금쯤 둘이 댄스를 할 거니까……."

하며, 마담은 선뜻 일어서려 하지 않았다. 조용한 이 기회에 이 청년을 좀 시달려 주려는 생각이 드는 것이다. 실상은 녹여내어 보고 싶은 충동이 나는 것이다.

저편 남녀는 자기네를 파흥시킨 것이 싫던지 술 한 병이 끝나니까 나가 버렸다.

"베커 상, 당신은 어려서 일본에 계셔 보았다지마는 일본과 조선과 어디가 좋으세요?"

마담은 전초전(前哨戰)으로 이러한 소리를 꺼냈다.

"당신부터 말씀을 해 보슈. 당신은 영감이 조선 사람이구, 당신두 저렇게 조선 사람이 되었으니……."

하고 베커가 웃으려니까 마담은 펄쩍 뛰며,

"그건 어떻게 아셨어요?"

하고 일부러 놀라는 소리를 하여 보인다.

"나 모르는 게 어디 있나! 그래 조선에 시집올 제야 마음에 조선과 조선 사람이 마음에 들어서 온 거 아니요"

"조선 사람 중에도 좋은 사람은 좋고……."

마담은 쌩긋 웃어 보인다.

"당신 영감이 그 중에도 제일 좋은 사람이구? 허허허."

"제일 좋지 않은 사람이 됐어요!"

이 말은 가네코의 실감일지도 모르겠으나 의미심장하였다.

"왜? ……친일 소리가 듣기 싫어서 배일파가 되었나 보구려?"

베커는 실없이 웃었다.

"나는 배일이 되고 친한(親韓)이 되었건마는……."

"그러면 똑 알맞지 않은가?"

베커가 껄껄 웃으려니까,

"참 그런데 언제나 일본과 통해지겠어요?"

하고 말을 돌린다.

"왜? 고향이 그리워요?"

"그럼 그립지 않구요! 나 좀 비행기를 태워서 훨훨 데려다 주세요."

하고 가네코는 실없이 샐쭉 웃는다.

"영감은 버리구?"

"버리면 버리구 말면 말구."

"그럼 내 동경 출장 가는 길에 데려다 주지."

베커는 또 맥주를 마시며 농담으로 대꾸를 한다.

"정말?"

가네코는 바짝 달려드는 소리를 하며 어린애 조르듯이 아양을 피워 보인다.

"그래요. 내가 갈 때는 꼭 데려다 주리다."

베커는 술이 받아서 얼근히 유쾌한 모양이다.

"그렇다면 한턱 단단히 내야 하겠군! 참 정말 심심하실 때 우리 집에 놀러와 주세요."

가네코는 정말 이 남자를 이용해서 일본에를 부모를 만나러 가 보고 싶은 꿍꿍이속으로 그러는지 연해 알랑거린다.

"고맙소! 허지만 당신 집은 색시들이 많아서 어디 나 같은 사람은 수줍어 가겠습디까."

베커는 가네코의 얼굴을 한참 바라보며 웃는다. 단둘이만 좁은 방 속에 앉아서 외국 남자의 뒤로 젖혀지는 눈길과 마주치니 가네코는 감정의 압박을 느끼며 살짝 피하려던 눈을 일부러 다시 돌리며 의식적으로 눈웃음을 머금고 말끔히 눈을 맞춘다. 베커 편이 도리어 낯이 간지러운 듯이 헤에 하고 웃어 버린다.

그러자 노크를 하고 보이가 얼굴을 내어밀며 가네코더러 손님이 찾는다고 전갈을 한다.

"이건 댄스하자고 끌고 와서 무슨 스왈로 회담이 열렸소?"

"스왈로 회담은 공개 회담이니까, 기자 여러분의 입장(入場)을 허락하기로 결정했습니다."

병직이는 화순이를 데리고 올라와서 저편 구석에 마주 앉았는 것이다.

"기자단은 보이코트·하기로 결의했습니다."

화순이가 웃으며 말을 받는다.

"하지만 미측은 특히 A사 기자와 회견을 요청하고 있습니다."

가네코도 지지 않고 대거리를 하며 섰다. 이러한 객설을 주고받고 하려니까 베커가 그 큰 몸집을 쑥 내밀며,

"이리 오슈."

하고 소탈히 웃으며 손짓을 한다. 그 태도가 아무 사심 없는 숭굴숭굴한 어린애 같아서 두 남녀는 그 호감에 응하여 자리를 떴다. 한잔 김이겠지마는 베커는 새삼스럽게 병직이와 악수를 하였다.

"부인께서는 신문기자라시죠? 어느 신문에 계세요?"

베커는 자리에 앉으며 화순이에게부터 말을 건다.

"A신문사예요."

"허어. A신문! 수고 많이 하시겠습니다."

A신문이라면 미국 청년인 이 사람은 싫어할 줄 알았더니 눈을 번뜩이며 도리어 반색을 하는 눈치에 화순이는 좀 어안이 벙벙하였다.

"이 양반두 B신문 기자신대요."

가네코가 병직이의 직업을 소개하였으나 베커는 아 그러냐고 고개만 끄덕끄덕해 보일 뿐이요 별로 관심이 없는 듯이 다시 화순이에게로 화제를 돌린다.

"지금 ×씨는 이북에 있습니까?"

이 청년이 A신문의 성격을 모르고 단순히 화순이가 여류 기자라는 데에 호기심을 가지고 그러는가 하였더니, 이러한 질문을 하는 것을 보면 조선 사정에 맹문이가 아니다.

"그야 모르죠 나보다 당신이 더 잘 아시겠죠."

화순이는 약간 코웃음을 쳐 보였다. 이 남자의 직업이 무엇인지는 모르겠으나 좌익의 동정(動靜)에 흥미를 가지는 눈치가 수상쩍어서 화순이는 경계망을 치고 대꾸를 하면서도 혹시는 윌레스가 슬어 놓은 알[卵]이나 아닌가 하는 생각도 들었다.

"내야 더구나 그런 것을 어떻게 아나요 나는 부산에, 인천에 배가 몇 척 들어와 있고 그 배 속에는 종이가 몇백 톤, 소금이 몇천 톤 실려 있다는 것쯤은 알지요마는……하하하."

그 말을 듣고 보니 오늘 경요각 주인이 베커를 초대한 까닭을 알 수가 있는 것 같다.

"그래 그런 것만 아십니까? 콩가루가 몇천 톤인지? 우유가루가 몇만 톤인지? 설탕이 몇십만 톤인지도 잘 아시겠지요……."

화순이는 첫째 화살을 쏘아 보았다.

"허허허……."

베커는 도리어 유쾌한 듯이 웃으며 이것은 진짜 A신문 기자로구나 하는 생각으로 뒷말을 기다리고 앉았다.

"중석은, 홍삼은 얼마나 실어 내가는지 모르시는 모양이로군? 홍삼은 일제시대에는 미쓰이(三井)에게 내맡겼던 것이죠? 이번에는 어떤 '미국 미쓰이'가 옵니까?"

화순이는 이 청년이 무역 관계의 일이면 잘 안다는 말에 기가 나서 콕콕 쏘는 것이다.

"그런 거야 난 모릅니다. 내야 숫자하고 노니까. 허허허."

베커는 혜란이 같은 여자 외에 이런 여자도 조선에 있는가? 하고 속으로 놀랍기도 한 것이다.

"미스 최의 말이 실상은 조선 사람의 말입니다."

옆에 덤덤히 앉았던 병직이가 비로소 한마디 거든다.

"아, 당신두? ……조선 사람이 모두 A신문사 같은 의사, 미스 최와 같은 의견을 가졌다는 말씀요?"

베커는 놀라는 심정이다.

"미스터 베커 안심하시오. 당신은 내가 미스 최처럼 또는 조선 사람 전체가 이북으로 가고 싶어 하는 것은 아니오. 하지만 일제시대에는 좌우익의 구별이 없이 함께 단결하였던 것을 당신들은 생각하여 봐야 할 것이오. 지금 미스 최가 말한 그런 점에 가서는 좌우가 없이 의견이 일치하거든요."

병직이의 이 말에 베커는 병직이의 얼굴을 빤히 다시 치어다본다. B신문이라면 으레 자기편이요 군정을 지지하는 신문이니까 별로 관심도 흥미도 아니 가지고 들을 만한 신기한 말도 없으려니 하였던 베커는 병직이의 이 말에 고개를 기울이고 멍멍히 앉았는 것이었다.

"무어 그런 정치담은 그만두고 유쾌히 술이나 먹고 댄스나 하십시다."

병직이는 슬쩍 농쳐 버리며 맥주를 따른다.

"하여간 그런 것은 오햅니다. 미국은 해방자 아니오? 일본과 다른 점을 믿으시오."

베커 청년은 술을 받으면서 이렇게 휘갑을 치려 한다. 그러나 화순이는 또 탄한다.

"대관절 당신 나라에서 상인이나 이권 운동자가 몇십 명 몇백 명이 나와 있나요? 그분들과 모리배와는 격리를 시켜 놓았던가요?"

셋째 화살에 베커 청년은 찔끔하였는지 한참 뜸을 들여서,

"미스 최, 그렇게 흥분을 하면 되나요. 어떻게 했으면 서로 좋겠느냐 는 것을 이야기해야지."

하고 또 웃는다.

"부자댁이니 덮어놓고 얻어먹겠다는 것도 아니요, 사실 조선 사람이 거지 병신이 싸워서 먹을 콩 났다고 덤벼들었다가는 큰코다칠 것도 잘 알지마는 백만장자 댁에서 빚에 얽매인 오막살이꾼이 허덕이는 틈을 타려 들지는 않겠지요? 하여간 그런 인상을 주어서 민중이 떨어져 나가 게 하는 것은 큰 실책이거든! 떨어져 나가서 어디를 의지하려는지? 어 느 힘을 빌려는지? 그것이 큰 문제니까……."

병직이의 비판이다.

"이래서야 미국은 조선에서 좌우익협공에 끼여서 견딜 수가 있나? 허허허."

베커는 웃으면서도 무연히 이런 소리를 한다. 고생에 찌들어서 악바 리가 된 조선 청년에 비하면 마치 부잣집 자식으로 세상 고생 모르고 자라난 거와 같은 아직 스물대여섯쯤 된 이 청년으로서는 이만한 관찰 을 하고 의견을 가진 것도 조숙한 편이라 하겠다.

"이런 말이야 베커 군에게 할 말은 못 되지마는 우익에게까지 지지 를 못 받는 것은 군정의 실패요, 우익끼리까지 분열시킨 것도 미국의

책임이라고 아니할 수 없지. 더구나 남조선이 적화할 염려가 있다면 완전히는 당신네의 실패요"

병직이 차차 열이 올라간다.

"그 반면에 조선인 자신의 과오에도 책임이 없지 않겠소?"

"그야 우리도 모른 게 아니오. 반성하여야겠지마는 그러나 조선 사람 모두가 미국 정책에 열복(悅服)하지 않고 미국 세력에 추수(追隨)하고 아부하지 않는다는 의미로 조선 사람에게 책임을 물어서는 안 돼요! 적어도 그와는 정반대의 의미로 해석돼야 할 거요!"

베커와 같은 미국 청년과 다행히 일본 말로라도 수작을 직접 하여 의사소통이 되는 것만 병직이에게 시원하고 유쾌하였다.

"그러면 미국에 추종하고 미국 세력이나 끼고 놀겠다는 축만을 상대로 하니까 결국은 실패란 말요?"

베커의 말은 옳았다.

"물론 진정한 여론에 귀를 막거나 백성의 소리가 들리기는 하여도 자기네 비위에 맞지 않으니까 듣고도 모른 척하는 것이 아닌가 하는데……?"

"그렇기야 할까요. 다만 어떤 것이 진정한 여론인지 갈피를 잡지 못하는 것이겠죠"

베커는 역시 팔이 안으로 굽는 소리를 하며 웃는다.

"그럼 조선에 진정한 여론이 없단 말씀요? 그야 혼돈 상태인 것은 사실이지마는……"

하고 병직이는 정색을 한다.

"진정한 여론이 없다는 것은 아니지만 그 선봉은 대개가 빨갱이 아니요?"

"당신 같은 분부터 빨갱이와 대다수의 여론의 중류·중추(中流·中樞)가 무언지를 분간을 못 하니까 실패란 말요! 우리는 무산독재도 부인하지마는 민족자본의 기반도 부실한 부르주아 독재나 부르주아의 아류를 긁어모은 일당독재를 거부한다는 것이 본심인데 그게 무에 빨갱이란 말요? 무에 틀리단 말요?"

"그야 물론이죠. 독재란 금물이오. 잘 알겠습니다."

베커도 조선 청년의 소리를 듣는 것에 흥미가 나는 듯이 유쾌한 낯빛으로 맥주병을 들어서 병직이에게 권한다.

이야기가 이렇게 되니까 화순이는 병직이의 의견에 다소 불만을 느끼며 가만히 듣고만 있다.

"자, 그러면 제일차 스왈로 회담은 이것으로 폐회합니다……."

이때껏 꾸어다 놓은 보릿자루처럼 맥맥히 앉았던 마담은 베커가 맥주병을 드는 것을 보고 그만 일어서게 하려 한다.

"난 무식해서 무슨 말씀들인지 귀 뜬 소경입니다마는 그만하시고 입가심으로 나려가 댄스나 하십시다."

"그야 당신네니까 무슨 말인지 모르기도 하지만 우리는 사생 문젠데!……"

아까부터 가네코를 못마땅하게 보았던 터이라 화순이의 말은 뾰죽하였다. 가네코는 말끔히 화순이의 얼굴을 치어다보다가,

"그건 무슨 말씀요? '당신네니까'라니? '우리'는 어떻단 말씀인지?"

가네코도 '너는 무어기에!' 하는 듯이 입을 삐쭉해 보인다.

"이십 년 후에 다시 만나자, 두고 보자고 하던 일제가 남기고 간 무 거리니까? 우리 이야기가 으레 통할 리 없단 말이지……."

무거리라는 말을 가네코는 잘 알 수 없으나 그 뜻은 알아듣겠다. 가 네코는 분해서 쌔근거리면서도 화순이의 그 말은 민족적 감정도 있겠 지마는, 제 애인과 무슨 깊은 관계나 있는 줄 알고 시기로 그러려니 싶 어서 가네코는 화순이의 말은 못 들은 척하고 일부러 옆에 앉은 병직이 의 팔을 껴서 쳐들며 일어나자고 끌었다.

"그 왜 괜히 그래?"

병직이는 화순이를 나무라며 선뜻 일어섰다.

"미스 최! 우리는 서양식으로……."

하며 베커는 화순이의 겨드랑이를 끼고 뒤따라서 나섰다. 앞에서는 여 자가 사내 겨드랑이에 매달려 나가고 뒤에서는 서양 청년이 여자의 팔 을 끼고 나가는 양을 보고 보나 손들이나 눈이 휘둥그레졌다.

"흥! 민주주의다!"

뒤에서 이렇게 코웃음 치는 소리가 들린다.

병직이에게 매달려 내려온 가네코는 서슴지 않고 바로 얼싸안고 댄 스홀로 덩실덩실 들어갔다. 마담은 댄스의 짝패로 이렇게 힘이 안 들고 불이 맞는 사람도 쉽지 않다고 늘 생각하는 것이지마는 오늘은 가뜩이 나 감정이 부풀어 난 끝에 화순이에게 대한 반감으로 한참 신이 날수록 몸과 마음이 남자에게 착 달라붙어서 정신없이 휘돌아 간다.

"저이가 왜 나를 못 먹어 하는 거예요?"

저이라는 소리에 고개를 들고 보니 베커가 화순이를 끼고 돌며 이편을 건너다보고 싱긋한다.

"요새 화가 나는 일이 있어 히스테리증으로 그러는 거지 무슨 감정이 있어 그러는 것은 아냐."

병직이는 가네코의 귀에다 입을 기울이고 좋도록 일러 주었다.

"이것만 추고 우리 집으루 가십시다."

가네코는 어리어리한 그 육감적인 눈을 게슴츠레 떠 보이며 남자의 귀밑에다가 대고 또 속삭인다.

"오늘은 안 놔 보낼 테야!"

마담은 열심이다. 그러나 생각하면 화순이가 거머리처럼 붙어 다니는 데 고집을 부려 봐야 될 성싶은 고집도 아니다.

"요담 또 만나자구."

병직이는 가네코를 끼고 돌며 웃어만 보였다. 그러나 점점 더 자기 생활이 난잡해 가는 것을 생각하고는 마담의 유혹이 도리어 무서운 생각이 들었다.

저편에서는 베커가 이편 병직이를 잠깐 건너다보며 화순이의 귀에다가 입을 대고,

"놀러오셔요 위험하다고 생각하거든 미스터 박과 같이 오셔두 좋구."

하며 웃는다.

"조미회담을 계속하자는 말씀인가요?"

화순이도 치어다보며 웃었다. 무슨 컴컴한 생각이 있는지 모르겠다

고도 생각이 드나 솔직한 청년 같아도 뵈었다.

"우리 조선 문제를 연구하는 구락부를 하나 조직합시다. 여러분하구 우리 집 매코이 박사 부처만 해두 칠팔 명 회원은 될 거니까……조미 친선을 위해서도 좋은 일이거든."

베커의 발론은 진담이었다.

"좋기는 좋지만 총공격은 각오하셔야 할걸요."

"공격도 좋지요. 공격을 받는 입장이란 그만큼 실력이 있는 것이니 까. 명예지요."

베커는 껄껄 웃는다. 베커는 단조로운 홀아비만의 생활에서 요새로 조선 여성들과 교제를 하게 되어 활기가 나고 주위가 금시로 유쾌해진 것 같은 기분이다.

댄스가 끝나니까 베커는 모든 사람의 시선이 자기에게로만 모이는 것이 싫어서 쉬지도 않고 간다고 나선다. 하는 수 없이 쭉 따라나섰다. 병직이는 일제시대에 일본 관리들과 교제하던 생각이 머리에 떠올랐다.

베커를 보내고 돌쳐서며 화순이는,

"구락부를 만들자는군!"

하고 웃는다.

"신판 녹기연맹이나 만들까!"

병직이는 코웃음을 치다가 가네코가 그 뜻을 알아들었을까 싶어 뒷 말을 주춤하여 버렸다.

한사코 자기에게로 들어가자고 끄는 가네코를 간신히 달래서 들여보 내고 화순이와 둘이만 걷게 되니 병직이는 한 고역 치른 뒤같이 어깨가 거뜬한 것을 느꼈다.

"내 택시를 낼게 사직동 별장으로 갑시다."

구리개 네거리로 빠지며 화순이는 자기 집으로 끌려 한다.

"안 돼. 오늘은 집에 제사니까."

"공연한 소리! 댄스를 하다가 가서 제사를 지내면 요놈 하구 벌역이
내릴 거라."

화순이는 지나는 택시에 손을 든다.

"그만둬요. 첫째 오늘은 공평무사해야 할 거요……."

"흥……공평무사!"

화순이는 그 말에 반발적으로 눈을 똑바로 뜨며 앞에 와서 서는 택
시로 남자를 떼어 민다.

거리에서

"벌써 다 깎았소?"

빗과 가위를 체경 앞턱에 퉁명스럽게 소리를 내며 내던지는 것을 보고 영감은 체경을 바라보며 묻는다.

"네. 왜요?"

나이 지긋한 이발사는 코웃음 섞인 소리로 뒤채는 소리를 하며 앞에 두른 인조견 조각을 벗겨서 머리카락을 턴다.

"세상이 점점 더 개명이 되니까 머리 깎는 솜씨도 느는 모양이구려?"

영감은 코웃음을 쳤다.

"글쎄요. ……어디가 어때요?"

반백이 된 늙은이의 머리를 공기 놀리듯이 이리 뒤치락 저리 뒤치락 한다.

"예전, 이십오 전 삼십 전 할 때는 초벌 깎고는 분칠을 하고 다시 다듬고 하노라고 머리 한번 깎자면 한 시간은 걸렸겠다."

영감은 껄껄 웃었다.

"이 바쁜 세상에요."

잿물 내 나는 비누를 척근하고 목덜미에다 칠하고 시퍼런 면도칼을 들고 덤빈다.

"바쁜 세상에 십 분 동안 머리 깎자고 한 시간 기대리는 것은 어쩌구?"

"그야 차표 한 장 사자고 세 시간 네 시간 행렬을 지어 있는 세상 아닙니까."

영감은 웃고 말았다. 하는 수 없이 지고 말았다. 영감의 신경질로 머리를 함부로 깎는 것이 언제나 못마땅하였다. 머리통을 젊은 놈의 손아귀 힘으로 마구 다루는 것도 싫지마는 수염에 차디찬 비누칠을 해 놓고 난로 앞으로 가기에 더운 타월을 가져다가 싯푸를 해 주는 줄 알았더니 그동안을 못 참아서 바지 주머니에서 담배꼬투리를 꺼내서 난로 앞에 떨어진 종이쪽에 불을 당기어 붙인다.

"지금 시세에 천 원짜리 구두라니……."

배오개 천변 시장에 나온 천 원짜리 구두를 사러 가자는 친구와 아까부터 주거니 받거니 하던 수작이다.

다 젖어 비눗물 묻은 턱이 시릴 지경이나 가다가다 기웃이 머리를 들어 체경에 비치는 이발사의 꼴만 엿볼 뿐이요 감히 재촉도 못 하고 가만히 하회만 기다리고 누워 있었다. 손님이 있는 것은 잊은 모양이다. 이발사는 다 탄 담배 꼬투머리를 탁 던지고 그제서야 손에 집어 들었던 면도칼을 피대(皮帶)에 다시 갈아 가지고 덤벼든다. 척근하고 또 한번 비누칠을 하더니 영감 생각에도 퍼렇게 얼었을 인중과 턱살을 박박 긁는다. 쓰라린 품이 그만했으면 좋겠는데 인제는 바쁘지가 않은지? 흥이 났는지 차디찬 물 묻은 손끝으로 턱이며 뺨이며 싹싹 문지르며 깎은 데를 또 깎고 한다. 쓰라리다 못해 아플 지경이다.

"인제 그만합시다그려."

"바쁘십니까?"

저희는 바빠도 늙은이는 이 짧은 해가 지리해서 몸을 비비 꼬고 지내는 줄 아는 모양이다.

머리를 씻으러 가서 더운물을 별안간 쫙쫙 끼얹기에 뜨겁다고 하니까,

"이만 거 뭐 그리 뜨거워요"

하고 남은 물을 그대로 쫙 뒤통수에 쏟아 버리고는 이번에는 찬물을 듬뿍 떠다가 덜 떨어진 비누를 씻어 내린다. 닭을 튀기는 셈 같다고 생각하였다.

머리를 뜨거운 물로 닭 튀기듯 해 놓고 별안간 찬물을 들씌우고, 이런 것은 먼 길 걸은 뒤에 피 내린 다리를 푸는 요법이라 하지마는 아무리 그동안 두문불출을 하고 책권이나 읽은 머리지만 이러한 요법을 써야 할 그런 허드레 머리는 아닌데 괘씸한 놈이라고 영감은 넥타이를 매며 혼자 분개하였다.

"얼마요?"

옷을 입고 나서 물으니,

"백이십 원예요"

하는 말이 시원스럽게 나오지를 못한다.

이발료는 요사이 거리의 담뱃값 쌀값만큼 도금(야미 공정가격)이라는 것이 없는 모양이다.

"언제부터 올랐소?"

"오늘부텀입니다."

어제까지 육십 원이 갑절이 된 셈이다. 일백이십 원을 주고 나오며 보자니 옆에서 깎던 사람은 백 원 한 장만 내어 준다. 말만 잘하면 거저 깎아도 주는지? 실상은 입바른 소리한 벌금으로 이십 원을 더 뺏겼나 보다고 영감은 혼자 코웃음을 쳤다.

오래간만에 거리에 나와 봐야 시원할 것도 없고 신기할 것도 없다. 찬바람 나기 전에 집으로 들어가는 것이 수라고 양지거리를 찬찬히 걸어오자니 왕래가 빈번한 보도 위에 구두 닦는 아이가 열을 지어 늘어앉아서 담배 파는 아이들의 외치는 소리에 섞여 악머구리 끓듯 한다. 이런 생화가 언제부터 생겼는지 이때껏 별로 눈여겨보지도 않았지만, 머리에는 일백이십 원 하니 발목에는 얼마나 하나 보자는 생각으로,

"그 얼마나 받나?"

하고 물어보았다.

"이십 원입니다. 원체는 사십 원 받습니다마는 오늘은 왼종일 한 분두 없구 인제야 마수거리니 싸게 합죠."

저녁때가 다 되었는데 인제야 마수걸이라는 말이 가엾기도 하고 집안의 젊은 애들은 반질반질한 빨간 구두를 신고 다니나 자기의 낡은 검정 구두는 마누라가 닦아 놓는대야 약이 흉해 그런지 부옇고 먼지를 더

탄다. 광을 한번 내 보고 싶은 생각이 났다.

"어디 닦아 볼까?"

영감은 한 발을 조그만 돋움 위에 내놓으려니까,

"여기 앉읍쇼"

하고 제가 깔고 앉았던 궤짝 조각을 내놓는다. 아는 사람이나 지나다가 보면 실없는 사람이라고 웃을 것도 같으나 하는 수 없이 앉아서 닦기로 하였다.

길 건너 극장 앞에는 좌우 쪽으로 사람의 떼가 어마어마하게 늘어섰는 품이 전쟁 마지막 판의 정거장 앞이나 삼월, 오복점, 정자옥 같은 데의 식당 문전보다 몇 갑절은 되리라. 벌써 세 시는 넘었을 텐데 틈틈이 끼어 섰는 저 색시들은 언제 가서 저녁밥을 지으려는 요량인고 싶었다.

"요새는 무얼 하기에 저렇게 사람이 꼬이나?"

"모르죠."

허구한 날 마주 건너다보고 앉았어야 자기에게는 아랑곳없는 세상이니까 알려고도 않고 보아도 무심한 모양이다.

"선생님 바쁘지 않으십니까?"

"왜?"

"약을 한 댓 가지 발라 드릴까 해서요"

흙을 긁어내고 의사의 가제갑 같은 것을 열더니 솜에 먹인 휘발유를 헝겊에 찍어서 문지르고 부산히 서두르며 이런 소리를 하고 싱긋 웃는다.

"좀 춥긴 하지마는 잘만 닦우. 그러나 반값 받고 약을 다섯 가지씩 발라서야 셈 안 될걸."

영감은 웃었다. 차차 등덜미가 으스스도 하여 오지마는 터진 장갑 부리로 내어민 손가락이 시리기도 하리라.

이 발 저 발을 겨끔내기로 올려놓으라 하며 몇 가지 약을 바르고 문지르고 무슨 절차가 그렇게도 야단스럽게 많은지 나중에는 닦는 사람보다 닦이는 사람이 지리할 지경이다. 그래도 몇 해 만에 얼굴이 비칠 듯이 칠피 구두가 된 것을 보니 기분이 좋다. 영감이 사십 원을 꺼내서 내미니까,

"아니올시다. 이십 원만 줍쇼"

하고 손짓을 한다.

"받아 두게. 마수거리를 잘해야지."

영감은 돌쳐서며 겉날리던 이발소에서의 불쾌를 우연히 여기에서 삭혀 버린 듯이 비로소 기분이 명랑하여졌다.

구두쟁이가 마다는 이십 원을 더 준 것이 이발소쟁이가 덧거리질한 이십 원을 찾은 거나 다름없는 생각이다.

종점에를 오니 극장의 낮 흥행이 파해 나와서 그런지 여기도 장사진이다. 우울한 생각에 내처 걷기로 하였다. 타는 것이 도리어 욕이요 창경원만 돌면 그만이거니 하고 걷기 시작하였으나 아침 먹고 나서서 친구 집으로 책사로 휘더듬고 난 끝이라 머리가 무겁다. 어디 들어가서 헐각이라도 하고 싶었으나 돌려다 보아야 찻집 같은 데도 눈에 안 띈다. 원남동 근처에서 조촐해 보이는 음식점 앞을 지나며 일단 지나쳤다

155

가 시장도 하고 따뜻한 술 한잔이 생각나서 다시 돌쳐서 들어갔다. 들어가며 보니 깨끗한 유리창에 지짐집이라 써 붙인 것이 눈에 뜬다.

지짐이란 무언가 하였더니 빈대떡이다. 술과 빈대떡밖에는 아니 판다 한다.

술은 좋아해도 빈대떡이란 예전부터 좋아하는 것이 아니다. 젊어서는 숨어서 선술집에도 곧잘 들어서 보았지마는, 미국 다녀온 뒤로는 친구에게 끌려서라도 선술집에 들어서는 일이 없었다. 하여간 빈대떡집이란 벌이꾼의 요기 터로만 생각해 온 영감은 자기가 금시로 늙고 구지레해진 것 같은 생각이 들어서 곧 돌쳐서 나오려 하였다. 그러나 조촐한 양복쟁이들도 앉았고 저편 구석에는 무언지는 모르겠으나 젊은 내외가 빈대떡만 놓고 마주 먹는 것을 보니 자기만 도고하게 나갈 것은 무얼까 싶어 구경 삼아 한 귀퉁이에 앉았다.

김이 무럭무럭 나는 빈대떡 접시에 술 주전자가 나왔다.

한 잔 따라 마시고 김이 서리는 빈대떡 한 점을 떼어 입에 넣으니 구수하다. 실상인즉 매운 맛과 도야지 비계 맛밖에는 모르겠으나, 그 도야지 기름내가 좋다. 지금도 돼지고기를 그리 좋아하지 않는 영감은 세상이 바뀌니까 빈대떡 맛도 변하였나? 빈대떡이 출세를 한 것을 보면 변하기도 하였겠지마는 입맛도 변하였다고 생각하는 것이다. 이 세상에 잘 먹기야 하랴마는 그렇게 굶주리는 것도 아닌데 인제는 나두 늙었고 나고 영감은 생각하며 두 잔째 따라 놓고 술 빛을 가만히 음미하고 앉았으려니까 뒤에서 누가,

"선생님 이거 어떻게 오셨습니까?"

하고 말을 건다. 돌려다보니 한 십여 년 못 만나는 동안에 이름은 어정
쩡하나 안면은 두터운 사람이다.

"허! 내가 어떻게 온 것은 고사하고 그래 이 빈대떡집 주인이 바루
이녁이란 말씀요?"

김관식이 영감은 의외인 데서 의외의 인물을 만난 데에 흥미를 느꼈
다.

"그럼 어쩝니까? 모리를 압니까? 글을 팔아 호구가 되겠습니까?"

사십이나 되어 보이는 주인은 기름때가 묻은 비행사 옷 같기도 하고
작업복 같은 것을 입고 고무신짝을 끌었다. 이때껏 부엌에서 빈대떡을
지지다가 내다보던 길에 알은체를 한 모양이다.

"빈대떡은 병문 친구 계급에서 해방이 되어 당신 같은 문화인 덕에
출세를 했으나 근대 조선의 신문화를 돼지비계에 지져 내서야 될 말
요"

영감은 미소를 띠어 보이며 술잔을 들어 마신다. 영감은 이 사람의
호(號)가 남원(南園)이란 것은 머리에 떠오르는데 그 이름이 생각나지 않
아서 자기의 건망증에 짜증이 날 지경이나 어쨌든 십여 년 전에 자력으
로 잡지도 경영하고 신진 작가로 이름을 날리던 사람이다. 영감은 너무
나 의외인 데에 어이가 없고 가엾은 생각이 났다. 잔을 비어 술을 권하
니까 주인은 손을 내두르고 주전자를 들어 따라 주며,

"선생님이 이런 세상에 양식집 찻집을 내놓고 빈대떡집을 들어오
실 줄은 몰랐습니다."

고 웃는다. 주인의 눈에는 미국 갔다 온 이 하이칼라 노신사가 빈대떡

157

접시를 앞에 놓고 앉았는 것이 가엾어 보였다.

"응! 내가 이렇게 영락하기나, 남원이 붓대를 던지고 녹두를 갈고 지짐을 부치기나 가엾긴 일반요마는 비프스틱이나 코코아 맛을 본 지도 벌써 퍽 오랬소"

영감은 아까는 다리를 쉬어 가려고 찻집을 찾아도 보았고, 또 해방 전후 한때는 식당이나 찻집 아니면 발을 들여놓지 않았지마는 근자는 발을 뚝 끊었다.

"그 왜 그러십니까?"

"왜 그러다니? 사시미가 싫듯이 비프스틱도 싫어졌고 사쿠라, 모찌가 싫듯이 초콜릿도 싫어졌구려!"

하고 김관식 영감은 커다랗게 껄껄 웃는다.

"빈대떡은 어떻습니까?"

"빈대떡의 진미를 오늘에야 알았는데 어쨌건 국 같은 눈물방울이 떨어지지나 않았나 해서 찝질하구려."

하며 영감은 술 석 잔에 거나해서 일어섰다.

서재에서

골목 모퉁이에 자동차가 놓이고 혜란이가 자동차 속에 대고 허리를 꼬박하는 양이 서너 간통쯤께서 보인다.

'누가 왔던구?'

김관식이 영감은 생전 가야 자기 집에 자동차 탄 손님이 올 리가 없다. 오늘은 몇째 공일인지? 신년 들어서 초하룻날과 오늘 두 번째 공휴로 혜란이가 집에 들어앉았더니 자동차 탄 손님까지 찾아오게 되었는가? 하며 또다시 못마땅한 생각부터 든다.

그러나 움쭉하고 떠나려던 차가 다시 선다.

혜란이도 골짜기로 들어가지 않고 자기를 바라보며 웃고 섰다. 차 안에서는 낯 서투른 삼십 남짓한 청년이 나와서 자기가 가까이 오기를 기다리고 섰는 눈치다. 차 안에 누가 들어앉았는 모양이나 영감은 들여다보려고도 않고 마주 오는 딸에게로 지나쳐 가려니까,

"만정(晚汀)!"

하고 차 안에서 소리를 친다. 박종렬이의 목소리다.

"응! 오래간만이로군. 어려운 행차하셨네그려."

차 안을 들여다보며 영감은 웃어 보인다.

"하여간 잘 만났네. 이리 들어오게."

뒤에 척 기대어 앉았던 박종렬 영감은 몸을 가누어 경의를 표하며 덮어놓고 차 안으로 들어오라 한다.

"여기가 영감 댁 사랑인가? 허허허."

"그러지 말구, 나하구 좀 갈 데가 있으니 어서 타요."

뒤의 청년도,

"어서 올라갑쇼."

하고 권한다.

"요새 자동차 가지고 와서 같이 나가자는 것은 무서워! 집안에 유언이라도 하고 나서기 전에는……."

"허허허……여전하이그려."

"나는 여전하거니와 영감은 언제부터 테러단장까지 겸업이신가?"

옆에 와서 섰는 혜란이가 생긋 웃으니까 곁의 청년도 혜란이를 치어다보며 웃는다.

"늙어갈수록 입심만 느나 보이그려? 젊은 사람들 듣는데 창피하지 않은가?"

종렬 영감도 웃고 말았다.

"하여튼 내 집에 왔으니 누옥에 들어오시라기는 미안하나 들어와 인사는 치르고 가야 하지 않겠나."

박종렬 영감은 하는 수 없이 차에서 내려서 주인의 뒤를 따라섰다.

앞질러 들어간 혜란이가 벌써 안으로 돌아와서 사랑문을 열고 기다리고 섰다.

주객 세 사람은 방에 들어가 좌정하고 앉았다. 사랑방이라야 안쪽으로 난 창을 열면 바로 앞마당을 격하여 대청이 마주 보이는 이 간통밖에 안 되는 주인 영감의 서재요 침방이다. 영감은 따라온 청년이 누군가 하였더니 바로 너머 동리에서 사는 박 무엇이라고 인사를 하나 이름은 채 못 알아들었다.

종렬 영감의 재종이 된다던가 하지만 주짜를 빼고 거만히 버티고 앉았는 꼴이 주인 영감에게는 첫눈에 좀 못마땅하였다.

'대관절 무얼 하는 친구인구?'

하고 훑어보았다.

"책두 인젠 그만 보고 차차 속계로 나와 보는 게 어떠신지? 이런 세상에 그래 책 볼 경황이 있더란 말요?"

박종렬 영감은 서고에나 들어온 것 같은 생각으로 주객 세 사람이 무릎을 맞대고 앉을 만한 틈만 남기고, 책으로 꽉 찬 방 안을 돌려다본다. 이 영감은 김관식이를 융통성 없는 학구쟁이라고 대수롭게 여기지는 않으면서도 가끔 와서 이 서재에 들어와 앉으면 어쩐지 기가 눌리는 것을 깨닫는 것이다.

"이 세상이 어떤 세상인지는 모르겠으나 이런 세상이니 책이나 보고 들어앉았는 것 아닌가?"

주인은 냉소를 한다.

"그래두 선생님 같으신 선배께서 제일선에 나오셔서 지도를 해 주셔야지요"

앞에 앉은 청년도 이런 소리를 하며 이름도 모를 양서며 한서가 그뜩 찬 사벽을 둘러본다. 두 주먹을 무릎에 짚고 어깨를 떡 뻐기고 완만스럽게 앉았기는 하나, 길길이 쌓인 책을 보고는 약간 경의를 표하는 말눈치다. 그러나 영감은 처음부터 안하무인인 그 태도가 아니꼽게 보여서 말대꾸도 아니 해 준다.

"실상은 영감을 서재에서 거리로 끌어내려고 오늘 이렇게 온 건데 나서 보지 않으려나?"

청년이 덤덤히 앉았는 것을 보고 박종렬 영감이 한 마디 거든다.

"거리에야 늘 나가네. 오늘도 나가 보았지만 눈에 보이느니, 눈에 들어가느니 먼지뿐이데! 쓰레기통 속을 헤매느니보다는 이 한 칸 방이 내게는 더없는 선경이거든!"

"그야 진세(塵世) 아닌가! ……자 그는 그러라 하고 오래간만에 나가 보지 않으려나? 쓰레기통 속 아닌 선경, 지상낙원을 구경시켜 줌세." 하고 박 영감은 술을 먹으러 가자고 권한다.

"그만두겠네. 지금 오다가 다리가 하두 아프기에 빈대떡집에 들어가서 술 석 잔을 마시고 보니 내 세상인 게 있는 듯싶데."

"하하하 영감두 인제는 늙었군! 빈대떡집에 들어가다니."

박종렬 영감의 눈에는 늙은 친구가 가엾어 보였다.

"아닌 게 아니라 나 역시 처음에는 좀 군돈스런 생각도 들데마는 꽃 같은 색시를 데린 청년이 요기를 하고 앉았고 양복 신사가 열좌한 것을 보니 조선 사람 정도에 꼭 알맞은 그릴이요 사교장이라고 하겠데."

"그두 그렇죠"

마주 앉았던 청년은 노인네들 객담만 언제까지 듣고 있을 수 없어서 한 마디 장단을 맞추고 얼른 자기의 용건을 꺼낸다.

"오늘 이렇게 뵈러 온 것은 다름 아니라, 제가 무슨 사업을 하나 시작하려는데 좀 도와주십사고 하는 것인데요……."

"무슨 사업을 하시는지? 나 같은 사람의 힘까지 빌어야 한다는 걸 보니 신통치 않은 사업이겠구려."

"아니올시다. 신통한 일이기에 선생님께서 출마하여 주십사는 것 아닙니까?"

청년은 이 영감의 말이 겸사 비슷하면서도 자기를 훌뿌리고 면박한 것이 불쾌하건마는 지긋이 참았다.

"출마라니 아직 UN단도 오기 전에 입후보를 하란 말요?"

"영감 입후보할 야심은 있는 게로구려? 그러면 됐소!"

옆에서 빙긋이 웃고만 있던 박종렬 영감이, 무에 되었다는지 말을 가로막으며 나선다.

"별 게 아니라, 이번에 ××당 성북지구분회가 조직되는데, 이 사람이 회장의 물망에 올랐으나 될 수 있으면 영감이 나와 주었으면 좋겠다는 물론인데 나가보구려."

알고 보니 가당치도 않은 의논이다.

"온 당치 않은 소리! 어느 당이고 간에 나 같은 사람이 정당에 무슨 아랑곳이 있단 말요?"

주인 영감은 못 들을 소리나 들은 듯이 펄쩍 뛰었다.

"분회장이 싫으시면 고문도 좋습니다."

이 청년은 지금 ××청년단장으로 활동하기 때문에 대단히 바빠서 분회장을 겸무할 수 없기에 김관식 영감에게 사양을 하자는 것이나 정 못하겠거든 고문으로라도 이름을 걸어 달라는 것이다. 그것도 물론 성북지구에서 살고 있으니 이러한 청을 하는 것이라 한다.

"내게는 과분한 천망이나 나는 원체 정치를 모르고 그런 데 취미가 없는 사람이니까 다시는 말씀도 마슈."

김관식 영감은 이러한 이야기는 두 번도 듣기 싫었다. 그는 고사하고 이 청년이 초면에 왜 그리 주짜를 빼고 자기를 위협이나 하러 온 듯싶이 버티나 하였더니 청년단장이란 말에 인제야 알겠다고 속으로 코웃음을 쳤다.

"갑갑한 방 속에 들어앉았느니 소일 삼아 나가보게그려. 사람은 정치적 동물이라지 않나. 정치 운동하는 사람이 따루 있던가?"

박종렬 영감이 또 권해 본다.

"이 방이 영감 눈에는 갑갑해 보이겠지만 내게는 선경이라니까! 죽은 뒤의 명정감도 소용없고 술 석 잔과 이 방 한 간이면 부족할 게 없어! 허허허."

"그렇게 말씀하면 너무나 퇴영적 퇴패적이 아닙니까? 삼천만이 모두 선생 같은 생각이면야 큰일 아닙니까?"

청년이 쇠하여 보인다.

"응, 퇴패, 퇴영은 안 되겠지만 석 잔 술과 한 간 방에 숨으려는 것을

퇴패, 퇴영이라면, 서른 잔 술과 열 간 방에 향락과 권세를 차지해 보겠
다는 것은 구국애민의 정치도(政治道)란 거랍디까?"

이 늙은이의 날카로운 눈초리에 청년은 어이가 없는 듯이 맥맥히 마
주만 보고 앉았다.

"계십니까? ……"

방 안이 잠깐 조용해지자니까, 중문께서 이런 소리가 나며, 우중우중
마당으로 누가 들어오는 기척이 난다.

'순산가 청년단원인가.'

주인 영감은 귀를 기울이고 앉았다.

"계십니까."

하고 아는 집같이 안마당으로 성큼성큼 들어서는 사람은 호구조사 오
는 경관뿐인 줄 알았더니 요새는 성냥이나 달력, 극장표를 팔러 오는
청년단원의 방문도 하루에 한두 번은 받는 것이다. 청년단원인지 무언
지 알 까닭이 있으랴마는 팔에 완장을 둘렀으니 아마 그런가 보다 하는
것이다.

"××단에서 왔습니다. 성냥을 두 갑만 사 주십사고 왔는뎁쇼……"

"안 사우."

부엌에서 며느리가 대꾸를 한다.

"그런 게 아니라 회의 경비에 보태 쓰려는데 원조하시는 셈치시구
좀 팔아줍쇼그려."

둘이 짝을 지어 다니는지 다른 목소리가 애걸하듯이 조른다.

"집에는 성냥두 많구 이번에 배급도 있었구……"

165

"그야 댁에 성냥이 없으시겠습니까마는 그렇게 기부하시는 셈치시구 팔아줍쇼그려."

방 안에서는 듣기에 재미날 일도 없고 신기할 것도 없으나 추근추근히 조르는 꼴이 나중에는 무슨 소리가 나나 들어 보려고 가만히 앉았자니까 건넌방 미닫이가 열리며 혜란이의 목소리가 난다.

"그거 한 갑에 얼마요?"

"십오 원씩 합니다."

배급에 삼 원 오십 전하고 거리에서 십 원 하는 주머니 성냥인 모양이다.

"자, 십 원만 기부할 테니 성냥은 그대루 가지구 가우."

"헤헤……그럼 십 원에 한 갑만 드리죠"

미인의 손에서 십 원을 거저 부조 받기도 부끄럽던지 헛웃음을 치니까,

"그만둬요. 성냥 한 갑쯤 다른 데 가서 팔구려."

하고 혜란이가 질색을 하는 소리를 한다.

"기부하신다니 그대루 받아두게그려. 고맙습니다."

히히히 웃으며들 나가는 기척에 영감이 헛기침 소리를 내며 창문을 열려니까 사내 주인은 없는 줄 알고 추근거렸던지 질겁을 해서 후닥닥 뛰어들 나간다.

"넌 무슨 돈이 많아서 기부를 그렇게 하니?"

부친은 웃으며 건넌방 창문에 섰는 딸을 건너다본다.

"그럼 어쩝니까. 찔깃찔깃 가지를 않구 조르는 것을."

"무슨 청년단이라던?"

"팔에 무얼 두르긴 했지만, 무언지 자세 보지두 않았어요."

실상은 부친이 또 내다보고 소리나 지를까 보아서 얼른 배송을 낸 것이다. 요전에도 역시 청년단 이름 팔고 달력과 무슨 사진인가 화상을 팔러 온 것을 회원증을 내어 뵈어라 회의 명예와 회원의 체면상 그럴 리가 없으니 이것은 정녕 완장을 얻어 가지고 회원 이름을 팔고 위협으로 팔아먹자는 것이리라고 야단을 쳐서 내쫓으니까 두고 보자는 듯이 앙심 먹는 소리를 하며 나가다가 문패를 유심히 보고 가더라는 일이 있었다. 혜란이는 그것이 께름칙하고 싫었다.

"불알을 떼 놓고 다니는 놈들이로군."

영감은 문을 닫고 자기 자리에 다시 와 앉으며 혼잣소리를 한다.

"영감 근력이 놀랍소. 그 분개하는 품이 젊은 애보다도 더하구려."

박종렬 영감의 말눈치가 그만 일야 으레 일 아니냐는 듯이 자기의 개탄을 도리어 냉소하는 것이 주인 영감의 귀를 거슬렀다.

"청년 운동의 서두에 선 영감의 앞에서 그런 소리가 나올 줄은 몰랐구려."

박종렬이가 아들 태환이도 관계하는 ××청년단의 고문이기 때문에 하는 말이다.

"아무려면 청년단 자체가 성냥 장사야 하겠습니까."

청년이 한 마디 변명 삼아 한다.

"그야 그렇겠지마는 아무 청년단이든지 청년단의 이름만 팔면 일반 시민이나 가정부인이 위협을 느끼고 무슨 무리한 청이라도 들으리라고 생각하게쯤 된 이 분위기를 생각해 보라는 말이요."

영감은 더 꼬장꼬장해진다.

"그래 아무리 실직자가 범람하는 때이기로 범강장달이 같은 싱싱한 젊은 놈들이 조그만 성냥갑을 들고 다니며 강매를 해야 옳단 말요? 청년단원이거나 아니거나 그것이 문제가 아니라 시퍼런 젊은 놈이 계집애한테 돈 십 원, 지금 돈 십 원이라야 일 전 셈 아니요! 그 일 전을 받아들고 머리를 숙이고 나가야 옳단 말요? 청년의 기골이니 기상이니 하는 것은 말 말고라도 그런 것은 소위 지도자의 노예로 부려 먹기에는 똑 알맞을지 모르지만……. 말세요, 말세야!"

영감의 입은 점점 더 뾰죽하여 갔다.

"그러니까 그런 자들을 모아서 재훈련을 하자는 것이지요."

청년이 말을 받는다.

"옳은 말요. 청년사업은 청년을 정쟁의 와중(渦中)에 끌어넣어서 이용하는 것이 아니라 훈련에 있는 것이라고 생각하건만 본말이 전도된 게 지금의 청년 운동 아니요?"

"그야 그렇지만 누가 영감만큼 생각이 없겠소. 돈이 있어야지."

박종렬이의 말씨는 좀 모가 났다. 아까 핀잔을 맞은 보복이요 이 늙은 학구가 세상 걱정은 자기 혼자 맡은 듯이 펄펄 뛰는 것이 말이야 옳지마는 자기편에 반대하는 기세 같아야 듣기 싫은 것이다.

"영감부터 돈을 내놓구려. 술 팔아 번 돈 다 무엇 하는 거요? 영감은 가가호호로 다니며 당신 집 술 팔아 오라고 청년을 기르지는 않겠소그려?"

박종렬 영감은 어이가 없어 선웃음만 쳤다.

"기가 푹 까부라지게 거세(去勢)를 해 놓고 간 놈이 일인 아닌가? 그러기에 나는 청년이나 노년이나 그런 쓸개 빠진 위인이야말로 일제 잔재라고 생각하네마는 그 더께가 떨어지기 전에 또 한 더께가 씌일 모양이니 걱정이지!"

'노년이거나'란 소리를 넣는 것을 보면 누구더러 들어 보라는 소리 같아서 박종렬 영감은 잠자코 앉았다가,

"그만 가세."

하고 재종 아우에게 눈짓을 하며 일어선다.

충돌

"심심한데 차라두 잡수러 나가실까요?"

하얀 털실 뭉치를 스커트 앞자락에 놓고 어린애 버선을 짜기에 골똘을 한 혜란이를 한참 바라보다가 수남이는 이렇게 말을 붙인다.

수남이가 난로 앞으로 다가와 서는 기척은 알아차리면서도 혜란이는 모른 척하고 짜는 것에 정신이 팔려 있었다.

맞은 벽의 시계는 열두 시 반을 가리킨다.

"내 걱정 말구 놀러 나가슈."

혜란이는 비로소 짜던 것에서 눈을 들었다. 수남이는 생글 웃어 보이며 자기 테이블 끝에 놓인 럭키 스트라이크에서 담배 한 개를 꺼내어 라이터를 붙인다.

혜란이는 남자의 그 웃음이 전에 없이 조금도 야비치가 않고 진정에서 나오거나 순탄한 인사성으로 보여서 다른 때보다는 비교적 호의도 느꼈지마는 젊은 남자의 일거일동을 무심히 바라보고 앉았다.

"안이 선선하니 무얼 좀 뜻뜻한 것을 잡숫구 들어가십다."

의논성스러운 그 말에 혜란이는 따라나설까 하는 생각도 났다. 기생 오라비 첩처남이라고 이때껏 밉보아는 왔지마는 한방에서 지내는 동안에 슬며시 얼마쯤 정다워도 졌고 저번에 취송정에 같이 갔던 뒤로는 더욱이 서로 소탈하게 지내게 되었다.

"난 싫어요."

혜란이는 한두 번 어울려 다니면 자연 버르장머리가 사나워질까 보아 이 안에는 못 들어오느니라 하고 금을 딱 그어 놓으려는 생각이다.

"나 같은 사람하구 교제하시기는 지체가 떨어져 싫다시는 말씀이지마는 사람을 어떻게 그렇게 괄대를 하실 수 있어요?"

젊은 아이는 토라져 보인다. 점심 사 주마고 성을 내며 조르는 것도 우습지마는 자기를 경멸한다고 시비를 걸어오는 데는 혜란이도 좀 찔끔하였다.

"온 별소리를. 난 남에게 끌려다니며 얻어먹고 신세 지기가 싫으니 말이지 누가……."

하며 혜란이가 웃어 보이니까, 수만이는 그 반말 비슷한 어조와 아양스러운 웃음에 반색을 하고 마주 웃으며,

"자, 그러지 말구 따라오셔요. 좋은 데 안내해 드릴게!"

하고 외투를 떼어 입는다.

이렇게 되니 혜란이는 고집만 부릴 수 없다. 외투를 입고 웬일인구? 하고 유심히 치어다보는 것만 같아서 좀 열없었다.

수만이는 신이 나서 좋아하는 기색이다. 전부터 틈틈이 끌어내리고

벼르던 일을 기어코 성공한 것이 유쾌도 하거니와, 이렇게 양장한 미인과 어깨를 나란히 하고 진고개 바닥을 걷는 것이 무척 좋았다. 거리에서 젊은 애들이 계집애를 꿰차고 속삭이며 새새대며 가는 것을 보면 저는 언제나 저렇게 해 보나? 하고 부럽던 꿈이 오늘에야 실현되어 어깻바람이 나는 것이다. 아니 그보다도 날마다 저녁때면 데려 내가는 병직이가 부럽고 샘이 나던 것을 생각하면 병직이에게 대하여도 막연한 승리감을 느끼는 것이었다.

장국밥집에나 끌고 가나 하였더니 경요각에서 얼마 아니 가서 커다란 양요릿집으로 들어간다. 혜란이는 늘 지나면서도 이런 데 이러한 양식집이 있었던가? 하고 따라 들어섰다.

테이블마다 그뜩 들어앉은 손님의 눈길이 모두 자기에게로만 오는 듯싶어 혜란이의 눈은 한데를 판다.

"저리 가십시다."

수만이는 이 넓은 식당의 반을 막은 저편 칸으로 혜란이를 끈다.

이편 칸은 일품요리라고 한 접시씩 파는 데요, 저편이 정말 신사적으로 소위 정식을 먹는 데인 모양이다.

그러나 한 바퀴 돌아서 이리 와 보니 여기도 꼭 차서 앉을 자리가 없다.

점심때라 그렇겠지마는 이 자리나 저 자리나 대개는 여자들이 끼여 앉았는 것을 보면 오피스 맨이 점심을 먹으러 왔다기보다는 일로부터 극장에나 가겠다는 축들 같다.

그는 하여간에 여기도 앉을 자리가 없어 젊은 남녀가 서성거리니 모든 사람이 치어다만 보는 것 같아서 혜란과는 외면을 하고 잠깐 어찌 되나? 하회를 기다리고 섰다.

"왜 그래? 자리가 없어?"

저편에서 수만이 나쎄쯤 된 보이가 쭈르르 오더니 저희끼리 동무인 지 수군수군 이렇게 말을 붙인다.

혜란이는 손님이 보이에게 그런 말버르장머리를 듣는가 싶어 창피한 생각이 들었다.

그보다도 보이의 친구와 다니게 된 자기 꼴이 딱하다고 생각하였다.

"애, 그 특등실 좀 열려무나."

수만이의 교섭이다.

"막 뼈졌구나!"

하고 보이는 혜란이를 잠깐 건너다보고서,

"그럼 이따 한턱낼 테야?"

하며 따진다.

"그래. 그래!"

혜란이는 이 수작을 옆 사람들이 들을까 보아 얼굴이 뜻뜻하여 머리 를 푹 숙였다.

보이는 훌쩍 카운터대로 가더니 나무패가 달린 열쇠를 가지고 와서 큰 생색이나 내는 듯이 눈짓을 하며 앞장을 선다.

홀에서 뒤로 빠져나와 이층 층계로 따라 올라갔다. 철거덕 하고 잠긴 문을 열더니 수만이를 떼어 밀듯이 하여 들여보내 놓고는 혜란이에게 두 손을 벌리고 들어갑시사는 인사를 실없이 하여 보인다.

혜란이는 몹시 불쾌하였다. 자존심을 여지없이 질경질경 짓밟히는 듯싶었다. 역시 공연히 따라나섰다고 후회하였다.

그러나 수만이는 득의양양하였다. 여러 사람 틈에 끼여서 혜란이를 자랑하며 점심을 먹었다면 좋았겠다는 허영심도 없지 않았지마는 아늑한 방에 전기난로를 끼고 마주 앉으니 경요각 사무실에서 스토브를 새에 놓고 보던 혜란이와도 또 다르게 새삼스레 정답다.

"그 사람 누구요?"

혜란이는 병직이를 이런 데 데리고 왔으면 좋겠다는 생각이 머리에 떠오르며 입으로는 딴소리를 하였다.

"우리 청년단 사람예요"

나이는 혜란이보다 한두 살 위일 듯싶으나 수만이는 혜란이에게 손윗누이 같은 생각으로 말씨가 언제나 깍듯하다.

그 청년단원이라는 보이가 빵을 가져오고 수프를 날라 온다.

"지금 젊으신네들은 청년단에 들지 않으면 아마 행세를 못 하는 게지?"

혜란이는 수프를 마시며 이야기 삼아 말을 꺼낸다.

"행세를 못할 것까지야 없지마는 어울려 놀자니 들어 두는 것이요, 또 안 들면 지목을 받으니 그게 싫거든요"

"헤에. 그것두 지목을 받아요? 민주주의 시대란 다르군!"

하며 혜란이는 웃다가,

"무슨 청년단이슈?"

하고 물어보니까 ××청년단 남부지부라 한다.

바로 오빠의 청년단이다. 서울양조를 중심으로 조직된 것이다.

"그럼 김태환이란 이 아시겠군요?"

"그 양반 매씨를 아는 것만큼은 잘 알죠."

두 남녀는 마주 깔깔 웃었다.

"김 선생은 나를 모르셨겠지마는 나는 김 선생님이 경요각에 오시기 전부터 잘 알았어요."

수만이는 혜란이에게 매우 친숙하면서도 경의를 표하는 어조이다.

"나를 어디서 보셨게요?"

"길에서 김태환 선생과 같이 가시는 것도 뵈었고, 그 후에 작년 가을에 우리 회관에 오셨죠?"

딴은 회관에 한번 오빠를 만나러 간 일이 있기는 하다. 혜란이는 생긋이 웃어만 보인다.

"그건 고사하구 회장 아들이 늘 여기 오지 않아요? 박병직이라는 이 말예요. 그 양반이 여간 버티어야죠. 회에 나오지도 않고 그러다가는 큰코다치죠."

수만이의 이 말은 혜란이에게 무심히 들리지 않았다. 그러나 속으로는 코웃음을 쳤다. 오빠는 오빠대로 생각이 있어 청년단 사업을 하겠지마는 병직이 같은 사람이 청년단 일을 한다면 도리어 웃을 일이라고 혜란이는 생각하는 것이다.

"큰코다치다니 무슨 잘못한 일이나 있었나요?"

"별 잘못이 있다는 게 아니지마는 회장 아버지 덕에 사찰부장이 되었는데 한 번도 나와야죠. 빨갱이라구 소문이 났거든요."

"온 그이더러 빨갱이라면 나더런 뭐랄구?"

하고 혜란이는 냉소를 하였다.

"김 선생야 우리 회에 나와서 일을 하신다면 절대 환영일 것입니다. 우리 또래의 선생을 아는 사람 쳐 놓고 숭배자 아닌 사람이 없을 거니까요."

수만이가 열심으로 허풍을 치는 것이 우스워서 혜란이는,

"그래 그 청년단에는 여자부도 있나요? 난 가서 밥이나 지을까?"

하고 농쳐 버렸다. 하여간 자기를 노상안면이라도 있는 젊은 애들 사이에 이야깃거리가 되는 모양이 듣기에 의외이기도 하나 싫을 것은 없다.

사무실에 돌아와 보니 주인의 첩이 와서 난로 앞에 오둑하니 기다리고 앉았다.

"누나, 웬일요?"

"응, 한데 매부는 웬일야?"

저희 남매끼리 수작을 하는 것을 모른 척하고 혜란이는 자기 자리에 가서 앉으며 버선 짜던 것을 들었다.

"어제 안 들어갔으면 부산 가신 게지."

"부산을 갔으면야 들어와서 가방이라두 가지구 갔게!"

가무잡잡한 상에 깔딱 질린 듯한 눈을 까닭 없이 매섭게 치떠 보고는 편물하는 혜란이의 손으로 눈길을 돌린다.

"어제는 어디를 가셨습디까?"

불쑥 이러한 소리가 자기에게 오는 듯싶어 혜란이는 귀가 거슬리면서 얼굴을 처들었다. 파르죽죽하게 질색이 걸린 입술을 샐쭉하고 몹시

깔보는 눈초리다. 두어 번밖에 만난 일이 없는 이 여자의 입에서 이게 무슨 소린가 하고 놀랐다.

"나, 어디를 갔었든 그건 알아 무엇하시랴구?"

혜란이도 언성이 좋게 나올 수가 없었다. 묻는 배짱이 뻔히 들여다보이느니만치 한참 눈으로 쏘아 주었다.

"우리 영감 따라서 취송정으로 댄스홀로 잘 다닌다기에 묻는 말 아니요?"

말버릇이 알미작스럽고 아니꼬워 못 견디겠는 것은 고사하고 제 영감을 누가 어쩌기나 한 듯이 시새는 꼴이 어이가 없고 우습기도 하다.

"그건 또 어떡하는 말요? 내가 당신 영감 꾀여 가지고 다닌답디까?"

자기 집 점원이요 자기는 상전이란 생각으로 그런지 말공대가 나쁜 것도 귀에 거슬려서 혜란이 역시 말을 낮추었다.

"누나, 그런 소리는 왜 하는 거요. 김 선생이 댄스홀에 간 일도 없지마는 매부가 어디를 가는지 우리가 알 까닭이 뭐요."

수만이가 가로막으며 누이를 나무란다.

전번에 취송정과 댄스홀에 서양 손님과 갔었더란 말을 제 입으로 한 말인데 그것이 이 자리에서 혜란이에게 직통 대고 시빗거리가 되니 제 낯도 좀 간지러운 것이다.

"넌 무슨 아랑곳이냐? ……"

동생에게 몰풍스럽게 핀잔을 주고 나서,

"비서인지 지배인인지 허구한 날 술타령 모시고 다닌다면서 어제는 어디서 잤는지 그만 것도 모른다니 말이 되냐!"

하고 여전히 야죽야죽 비양거린다.

"난 비서도 아니고 지배인도 아뇨 누구를 기생 갈보로 알았습디까? 말 좀 삼가는 게 좋을 것 같은데!"

혜란이는 이 길로 집으로 가 버리고 싶은 것을 참고 짜던 것을 다시 짜기 시작한다. 그러나 이렇게 손끝이 떨리도록 흥분해 본 일도 처음이다. 점잖지 않게 마주 기가 나서 입만 더럽힌 것이 창피한 생각도 드나 다시는 탄하지 않으리라 하고 잠자코 앉았다.

"그래도 이만한 상회에 지배인으로 계실 제야 체면도 있고 하신데 아무것두 모르는 나 같은 게 와서 무람없이 실례하였습니다."

여전히 비꼬는 소리다. 자기 남편과 어울려 다닌다는 데에 속이 틀린 것도 한 가지지마는, 혜란이가 이 상회의 지배인이 된다는 데에도 샘이 나는 말눈치다.

'아니꼽게! 제가 지배인이 된다면야 나는 이만한 상점 하나 못 휘두르겠기에! ……'

이런 아웅하는 생각은 남매가 똑같이 가지고 있는 것이다.

수만이는 혜란이를 지배인으로 시킨다는 데 불평인 점만은 누이와 이해가 일치한다. 그러나 누이가 혜란이를 마구 굴고 훌뿌리는 데는 속으로 저를 어쩌나 저를 어쩌나 하며 가엾어도 하고 안타까워하는 것이다. 누이 때문에 모처럼 가까워진 혜란이와의 사이가 버스러질까 보아 애가 씌우는 것이다.

"누나 대관절 여기는 왜 나오는 거요? 어서 들어가우."

수만이의 눈에도 기생퇴물인 누이의 무식한 수작과 유식한 혜란이와는 어울리지 않는 대조요 창피한 생각이 드는 것이었다.

"무어? 내가 여기 못 나올 거 뭐냐? 나두 지배인 할 수 있다!"

얼굴이 파래서 이러한 소리를 할 제 혜란이는 이 여자가 오늘 왜 이런 발악을 하는지 알아차렸다. 저 할 대로 하라고 가만히 내버려 두었다.

결국은 남편의 사랑을 혜란이에게 빼앗길 것만 같고 혜란이가 경요각의 주인이 될 것만 같아서 기를 쓰는 모양이나, 혜란이는 혼자 코웃음을 치는 것이다.

'실상 경요각에 와서 자기는 이용을 당하고 있는 것이니 경요각이란 실상 무어냐?'

자기를 미끼로 서양 사람을 이용하자는 협잡꾼 모리배의 간판밖에 아무것도 아닌 것을 혜란이도 모르는 바 아니다.

'그것을 잠자코 발을 맞추는 것은 모르고 나를 덧들여 봐라.'

혜란이는 혜란이대로 분하여 내일부터는 발을 끊어 버리겠다는 생각이 든다.

"너두 속 좀 차려! 제 실사교 할 생각은 없이 괜히 달떠서……."

이렇게 동생에게 핀잔을 주고 혀를 끌끌 찬다.

혜란이를 그대로 두었다가는 우리 남매가 어느 지경에 갈지 모르는데 속셈 못 차리고 너까지 얼이 빠져서 꽁무니나 쫓아다니고 점심 사 먹이고 데리고 다니고 하느냐고 꼬드기는 수작이다.

"실사교야 누구나 차려야 하겠지만, 이거 왜 여기는 나와서 잔소리야?"

진석이가 문을 펄썩 열고 들어서며 농 반 사실 반으로 탄한다.

"부산 가셨다가 비행기로 오신 게로군?"

"어디를 갔다가 왔든 아랑곳이 뭐야?"

한술 더 떠서 빈정대는 소리에 불끈하기도 하였지마는 방 안의 공기
가 다르고 혜란이가 좋지 않은 기색을 보니 벌써 짐작이 나서 몰아대어
주는 것이다. 집 안에서도 혜란이가 못마땅해서 공연히 들컹대고, 더구
나 지배인을 시킨다는 말을 오라비가 속삭였는지 한번 만나면 해내겠
다고 벼르던 채봉이다. 어제, 불시에 인천 갔다가 자고 온 것을 혜란이
와 어울린 줄 알고 슬며시 낌새를 보러 나와 가지고 기어코 한번 해낸
모양이 뻔하다.

"흥, 아랑곳이 뭐라니! 하다못해 빙수가게를 내놓고라도 남편이 바빠
돌아다니면 계집이 나와 지키고 앉았지 않든가! 나두 오늘부터 지배인
좀 돼 보겠소"

남편이 근자로 차차 뜨막해 가는 눈치에, 점점 더 몸이 달아 하고 나
날이 암상만 늘어가는 판이다.

지배인 논래가 또 나오자, 혜란이는 구경 삼아 좀 더 듣고 앉았으려
다가 말고, 짰던 것을 손가방에 넣어 가지고 일어서 버렸다.

"아, 왜 이러슈!"

진석이가 질겁을 해서 붙들려니까,

"네 잠깐 볼일이 있어서요"

하고 혜란이는 부리나케 외투를 떼어 입고 나간다. 벽의 시계는 세 시
로 들어간다.

"다섯 시에 같이 가야 할 데가 있는데 곧 들어오시겠나요"

진석이가 허겁지겁 따라 일어서는 꼴이 채봉이의 눈에는 우습기도 하나 자기를 무시하는 것 같아서 또 분하다.

"글쎄요. 어쩌면 못 들어올 것 같은데……?"

하고 새침하니 살짝 돌려다 보는 그 거동이 노기를 품은 대로 아양스럽게 애교가 있어 보였다.

"그럼 잠깐 같이 나가십시다."

하고 진석이가 벗어 놓았던 모자를 집으려니까 채봉이가 눈을 홉뜨며 재쳐 뺏는다.

"이 양반이 환장을 했나? 왜 이 모양야?"

"왜 이 모양이란 말야? 서양 사람한테 같이 가야 할 급한 일이 있어 그러는데!"

진석이가 소리를 버럭 지르며 그대로 나가려니까 채봉이는 모자를 던지고 팔목에 매어 달린다.

"당신이 영어를 모르니 통역으로 데리구 다니시는 거요? 술 칠 사람이 없어서 화초로 데리구 다니는 거요? 술일랑은 나두 칠 줄 아니 나하구 다닙시다그려."

하고 인제는 대드는 수작이 아니라 보채 보는 기색이다. 저를 화초로 데리고 다니라는 말인지 서양 사람 교제에 한몫 끼여 보겠다는 수작인지 알 수가 없다.

혜란이는 그동안에 벌써 나가 버리고 사무실 속이 떠들썩한 소리에 점원들이 기웃거리는 것이 창피하여 진석이는 그대로 주저앉아 버렸다.

남매의 대령

"이거 보세요!"

제법 '이리 오너라'도 아니요 요새 청년들이 제 집에 드나들듯이 '계십니까' 하는 것도 아닌 조심성스런 목에 걸린 소리가 난다.

"누구요?"

아랫목에 앉아서 딸의 설빔 저고리의 깃을 달고 앉았던 마님이 소리를 내며 유리 구멍으로 내다보려니까,

"저, 경요각에서 왔습니다. 선생님 들어오셨습니까?"

하고 역시 속으로 끌어 들이는 소리를 한다. 선생님이라니 영감님을 찾는가 하여,

"안 계시우."

하고 무심코 대답을 하다가 경요각이란 말에 다시 생각하고 안방에다 대고 딸을 부르니까,

"네."

하고 혜란이가 마루로 나오다가 중문간에서 기웃하고 섰는 수만이를 보자, 너무나 의외인 데에 아까 일은 잊은 듯이,

"아, 이거 웬일이세요?"

하고 반색을 하며 댓돌의 고무신짝을 끌고 내려선다.

마주치지만 않았다면 따 버리는걸……하는 생각도 났으나 추운데 온 것이 안되어서 들어오라 하니,

"아녜요, 시간이 없어요. 어서 나오세요."

하고 서둔다. 택시를 밖에 세워 놓은 모양이다.

"먼 데 오신 걸 미안은 하지만 감기 기운이 있어 지금 막 누웠던 길인데……."

"그거 안됐군요. 다섯 시에 손님들을 청해 놓고 꼭 나오셔야만 되겠다는데……."

혜란이에게는 그 말이 불현듯이 듣기 싫었다.

가만히 생각하면 요릿집으로 친구를 청해 놓고 기생의 지휘나 해 보낸 것 같이 들려서 직통 쏘아 주고 돌아서고 싶은 것을 참았다.

"아니 여자가 필요하면 기생도 있을 거요. 지배인께 몸소 나가시라구 하면 그만이겠는데……?"

혜란이 입에서 토라진 소리가 나오니까,

"온 그거 무슨 말씀예요. 아까 일은 한 손 접어 들어 두시고 용서하셔요. 제 누이가 원체 소견이 좁구 히스테리니까 탄하실 것두 없구요……."

하고 질겁을 하며 누이 대신 사과를 한다.

누이의 역성이나 변명을 해 주려 들지 않는 데에 혜란이의 마음은 좀 풀리었다.

"어쨌든 좀 들어오시구려, 이야기할 것두 있구……."

스물두엇밖에 안 된 어린 총각은 감히 얼러 보지도 못하리라고 생각하던 처녀가 자기 방으로 들어오라는 말에 아까부터 유혹을 느끼는 것이었다.

"그럼 차를 보내고요"

수만이는 매부가 심부름 보낸 것도 잊어버리고 이 여자의 방에서 둘이 마주 앉아 이야기해 본다는 그 호기심에만 팔려서 눈에 새로운 영채가 돌며 생기가 나서 문밖으로 달아 나간다.

차를 보내고 돌쳐 들어오는 수만이는 감기 기운이 있다면서 중문 안에 섰던 사람이 대문간까지 나와서 기다리고 서 있는 혜란이를 보고 황감한 생각이 들었다.

"춘데 왜 나오셨어요?"

감기는 들었다면서 스웨터도 아니 입고 저고리 바람인 것을 보고 여자의 등에 외투라도 벗어 들씌워 주고 싶을 만치 애틋한 마음이 들었다.

그 애틋한 자기감정에 쏠려서 한 여자를 사랑한다는 기쁨과 감격과 자랑을 한꺼번에 느끼며 흡족하였다.

모친은 하던 일을 인두판에 받쳐 들고 안방으로 건너가고 혜란이는 수만이를 건넌방으로 끌어들였다.

수만이는 외투와 목도리를 벗어 놓고 아랫목을 피하여 단정히 앉았다. 수만이 생각에는 신부집에 선이나 보이러 온 것 같아서 조심성스러웠다. 그리 좋을 것도 없는 양복장이며 책장을 터전이 좁으라고 놓은 좁은 방 속이 별로 신기할 것은 없으나 평생에 처음으로 어느 대갓집 잔치에 손이 되어 온 것 같은 호기심과 조심성에 자리가 편치 않다. 수만이는 입이 무거워졌다.

혜란이는 모친의 담배 제구를 밀어 놓으며,

"이런 담배는 안 잡숫겠지만……."

하고 인사성으로 웃어 보인다. 이 말에 수만이는 비로소 저 먼 하늘로 떠오르다가 속계로 내려앉은 것 같은 생각이 든다.

혜란이는 안방으로 잠깐 건너갔다가 들어와 앉으며,

"내 경요각에 채 한 달두 못 되건만 참 재미있었어요. 세상 구경을 한꺼번에 한 것 같아서 얼떨떨하기두 하지마는……."

하고 웃는다. 그러나 수만이에게 그 의미가 통할 리 없다.

"참 첫 월급두 못 타셨군요!"

회계를 맡아보느니만치 이런 소리밖에 입에서 아니 나온다.

"그래, 오늘은 누구를 청한다나요?"

"그야 뻔하죠. 자기끼리 모이자면 종로 쪽 요릿집이지만 김 선생을 나오시라고 할 제야 요새로 말하면 으레 브라운, 베커죠. 아까 우리 갔던데……바루 그 방으로 맞춰 놓았다나요……."

바로 그 방이란 말에 별일이 있던 것은 아니나 혜란이는 좀 낯이 붉어졌다. 소파며 커튼이며 비교적 화려한 꾸밈새요 화초분이나 양화를 장식한 것이라든지 아늑한 외딴 양실이 머리에 떠올라 왔다. 밑도 끝도 없이 병직이 생각이 또 난다.

"아마 취송정 마담도 온다던데요?"

수만이는 마담도 가니 안심하고 가 보라는 뜻인지 모르나 혜란이는 눈살을 찌붓 하였다. 가네코와 자기를 똑같은 사람으로 보는 것이 싫은 것이다.

"마담은 왜? ……그럴 양이면 취송정으로 가지 않구서……?"

"취송정은 취송정 재미죠 ……마담은 브라운이 좋아하니까 부르나 봐요."

어떻게 들으면 매부의 계획적으로 하는 일을 폭로시키는 듯이도 들리나, 하여간 그러면 자기는 베커 몫으로 부르는 것인가 하는 생각이 들어서 혜란이는 또 불쾌한 것이다.

"인천 갔다 오셨다더니 이번에는 종이인지 양복감인지 그 턱이로군?" 하고 혜란이가 웃으니까,

"누가 압니까! 들어오는지 내가는지 이번은 아마 큼직하게 홍삼을 얼르는지도 모르겠구……."

이 젊은 애의 말눈치는 요새도 누이를 구박하는 매부가 밉다느니 보다도 혜란이의 환심을 사노라고 이러한 들떼놓고 하는 소리를 하는 모양이다.

방문 밑에서 오라범댁 소리가 나자 문을 열고 홍차와 사과 접시를 받친 예반을 받아들인다. 그대로 보내도 좋을 손님이지마는 아까 점심 한턱을 얻어먹은 값으로 내는 것이다. 경요각을 그만두기로 결심한 혜란이는 언제 다시 이 청년을 만나서 점심 값을 갚게 될지 모를 일이요

못 갚는다면 점심 한 끼라도 얻어먹은 채 그대로 내버려만 둘 수도 없으니 차라도 한잔 내는 것이다.

"그건 무얼요"

수만이는 혜란이 집에 온 것도 의외이지마는 대접까지 받는 것이 과분해서 한다.

"가시거든 난 내일부터 그만두겠다고 말씀해 주세요"

차를 마주 마시며 혜란이는 잠자코 있다가 이런 소리를 불쑥 꺼낸다.

"네?"

수만이는 깜짝 놀라며 고개를 번쩍 쳐든다.

"글쎄 누이가 무례한 말씀을 종없이 한 거야 죄송합니다마는 치지도외하실 일이지, 그걸루 해서 그만두신대서야 저의 면목은 무업니까?"

잇속이 살고 반지빠른 청년의 입에서 이렇게도 머리를 숙이고 비는 소리가 나오기란 의외이었다. 처음에는 쌀쌀한 눈으로 바라보던 수만이가 요새로 부쩍 고분고분하고 친절해지기는 하였지마는 이렇게까지 펄쩍 뛰며 섭섭해 하는 기색을 보니 혜란이 역시 안된 생각이 든다.

"아녜요. 내가 그렇게 노염 타는 사람두 아니요 애초부터 나가지 못할 사정인 걸 끌려 나갔지만 좀 사정이 있어서요"

사정이란 말이 수만이에게는 '결혼'이란 말같이 들려서 또 서운하여졌다. 동시에 병직이가 머리에 떠오른다.

"난 모르겠습니다. 그런 말씀은 난 전할 수 없어요 그런 말씀 들으러 온 것은 아니니까요"

주인이 일어나서 전등불을 켜는 것을 보고 그 길에 수만이도 일어섰다. 더 앉아 있고 싶어도 기다리는 매부의 두덜댈 것이 무섭고 이야기가 신신치 않아 미진하건만 일어서고 말았다.

"그러지 말구 내일 나오셔요. 안 나오시면 모시러 올 테에요!"

문간에서 수만이는 이런 소리를 하며 웃는다. 혜란이도 마주 웃었다.

생각하였더니보다는 의외로 순진하고 경우 바른 청년이라고 혜란이는 들어오며 생각하였다. 이튿날 아침에 열한 시나 되어서 참 정말 수만이가 자동차를 가지고 데리러 왔다.

혜란이는 안방에서 지금 막 아침밥을 먹고 나서 상도 물리지 않고 이야기가 늘어진 판이었다.

"나를 찾거든 나갔다구 해 주."

일어서는 올케에게 혜란이는 눈짓을 하였다. 머리도 안 빗고 자릿저고리를 입은 채로 있기도 하지마는 만나서 졸리기가 성이 가셨다.

"안 계셔요"

"회사에 가셨나요?"

"아마 그런가 봐요"

수만이는 어쩨 따는 것만 같아야 문턱에서 떨어져 가기가 어려운 듯이 맥맥히 섰다가, 들어오거든 전화를 걸어 달라는 부탁을 하고 가 버렸다.

혜란이가 상회를 그만두겠다는 말에 모친은 웬일인가 궁금해서,

"병직이가 그만두라던?"

하고 슬며시 떠 보았다. 저희끼리 의논이 되어서 곧 성례라도 하게 되는가 하는 생각이다.

"아뇨 서양 사람들 드나드는데 광고 치구 앉아 있기가 싫어요"

모친은 그도 그렇지마는 간 지가 며칠도 안 되어서 양력설에 상여금이라고 오천 원 템 타 오는 그런 자국을 한 달도 채우지 않고 나와 버리는 것이 아까운 생각이 들었다. 부친에게는 아직 알리지도 않았지마는 조반석죽을 못 하는 한이 있더라도 들어앉았으려던 부친이니 으레 대찬성일 것이다.

혜란이는 전화를 걸러 거리로 나가기도 귀찮고 하여 그만 내버려 두었다.

그러나 저녁때 네 시쯤 해서 수만이가 또 왔다.

이번에도 따는 수야 없다.

"아침에 오셨더라는 걸 전화두 못 걸구 또 오시게 해서 미안합니다."

대문 밖으로 끌고 나와서 수작이다. 어제는 부친이 출입을 하였으니까 마음 놓고 건넌방으로 불러들였지마는 지금 바로 곁방에서 독서를 하고 있는 모양인데 그럴 수도 없어 좀 춥지마는 끌고 나온 것이다.

"저야 아침저녁 문안을 오라시면 날마다라도 오겠습니다마는……."

수만이는 감히 냅떠 보일 용기가 없는 자기의 연모의 정을 잠깐 눈웃음으로 흘려 내보내며,

"……어떻게 한 시간만 틈을 내 주실 수 없겠습니까?"

하고 다시 애원하는 표정이 된다.

"아직 감기 기운이 그치지를 않고 게다가 아버지께서 계셔서……."

"그러시겠지만요 잠깐만 다녀가시라고 지금 상회에 기다리고 있는데요……."

혜란이는 잠깐 망설였다. 택시를 타고 온 모양이니 휙 갔다가 오면 못 갈 것도 아닐 것 같다. 그러나 저녁이나 먹으러 가자고 붙들거나 또다시 양인들 초대석에 끌고 가려는 것이라면 하는 생각을 하고는 내일 가마고 딱 잘라 버렸다.

수만이는 망단해 섰다가, 은근성스럽게 사정을 한다.

"실상은 누이를 데리구 와서 사과를 시키려는 생각까지 했습니다마는 우리 남매 사정을 생각하셔서……지금 누이가 죽을 지경입니다…… 잠깐만 가셔서 매부를 달래 주셨으면 하는데요"

결국 내외간 싸움 끝에 헤지자는 말까지 나고 저는 틈바구니에 끼여서 죽을 지경이라 한다. 그런 소리를 들을수록에 혜란이는 머리를 내둘렀다. 쌈질을 하거나 헤어지거나 아랑곳이 없는 일이다.

"참 뵈온 지는 며칠 안 됩니다마는 나는 누님같이 믿구 친누이보다도 더 믿고 존경하는 마음으로 이런 사정 말씀을 합니다마는 그저 저희 남매를 도와주시는 셈 치구 나와 주세요"

혜란이가 나와만 주면 매부의 마음이 풀릴 것이요 저희 남매도 무사하리라는 말이다.

"난 알 수 없는 말이군요. 누님 내외분이 나 때문에 싸울 까닭도 없지마는 그렇다면 더군다나 내가 나섰다가는 부채질하는 셈밖에 안 될 터인데."

하고 혜란이는 코웃음을 쳤다.

"어쨌든 내일은 꼭 나와 주세요 김 선생 그만두시면 나두 그만두겠습니다. 결국 붙어 있을 수도 없을지 모르지마는……."

"그건 또 무슨 까닭에……?"

"무슨 재미로 붙어 있겠습니까!"

수만이는 조금도 꾸밈없는 낯빛으로 선뜻 이런 소리를 한다. 혜란이가 들어가기 전에는 무슨 재미로 다녔다는 것인지 모르나 젊은 남자가 이만치나 호의를 가져 주는 것이 마음에 좋지 않은 것도 아니었다.

"그 누구냐? 왜 그러는 거야?"

수만이를 달래서 보내고 들어오려니까 부친이 내다보고 알은체를 한다.

"상회를 그만두겠다고 했더니 다시 나오라구 조르구 다니는군요."

"응 잘됐다. 그렇지 않아도 들여앉히려는 생각인데! 알고 보니 그놈도 장만춘이 박종렬이 따위와 한패더구나."

장만춘이나 박종렬이가 어떻다는 말인지 대단히 못마땅한 말눈치다.

"마누라, 잠깐 이리 내려오우. 생각난 길에 좀 의논할 일이 있으니."

마루로 올라가는 딸과 맞바꾸어 모친이 안방에서 부리나케 나온다.

아랫방에서 늙은 부처가 숙설숙설 의논을 하고서 모친이 안방으로 올라온다. 그리 신통치 않은 기색이다.

"왜, 무어라구 하세요?"

혜란이는 제 혼담이 나왔나 싶어 하회가 궁금하였다.

"저번에 박 의원 영감이 와서 무슨 이야기를 하구 갔는지 오늘은 아주 딴 소리를 꺼내시는 구나."

모친은 말을 멈칫하고 딸의 기색부터 엿보다가 혜란이가 의외로 태연한 낯빛인 데에 안심이 되어서 말을 잇는다.

"……병직이는 빨갱이요, 제 어른은 친일파 모리배요……. 당자나 착실하면 모르겠지만 또 딴 년이 하나 달렸다는구나? ……"

"그런 건 아버니께서 어떻게 아세요?"

혜란이는 의외에도 생글 웃는다. 웃는 것을 보니 저도 그런 것을 다 알고 인제는 병직이에게서 마음이 돌아선 눈치 같기도 하다.

"누가 아나마는 대학에 얌전한 젊은 교수가 있는데 여러 사람이 권하기두 하지만 아버니두 잘 아신다나……."

모친은 말을 끊고 딸의 얼굴을 치어다본다. 혜란이는 무심코 실소를 하며,

"새삼스럽게 그건 무슨 소리세요 아버니께서 뭐라시든지 네, 네 하고 들어만 두십쇼그려."

하고 잡아떼는 소리를 들으니 병직이에게 대한 향의가 변한 것 같지도 않다. 모친도 영감의 의향에는 찬성이 아니라 그 이상 더 말을 꺼내고 싶지도 않았다.

그러나 혜란이는 부친까지 화순이의 소문을 어디서 들었는지 또 한 년 달렸다는 말이 새삼스럽게 화순이에게 대한 질투심을 일깨워 놓았다. 취송정까지 쫓아와서 가로채어 가던 날부터 혜란이도 모든 것을 분명히 안 것 같았다. 더구나 요새 며칠은 어디로 싸지르는지 코빼기도 볼 수가 없다. 어제 오늘은 집에 들어앉았었으니까 그렇다 하더라도 벌써 사날 날 못 만났다. 설마 화순이를 따라 삼팔선을 건너섰을 리는 없으나, 화순에게 꼭 붙들린 것만 같아 화가 나고 심란하다.

이튿날 혜란이는 거진 오정 때나 되어서 집을 나섰다. 경요각에 들러

볼까 하는 생각도 있었으나 그보다도 신문사에 전화나 걸어 보고 병직이를 만나기가 급하였다.

전찻길로 나서서 정류장 쪽으로 내려가자니까 빙판 위를 연달아 가던 택시 한 대가 길가에 딱 서며 의외에도 진석이가 툭 튀어나온다.

"이게 웬일이세요?"

"허허……어쨌든 추우니 들어가십시다."

혜란이는 권하는 대로 하여간 올라탔다.

사과

"댁을 어느 골목으로 들어가는지 몰라서 망설이는 판인데 하마터면 못 만나 뵐 뻔하였군. 인연이란 하는 수 없군요"

진석이는 허둥거리며 너털댄다. 퍽 반갑고 귀여워 보이는 모양이다. 그러나 인연이라는 말에 혜란이는 운전수가 듣기에 낯이 붉어졌다.

"그래 이젠 쾌차하시구? 편찮으신 걸 나오시래 미안은 하지만 큰일을 벌여 놓고 여간 낭팰세야 말이죠"

혜란이는 잠자코만 앉았다. 차는 창경원 앞을 지나쳤다.

"무식한 사람의 객설을 귀담아들으셨기야 하겠습니까마는 미안했어요"

그댓지사는 일체 모른 척하고 입 밖에 내고 싶지 않았으나 혜란이가 여간해서 풀리지 않을 것 같은 기세에 놀라서 이렇게 사과를 하였다.

"아무려면 그까짓 소리쯤에 노염을 탈까요 염려 마세요"

사람 같지도 않은 너의 첩 따위와 겨루고 맞설 내가 아니라는 말인

줄은 진석이도 알아들었으나, 아니꼽다는 생각보다는 그 말이 도리어 고마워서,

"옳은 말씀예요! 인제 당자를 불러서 김 선생 앞에 사과를 시킬 거니, 어찌 아시지 마셔요"

하고 허겁지겁 달랜다. 달래는지 얼렁거리는 것인지 어쨌든 진석이는 당신 앞에는 첩도 귀여울 줄을 모른다는 성의를 보이려고 애를 쓰는 것이다.

"실직에 헤매는 이판에 까닭 없이 밥그릇을 메다부딪고 나갈까요? 등줄기를 밀어도 안 나가겠지마는……"

하고 혜란이는 해죽 웃는다.

"고맙습니다. 하지마는이라니? 그럼 무엇 때문에 그러시는 거예요?"

"집안 사정이 있어서요"

"택일단자를 받아 놓으신 신세로군?"

진석이는 농담이면서도 얼굴빛이 달라졌다. 과년한 처녀가 시집간다기로 거염이 날 일이 없건마는 어쩐지 실쭉하다.

'빨갱이라고 자기 회사에도 안 쓰고 내대던 그 영감이 메누리를 삼을 리두 없으련마는.'

박종렬 영감이 자기 아들이 빨갱이인 것은 상관없어도 며느리만은 빨갱이가 싫다는 것은 우스운 일 같으나 생각하면 병신 자식 두었다고 병신 며느리 보려 들 리 없으니 그 혼인이 될 것 같지는 않다.

안 되기를 은근히 바라기도 하는 것이다.

"설사 결혼을 하신다기로 그대루 다니시면 어때요"

"그런 문제가 아녜요"

혜란이는 코대답을 한다.

"하여간 요새 무역이 시원치는 않지만, 수가 좋으느라구 잘되어 가는 판인데 좀 참아 주세요"

사정하듯이 이렇게 달랜다.

"수가 좋다니 내 수가 좋아서 잘된단 말씀예요?"

서양까지 갔다 온 이 남자 입에서 수(數)란 말을 듣는 것도 우습다.

차가 진고개 어귀에 와서 서니 내려서 우선 점심을 먹으러 가자고 끈다.

"오늘은 좀 바빠서 그럼 예서 실례합니다."

혜란이는 남자의 말을 잡답한 거리의 소음에 못 들은 듯이 자기 말만 하고 헤어져 가려 한다.

"정 그러시면 삼십 분만 상회로 잠깐 들러 주실 수 없을까요?"

진석이는 아직은 달래는 것이 상책이라고 빌붙는 수작이다. 혜란이는 그것까지 물리칠 수 없어 따라섰다.

경요각에를 들어서니 점원들도 반색을 하면서 그러나 한편으로는 픽 웃는 눈치로 맞아들 준다.

"그동안 웬일이십니까? 날마다 오시는 그 양반 엊저녁에도 오늘 아침에도 다녀가셨는뎁쇼!"

아이놈의 전갈이다.

"그래 뭐래시던?"

"아무 말 없어요 뭐 이따 또 오실걸요"

하고 아이놈은 저편 젊은 애를 건너다보며 콧날을 찌긋한다.

괘씸한 놈이라고 생각하였으나 혜란이는 모른 척하고 사무실로 들어 갔다. 사무실에는 채봉이가 와서 앉았다. 일부러 불러다가 놓은 것 같 다.

저편 안락의자에 파묻혀 앉아서 막 들어온 남편과 무슨 이야기인지 수작을 하는 양이 나가라 들어오라 하고 쌈질을 한 내외 같지도 않아 보인다. 채봉이는 겸연쩍어도 그렇겠지마는 뒤미처 들어서는 혜란이는 거들떠도 안 보고 마주 섰는 남편과만 수작이다. 그동안에 이편 구석으 로 제자리에 앉았던 수만이가 일어나서 반가이 한층 더 은근히 인사를 한다. 혜란이는 자기 자리로 가서 앉았다. 주인 자리와 일자로 훌륭한 테이블에 안락의자를 놓은 혜란이의 자리만 보아도 지배인 대우가 분 명하거니와 혜란이가 그 자리에 조그만 몸집을 푹 파묻고 앉았는 것을 보고도 채봉이는 부럽고 눈꼴틀리고 마음이 야릇한 것이다.

"아, 참 이리 좀 와요"

진석이는 자기 자리로 와서 덜컥 앉으며 첩에게 눈짓을 한다.

채봉이는 그제야 혜란이게로 다가오며,

"편찮으시다더니 어떻게 나오셨세요?"

하고 웃어 보인다.

'사과를 시킨다더니 짜장 사과를 하려나?'

하는 생각을 하며 혜란이가 앉은 채 고개만 꼬박해 보이려니까 테이블 곁에 서며,

"저번에 실례했습니다. 용서해 주세요"

197

하고 좀 머줍은 기색이다.

혜란이는 하는 수 없이 인사성으로 마주 일어서며,

"천만에요……."

하고 저편 눈치를 살펴보았다. 까짜를 올리는 것인지? 저희끼리 무슨 꿍꿍이속이 있어서 짜고서 을러앉히는 것인지? 이 여자가 이렇게도 고분고분하여지고 체면 여부없이 빌붙어 오는 것이 도리어 무섭기까지 하다.

"내가 타일러서 당자도 뉘우치는 모양이지마는 쓱싹하구 우리 가정적으로 한 동기같이 한마음으로 지내보십시다."

진석이가 곁에서 한마디 보탠다.

수만이 말마따나 쫓겨날 지경이 되어서 제가 아쉬우니까 죽여줍쇼 하는 것인지? 진석이가 달래고 사정을 하고 하여 그러는 것인지는 모르겠으나 어쨌든 그런 야박스럽고 버르장머리 없는 여자가 겉으로라도 머리를 숙이고 사과랍시고 하니 혜란이는 마음에 좋지 않을 것도 없다.

'설사 저희들이 짜고 나를 이용해 먹는대야 별 것 있겠니? 고작해야 베커를 나꾸는 데 써먹자는 것이겠지!'

혜란이는 이런 생각을 하면 이왕 사과까지 받았으니 못 이기는 체하고 이용당하는 체하고 몇 달 더 있어 주어도 좋겠다고 마음이 풀어지기도 하였다. 첫째 음력설은 닥쳐오는데 돈이 아쉽다.

채봉이는 계제가 이렇게 되고 보니 더 앉았기가 열없는지 집안 볼일이 급하다고 오라비를 데리고 나가 버렸다.

"그저께 베커 군 만났죠 하지만 김 선생이 없어서 어디 자리가 어울려야지. 그래두 마담이 와 주었기에 간신히 그럭저럭 생색을 냈지만……."

둘이만 남게 되니까 진석이는 이런 이야기를 꺼낸다. 벌써 수만이한테 예고를 들어서 아는 이야기지마는 마치 주빈이 좋아하는 일류 기생이 없어서 낭패 보았다는 말 같다. 마담은 이류쯤으로 떨어지는 모양이다.

"베커 군의 김 선생 숭배열이란 놀랍던걸! 그렇게 말하면 나도 베커 군에 지지 않고 결코 인후(人後)에 떨어지지는 않지만! 허허허……."

하고 진석이는 멋없이 혼자 흥이 나서 너털웃음을 터뜨린다.

"술자리에서 숭배 받는 것은 주신(酒神) 바커스 아니면 기생이 귀염이나 받겠죠 고맙습니다!"

혜란이는 비꼬아 주었다.

"설마 그런 뜻으로 말씀일까! 그러나 어쨌든 베커 군의 그 호의만은 감사히 받아 주시구려. 그날도 헤어져 갈 때까지 김 선생이 없어 섭섭하다구 얼마나 뇌까렸다구. 섭섭하기야 우리도 섭섭하였지마는……."

말끝마다 베커를 내세워 놓고는 자기를 끌고 들어가서, 자기도 베커에 못지않게 존경하고 사랑한다면서 베커의 호의를 받으라니, 진석이 자신의 호의는 어찌하라는 말인지? 혜란이는 해죽 웃으며,

"그러죠. 분부대루 베커 씨의 호의를 달갑게 받아 주듯이 이 선생의 호의도 감사와 감격으로 받아드립니다. 사랑의 여신은 공평무사하거든요!"

하고 실없이 눈웃음을 쳐 보였다.

"이런 황공무지한 처분이! 우선은 원자(原子)의 사도(使徒) 베커를 위하여 다음에는 동방예의지국의 군자 이진석을 위하여 축복을 드립니다! 허허허."

진석이는 연해 너털웃음을 터뜨려 놓는다. 이러한 실없는 이야기 속에서라도 은근히 자기의 심회를 조금씩이나마 비추어 놓게 된 것이 진석이에게는 유쾌한 것이다.

"그러나 난 그 숭배가 지긋지긋해서 그만두렵니다!"

혜란이는 냉연히 한마디 던지고 앞에 놓인 전화통을 든다.

병직이에게 거는 전화인 모양이나 끊고 나서는 혜란이의 신기가 좋지 못하다.

'그날부터 들어앉았는데' 어쩌고 하며 이편에서 열고나서 변명하는 눈치로 짐작컨대 아마 남자 편에서 그제 어제 어디를 갔었더냐고 따지는 모양 같기도 하거니와, 진석이는 속으로 픽 웃으며 어쨌든 해롭지 않다는 생각이 든다.

'병직이란 존재만 없으면 얼마든지 마음대로 주무를 수 있는 것을!'

이런 천착한 생각이 늘 머리에서 떠나지를 않는 진석이다.

"맞추신 데 없건 나가 보실까?"

이런 때를 놓쳐서는 안 되겠다고 끌어 보았다.

"저이는 대관절 어떤 사람인지 알 수가 없군?"

혜란이는 거기에는 대꾸도 않고 턱짓으로 수만이 자리를 가리키며 이렇게 혼잣소리를 한다.

"왜? 수만이가 어쨌어요?"

"그저께는 번연히 우리 집에 다녀갔는데 나를 찾아온 사람더러 K원의 연회에 갔다고 외수 전갈을 한 모양이니 말이죠"

혜란이는 수만이를 고쳐 보고 의외로 순진한 청년이라고 호감을 가졌더니만치 더 불쾌해졌다.

"헤에……그럴 리가 있나. 딴 아이가 모르구 그런 게지……."

하며 변명을 하여 주다가,

"젊으신네들이 너무 좋아지내시는 것을 보니 샘이 나서 이간질을 하는 것인지도 모르겠군! 허허허."

하고 웃어 버린다. 혜란이도 생긋해 보인다.

혜란이는 자기도 끌려서 웃고 나니 뭉쳤던 마음이 조금은 풀리는 듯싶었다.

"자 기분 전환을 좀 하여야지. 나가십시다."

`오늘은 점원이 아니요 손으로 불려온 셈인데 혼자 나가라 하고 방을 지키고 앉았을 수도 없으니 혜란이도 따라 일어섰다.

마음에 맞지도 않는 남자에게 끌려다니며 음식점이나 드나드는 것이 개전치 않은 생각이 드나 수만이처럼 점심을 사 주지 못해서 애요, 사람 모인 데로 끌고 다니는 것이 행락인 모양이다. 하여간 병직이와는 세 시 후에 만나기로 하였으니 그동안 시간 보낼 겸 사 주는 대로 얻어먹어 두리라는 생각으로 나섰다.

`감히 수만이란 놈까지 얼르다니? 대가리에 피두 안 마른 놈이! ……'

한걸음 앞선 혜란이의 뒷맵시를 감칠 듯이 바라보며 진석이는 머리에 이러한 생각이 떠올라 왔다. 하마터면 놓칠 뻔한 장중보옥을 다시 찾은 기쁨에 진석이는 한참 상기가 된 판이라 어린 첩처남에게까지 턱없는 시기가 무럭무럭 가슴속에 피어오르는 것이다.

진초록빛 외투에 싸인 날씬한 뒷모양, 가냘픈 어깻집에서 허리께로 흘러 내려가서 살짝 퍼진 곡선미, 실크스타킹이 제 살결 같은 쪽 곧은 종아리에서부터 반질거리는 구두 뒤축에 물린 발목까지 전체가 아름다운 조각을 보는 것같이 눈에 스며든다.

'이 여자를 베커에게……?'

잠깐 동안 머릿속이 혼탁해진 진석이는 베커에게까지 또다시 턱없는 질투를 느끼었다.

K원으로 들어섰다. 아래 식당에 식탁마다 그뜩 찬 남녀의 모든 시선이 이리로 모이는 데에 진석이는 호기가 나서 한참 떡 버티고 섰다가 가까이 와서 굽실하는 보이더러,

"이층은?"

하고 턱짓을 한다.

"네."

보이는 또 굽실하고 앞장을 선다. 한번 행하에 돈 천 원씩 내던지는 바람이겠지마는 미인 자랑시키고 보이가 굽실거리며 별실로 모셔 들이는 이 맛에 진석이는 사는 것이요 베커를 삶고 브라운의 꽁무니를 쫓아다니는 것이다. 그러나 혜란이는 여러 사람의 시선 가운데에 자기 제자나 동무의 눈이 섞여 있을까 보아 애가 씌웠다. 엊그제 수만이와 왔을 제는 남매간에도 손아래 동생이나 데리고 온 것 같아 아무렇지도 않았지마는 진석이의 뒤를 따르는 오늘의 자기는 채봉이의 대행 같아서 저

절로 어깨가 처지는 것을 깨달았다.

"그저게 베커도 이 방이 마음에 든다고 하더구먼마는 이나마 일놈이기에 이만치 꾸며 놨던 게지."

말이야 옳지마는, 미국에서 자라난 이 사람이 사사히 말끝마다 조선 사람을 넘보는 버릇이 혜란이에게 귀에 거슬렸다.

"나두 그저게 이 방에 들어와 봤어요"

"허어? 이 방은 내 전용인 줄 알았더니 혜란 씨도 상당히 발전하는군!"

"발전이 아니라 남매분 덕에 두 번째 와 보는데!"

하고 혜란이가 코웃음을 치니까,

"응, 수만이하구?"

하고 진석이의 눈이 커다래지며 놀라는 소리를 하다가,

"온 건방진 녀석!"

하며 입을 비쭉한다.

수만이란 놈이 '내 혜란'이를 넌짓넌짓이 끌고 다닌다는 것도 버르장머리 없는 일인데 자기의 위세를 빌어서 이러한 호화로운 비밀실에까지 데리고 와서 놀다니 분수 모르는 자식이라고 화가 버럭 나는 것이다.

"그처럼 역정 내실 거야 무어 있나요? 하하하……이 선생 애인을 꼬여내 가지고 다녔으니 걱정이신가? 이 방은 이 선생밖에는 못 들어오는 덴가?"

혜란이는 코웃음을 쳐 주었다.

"그렇기루 혜란 씨두 점잖지 않게 그런 애송이하구 어울려 놀러 다니다니?"

하고 웃음의 소리처럼 은근히 나무란다.

"온 별소리! 애송이면 손이 맞아 놀기가 더 좋답니다. 고분고분히 말 잘 듣구 시중 잘 들어 주구."

혜란이는 일부러 시달려 주고 싶었다.

"알구 보니 혜란 씨두 여간내기 아니시구려."

이 방에 들어와서는 의관을 벗어 놓았다는 의미인지 김 선생이 혜란 씨로 변하였다.

"왜 시집갈 처녀답지도 않단 말씀이죠?"

혜란이는 여차하면 들이댈 배짱이라 점점 더 야죽야죽 대거리를 해 준다.

"글쎄, 그런가 봅니다. 허허허."

하고 웃다가 변소에를 가는지,

"잠깐 실례!"

하고 나가 버린다.

뒤미쳐 보이가 들어와서 식탁 준비를 하는 것을 전기스토브 앞에 앉아서 보자니 세 사람 분을 차린다.

"손님이 또 한 분 있답니까?"

"네."

혜란이는 사과한 끝이니 첩을 부르려나 하였다.

"당신 좋아하는 분이 곧 온다는군."

보이와 맞바꾸어 진석이가 들어오며 이런 소리를 하고 헤 웃는다.

'베커에게 전화를 걸러 내려갔던 게로군' 하는 생각을 하면서도 혜란이는 그 말이 천착하여 모른 척하고 앉았다.

"혜란 씨가 와 있다니까 삼십 분 안으로 오겠다고 허둥지둥하는 말눈치던데."

멍청히 앉았는 혜란이의 입을 벌리게 하려고 들쑤셔대는 수작이다.

"이 선생두 아직 젊으시니까 그렇겠지마는 좀 점잖아지시는 게 좋겠는데!"

혜란이의 입에서 이런 소리가 나오리라는 것은 의외다.

진석이에게는 대관절 어떤 것이 진짜 혜란일지 그 분간이 나서지를 않았다.

실없는 소리도 곧잘 하며 남자의 어떤 농지거리라거나 반죽 좋게 척척 받아낼 것같이 남자에게 덤벼드는 기세를 보이다가도 싹 돌아서서 깔끔한 소리를 할 제는 진석이는 한 수 넘어간 것 같고 얼굴이 뜻뜻하다.

"내가 점잖지 않게 한 것은 뭐요?"

하고 진석이는 불끈하며 탄하고 덤비는 어조이다가, 금시로 목청을 낮추며,

"난 이때껏 혜란 씨에게 실례한 일은 없는데…… 오죽해야 제 계집까지 불러다가 사과를 시켰을라구!"

하며 느슨한 소리로 제풀에 농쳐 버린다.

"당신 좋아하는 사람이라니, 내가 좋아하는 사람이 누구란 말예요?

나두 남의 아내 될 사람예요"

혜란이는 경요각에를 다시 가더라도 단단히 따지고 제독을 주어 놓고 가리라는 생각이다.

"김 선생, 괜히 무엇에 오해시로군. 미스터 베커가 김 선생한테 꼭 의논할 일이 있다고 하두 만나지 못해 하기에……."

금시로 '김 선생'으로 변하였다.

"그만두세요. 결국에 베커를 이용해서 몇 백만 원 몇 천만 원을 버시는지 모르겠지만 내가 없다고 안 될 일 아니겠고 나까지 이용하겠다는 생각은 잊어버리세요"

혜란이는 당돌히 까놓고 말을 하였다.

"그게 무슨 말씀요?"

하고 진석이는 펄쩍 뛰다가,

"내가 백만 원 벌면 오십만 원 드리지! 처음부터 그런 생각이었지마는 하여간 혜란 씨! 김 선생! 날 좀 도와주슈! 혜란 씨가 그만두면 나두 문 닫을 생각요. 당신이 그만두신다면 사업두 사업이려니와, 난 경요각을 혼자 경영할 재미도 용기도 없으니까!"

마치 수만이가 '김 선생이 그만두시면 나두 그만두겠어요' 하던 말과 똑같다.

혜란이는 무슨 깊은 함정에 빠져들은 것 같은 생각이 든다.

청촉

"무슨 턱으루 백만 원 벌어 오십만 원 주시겠어요?"

모리꾼이란 그 첫 장기가 허풍이기는 하지마는 혜란이는 고개를 갸웃하였다.

"내 말이 거짓말인가 두구 보시면 알죠 하여간 베커가 오거든 잘 부탁한다고 한마디 해 주세요"

혜란이가 듣는 둥 마는 둥 하며 창밖으로 겨울빛이 따뜻이 든 뒤뜰을 내려다보려니까 진석이는 열심으로 또 말을 잇는다.

"일은 간단하고 다 익혀 논 것인데. ……다른 게 아니라 홍삼 이백 근만 나를 떼 달라는 거요, 가져올 것은 종이, 소금, 옷감……이러한 것인데, 아무래도 베커가 새에 들어 주면 문제없거든! 베커와 사귄 지가 얼마 안 되지만, 아니 나하구 교분이 그리 두터운 처지가 아니니 만큼 여기에는 또 김 선생이 나서야만 되겠다 말이죠……."

혜란이는 얼마쯤 귀에 솔깃이 들리는 기색이다. 베커와 사귄 지가 얼마 아니 되기는 일반이지마는 자기에게 대한 호의호감이 대단한 것은 짐작하는 바다. 만일 청탁 한마디에 일이 되는 날이면 말이 그렇지 이익의 절반야 내놓으랴마는 한몫 주마는 말도 생판 입에 붙은 말만도 아닐 성싶다. 자기의 말 한마디에 백만 이백만 돈이 왔다 갔다 하다니? 하고 속으로는 코웃음을 치면서도 말 한마디 팔린다고 무어 그리 창피할 것도 아니요 어디 자기 말이 얼마나 영검이 서나 시험 삼아서 부탁을 해 볼까 하는 생각도 드는 것이다.

"김 선생은 내게 이용당하는가 하는 오해도 하시나 봅디다마는 상회의 지배인으로 그런 청쯤 하는 거야 으레 일이요 저편도 그럴 듯이 들을 거니까……."

혜란이가 대꾸를 안 하고 듣고만 있는 양이 그럴싸해 하는 눈치라 진석이는 또다시 달래는 수작이다.

"지배인야 왜 부인이 하시겠다던데요? 부인을 내세워서 청두 하구 교섭두 해 보시죠!"

하고 혜란이는 곁눈으로 웃어 보인다.

"온! 사람을 놀려두……. 그따위 술상 머리에 앉아서 젓가락 장단이나 치라면 칠 위인을? ……."

하며 진석이는 펄쩍 뛰며 겸사가 지나쳐 첩의 흉하적을 꺼내다가 제풀에 머쓱해 웃으려니까 노크를 하고 보이가 문을 연다.

베커가 파안일소를 하며 들어온다. 불그레한 기름한 상이 번질번질 광이 나는 품이, 물에서 갓 잡아내인 민틋하고 펄펄 뛰는 생선 같다.

"왜 그리 만나 뵙기가 어려운가요? 병환이시라더니 인젠 쾌차하십니까?"

그는 반가운 듯 열없는 듯한 표정으로 한참 혜란이 앞에 서서 저편이 손이라도 내밀었으면 덥석 악수가 하고 싶은 충동을 참는 기색이다.

진석이가 바쁜데 와 주어 고맙다는 인사를 하니까, 그제서야 잊었던 듯이 남자끼리 악수를 하고, 곧 식탁에 둘러앉았다.

"미스 김은 오늘 정식으로 우리 상회의 지배인에 취임하였죠, 오늘은 병환이 나신 축하 겸 피로를 베커 씨한테 먼저 하려고 이렇게……."

진석이는 이런 소리를 하며 맥주잔을 든다.

"허어! 이런 기쁜 자리에 특별히 나만을 불러 주신 것은 영광입니다. 미스 김의 건강과 건투를 빕니다."

베커는 좀 말을 지어 들뜬 소리로 인사를 하였으나 이 오찬을 혜란이가 마음먹고 베풀고, 특히 자기를 불러 준 것인가 싶어서 마음에 흡족하였다.

혜란이는 잠자코 웃기만 하고 앉았는 수밖에 없었다. 진석이는 두 남녀의 은근히 좋아하는 기색으로 보아서 일은 벌써 칠팔 분 성공이라고 입이 벌어지며 잼처서,

"베커 씨 우리 지배인 취임 초의 첫 사업을 성공시켜 주셔야지 않겠나요?"

하고 슬쩍 뒤집어씌우는 수작을 한다. 이 말을 하자고 이 자리를 만들고 첫밭에 지배인 취임피로라는 난데없는 소리를 꺼냈던 것이다.

"여부가 있나요 미스 김의 첫 사업 첫 공로를 세우시도록 해 봅시다. 내도 무력은 하나마 힘자라는 데까지는 도와 드리죠."

베커의 장담에 진석이는 속으로 손뼉을 치며 웃고만 앉았는 혜란이 대신에,

"고맙습니다!"

고 고개를 꾸벅하여 보인다.

"그러나 미스 김이 나를 속이지는 않겠죠?"

베커는 무슨 생각으로인지 이런 소리를 하고 껄껄 웃는다. 그러나 거기에는 호령하는 듯한 노기와 다짐을 받으려는 듯한 어기와 표정도 섞였다.

"미스터 베커! 내가 무얼 속였기에? ……내게 무얼 속아 보셨기에……?"

하고 혜란이가 펄쩍 뛰며 탄하니까 베커는 또 허허 웃으며,

"나를 속이셨다는 게 아니라, 또 날 속이실 미스 김도 아니지만 진실한 우정으로 서루 믿고 지내자는 말씀이지!"

하며 변명을 한다.

"고마운 말씀입니다. 그럼 믿습니다……. 잘 돌보아 주세요"

혜란이는 비로소 한마디 진석이의 소청대로 부탁을 하였다.

"염려 마세요. 적어도 내가 여기 있는 동안은 아무려면 미스 김의 사업에 낭패 보시게 할라구요!"

이 이상 더 다짐을 받을 수도 없는 일이었다. 진석이는 베커가 연해 미스 김의 사업이라고 하는 말눈치가 경요각을 혜란이의 사업으로나 아는 것 같고 자기는 완전히 무시를 당한 것 같기도 하나 그것이 영 해롭지 않다고 생각하였다.

그러나 혜란이는 혜란이대로 '자기를 속이지 말라'는 베커의 말이 어느 때까지 꺼림칙하게 머릿속에서 뱅뱅 돌았다.

우정을 속이지 마라, 자기를 실망케 말라는 뜻으로밖에 해석할 수 없는 것이다. 또 그러나 대범하게 생각하면 진석이는 믿을 수 없으나 너는 믿는다, 네가 보증을 하면 진석이의 청을 들어줄 터이나 그 대신 네가 정직하고 신용 있게 해 달라는 의미일지도 모른다.

사실 베커는 이때껏 진석이의 청에는 코대답만 하고 연해 혜란이를 만나게 해 달라고 하여 왔다. 혜란이를 더 믿는 것이요 이왕이면 혜란이에게 생색을 내려고 하는 것이었다. 그 기미를 아느니만치 진석이는 더 한층 혜란이에게 매달리는 것이요 이러한 자리를 부랴부랴 만든 것이다.

식당에서 나오면서 진석이가 상회에 들러서 놀다가 가라니까 베커는 마다지도 않고 따라선다. 술에 도취한 것이 아니라 기분으로 감정으로 도연한 모양이다.

진석이는 사무실에 손님을 데려다 놓고 서성거리다가 잠깐 다녀오마고 나가 버린다. 어떤 손님이라고 그런 푸대접을 할 리 없고 둘이 이야기하라고 눈치성 있이 피해 주는 모양이나 부질없는 일이라고 혜란이는 속으로 냉소를 하였다.

"일전엔 미스 김이 안 계셔서 섭섭하였지만 재미있었죠 기생이라는 것을 처음 보았죠"
하고 베커는 둘이만 마주 앉으니까 이러한 화제를 꺼낸다.

"예, 조선 요릿집에를 가셨더군요? 취송정 마담도 왔었대죠?"

"그런 게 아니라 가네코 상이 자기 집에서 이차회로 한턱내겠다고 놓지를 않아서 취송정으로 또 끌려갔더니 이번에는 미스터 리가 기생을 불러 왔구려."

혜란이는 이때껏 그때 사연은 못 들은 말이다.

"좋군요 미스터 리하고 마담이 경쟁적으로 대접을 하여 드렸으니……"

하고 혜란이가 웃으니까,

"글쎄 경쟁적으로 대접을 하는 것인지? 경쟁적으로 나를 이용하자는 것인지?"

하고 베커도 웃어 버린다.

"아구 무서워라! 남 애를 써 대접해 드리면 이용하려 드는 것이라고 넘겨 짚으시구……. 난 차 한잔 대접한 일 없으니 이용하련다고는 생각지 않으시겠지?"

혜란이가 이런 소리를 하고 웃으니까, 베커는 어이가 없다는 듯이 껄껄 웃으며,

"실상은 이용해 주시기를 기대리구 있는 터입니다. 미스 김께는 이용 가치가 없나 보다 하고 실망을 느끼고 있는 터인데요 허허허……."

하고 또 웃다가,

"실상은 아무쪼록 이용이 되어 달라는 말씀이 떨어지시기를 기대리고 있던 터입니다."

하며, 베커는 이것이 진담이라는 듯이 웃음이 차차 스러지며 혜란이의 눈을 쏘아본다.

혜란이는 면구스러워서 선웃음으로 그 눈길을 피하면서,

"하하하, 이용이 되겠다는 말씀은 이용을 하겠다는 말씀이죠? 그럼 아까 부탁한 말씀은 취소합니다."

하고 혜란이는 실없는 듯이 살짝 몸을 빼는 소리를 하였다.

"염려 마세요 나는 이래 봬두 장사꾼은 아니니까! 미스터 리는 당신을 이용하는 모양이니 상당한 보수를 받으슈. 하지만 미스 김은 나를 이용하는 것이 아니니까 나는 결단코 보수를 바라지는 않습니다. 안심하셔요"

베커는 진국으로 하는 말이었다.

"무슨 말씀인지 모르겠습니다만 난 남의 신세를 지고 살구 싶진 않아요!"

"무서운 양반이로군! 네게는 구할 것이 아무것도 없다, 너는 너요 나는 나라는 말씀이지마는 조선에 왔던 기념사업으로 지참금 백만 원의 신부님을 하나 만들어 놓고 갈 거니 두고 보슈."

하고 베커는 여전히 신기가 좋아서 웃어댔다.

지참금 백만 원짜리의 신부를 만들어 놓고 가겠다는 말에 혜란이는 다시 생각하였다. 욕기(慾氣)다. 그러나 결코 터무니없는 허욕은 아닐 것 같다. 베커는 일개 이름 없는 청년이다. 그러나 미국 청년이다. 저 자신은 돈벌이를 못할지 몰라도 그만 권력은 가진 미국 청년이다.

'그까짓 요새 돈 백만 원이래야 여남은 칸 되는 집 한 채 값이나 될까!'

그러나 대관절 백만 원이란 돈이 부피가 얼마나 되는지 구경도 못한 돈이다. 그 돈을 이 남자가 만들게 해 주마 한다!

'그렇지만 왜? 무엇 때문에? ……'

혜란이는 뒤미쳐서 이런 생각을 하여 보고는, 머릿속으로 도리질을 하였다.

"내 걱정은 마시고 백만 원짜리 신랑이 되시는 게 어떨까요? 이용이 되어 달라는 가네코 상의 청이나 들어주세요"
하며 혜란이는 코웃음을 쳐 보였다. 베커는 머쓱해지며 좋지 않은 기색이다. 상회 일로서는 청탁을 하나 자기 개인으로서는 부탁할 일이 없다는 뜻이겠지마는 베커는 무시를 당한 것 같았다. 더구나 가네코하고나 놀라는 말눈치가 듣기 싫었다.

"나는 가네코 상의 친구는 아닙니다. 청을 하고 알랑거리고 덤벼드는 사람은 친구가 될 수가 없습니다. 무엇에 이용이나 하겠다는 사람은 친구가 아닙니다."

베커는 눈을 꿈뻑거리며 떠듬떠듬 성경 구절이나 읽듯이 이런 소리를 하고 앉았다.

"그건 나더러 들어 보란 말씀이죠?"

"노, 노!"
하고 베커는 힘 있게 부인을 하며 도리질을 해 보인다.

잠깐 말이 끊겼다가 베커는 다시 화제를 돌린다.

"요전에 미세스 최(베커는 화순이가 병직이의 부인이란 인상이 있는지 늘 '미세스 최'라고 한다)하구 이야기를 해 보았지마는 야 무서운 분입니다 ……"

"왜, 무어래요?"

"조선의 아내 조선의 어머니가 모두 그랬다가는 미국 상인은 캔디도 설탕도 우유 가루도 못 팔아먹고 우리는 여기 와서 있는 밥값도 못 뽑아내게 되겠지마는 조선을 미국의 상품시장화한다고 야단이군요 주는 것도 마다, 친절한 것도 고마울 것 없다, 어서 썩썩 가 달라는 말입니다마는 그것은 아마 미세스 최가 좌익이니까 그런가 보다 했더니 미스 김까지 이렇게 몹시 괄대를 하시니 이거 섭지 않은가요 허허허."

하고 다시 신기를 풀고 너털웃음을 터뜨린다.

"손님이 밑이 질기니까 푸대접을 받는 거죠!"

혜란이도 따라 웃으려니까,

"어 참 밑이 질겼군! 바쁘신데 미안했습니다."

하고 베커는 실없는 소리를 하며 일어서려 한다. 그러자 주인이 인제야 들어온다.

변심

"신문사도 집어치우고 들어앉아 공부나 할까 봐."

"그것두 좋지만 왜 신문사에서 뭐랍디까?"

"인젠 노골적으로 나가 달라는 거지, 유치장 동티루 사장, 편집국장 할 것 없이 머리를 내두르는 꼴이 무슨 폭발탄이나 끼고 있는 듯싶은가 보지!"

병직이의 낯빛은 좋지 못하였다. 신기가 좋지 못하다기보다도 생리적으로도 몹시 피로한 눈치다.

"그동안 댁에두 잘 안 가신 모양인데 사흘 나흘 만나 뵐 수 없으니 사직골 댁에 틀어 박혀 계셨던 게지?"

혜란이의 입에서 이런 말이 나오기도 처음이다.

"그거 무슨 쓸데없는 소리⋯⋯."

역시 말에 풀기가 없다. 감정적으로나 생리적으로나 자기에게 아무 흥미도 느끼지 않는다는 표정에 혜란이는 처음부터 웬일일까? 하고 속으로 놀란 것이다.

"들어앉아 공부를 하시겠다는 것도 물론 대찬성이지만 그보다도 먼저 태도를 결정하셔요!"

혜란이는 오늘은 귀정을 짓겠다는 생각이지마는 태도라는 데는 두 가지 의미가 있다고 생각하는 것이다. 하나는 사상적으로 또 하나는 화순이와의 관계다.

"내가 무슨 정치가니 출처진퇴를 분명히 하란 말요? 난 결국 삼팔선 위에 암자나 하나 짓고 거기 우리 둘이 들어가 책이나 보고 있는 게 소원인데……."

병직이는 웃지도 않고 이런 소리를 한다.

"그래두 나를 빼놓고 간단 말씀을 안 하시니 정신 차리셨군! 삼팔선에서 한걸음 더 내딛으면 최화순이를 끌구 갈 거로되 삼팔선 위에 짓는 암자니까 내나 데리구 가시겠다는 거지?"

"해석이 용하십니다!"

병직이는 비로소 웃어 보인다.

여자가 올라와서 스키야키 냄비를 마련하는 동안, 병직이는 고기가 익기를 기다릴 새 없이 술잔을 든다. 혜란이가 술병을 들어 따라 주니 쭉 마시고 병을 놓을 새가 없이 또 내민다. 병직이의 기분이 시원치 못한 것은 점심을 안 먹어 시장해서도 그런 모양이요 피로도 피로이겠지마는 무슨 번민이 있는 눈치다. 그 번민이 화순이 때문인지? 신문사 일 때문인지? 또 혹은 사상적 동요에서 나온 고민인지? ……혜란이는 눈치만 가만히 보고 앉았다.

217

그러나 신문사야 벌이로 다니는 것 아니요, 사상이란 것도 삼팔선 위에 암자나 짓고 들어앉았고 싶다는 그 정도이니 새삼스럽게 번민을 할 것도 아니다. 문제는 화순이에 있고 그렇다면 정작은 자기에게 무슨 중대 선언을 내릴 터인데 그 말이 차마 아니 나와서 저렇게 끙끙 앓고 망설이는 거나 아닌가 하는 생각이 들자 혜란이는 정신이 반짝 든다.

"좀 들구려. 나 혼자만 먹으라니 물색없구먼."

연해 젓가락이 냄비로 들어가며, 가만히 앉았는 혜란이에게 권한다.

"난 양요리 한턱을 단단히 먹었어요."

"점심은 그릴루요 저녁은 취송정이요 나두 경요각 사무원으로나 들어갈까?"

술이 들어가고 충복이 되니까 병직이도 기운이 나는지 이런 실없는 소리를 한다.

"오늘은 지배인 취임피로라우."

"흥! 손님은 누구를 청했기에 나를 빼놓았더람?"

"베커 단 한 사람!"

하고 혜란이는 웃자니까,

"흥 단단히 연극을 꾸미는 게로군."

하며 병직이도 코웃음을 쳐 버린다.

"베커의 축사가 또 들을 만하지. 지배인이 된 첫 사업으로 백만 원 지참금을 벌어 가지고 어서 시집을 가게 해 주마나요."

"경요각이 색시 양성소인 게로군?"

병직이는 또 코웃음을 치다가,

"백만 원 신부면 신랑감이 문이 메겠구먼. 아마 베커가 제일 후보자는 될걸."

하곤 놀린다.

"객쩍은 소리! 요새로 왜 그리 딴 양반이 되셨는지?"

사실 전 같으면 그게 무슨 소리냐고 열심으로 캐어묻고 덤벼들 터인데 여상 귓가로 듣고 냉연히 웃어만 버린다. 경요각에 가는 것은 처음부터 반대하던 병직이요 진석이 춤에 끌려서 갈 데 안 갈 데 함부로 다니지 말라고 주의를 시키던 병직이가 아무 소리를 해도 무심히 듣는 것은, 자기 말을 아니 듣는다고 노해서 그러는 것인지? 혜란이를 턱 믿으니까 탄할 것도 없다는 뜻인지 알 수가 없다. 또 어쩌면 화순이와의 관계를 생각하고 자기도 큰소리칠 수는 없다고 앞이 굽는 생각으로 그럴지도 모르나 그보다도 화순이에게 꼭 붙들려서 옴치고 뛸 수가 없게 된 형편이라 너 알아 하라고 내던지는 수작인지도 모르겠다. 혜란이는 실없는 소리만 하고 앉았을 때가 아니라고 눈을 똑바로 뜨고 덤빈다.

"신문사에서 문제가 되었을 제야 최화순이하구 어쩌니 저쩌니 소문이 났겠구먼요?"

세상 평판에 끌려서 더구나 헤어나지를 못하는 것이나 아닌가 싶어서, 신문사를 그만두고 들어앉겠다는 이 판에 얼른 예식을 해 버리고 자리를 잡고 앉는 것이 결국은 병직이의 신상을 위하여도 상책이라고 생각하는 것이다.

"그까짓 것 남들이 무어라거나! 하지만 신문사두 그렇게 마음대루 그만둘 수는 없어서!"

"그것두 어디 지휘를 받아야 한단 말인가요?"

애초에 B신문사로 갈 제도 자기가 가고 싶은 것이 아니라 무슨 까닭수가 있어서 간다는 말을 들은 법하였던 것이다.

신문사에서는 벌써부터 내쫓으려 드는 것을 버티고 있는 것도 실직이 무섭거나 밥줄이 떨어질까 보아 그런 것이 아닌 것은 물론이다. 병직이 자신은 벌써부터 그만두고 싶건마는 하는 수 없이 간부들과 싸움싸움하다시피하고 붙어 있는 것은 또 다른 이유가 있는 때문인 모양이다.

"화순이하구 헤지지 못하는 것두 어디 명령이나 지휘가 있어서 그런 것은 아니겠죠?"

"연애두 누구 명령받아 하던가!"

병직이는 또 냉연히 웃는다. 그러나 인제는 화순이와의 관계를 숨기려 들지도 않는 대담한 태도에 혜란이는 선뜻하였다.

"그럼 결국 어떻게 하시겠다는 건지 분명히 말씀을 하셔요"

혜란이도 야속한 생각과 함께 발끈하였다. 설마 병직이가 이런 줄은 모르고 이때까지 무심히 내버려 두었던 것이 후회도 난다.

"왜 무슨 걱정이 그리 많은 거요? 백만 원짜리 따님이 시집갈 데가 없어서? 영감님은 벌써 사윗감 고르느라구 분주하시다던데!"

하고 병직이는 또 코웃음이다. 이렇게 빙퉁그러진 것도 의외다.

"그건 어디서 들으셨소?"

"그거 봐! 내 말이 거짓말은 아니지?"

노염도 안 타고, 나무라는 것도 아니요 그렇다고 탐탁히 사의껏 의논을 하려는 것도 아닌 뻔뻔한 태도가 어차피에 잘되었다고 책임을 이편에 씌우고 슬며시 물러서자는 배짱만 같다.

"어른 말씀을 무시하자는 것이 아니라, 우리는 우리 아뇨? 언제 영감네끼리 뜻이 맞고 안 맞는 데 따라서 행동했던가요?"

병직은 잠자코 먹던 밥을 다 먹고 차를 마시고 있다. 그러나 얼굴에는 아까보다 생기가 도는 대신에 몹시 고민하는 빛이 떠오른다.

"……어린애 아니요 제각기 제 책임으로 결정할 일이지 제 생활을 남이 해 주기를 기다리는 것 아닌 바에야, 남이 무어라거나 영감님끼리 고집을 부리시거나 지금 우리가 그걸 개의하게 됐나요?"

병직이는 여전히 입을 다물고 앉아서 바로 치어다보지도 않고 담배를 붙여 쓴 듯이 빨아 뿜는다.

"……설마 책임을 전가하려는 그런 비굴한 생각은 아니시겠지? 설사 그렇다 하기루 내가 무엇이 못마땅한지 어느 점이 잘못인지 분명히 이야기를 해 보셔요!"

혜란이는 자기가 비난을 받을 일이라고는 일호반점도 없다는 자신만만한 표정과 어기로 육박을 하여 온다.

"책임 전가라니? 그런 비루한 놈으루 이때껏 나를 알았습디까? 허나 다만 하나, 서양 사람이나 끼구 노는 모리배 간배들과 어울려서 요릿집에 드나드는 것까지야 칭찬할 일은 못 되던데!"

비로소 하는 소리가 비꼬는 수작이다.

"요릿집에를 드나든다니 말이 흉하지! 허는 수 없이 두 번 갔지만 그러기에 당신도 청하지 않습디까? 화순이까지 달고 다니는 이는 어쩌구?"

혜란이는 열고가 나서 변명이다.

"……그렇지 않아두 그게 성이 가서서 그만둘 작정으로 이틀이나 들어앉았었지만 그래 그게 험절이 돼서 이러시는 거요?"

혜란이는 차차 열이 올라간다.

"그런 게 아녜요. 내가 어떻게 했다구 시빈지 알 수가 없구면. 하여간 며칠만 참아 줘요. 내 자세 이야기할 때가 있을 거니……."

병직이는 마침 세음을 가져온 것이 잘되었다고 벌떡 일어섰다.

"무슨 이야긴지 며칠 후에 하실 거면 지금 못 하실 건 뭐예요?"

스키야키 집 문전을 나서며 혜란이가 말을 꺼냈다.

"글쎄 좀 귀정을 지을 일이 있으니까……."

병직이는 인제는 달래는 어조다. 그러나 귀정 질 일이 있다니 화순이와 손을 끊거나 화순이와 손을 맞붙들고 삼팔선을 넘어가거나 양단 간 귀정을 낸다는 말인가? 혜란이는 이 고비가 위태한 고비라는 생각이 들었다.

"당신은 지금 삼팔선에 발을 걸치고 서서 한 발을 내놓을까 한 발을 들여놓을까 하시구 망설이느라고 그러시는 모양이지만……."

"에이 그만둬요! 내일 이야기합시다."

병직이는 입을 틀어막으려고만 한다.

"유치장 하룻밤 동티두 동티지만 사직골 감금 며칠에 얼이 빠지셨나 보군요? 하지만 남의 말두 좀 들어 보셔요!"

"글쎄 길거리에서 이거 무슨 객담요! 난 이리 갈 테니 어서 가우. 댁으로 가시겠지?"

병직이가 무엇에 몸이 다는 일이 있는지 네거리에 우뚝 서며 헤어져 가려 한다.

혜란이는 처음 당해 보는 모욕을 느끼며 뒤도 아니 돌아보고 곧장 걸어 큰길로 빠졌다. 살짝 붉어졌던 얼굴이 식으니까 백납같이 해쓱하여졌다.

'남자란 그렇게들 얼뜬 것인가? ……'

혜란이는 이렇게 냉소를 하며 자기 마음을 제풀에 풀고 가라앉히려 하였다.

남자의 마음이란 부풀어 오르기 시작하면, 한없이 제멋대로 부풀어 오르다가도 홀격 꺼지면 흔적도 없이 스러져 버리는 풍선 같은 것인가도 싶다. 하필 남자뿐이랴. 애오의 정이란 것이 그런 것 같다고 공평한 생각도 머리에 떠오른다. 모두가 허황한 일 같다.

적당히 탄력을 가지게 하여 적당한 거리로 끈을 매어서 조종하여야 영롱하게 날 것을 포만할 대로 내버려 두면 으레 터지고 말 것이 아닌가 하는 생각도 떠오른다.

원체 남자의 마음, 아니 사람의 마음이 그런 것이거니 하는 생각을 하니, 병직이가 미울 것도 없고, 더구나 화순이를 원망하는 마음도 없다.

다만, 이때껏 뉘게고 푸대접을 받아 보고 자라난 일이 없느니만치 자존심이 깎인 분한 생각과, 그 반면으로는 병직이가 길을 잘못 들어서 화순이 때문에 고생을 할까 보아 가엾은 생각뿐이다. 그 이상 서두르지도 않고 감정이 부풀어나지도 않았다.

벌써 어둑해 가는 길거리는 한층 바쁘고 너저분하다. 전차 종점에 와서 행렬에 낄까 하다가 기다리기가 갑갑하고 답답하여 그대로 걸었다. 눈이 녹았다가 다시 얼어붙은 길은 번들번들 발이 제대로 놓이지를 않는다.

지나치는 얼굴마다 피로와 추위에 옥조이고 협수룩하면서도 눈만은 충혈이 되어 허덕지덕 걸어간다.

저녁 바람이 휙 불며 눈 먼지를 부옇게 휩쓸어 간 뒤에는 고궁의 장담을 기고 쭉 뻗은 길이 쓸쓸도 하다. 혜란이의 마음은 더 한층 쓸쓸하다.

봉변

"정신 차려! 눈깔이 외루 백인 게로군!"

"누가 할 소리야?"

저편이 지나쳐 가는 게 아니라 뒤에 우뚝 서는 기척에 병직이도 자연 발을 멈추며 돌려다 보았다. 어깨가 탁 부딪쳤으나 물론 저편에서 선손을 걸어 놓은 것이다. 쌈패로구나! 하는 생각이 들자 병직이는 잠깐 선 듯하며 정신을 바짝 차렸다.

"이 자식아 무얼 먹겠다고 되지 않게 쇠는 거야?"

컴컴한 속에서 허연 손이 번뜩 올라오더니 철썩 한다. 눈에 불이 번쩍 나며 뺨이 얼얼하는 것을 깨달을 새도 없이 병직이의 손도 마주 올라가서 보기 좋게 두 번 붙이고는 내려오던 손길에 멱살을 잡았다. 넥타이와 조끼가 걸쳐 잡히며 앞으로 나꿔채자니까 단추가 두루룩 떨어지며 병직이의 손은 허공에서 논다.

"이 자식 보아라!"

하는 소리와 함께 주먹이 병직이의 왼편 턱주가리를 으스러져라고 또 갈긴다. 컴컴한 속에서도 거머무트름한 우악스런 상판이 무지스럽게 생겼다고 가슴이 서늘한 것을 깨달았지마는 눈에 번쩍 띄는 것은 불을 뿜는 듯한 두 눈알뿐이었다.

에그머니 소리를 치며 혜란이가 두 사람 사이로 뛰어들려는 것을 병직이는 창졸간에도 손으로 막으며 쌈꾼의 멱살을 노리고 다시 달려들려니까 이번에는 목덜미에서 손이 스척하더니 고작을 나꿔채며 두 다리가 공중잡이로 올라갔다. 어느 틈에 뒤에서도 또 한 놈 나타난 것이다.

털썩 엉덩방아를 찧고 나동그라지는 것을 보자 혜란이는 두 팔을 벌리고 병직이에게 달겨들며,

"에구 이게 무슨 까닭이란 말요 이런 생트집이 있을 리가 있나!"
하고 쏟아지는 매를 몸으로 막아 내려 하였으나 번개같이 내려치는 주먹은 벌써 병직이의 콧잔등을 으스러져라고 후려졌다. 코피가 꺼멓게 콸콸 쏟아진다. 피를 본 혜란이의 눈은 한순간 아찔하여 정신없이 목에 두른 머플러를 푼다.

"당신은 저리 가요"
팔죽지를 잡아 홀뿌리치는 바람에 혜란이는 머플러를 풀며 저편 벽에 가서 쓰러지듯이 몸을 부딪쳤다.

일어나려던 사람을 허구리며 엉덩이며 가슴패기 등줄기 할 것 없이 닥치는 대로 두 놈의 발길질, 주먹질이 우박같이 퍼부으니 곤두잡이로 또 쓰러지며 땅바닥에서 맴을 돈다.

"사람 살리우!"

아직 초저녁인데 이 골목이 낮에도 소삽한 편이기는 하나 이렇게도 인적이 끊겼을까 하는 생각을 하며 혜란이는 또다시 낑낑 뒤척거리기만 하는 병직이에게 달려들었다. 혜란이는 무지스런 발길에 옆구리를 쥐어 박히며 입이 딱 벌어졌으나 그대로 병직이의 가슴에 엎어지며 피가 너절한 입가에 머플러를 대어 주었다.

"당신두 이런 놈 쫓아다니지 말아요 요 다음에 걸리면 혼날 테니……."

저편 동구께서 발자취가 가까워 오는 소리가 나니까, 두 놈은 이런 소리를 남겨 놓고 진고개 편으로 빠지는 컴컴한 속으로 스러져 버렸다.

병직이는 간신히 일어섰다. 아무리 저편은 두 놈이라 하기로 그깟 놈들에게 대번에 끽소리도 못 하고 맞게 된 것이 분하고 혜란이가 보기에도 창피스러웠다.

그러나 매가 무서워서 기가 질린 것도 아니요 몸을 추스를 수 없도록 곯은 것은 아니다. 다만 턱을 얻어맞을 때 잇몸이 깨어졌는지 입 속에 피가 하나다. 어쩌면 코피가 입 쪽으로 흘러들어 가는지도 모르겠으나 아마 이[齒]가 한 두엇 부러진 것도 같다. 게다가 가슴이 팍팍 결리니 거동도 어렵지마는 입을 벌릴 수가 없다. 아까부터 낑낑대며 소리가 없던 것은 그 까닭이다.

동구 편에서 들어오는 젊은 애들은 술이 취해서 떠들썩하고 지나치며 혜란이의 얼굴을 째긋 하듯이 차례차례 들여다보고는 콧소리를 쿵쿵 내며 가 버린다.

"어서 병원으루 가십시다."

"응……."

두 남녀의 말소리는 똑같이 풀 없이 울음에 젖은 듯이 구슬펐다. 그러나 혜란이는 울지 않았다. 남자의 정이 부스러진 것을 생각하고 눈물이 말라붙은 것은 아니다. 화순이와 아무래도 떨어질 순 없고 화순이만을 이북으로 혼자 떼어 보낼 수 없다는 조금 전에 들은 남자의 고백이 아직도 귓속에 멍하니 스러지지를 않고 있다. 그러나 그렇다고 이 남자를 아끼는 일념이 조금치라도 변한 것은 아니다. 차라리 맞붙들고 울고 싶다. 의외의 횡액에 놀라기도 하지마는 실컷 울고나 났으면 꼭 막힌 가슴이 시원할 것도 같다. 그러나 혜란이는 지금 자기가 마음 여린 꼴을 보여서는 안 되겠다고 나오는 울음을 이를 깨물고 참는 것이다.

끙끙 앓는 소리를 하는 병직이를 부축을 하여 데리고 동구께로 찬찬히 나오려니까 수만이가 골목 모퉁이를 휙 돌쳐 들어오며,

"어디를 가슈? ……어 이거 웬일이세요?"

하고 앞에 딱 서며 놀란다.

"쌈패를 만났다우. 테러를 만났다우."

"헤에. 참 별일두 다 봤군. 어서 병원으로 가시죠."

수만이도 찻집을 가느라고 이 골목으로 들어서는 길인지는 모르나 여기에서 수만이를 만나기란 의외이다.

수만이는 다친 사람을 자기가 부축해 주려는 듯이 덤벼들었으나 혜란이는 병직이의 겨드랑이를 놓지는 않았다.

그래도 수만이는 열심히 따라와서 입원 수속에 시중을 들어 주고 병

직이 집과 양조회사에 전화를 걸고 부산히 서둘러 주어서 혜란이는 혼자 쩔쩔맬 것을 얼마나 도움이 되는지 몰랐다.

병직이 모친이 딸을 데리고 택시로 허둥지둥 달려들고 회사에서도 젊은 축이 뛰어왔다. 영감은 늦게 집에 들어갔다가 전화를 걸고 뒤미처 왔다.

혜란이는 병직이 부모 앞에 봉변당한 경과를 두 번씩이나 되풀이해 가며 설명하기에 진땀을 뺐다. 병직이와 같이 놀러 다녔다는 것이 부끄러운 것은 고사하고 자기 때문에 병직이를 저 꼴을 만들어 놓은 것만 같아서 죄밑 같고 또 사실 늙은이 부처가 실쭉한 낯빛으로 혜란이의 얼굴을 멸시하는 눈으로 바라보는 것이 몹시 싫었다.

"네가 제법 정치인이니 정치 테러가 습격을 하였겠니? ……"

영감은 입맛만 다시며 가만히 앉았다가 말을 꺼낸다.

"……이 바닥 젊은 애 쳐 놓고 나 모를 놈은 없을 거니 너를 특별히 노리고 네가 누군지를 알 만한 놈야 감히 손찌검을 못 했을 거다……"

영감은 여기에서 한번 큰소리를 치고 붕대를 볼 깃처럼 뚤뚤 말고 누운 아들을 힐끔 건너다본다.

"……보지 않아도 뻔한 것이, 젊은 애가 모양이나 내고, 허구한 날 계집애를 달구 다니며 반지빠른 소리나 하면 뉘게나 아니꼽게 뵐 짓이 아니냐. 행세를 잘해야 하는 거야!"

이 말에 영감의 곁으로 섰는 혜란이는 고개를 가슴께로 파묻었지마는 혜란이와 마주 건너다보고 섰던 수만이도 무심코 고개를 떨어뜨렸다. 아까부터 혜란이는 그자들이 누구일꼬? 우연히 걸려든 것인지도 모르지마는, 뒤를 배던 자들이 계획적으로 혼을 내려는 것은 아니었던가? 하는 궁리에 팔려 있던 터이라 영감의 말에 부끄러우면서도 일리가 없지 않다고 생각하는 것이다. 그러나 병직이의 눈과 코만 내놓은 얼굴은 뒤틀렸다. 시퍼렇게 멍이 든 콧잔등이가 눈께까지 퉁퉁 부어올라서 그 번듯하고 좋은 얼굴이 제 모습을 찾아볼 수가 없게 되었으나 멀뚱멀뚱 뜨고 천장을 바라보는 두 눈에는 반항과 분노의 빛에 살기까지 돌았다. 때린 놈들에게 대한 격분이 치미는 것이겠지마는 부친에게 대한 반항심도 그만 못지않았다. 흥분한 병직이에게는 부친은 자식의 봉변이 가엾다는 생각보다도 자기가 지도하는 청년이 네 따위를 상대로 폭행을 할 리는 없다는 변명부터 먼저 하려 드는 듯싶이 들려서 야속하고 분한 것이었다.

"영감두! 저 지경이 됐는데 지금 계제에 그때 말씀은 해서 무얼 하슈?"

모친이 아들 역성을 들며 말을 막으려 하였다.

"그야 나 역시 하두 화가 나기에 하는 말이지만 이년 저년 젊은 계집을 끌고 이목은 번다한 이 좁은 바닥을 싸지르니, ……인제는 저두 정신 좀 차리란 말요"

아까부터 계집년을 달고 다닌다는 이 영감의 말에 가시가 들어 있고 혜란이는 자기더러 들어보라는 말 같아서 고개를 못 쳐들고 섰는 터이지마는 또 그 말을 뇌는 것을 들으니 송구스러워 섰을 수가 없다.

"저 사람은 누군가?"

잠깐 말이 끊겼다가 저쪽 문께에 마주 섰는 수만이를 건너다보며 영감이 묻는다.

"저희 상회에 있는 분예요"

혜란이는 무슨 호통이 또 나올지 몰라서 선부스럼 만지듯이 조심조심 대꾸를 하였다.

"호응……그래 오늘 저녁에 저 사람두 함께 봉변을 했던가?"
하고 영감은 수만이를 면구스럽게 한참 바라본다. 영감의 머리에는 아까 자기 말끝에 수만이가 고개를 떨어뜨리던 것이 떠올랐다. 혜란이나 병직이가 저 따위 알부랑자와 어째서 어울려 다니나? 그것도 의심쩍고 못마땅하다.

"아뇨, 저는 길에서 만났어요"

입을 봉하고 눈치만 보며 섰던 수만이가 비로소 입을 벌렸으나 영감은 듣는 둥 마는 둥하고 일어서 버렸다.

마님은 딸과 함께 가라면서 혜란이도 더 늦기 전에 한 차에 태워 데려다 주라고 하였으나 딸은 모친만 남겨두고 가기가 안되어서 내일 아침에 일찍 이동하면 학교에는 늦지 않을 것이니 혜란이더러 가라 하고, 혜란이는 혜란이대로 훌쩍 가 버릴 수가 없어서 장래 시뉘, 마음의 시뉘를 보내려 하고……한참 실랑이를 하는 동안에 영감은 역정이 난 끝이라 난 모른다고 회사의 젊은 애만 데리고 먼저 가 버렸다.

마님도 젊은 애들을 데리고 밤을 새는 것이 한편으로는 좋기도 하여 혜란이 집에는 이불 보퉁이를 찾아올 겸 사장을 모시고 가는 젊은이더러 통기를 하여 달라고 부탁하고 혜란이도 떨어져 있겠다는 대로 내버려 두었다.

혜란이는 뒤미쳐 가는 수만이를 보낸 뒤에 비로소 한구석에 자리를 잡고 앉으니 급작시리 맥이 풀리며, 폭 까부라지는 것을 깨달았다. 누운 사람도 몸이 노곤히 풀려 가는지 눈을 스르르 감고 잠이 들어가는 모양이다.

혜란이는 무섭게 된 남자의 얼굴을 곁에 말없이 앉았는 모녀와 함께 한참 바라보다가 어쩌면 눈 깜짝할 새에 멀건 사람이 저 지경이 되었을구! 하는 생각을 하며 그 무시무시한 광경이 머리에 떠올라 와서 아직도 무서운 꿈속에서 깨어나지 못한 것같이 정신이 얼밋거리며 새삼스레 무서운 중에 전신이 오싹하는 것이다.

'대관절 어떤 놈들인구? ……'

영감님 말씀마따나 병직이를 얼치기 빨갱이라 해서 그랬을 리는 없다. 요새 세상에 병직이쯤의 진보적 청년이란 거리에 늘비한 것인데 하필 병직이를 그런 의미로 노렸을 리는 물론 없을 것이다.

'그럼 역시 나 때문인가? ……'

영감님의 '젊은 계집을 달고 다닌다'는 그 말이 천착스럽고 혜란이에게는 그에 더한 모욕이 없지마는, 딴 이유가 없다면야 역시 그 말이 옳다고 아니할 수도 없다.

'……그러나 그럴 양이면 하필 나 때문이라고만 할구? 화순이와는 나하구보다도 더 싸질렀을 게니 화순이 쪽 사람, 화순이에게 눈독을 들인 놈들일지도 모르지.'

생각하면 화순이처럼 남자 교제가 넓고 따르는 남자 많은 여자도 드물 것이니 그중의 어떤 놈이 앙심을 먹고 그런 짓을 하기란 제격 쉬운 일이다.

'너두 이런 놈 따라다니다가는 혼을 낼 거라'던가, 무어라고 달아나면서 한마디 외치던 것이 혜란이의 머리에 떠오른다. '너두'라는 말이 화순이'처럼' 따라다니면이란 뜻인지? 혹은 병직처럼 너'마저' 큰코다치리라는 말인지? 곰곰 생각하면 혜란이는 잔등이가 으쓱하면서도 땀이 발끈 났다.

유화(宥和)

날이 밝으니까 병인은 훨씬 열이 빠지고 신기가 좋아졌다. 콧잔등이와 입술 부은 것은 그리 눈에 띄게 내리지 않았고 눈등은 도리어 부석부석하여졌으나 가슴 결리는 것이 좀 가벼워져서 반듯이만 누웠던 사람이 조금은 몸을 뒤틀어도 입을 딱딱 벌릴 지경은 아니다. 무엇보다도 갈빗대가 부러지지 않은 것이 불행 중 다행인 것이다.

새벽같이 들어온 늙직한 간호부가 주사를 놓으며,

"점잖은 양반이 이게 뭐예요? 아무리 쌈으로 저물고 쌈으로 새는 이 세상이지만! ……"

하고 웃음의 소리로 놀리다가 병직이의 부연 철장대 같은 팔을 탐스럽게 덥썩 쥐고 주사침 자리를 비벼 주며,

"이런 무서운 팔이니 저 편두 코께나 으스러졌겠군요? 이왕이면 끌구 오시지 않구!"

하고 웃는다.

"왜요?"

"아 병원에서 이런 때 못 벌구 언제 벌게요!"

여자들은 따라 웃었으면서도 가벼운 한숨을 쉬었다. 병직이에게도 간호부의 실없는 말이 신랄하게 들리었다.

"어머니 좀 주무셨어요? 고단하실 텐데 희정이 데리시구 어서 가시죠"

간호부가 나간 뒤에 병직이는 무슨 생각에 팔린 듯이 멍멍히 천장만 바라보고 누웠다가 비로소 입을 벌린다. 부은 입을 붕대로 처매서 퍽 어눌하다.

"응, 선생아씨 덕에 난 잘 잤다."

혜란이를 선생아씨라고 부르는 것이다.

"넌, 왜 예서 잤니? 생전 처음으로 이런 데 와서 자 보니까 수학여행 간 것 같아서 심심치는 않지?"

붕대를 처맨 얼굴은 눈으로 겨우 웃어 보인다.

"어머니는 이 언니 덕에 잘 주무셨다지만 난 쌈패 오빠 둔 덕에 하룻밤 벌었습니다!"

하고 희정이는 옆에 섰는 혜란이를 돌려다 보며 해죽 웃는다. 혜란이도 '언니'라는 말에 졸린 눈이 번쩍 뜨이는 듯하며 무심코 눈웃음을 병직이에게로 던졌다. 병직이도 빙긋이 웃었다.

새해 들어서 여중 이년생인 희정이는 어려서 혜란이집과 격장에 살 때는 아줌마라고 불렀으나, 점잖아진 뒤에 길가에서 만나면 꼬박 여학생 인사만 하고 내빼던 혜란이를 서슴지 않고 언니라고 부르는 것이다.

그것도 하룻밤을 우연히 한자리에서 드샌 덕에 어렸을 제 친숙하던 감정이 다시 살아난 것이겠지마는, 아줌마라기도 싫고 선생님이라기는 설면하고 역시 '언니'이었다.

"댁에서 걱정하실 텐데. 이제 그대루 가시질 않구!"

하고 끝으로 혜란이에게 인사를 하였다.

"네 기별해 놓았으니까……."

혜란이는 인사성으로 다시 생긋해 보였다. 병직이의 알은체가 누이에게보다도 나중에 셋째 번 차례로 왔으나 혜란이에게는 그것이 도리어 자연스럽게 들렸다.

"내가 어제 그만 잠이 들어 버려서 그랬지만 가뜩이나 못마땅해 하신다는데 나 때문에 병원에서 밤을 샜다는 것을 아시면 좀 꾸지람을 하실까? 어머니 오셨겠다. 그대루 가셨더면 좋았을걸……."

병직이는 하룻밤 새에 얼굴이 까칫해지고 잠이 부족해서 눈이 깔딱한 혜란이를 위로하는 눈으로 한참 바라보다가 이러한 걱정을 한다.

"염려 없어요. 못마땅해 하셔두 하는 수 없지만 실은 우리보다도 아드님을 못마땅해 하시는 양반이니까……."

하며 혜란이는 저편에 떨어져 앉아 담배를 피우는 마님이 들을까 사념은 되면서도 대꾸를 하고는 오래간만에 다정스레 바라보는 남자의 눈길이 새삼스레 부끄럽고 겸연쩍어서 처녀답게 고개를 외로 꼰다. 어제 그 곤경을 함께 겪은 뒤니만치 서로에게는 알뜰한 마음이 유연히 스며오르는 기색이다.

"바꿔 됐으면 좋겠군! 아드님들을 바꾸시지."

희정이가 옆에서 갈자비로 머리를 가다듬다가 말참견을 하며 웃는다. 하룻밤 새에 옛날 아줌마를 다시 찾은 이 어린 처녀는 흉허물 없이 아주 혜란이 편이 되어 버렸다.

혜란이가 그 호의와 귀염성에 생긋해 보이려니까 병직이도 따라 웃는 표정이었다. 그러나 그것은 냉소 같기도 하고 역시 고민하는 뒤틀린 쓴웃음이었다.

혜란이는 이 남자의 머리에 역시 화순이의 환상이 떠올라 왔고나고 혼자 쓸쓸한 생각이 들었다.

병직이의 냉소는 혜란이의 부친이 못마땅해 하는 것이 아니라는 변명에 대한 답변 같았다. 그러나 부친이 대학교수에 가합한 사람이 있느니 없느니 하는 말은 기실 병직이 자신이 못마땅해서 그러느니보다도 병직이에게 딴 계집이 또 하나 있다는 것과 병직이 부친의 정치 운동이라는 것이 못마땅하기 때문이라는 것을 혜란이는 잘 알고 있다. 어떻게 그 점을 분명히 병직이에게 알리고 싶은 것이다.

이렇게 안온하고 화평한 가정적 기분에 싸여서 마음이 자기에게로 다시 돌아설 듯하다가 또다시 컴컴한 기분에 끌려가며 우울한 뒤틀린 웃음을 마지못해 웃어 보이는 것은 화순이에게 무슨 약속을 하여 두었는지는 모르나 정녕 그 때문인 것이 분명하다고 혜란이는 생각하는 것이다.

"아마 지금 세상에 당신을 잘 이해하는 사람은 집의 아버지나 나밖에는 없을걸요!"

혜란이는 잠깐 잠자코 있다가 한마디 하였다. 이 남자의 오락가락하는 마음을 이 고비에 다시 꼭 붙들지 못하면 다시는 도리가 없다고 생각하는 혜란이는 은근히 초질을 하면서도 이밖에 나오는 말이 없었다. 그 이상 더 할 말도 없었다.

갓 떠오른 겨울 해가 유리창 위 한 귀퉁이에 벌겋게 비치며 전등불이 획 나간다.

"선생아씨 고단하겠는데 어서 재하구 가우. 댁에선들 얼마나 애가 씌우실라구……"

전등불이 꺼지는 것을 보고 마님은 독촉을 하며 혜란이에게 자상히 인사를 한다.

"말씀 낮추어 하서요"

마님이 혜란이가 선생이란 인상이 있어 그런지 '선생아씨'라 하고 가다가는 '허우'를 하는 것이 퍽 거북히 들리고 싫었다.

"……염려 마세요 저야 젊은 것이 어떻겠습니까만 어서 가셔서 따뜻한 데 좀 누우세요"

마님은 인사성이거니 하는 생각이면서도 정성껏 제 손으로 간호도 해 주고 싶고 저희끼리 무슨 이야기라도 하고 싶어 그러는지 몰라서 늙은이는 피해 가는 것이 옳겠다는 생각도 들었다. 원체가 안존하고 젊은 사람에게도 온유한 성미이지마는 어려서 혜란이를 길러 내다시피 한 터이라 요즈막 혼담이 있은 뒤로 도리어 설면설면해진 편이나 이 마님 역시 하룻밤을 같이 새고는 혜란이를 고쳐 보게 되었고 마음에 드는 것이다. 아무쪼록 저희 좋을 대로 해 주자는 생각이다.

"회사에는 몇 시에 가는지? 그럼 내 얼른 다녀올게 잠깐 있어 주려나?"

하고 마님은 치장을 차리려 한다.

"회사는 가면 가구 말면 마죠마는 밖이 몹시 쌀쌀한데 새벽바람을 쐬시구 급히 가시는 것두 걱정이군요 ……그럼 아가씨만 먼저 보내시구 해나 훨쩍 퍼진 뒤에 나서시는 것두 좋기는 하겠는데요……"

늙은이를 한시 바삐 가서 뜻뜻이 쉬게 하고도 싶고 그렇다고 새벽녘 찬바람을 쏘이고 가게 할 수도 없어 하는, ……몇 해 데리고 산 며느리 같은 혜란이의 그 말이 고마웠다. 입에 부른 인사가 아니라 진심에서 우러나오는 그 맘씨가 귀여웠다.

"그럼 선생 가지. 내가 있을게."

"아녜요. 그래두 제가 있어 시중을 들어야죠 인제 의사두 회진을 오구 할 텐데요"

그도 그럴듯하다. 결국에 어젯밤 모양으로 네가 가느니 내가 가느니 여자다운 공론이 부산하다가 희정이만 보내고 둘이 주저앉고 말았다.

마님은 신기가 좋았다. 평생에 처음으로 시어머니가 되어서 며느리의 위엄을 받아본 것 같아야 좋고, 그렇지 않아도 의사가 오면 붕대를 풀고 상처도 보고 병세도 직접 물어보려는 생각인데 잘되었다고 생각하였다. 병직이도 아랑곳을 안 하고 가만히 누워서 보기만 하였지마는 마음에 좋았다. 추운데 모친이 못 가게 된 것도 좋고 혜란이도 옆에 있어 주는 것이 좋았다.

'화순이 같으면 어머니께 그렇게는 못할 거야……'

속으로 이런 생각도 하여 보았다. 화순이는 아무래도 가정부인은 못

될 거라, 아내 노릇은 할지 몰라도 며느리 노릇은 못할 거라 이런 생각을 하면 혜란이는 사회에 내세워도 한몫 못 볼 것이 없겠지만 며느리노릇, 주부 노릇도 곧잘 할 사람이라고 생각하는 것이다.

"수단이 용쿠먼."

"왜요?"

"하룻밤 새에 어머니께선 홀깍 반하시구 계집애는 언니 언니 하구 딸쿠……"

혜란이가 세수하러 나가는 마님을 따라 나가서 더운물도 얻어다 놓고 이것저것 시중을 들고 들어오자니까 병직이가 마음에 좋은 듯이 그러나 실없이 비웃으며 말을 붙이었다.

"글쎄? ……그렇기루 별루 수단이 좋구 말구가 있나요 하는 대루 하는 것이지."

혜란이도 마주 웃었다.

"하여간 요령이 좋아서 뉘게든지 실인심 안 하고 환영받을 거라."

집안일에 가서는 부친도 모친의 말을 꽤 어려워하는 터이라, 모친이 혜란이를 퍽 마음에 들어 하는 양을 보면 이 혼담이 다시 호전될 가망이 충분하다고 병직이도 생각하는 것이다. 또 사실 안온하고 행복한 결혼생활, 가정생활을 하자면 화순이는 문제도 아니요 혜란이보다 더 나은 사람을 구할 수 있으리라는 생각은 꿈에도 없다.

'그러나……'

그는 여전히 기로에서 방황하는 것이다.

"하지만 뉘게나 곱게 뵈려구 지어 하는 일은 없어요 요샛말루 기회주의자는 아니니까!"

혜란이는 실없이 웃어 보인다.

"기회주의자가 아니면 이중인격자는 되겠구려?"

"그것두 내게는 부당한 말예요. 난 대인접물(對人接物)에 사람과 사람과의 관계에 의식적 계획적으로 자기를 속여 가며 하는 일은 없으니까!"

혜란이는 여기 가서는 기가 나서 엄연히 대꾸를 하는 것이었다.

"그야 누구나 사사히 일일이 의식적 계획적일 수야 있는가마는……."

"당신처럼 '마음의 삼팔선'을 가지면 나 같은 진국도 기회주의자나 이중인격자로 뵈구 세상에는 화순이 같은 여자는 둘도 없어 보이시기두 할 거지마는 난 그 '마음의 삼팔선'에서 초월할 수가 있거든요?"

혜란이는 점점 심열으로 대어 든다.

"화순이를 그렇게까지 세상에 없는 여자라고 생각하는 것두 아니지만 화순이의 취할 점은 감연히 인습을 타파하고 봉건적 가족주의에 반항하고 나온 데 있다 할까?"

이 말에서 혜란이는 이 남자가 자기에게 느끼는 불만이 무엇인가 분명히 들은 것 같다.

"알았어요 요컨대 혁명가적 소질이나 신념이 없는 데 불만이시란 말이죠? 하지만 나두 새 시대의 감각이 없다고 생각지 않는데! 내일의 메누리, 내일의 아내, 내일의 어머니란 표준이 막연히나마 없을 수 있겠어요? ……"

"그야 그렇지만……."

"자기의 모든 감정이나 이념이나 행위가 그렇게 무비판적이요 무반성하고 통일이 없이 이중인격으로 보이시나 보군요 많은 문제의 초점은 민족을 출발점으로 하느냐 한 계급만을 출발점으로 하느냐에서 갈리는 것이 아닌가요"

모친이 세수를 하고 들어오는 바람에 혜란이는 입을 닥쳐 버렸다. 이때껏 둘이서 이러한 사상 문제를 실없는 소리로라도 건드리는 것은 피차에 피하여 왔었다. 가장 근본적 문제라는 생각도 없지 않으나 그리 심각히 생각하고 따지려 들지도 않았고 또 그런 문제로 말다툼 끝에 점점 더 마음이 버스러져서 최후의 파국이 올까 보아 무서운 것이었다. 요새로 부쩍 서두는 병직이건마는 역시 최후의 파국이 올까 보아 겁을 집어먹는 것이다. 어젯밤을 지낸 오늘 와서는 병직이의 마음이, 그만치 또다시 흔들렸다.

기구 있게 사는 집이라 아침부터 사람이 늘어서고 조반을 차려 온 자동차로 마님을 모셔간다고 법석이나, 마님은 병인을 아침 먹인 뒤에 이눌러 혜란이와 마주 앉아 병실에서 아침을 자셨다. 사람은 떠들썩하고 많으나 정작 혜란이가 회사에 가고 나면 뒤를 맡길 사람도 마땅치 않거니와 실상은 혜란이의 대객 삼아 병원에서 아침을 자신 것이다. 단 남매 데리고 사는 집안에 이러한 때일수록 며느리가 어서 급한 생각이 들었다.

의사는 들어와 보고 붕대를 아주 풀기까지는 한 이 주일 있어야 하고 부러진 이까지 해 박고 완인이 되려면 한 달은 걸리리라고 한다.

출근하는 길에 위문 온 태환이는 제 누이와 산보하다가 이 지경이

된지라 할 말이 없던지,

"자네두 인젠 명사가 되었네그려."

하고 껄껄 웃었다. 습격을 받을 만한 정치 요인이 되었다는 말이겠으나, 병직이는 어색한 웃음을 띠어 보일 뿐이다. 점점 추축하는 주위가 달라감을 따라서 피차에 그렇게 심각하게 생각지는 않으면서도 설면해진 것이 사실이다.

"아무리 어둔 골짝이기루 어떤 작자들인지 대강 짐작은 있겠지?"

"짐작이 있으면 무얼 하나? 자네 체면을 보기로 고발을 하겠나? 붙들어들 보겠나? 그 대신 치료비는 자네가 단단히 물어야 하느니."

"얼마든지 몸세마는 둘러치나 메치나 매한가지 아닌가? 자네 어르신네께서 내놓으시고 말 거니. 허허허……."

병직이도 픽 웃고 말았다.

뒤미쳐 영감이 오더니 파출소에라도 고발을 해 두는 것이 좋겠다고 발론을 하면서,

"나보기에는 어제 그 애, 그 경요각에 있다는 애가 아무래두 수상쩍어! 어떻게 그렇게 공교히 만날 수도 없는 일이거니와……."

하며 영감의 눈은 저절로 저편 구석에 떨어져 섰는 혜란이에게로 눈이 갔다. 어제부터도 이 영감의 눈치가 그러했지마는 하여간에 같이 있는 사람에게 치의가 가니, 혜란이는 무색히 고개를 저절로 떨어뜨리는 수밖에 없다.

"이러거나 저러거나 고발은 해 무엇을 합니까. 한때 횡액이거니 하면 그만이죠"

의외로 병직이는 이런 점에 퍽 관대하였다. 자기부터 불려 가고 취조를 받고 하는 것이 머릿살이 아파서도 그렇지만 원체 성격이 그러한 점도 있는 것이다.

"무어 네가 감잡힐 일 없는 바에야 고발하면 어떠냐?"

부친의 말은 좀 모가 났다.

"감잡힐 일야 무에 있겠습니까마는 경요각의 그 젊은 애를 붙들어 본댔자 우선 태환 군이 석방운동하기에 애를 쓸 테니까 말씀이지요"

하고 병직이는 빙긋 웃어 버린다.

"무어? ……"

영감의 눈은 커다래진다.

"그 애가 우리 지부의 선전부원이죠"

태환이가 이렇게 대꾸를 하니까 영감은 고개를 커다랗게 끄덕이며 가만히 앉았다. 자기 부하라니 혐의가 풀리는 모양이다.

"그래두 너희 둘하구 추축이 잦았던 모양이지?"

영감은 수만이와 혜란이와의 관계가 어떤지를 그것이 알고 싶어 하는 눈치인 것을 어제부터 짐작하고 있는 혜란이는 인격 무시나 당한 듯하여 불쾌하던 터이다.

"아무려면 어린애하구 무얼 어울려 다니겠습니까."

태환이가 대신 변명을 하여 준다. 영감의 눈에는 모두 그 또래의 어린애로 보이나 수만이는 사환이나 꼬맹이 점원이 겨우 뿔이 나서 넥타이를 매고 머리에 지쿠칠을 한 것인가 보다는 인상이 있었는지라 태환이의 말을 그역 그럴 듯이 들었다.

"그럼 선생애기두 보내고 마누란 어서 가서 쉬구려."

영감도 신기가 매우 풀린 눈치로 자리를 뜨려는 차에 밖에서 마루 걸레질을 치고 있던 아이놈이 들여다보며,

"김혜란 씨가 누구세요? 손님 오셨습니다."

하는 전갈이다. 혜란이는 영감이 일어서려는 기색이기에 멈칫하고 섰으려니까, 영감은 그대로 주저앉았다.

혜란이가 문간에 나와 보니 수만이가 외투를 오그리고 섰다.

"왜 좀 들어오시질 않구? ……"

"아뇨 춘데 고단하시죠?"

수만이는 은근성스럽게 인사하며 병자의 말은 입 밖에도 아니 낸다.

"괜찮아요 어젠 애쓰셨습니다."

"뭘요. 난 어제 마침 숙직이기 때문에 상회서 잤죠. 나두 아침 아직 안 먹었는데 잠깐 같이 나갑시다요"

"난 아침 먹었어요 어서 가세요."

뒤에서 누가 우중우중 나오는 기척에 혜란이는 영감이나 아닌가 싶어 눈짓 손짓으로 얼른 쫓아 보내려 하였다. 그러나 수만이는 그 은근성스러운 눈짓 손짓에 이상한 충동을 느끼며,

"어차피 아침 먹으러 가는 길인데, 그러지 마시구 함께 가십시다요"

하고 조른다. 이렇게 밖으로 여자를 찾아와서 은근히 만나고 불러내는 것이 수만이에게는 애인과의 밀회를 환상케 하여 일종의 쾌감을 느끼는 모양이다.

"오, 강군! 어젠 애썼다지? ……"

앞에 선 태환이가 뒤에서 소리를 친다.

반사적으로 찔끔하며 문간으로 나가려던 수만이는 다시 돌쳐서며 인사를 하였다.

병실 문을 가만히 여니 비좁은 우중충한 방 속에 그뜩히 들어앉았는 아낙네가 세 패, 네 패로 나뉘어서 재껄대다가 목소리를 뚝 끊고 눈물이 번해서 들어서는 혜란이를 치어다본다. 혜란이는 점적하여 잠깐 멈칫하며 병인의 침대만 바라보았다. 병인의 얼굴을 가리어 바짝 다가 앉았는 화순이의 눈길과 마주쳤으나 화순이는 고개를 휙 돌리며 남자와 하던 이야기를 그대로 속삭이고 있다.

혜란이는 '벌써 왔구나!' 하는 생각을 하며 좌우로 널려 앉은 안손님의 인사성 없이 위아래로 훑어보는 눈길을 전신으로 받아 내며 침대 앞까지 들어왔다.

"또 어떻게 나오셨소? 고단할 텐데 오늘은 그대루 쉬시지 않구서……."

병인은 고개를 잠깐 쳐들어 보며 먼저 말을 붙인다. '쉬시지 않구서'라는 깍듯한 존대가 뒤에 앉은 여자 손님들에게는 도리어 어색하게 들렸다. 어쩌면 보고 가자고 기다리던 그 색시가 아닌가 보다고 의아한 눈짓을 마주치게 하였다.

"그동안 의사 또 들어왔어요?"

화순이는 웃어 보이지도 않고 병인의 낯빛을 눈여겨보았다.

"에 인젠 퍽 거뜬한데!"

화순이는 그 사이에 혜란이를 또 한번 살짝 치어다만 보고 쌀쌀히 외면을 해 버린다. 혜란이 역시 별로 붙일 말이 없으나, 자기에게, 기별을 안 해 주었다고 그러는지 모르겠으나 이렇게 노골적일 것이야 무어 있나? 하고 속으로는 코웃음을 치는 것이다. 그러나 머리 뒤에 모든 사람의 시선이 모여 있을 것만이 마음에 꺼렸다.

"대단한 공로였소마는 어쩌면 내겐 전화두 좀 안 걸어 주더란 말요?"

터지고 말았다. 화순이의 성격이나 처지로서는 무리치 않은 시비라고 혜란이도 이해는 하는 것이나 둘이 시새는 눈치를 여러 사람 앞에 보이는 것이 싫고 웃음거리가 되는 듯싶어 찔끔하였다.

"아냐. 그건 내가 그만두라구 했어."

병인이 가로맡으며 조용히 중재를 들었다. 사실은 화순이에게 전화를 걸지 말라고는 하지 않았으나 걸라고 이르지는 아니하였었다. 아까 아침에 병직이가 신문사에 전화를 걸라고 하면서도 화순이에게까지 걸어 달라고 하기는 너무 혜란이를 무시하는 것 같아서 차마 말이 안 나왔던 것이요, 또 하나는 부모와 집안 식구가 드나드는데 화순이도 눈에 띄게 하는 것이 싫기도 하고 두 여자가 눈앞에서 맞장구를 치게 되면 성이 가실 것 같아서 화순이에게는 따로 넌지시 기별을 하여 틈틈이 와서 만나 달라는 생각이던 것이다. 혜란이 역시 생각 못한 것은 아니나 걸라는 말이 없으니 모른 척해 두었던 것이다.

"글쎄 나두 그런 생각이 없지 않았지만 B신문사에만 전화를 걸면 여러분끼리 자연 연락이 있을 줄만 알았군요."

혜란이는 '대단한 공로'라고 그 비양거리는 소리가 귀밑에 그대로 남아 있으나 다소곳이 이렇게 대꾸를 하고 말았다.

혜란이의 입장

"인제들 가 보지."

누구인지는 모르겠으나 노마님의 일령 하에 이때껏 잠잠하던 아낙네들이 비로소 수군거리며 부스스 일어나는 기척이다. 그 말은 혜란이의 얼굴도 보고 두 여자의 곁고르는 구경도 다 했으니 인제는 그만 헤어지자는 말같이 들렸다.

아까 낮부터 쏟아지는 남녀손님마다 한 사람도 낯익은 얼굴은 없건마는, 그야 못 본 사람들이니까 그렇겠지마는, 병 위문을 왔는지? 혼인집에 색시 구경이나 온 셈 치는지 병실에 들어서는 사람마다 인사도 변변히 하는 둥 마는 둥하고 혜란이의 얼굴만 치어다보기에 얼들이 빠져서 끼리끼리 숙설거리는 양에 혜란이는 무안스럽고 주눅이 들어서 그만 빠져 달아났던 것이다.

잘살고 번연한 집안이니까 찾아오는 사람도 많기야 하겠지마는 저희끼리 좋아하는 색시하구 놀러 다니다가 얻어맞았다는 소문에 초례청(醮

禮廳)에 두 신랑 들어설 색시나 난 듯이 구경났다고 모여드는 것 같기도 하였다. 혜란이는 웃음거리, 구경감이나 된 것 같아 혼자 생각에는 아무 굽쥘 일이 없다고 버젓이 마음을 먹다가도 자연 얼굴이 홧홧해지며 불쾌하기 짝이 없었다.

"선생아씨!"

손님들이 일어서니까 마님이 댁에 간 동안에 주인 격으로 있는 병직이의 사촌 누이라는 젊은이가 혜란이를 불러서,

"이 어른 뵈슈. 우리 고모 아주머니시라우."

하고 오십은 훨씬 넘은 마님에게 인사를 시킨다.

혜란이가 고개를 꼬박하며 인사를 하려니까 늙은 내인처럼 곱게 꾸미고 남자같이 완만스러운 우둥퉁한 마님은 눈을 치떠서 한참 바라본다. 그 눈은 '이런 바람 킨 색시도 들여앉히면 살림을 할 수 있을까?' 하고 간선을 하는 듯도 싶고 '네 따위도 시집가려는 처녀냐?'고 소리 없이 꾸짖는 것도 같다. 혜란이는 쳐들던 고개를 떨어뜨렸다. 그러나 옆에 섰는 젊은이들 중에는 동정하는 웃음도 띠어 보이고 여학교를 갓 나온 듯한 '파마'한 어린 색시는 혜란이가 여학교의 영어 선생이었다는 소문에 얼마쯤 경의를 표하는 눈치도 보이는 것이었다.

하여튼지간에 병직이의 종매가 고모에게 인사를 시키는 것만은 화순이보다 가깝게 생각하고 한집안 식구로 여기는 표시 같아서 혜란이는 마음에 좋았다.

"아 참, 목이 마른데 나 물 한잔 줄 수 없을까?"

마나님은 혜란이를 다시 치어다보며 이런 소리를 하고 조카의 병석

으로 다가가서 의자에 앉는다. 병자를 다시 한번 보고 가자는 것이겠지만 눈은 먼저 마주 앉은 화순이에로 간다. 화순이의 말눈치로 보면 이 여자도 친정 조카며느리의 후보자인 듯한 짐작이 들어서 너도 좀 선을 보자고 덤비는 모양이다.

화순이는 '이 마님이 내게두!' 하는 놀라는 기색으로 벌떡 일어섰다.

화순이에게 말을 붙이던 고모마님은 이 색시가 신문기자라는 말에 입이 움츠러져 들어가 버렸다. 여류기자라는 바람에 기가 눌린 것이 아니라, 신문기자란 형사 같은 것인데 여자 형사가 세상에 있을까 싶어 기가 질린 모양이다.

혜란이는 간호부실에 가서 더운 물을 얻어다가, 병인을 위해서 집에서 갖다 놓은 코코아를 손쉽게 타서 마님 앞에 바치었다. 화순이는 예반에 찻잔을 받쳐서 공손히 올리는 거동을 말끄러미 보며,

'이것은 병원에를 오지 않구 색시 선을 보러 왔나?'
하고 속으로 웃었다.

절름발이나 곰배팔이 조카며느리를 볼까 보아 물을 떠오너라고 시중을 들리는 것인지 대체는 부전부전한 객설스런 마님이라고 생각하였다. 화순이는 우선 이 마님의 테스트에 합격이 안 된 것을 알아차렸고 합격이 되려는 생각도 없으나 합격이 된 혜란이가 가엾어도 보였다.

젊은이들에게 옹위가 되어 나가는 마나님의 머리 쪽지에서 금비녀가 어른거리는 것을 바라보다가 화순이는,

"저런 금비녀가 지금은 한 사오만 원 할 거지."
하고 의자에 다시 앉는다.

"왜? 탐이 나? 우리가 동곳 못 꽂아본 것은 유감될 것 없어두 아마 여자는 비녀 못 꽂아본 것이 한이 될 거지."

병직이가 웃는다.

"옳은 말씀요! 경주의 신라 금관을 못 써 본 것이 한이 되시지는 않소?" 하고 화순이는 비웃다가,

"그런 금비녀는 단 한 개만 유리갑에 넣어서 박물관에 진열해 놓을 때나 독립이 되려는지?"
하며 또 코웃음을 친다.

"갑오경장 덕에 단발령이 내리고 동곳을 뺏겠다! 이번에는 퍼머넌트 시행령이나 나오고 비녀를 빼 버리면 독립문이 또 하나 동대문 밖에 서게 되리란 말이지? 머리 쪽지가 하죄(何罪)리요마는 딴은 머리와 독립과 인연이 없지도 않어."

병직이도 지지 않고 대거리를 한다.

"그렇지 않아두 그렇지, 빠진 머리에 달래를 넣어서 금비녀루 쪽지고 뒤꽂이까지 꽂은 것은 요새 세배꾼이 어린애를 전복(戰服)에 복건 씌우고 태사신 신겨서 끌고 다니는 것 같은 넌센스요 일세기 전 고전미의 여운이랄까? 농촌의 여자까지라두 비녀를 빼 버리고 핀으로 머리를 쓱쓱 빗어 버리게까지 돼야 독립요 신생활요 신문화요……하고 떠들 거 아닌가베!"

고모를 배웅 나갔던 혜란이와 종매가 들어오니까 이야기는 중단되었다.

세 여자가 제각기 설면설면하게 우두커니 앉았으니 자기네들도 거북

하지마는 누웠는 병인도 편치 않다.

"누님 어둡기 전에 가 보시구려. 저녁두 해 올 것 없구."

병직이는 사촌 누이에게 말을 걸고 나서 혜란이더러도 함께 가라 한다. 사폐를 보아서 하는 말이겠으나 혜란이는 마음이 서운하지 않을 수 없다. 자기의 어엿한 소임을 아무 선통도 없이 뺏고 등줄기를 밀어내는 듯이나시피 굴욕을 느꼈다. 다 쫓아 보내고 화순이하고만 있겠다는 그 꼴이 더 보기 싫었다.

"그럼 우린 갑시다."

사촌 누이는 풀 없이 말을 붙인다. 이 아낙 역시 여기서 자려니 하는 생각이었더니만치 잘되었다는 생각이면서도 퇴짜나 맞은 듯이 불쾌한 기색이다. 더구나 저희끼리 좋아하는 눈치인데 있기가 거북한 모양이다. 그러나 '우린 갑시다' 하는 그 말에 혜란이가 기가 탁 막혔다. 사촌 누이라는 이 여자는 시집이 구차해서 그렇던지 소년 과수가 돼서 그런지는 몰라도 그 옷주제하고 보아 하니 병직이 집에서 부엌 치다꺼리나 하고 있고 이런 때 허드레로 부려 먹는 만만한 젊은이인 듯하다. 그 사람이 자기 또래로 알고 '우리는 갑시다' 하고 나서니 사람이 이렇게도 축갈 수야 있나 하는 분심이 나는 것이다. 그나마 다른 사람과도 달라서 화순이의 면전에서다.

화순이는 모른 척하고 앉았다. 병구완야 으레 자기의 소임이니까 이러니저러니 말할 것도 없다는 생각인지 혜란이와는 말을 붙이기도 싫고 도대체 이 남자에게는 다시는 아랑곳을 말라는 완강한 태도를 보이려는 것도 같다.

"그럼 난 가요."

혜란이는 외투를 들고 나서며 병인을 냉연히 바라보았다. 아무쪼록 태연한 기색으로 마음의 동요를 보이지 않으려면서도 말소리와 얼굴 표정이 뻑뻑해지고 입귀가 뒤틀리는 것 같았다.

"애쓰셨소. 편히 쉬슈."

등 뒤에서 나는 남자의 인사 소리도 냉담히 들리고 하루 동안 사서 쓴 사람에게 하는 지나치는 인사로밖에 안 들렸다.

혜란이는 창피한 생각에 방문을 나서며 눈물이 핑 돌 뻔한 것을 참았다. 잠이 부족하고 몹시 고단해서 신경이 약해진 탓이겠지마는 이때껏 여간한 일에 이렇게 눈물이 나도록 마음이 약해 본 적은 없는 혜란이었다.

불이 막 들어온 어슴푸레한 복도를 돌아 나와 구둣장에서 신들을 찾아 신으려니까 자동차가 문밖에 닿는 소리가 나더니 마님이 조수 아이에게 밥상을 들려 가지고 들어선다.

"왜들 나오는 거야?"

마님은 놀란다.

"어떤 색시가 와서 오늘 시중을 든다구 우리는 가라기에 나서는 길인데요"

사촌 누이가 불평을 품은 어기로 변명을 한다.

"누구기에? 그러기루 선생야 고단하니 가야 하겠지만 너마저 가면 어쩌니?"

마님은 또 하나 색시가 왔다는 데에 눈살을 찌푸린다.

"어머니 왜 또 나오셨어요?"

병직이는 어머니를 위해서만이 아니라, 화순이를 들킨 것이 싫은지 당황해 하는 눈치다.

마님은 아들의 인사에는 대꾸도 않고 침대 앞에서 일어서는 화순이에게로 눈이 먼저 갔다. 마님의 눈에 비친 화순이는 야무지고 깔끔해 보이는 것은 여자로서 흠될 것이 없으나, 암상궂을 것이요 인물도 혜란이에 댈 위인이 못 된다고 생각하였다. 아들에게 이런 여자가 또 하나 있던가 하고 놀라기도 하였지만 혜란이를 제쳐 놓고 저런 여자가 어디가 좋다는 것인지 마님은 자식의 얼굴을 뻔히 보이는 것이었다.

화순이는 선뜻 일어서서 아까 고모에게와는 딴판으로 공손히 인사를 하였으나 결코 선을 보인다는 생각은 없었다.

모친이 어서 식기 전에 저녁을 먹게 해 주라니까 병인은 이따 먹겠으니 그대로 두라 한다.

"누구더러 봐 달라구 모두 쫓아 버리면 어떡하는 거냐?"

모친은 말소리만은 예사로웠으나 몹시 못마땅한 것을 참는 기색이다. 혜란이가 자기에게도 그렇게 지성껏 하여 주는 것이 고맙고 귀여워서, 오늘은 조카딸과 셋이서 마음껏 먹도록 만두에 곰국에 남은 정초 음식을 갖추갖추 차려서 긴긴밤에라도 장난삼아 먹도록 일껏 차려 가지고 왔던 것이라서 보지도 못하던 계집년하구 둘이만 먹자는지 그대로 두고 가라는 말눈치가 밉살맞다. 이렇게 되고 보니 가정적 기분이 깨뜨려지고 아들이 팔난봉이 같아 보인다. 혜란이에게 미안하고 가엾은 생각도 든다.

"염려 마세요 신문사 친구들두 놀러 와서 자 줄 테구 죽을병이니 걱정입니까. 저희끼리 지낼 테니 밥두 해 보내시지 마세요. 여기서들 사 먹구 지낼 테니까요……."

아들의 말을 들으면 선머슴 같은 것들이라 집안에서 큰일이나 난 듯이 떠받들고 법석을 하는 것이 더 거북해 저희 멋대로 놀게 내버려 두어 달라는 말이 그럴 듯도 싶다. 그러나 그렇다고 저희들끼리만 맡겨 두고 마음이 놓일 수도 없다.

"그만하면 집으루 들어가는 게 좋지 않으냐?"

"글쎄 염려 마세요 어서 모두 데리구 가세요."

병직이는 인제는 되레 짜증을 낸다. 마님은 모든 것이 못마땅하고 보지 못한 색시에게만 맡기고 갈 수도 없어 망단하면서도 별수가 없어 조카딸만은 남아 있어 달라고 달래려니까,

"전 있어 뭘 합니까?"

조카딸은 펄쩍 뛴다.

"네. 염려 마시구 어서들 가세요."

병인은 들것질을 하듯이 어서 보내려는 판에, 문이 펄썩 열리며 젊은 애 둘이 들어선다.

"애, 이놈아 팔자 좋구나! 그눔 다리 뻑다귀나 부러지지를 않구!"

앞장선 아이는 얼쩡하다. 화순이와 혜란이가 좌우로 모시고 섰는 것을 보고 하는 말일 거라.

"이거 왜 이 모양야?"

화순이가 눈을 까뒤집으니까 청년들은 찔끔하며 우둑우둑 선다.

고작해야 젊은 여자의 일갈에 범강장달이 같은 젊은 애들이 꿈쩔하는 양을 보니 병직이 모친은 자기가 지금 어디에 앉았는지도 잊은 듯이 화순이의 얼굴을 한참 치어다보다가 일어서 버렸다.

"그것들이 무엇들이냐? 대관절!"

자동차 속에서 마님은 혀를 찬다.

그 여자 앞에서는 그 청년들처럼 쥐구멍을 찾는 위인이라면 그런 분할 데가 없고 박씨집 체면을 생각해서라도 가만 내버려둘 수 없다고 생각하였다.

"그따위 쌈패겠죠 그 색시는 불량소년단의 두목 같군요 어제 오래비를 때리게 해 놓고 오늘 와서는 얼레발을 치는 셈인지? ……"

조카딸의 이 말이 무엇을 의미하는지 마님은 눈이 커다래져서 곁에 앉았는 조카딸을 한참 돌려다본다.

"오래비가 제 맘대루 안 되니까 부하를 시켜서 혼을 내놓고 제 손아귀에 꼭 붙들려는 수단인지? 그리구 죄는 이 아씨한테루 미루는 눈치 같기두 하고……아까 낮부터 그 색시가 한 패를 끌구 와서 수군거리구 들락날락하구 한참 법석이었답니다……"

조카딸의 눈에도 수상한 점이 있어서 이러한 넘겨짚는 소리를 하겠지마는 마님은 역시 그 경우를 분명히 깨달을 수 없다.

"그럴 양이면 어제 그 쌈패에게 분풀이를 한다면 말이 되지만……아무튼지 어서 집으루 끌어들여야 마음이 뇌겠다."

마님은 눈살을 찌푸린다.

혜란이는 조카딸이란 이의 눈도 꽤 빠르고 일리 있는 추측이라고 생각하였다. 그러나 어쨌든 입원한 것을 기화(奇貨)로 병원 속에 숨어서 자기네들의 무슨 모임이 있는 것만은 분명하다고 혜란이도 눈치를 채었다. 지금 생각하니 화순이의 성미로 밤을 새워 가며 손수 간병은 안 할 것이다.

혜란이가 그 지경을 만들어 놓았으니 혜란이더러 고쳐 놓으라지! 하고 제 집에 가서 편히 잘 잠 다 잘 사람이다. 그 화순이가 가욋사람은 쫓아내고 채를 잡고 앉아서 젊은 애들을 몰아들이고 눈을 까뒤집고 호통을 하고 하는 눈치가 정녕 무슨 딴 일이 있는 것속이다. 그러나 그댓 말을 마님한테 일러바칠 수는 없었다.

혜란이는 이튿날부터 상회에 출근할 요량으로 제 시간을 대어 나오는 길에 병원에를 둘러보았다. 인제는 화순이에게 쓸어맡기고 병원에는 아침저녁으로 들러만 보려고 결심을 하였다.

침대 앞에는 어제저녁처럼 화순이가 덩그러니 지키고 앉았고 이편 바닥에는 젊은 애가 하나 이때까지 코를 골고 잔다.

어젯밤에 몇이서 자고 몇 시까지 깨어 있었는지 간신히 뜬 병직이의 눈은 벌겋게 충혈이 되고 졸려 못 견디어 하는 눈치다.

"어서 주무세요."

혜란이는 속으로 혀를 차며 나오면서도 화순이와는 저편이 잠자코 있으니 인사도 어우르지 않았다.

병인 역시 점해 하는 기색이다. 혜란이는 무슨 뱃심을 먹는 것은 아니나, 화순이와 대항이나 하는 것같이 보일 듯싶어서 덤벼들어 시중을 들어줄 수도 없고 다정히 말을 붙여 볼 계제도 안 되어 그대로 나와 버

257

렸다.

"어제 아침에는 진땀 뺐습니다."

상회를 가니 수만이가 반색을 하면서도 인사 끝에 이런 소리를 원망하듯 한다.

"왜요?"

"아 김 선생께서 회사루 끌고 가시더니 아침도 안 먹은 사람을 오정이 넘도록 붙들어 놓으시고 시달리시는데……아 글쎄 부득부득 날더러 시켰다시니 온 참."

수만이는 암상을 내보인다. 김 선생이란 태환이 말이다. 어제 아침에 병원 문간에서 박종렬 영감과 태환이에게 들켜서 끌려갔었더란 하소연이다.

"대단히 억울하신 모양이로군? 하지만 나보기에두 그렇던데!"

하고 혜란이가 콧날을 째긋해 보이니까,

"아 미스 김까지 그런 말씀을 하슈? 사람을 잡아두 분수가 있지! 그래 내가 뭣 때문에, 박병직 씨하구 무슨 원수질 일이 있다구 그런 짓을 했을까 생각을 해 보세요."

하며 수만이는 펄쩍한다.

"세상에는 말하는 것 없이 미운 사람도 있거든!"

혜란이는 골을 올리려는 듯이 실없이 웃어 버렸다.

"참 어젯밤엔 병원에 안 계시더군……아마 그 여자죠?"

수만이는 말을 돌린다.

"아마 그 여자라니요?"

"지날 길에 병원에를 들렀더니 신문기자 축들인지 우글우글한데 언제가 신문에 났던 ××서에 구류됐다던 그 여잔가 보더군요 약주를 자셨는지 무안을 보셨는지 얼굴이 발개서 앉았던데요"

충동이는 수작이나 혜란이는 코웃음만 쳐 보였다.

"저번 테러도 자기네끼리의 사랑쌈이나 아니었는지?"

"사랑쌈? 자기네끼리라니 누구들이?"

수만이도 샐쭉 웃고만 만다. 혜란이에게 보복으로 들어 보라는 말눈치였다.

혜란이는 그래도 궁금하여 점심때쯤 병원에를 건너가 보았다. 화순이가 여전히 지키고 앉은 것은 의외이었으나 모친 마님이 반색을 한다. 이 마님도 언제 왔는지 나들이옷을 곱게 입은 채 손님처럼 맥맥히 앉았던 판에 혜란이를 보니 낯선 집에 갔다가 친한 말동무나 얻은 듯이 반가워하는 것이었다.

"오늘 퇴원을 하자니까 마다는구먼. 자동차루 매일 한 번씩만 오면 될 건데."

마님은 혜란이에게 의논성스럽게 이렇게 말을 붙인다. 혜란이는 잠자코 말았다.

"글쎄 오시기들두 성이 가실 거요 하니 저는 저대로 내버려 두시란 밖에! 어서 가셔서 그거나 찾아다 주세요"

그거란 무엇인지 병직이는 아까부터 조르던 끝인 모양이다.

"글쎄 안 된 말을 저물도록……."

하며 모친은 눈살을 찌푸린다.

실종

"어머니두 창피하신 소리두 하시는군요. 그래 하루에 수십만씩 거래가 있는 서울양조 사장댁 실내마님께서 용돈 오만 원쯤 마음대로 못 쓰신대서야 남이 웃습니다."

병직이는 모친을 충동이는 듯이 웃는다.

"오죽 변변치 못하면야 서울양조장 아드님이 돈 오만 원쯤 돌리지 못하고 에미를 조르더란 말이냐."

"글쎄 말이올시다!"

병직이는 픽 웃고 천장만 바라보고 누웠다가 혜란이더러,

"회사에 전화 좀 걸어 주슈. 오라버니 세 시쯤 해서 와 달라구."

하고 부탁을 한다. 혜란이는 잠자코 전화를 걸러 나갔다. 어쩐 오만 원인지 태환이더러 변통해 오라고 하려는 눈치 같다.

오만 원 밑천이 있으면 당장 삼 갑절을 남길 장사가 있다고 모친더러 지금 가서 은행에서 찾아다 달라는 것이요, 모친은 자기의 예금통장

이 따로 있으니 못 할 것은 아니나 부친에게 몰래 할 수도 없는 일이요, 그보다도 병석에 누워서 동무에게 장사를 시킨다는 말이 당치 않다는 것이다. 곧이들리는 말도 아니지만 부친에게는 알리지 말고 달라니 핑계가 좋아서 모친은 안 된다고 나무라 버린 것이다.

전화를 걸고 들어온 혜란이가 가겠다고 인사를 하니까 마님도 같이 가자고 따라 일어선다.

"다섯 시 안으로 보내 주세요. 안 되면 큰 낭팹니다."

"모르겠다. 김 비서(태환이) 온댔으니 아버니께 말씀하구 가져오라구 하려무나."

"아녜요. 그건 다른 이야기가 있어 와 달라는 거예요."

모친은 나오면서,

"그건 뭔데 턱살을 치받고 육장부터 앉았나?"

하고 혜란이에게 역정을 낸다.

"가만둡쇼그려. 돈 들여서 사람을 사서두 쓰는데……."

혜란이가 해죽 웃으니까 마님은 말끔히 치어다본다. 이 계집애 마음이 돌아섰나? 하고 기색을 살피는 눈치다. 조금도 시기를 안 하는 눈치가 마음이 떠서 그러는 것 같고, 아들이 이 색시의 눈에 날까 보아 애가 씌우는 것이다. 아니 그것보다도 이런 큰딸이 있었으면 할 만치 마음에 꼭 드는 혜란이를 놓칠까 보아 등이라도 두들겨 주고 싶은 귀엽고 의지하는 생각이 드는 것이다.

"선생두 점심 안 먹었겠지? 어디 가서 점심이나 먹자구."

문밖으로 나오며 마님이 발론을 한다.

"전 먹었어요."

시어머니가 될지 안 될지는 몰라도 이 마님과 점심을 먹으러 가다니, 혜란이는 질겁을 하였다.

"아니 내가 시장해 그래. 그 왜 새우 뎀뿌라 있지? 그거 좋더구먼 언젠가 영감한테 끌려가 봤는데 어디든지?"

이 마님이 소위 돈암동 방면 유한마담 축에 낄 만한 모던마님도 못 되지마는 영감님이 그런 데도 끌고 다니는가 하며 혜란이는 자기 아버지와는 딴 세상에 사는 모친이 가엾은 생각이 든다.

노인을 모시고 구경이고 점심 먹으려고 다니는 것이 혜란이에게는 동무끼리 어울리는 것보다도 더 좋은 일이다. 더구나 시어머니가 될지 모르는 이 마님이 데리고 가는 것이 한 자랑이었다. 그러나 부친이 그렇지 않기로 오라비나 자기나 한번인들 모친과 그런 데를 가 보았던가 하는 생각하면 미안한 것이 지나쳐 분한 생각도 든다.

"우리 희정이두 데리구 왔더면……"

마님은 뎀푸라 집인 목멱장에 들어와 앉으며 딸의 생각이 난 모양이다. 신기가 매우 좋다. 혜란이 같은 아이를 데리고 이러한 데를 오니 예쁜 딸을 데리고 놀러 다니는 것처럼 이 마님도 마음에 좋은 모양이다.

"바쁜데 안됐지만 있다가 병원에 들러서 집으로 들어가라구 달래 주우. 아무래두 그 색시가 옆에 붙어 앉았는 게 마음에 안 네!"

마님은 마주 앉아서 보이가 가져온 더운 타월로 손을 훔치며 이런 부탁을 한다.

"웬 제 말을 듣습니까."

마치 고식이 앉아서 난봉자식이나 남편의 처치를 공론하는 듯싶다.

그래두 라는 말에 혜란이는 피어오르는 웃음을 참았다. 이 마님이 하루 이틀 동안이건마는 자기를 정말 며느리나 된 듯싶이 믿어 주고 위해 주는 것이 기쁘고 감격하였다. 언제까지 이 마님이 이렇다면 이 마님을 위해서라도 박씨집에 들어가 살고 싶다는 생각까지 났다. 자기 어머니보다도 예쁘게 곱게 늙어가는 이런 시어머니 앞에서 시집살이를 하고 싶다는 인간적으로 끌리는 마음도 든다.

"허, 이게 웬일요? 허허허 우리 마누라두 늦게 난봉이 난 게로군!"

영감이 어떤 점잖은 양복 신사와 같이 나가다가 옆에 와서 선다. 점심에 반주를 했는지 거나하다. 친구는 늙은이 내외가 만난 것을 보고 훌쩍 가 버렸다.

"완고 마나님이 이런 데를 오다니! 암만해두 김랑(金娘)이 끌고 온 게로군! 허허허."

영감이 혜란이에게 이런 웃음의 소리를 하는 것도 처음 일이다.

"이런 망령 봐! 이 난봉은 영감이 터 준 게 아닌가!"

마님도 마주 웃는다.

"언제?"

"올 가을에, 대춘향전인지 소춘향전인지 구경가자구 끌어내서 돌아가는 길에……."

"응, 응, 그랬던가? 허허허……."

나는 시앗이라는 것을 모른다고 자랑하는 마님이니만치 매우 단란하다.

"그런데 저 애 집으루 데려 들어가야 할 텐데, 말을 안 듣는군요"

마님은 영감의 신기가 좋은 판에 '오만 원'을 발론해 보려고 우선 이런 말을 꺼냈다.

"당자가 싫다면 아직 좀 더 두어두 좋지."

마님은 곁에 붙어 앉았는 계집애 때문에 간병도 마음대로 못 하겠다는 사정은 차마 입 밖에 내지도 못하였다.

"그런데 급히 쓸 데가 있다구 돈 오만 원만 오늘루 해 달라는구면요
……."

부리를 따 보았다.

"무엇에 쓰겠대?"

영감은 의외로 놀라는 기색도 없이 역정도 안 낸다.

장사밑천이라는 말에 영감은 코웃음을 치면서도,

"주구려. 젊은 놈이 돈푼 쓸 데두 있을 거니."

하고 의외로 선선하다.

"병원에는 젊은 놈들이 꼬인다니 갈 건 없지."

영감은 음식이 나오니까 일어서며 혜란이를 보고 이렇게 이른다. 이 영감이 혜란이에게 이러한 말을 붙이는 것도 처음이다. 혜란이는 얼떨결에 일어나서 인사를 하면서 잠깐 고마운 감격과 함께 얼굴이 발개졌다. 이번 사건이 혜란이로서는 다소 부끄럽지 않은 바는 아니나 이 동티로 도리어 박씨집 일문의 자기에게 대한 향의가 투철히 달라진 것은 고마운 일이요 내심에 한 자랑도 되는 것이다. 혜란이는 병직이의 태도가 어제 오늘로도 달라진 것과는 반대로 인제는 박씨집 사람이거니 하

는 결심과 자신을 가지게 되었다.

목멱장에서 나와서 마님은 또다시 병원으로 가자고 끄는 것을 혜란이는 상회 일이 바쁘다고 핑계를 하고 헤어졌다. 마님은 혜란이나 데리면 몰라도 낯 서투른 계집아이가 지키고 있는 병원에 혼자 가기가 재미없는 눈치였으나, 혜란이 역시 마지못해 인사로나 잠깐 들여다보지, 화순이가 버티고 앉았는데 저물도록 드나들기가 싫었다. 병직이나 화순이에게 넘보일까 보아서도 그렇거니와 자기가 박씨집 사람이 된다는 자신이 굳어질수록 인제는 화순이에게 촌보도 양보할 수 없다는 대립적 감정이 노골화하여 가는 것이었다.

그래도 상회에서 파해 가는 길에 혜란이는 병원 앞을 그대로 지나치는 수는 없었다. 병실에는 오늘은 마작판이 벌어지고 장국밥 그릇이 여기저기 널려 있고 하였다.

오만 원은 노름의 판돈인가? 하는 생각을 하며 밤늦도록 깨어 있지 말라는 주의라도 시키고 싶었으나 모른 척하고 곧 나와 버렸다.

이튿날 아침에 나가는 길에 오라비더러 병직이가 어제 왜 만나자고 하더냐고 물어보니까 돈 오만 원을 변통해 오라더라고 한다.

"어제 마님께 졸라서 영감님이 주라구 하시던데!"

"그렇지 않아두 아주 미리 까구 마님한테 오만 원은 얻어 놨으니까 일주일 동안만 영감님 몰래 또 오만 원 돌려 오라는군."

"친구들하구 마작판을 벌이구 앉았는 꼴이 노름 밑천이나 대려는 거 아닌지."

"설마. 이북루 고무신을 보내구 종이를 가져온다던가? 나더러도 한

265

몫 들어서 동사를 하자더라만……."

이 말에 혜란이는 눈이 똥그래지며 오라비를 빤히 치어다보다가,

"십만 원쯤 가지구 무슨 종이 장수를 한다는 거예요. 괜한 소리지."

혜란이는 오라비에게 좀 자세한 말을 물어도 보고 이야기를 들려주고 싶은 말도 있었으나,

"누가 아니!"

하고 훌쩍 나가 버리는 대로 내버려 두었다. 또 사실 병석에 누운 사람이 별수 없으니 친구를 보낸다는 말이 옳을 것이요, 병직이 자신이 움직일 리는 없으리라는 생각에 안심도 되어 신지무의하였다.

이튿날 아침 출근할 제 혜란이는 오라비 방에 건너가서,

"그래 오만 원 어제 해다 주셨수?"

하고 또 물어보았다.

"어젠 못 해다 주었지만 오늘쯤 해다 줄지……."

태환이는 혼인 전의 누이가 거기까지 총찰을 하는 것이 우스운 생각도 들었다.

"그런 게 아녜요. 자기 집 돈 얼마를 쓰거나 내 아랑곳예요. 하지만 거기 와 있는 여자 보셨겠죠? ……"

"응 유치장 같이 갔던 문제의 여자인 모양이지? 왜 십만 원 가지구 그 계집애하구 살림할까 봐? ……"

오라비는 놀린다. 밤중에 들어와서 아침에 혜란이가 나갈 때나 자리 속에서 나오는 오라비와는 일주일에 몇 번이나 코빼기를 보는지? 혜란이는 통사정하는 오라비에게도 근자의 자기네 내용을 이때껏 이야기할

기회가 없었던 것이니만치 오늘은 자세한 이야기를 해서 오라비의 협력을 구하려는 생각이다.

"그 여자하구 이북으루 가려는 노자를 만드는 것일 거예요"

혜란이는 눈을 커다랗게 뜨며 서두는 기색을 보였다.

"무어? 그런 소리를 제 입으루 하던?"

태환이는 다소 귀가 번쩍하는 눈치다.

"그동안 벌써 얼마를 두구 말다툼인데요. 다치던 날은 내게 자기 말마따나 최후 선언을 하던 날이었는데 공교히두……."

하며 혜란이는 의미 없이 어설픈 웃음을 띠어 보인다.

"어떤 놈인지 네 좋은 일 했구나!"

하고 태환이는 픽 웃다가,

"염려 말어! 이 추위에 나설 리두 없겠지만 병직이쯤 정치인이니 누가 대수롭게들 알아줄 텐가? 누구라면 알 만한 사상가 혁명가니 와 달라고 하여 손을 벌리고 맞아들일 처지인가. 간다더라도 일이 있어 가거나 일을 하러 가는 게 아니라 예전으루 말하면 계집 데리구 대동강에 뱃놀이 가는 셈이니 그 오만 원 십만 원을 쓰고 나면 올 노자가 없어서 쩔쩔맬 거라. 가만 내버려 두어!"

태환이 같은 소리다. 저희끼리의 도피행은 사실이요 화순이와 연애 관계만 없다면 따라나설 리도 없을 것이니 정치 문제보다는 저희끼리의 애욕 생활이 앞서는 것은 사실이다.

"그야 그렇죠마는 한번 가면 언제 옵니까?"

혜란이는 펄쩍 뛴다. 간다는 그 일이 무섭기도 하거니와 직업이나 붙들어서 둘이 살림을 시작하면 그만일 거니 기막힐 노릇이다.

"글쎄 염려 말어. 구경두 하구 장사두 하구 왔다 갔다 하는 거지. 거기는 외국이요 적국인가?"

혜란이는 말이 막혀 버렸다.

오늘이 입원한 지 꼭 일주일이다. 오후에 혜란이가 들러 보니 일주일이면 풀게 된다던 붕대는 그저 턱 아래까지 처매고 있다.

"그래 백만 원 벌게 해 주마던 호박이 구는 이야기는 어찌 됐누?"

혼자 침대 위에 일어나 앉았던 병직이는 웃음으로 인사대꾸를 하다가 불쑥 이런 실없는 말을 꺼낸다. 혜란이는 그런 놀리는 소리에는 대거리를 않겠다는 듯이 코웃음만 쳐 보이다가,

"그래 십만 원 장사꾼은 떠났나요?"

하고 뒤집어씌워 보았다.

"누가?"

좀 서먹한 낯빛으로 눈을 치뜬다.

"아 어제부터 여기가 눈에 안 띄니 말예요"

'여기'란 화순이가 밤낮 앉았던 의자를 가리키며 하는 말이다. 어제 오후에 왔을 때부터 화순이가 없기에 이맘때면 신문사를 나가나 싶어 오늘도 아침에는 안 들리고 인제야 온 것이다.

"다이아진이나 들고 명동 피엑스에나 나가기 전에야 여자가 무슨 장살구! ……아차차 앉아 백만 원 버는 숙녀도 계시기는 하지만! 하하하."

어제부터 둘이만 만나게 되니까 혜란이의 입에서 무슨 말이 나올까 보아 미리 방패막이를 하려는지 실없는 농담을 하려 드는 것이 불쾌도

하였으나,

"고무신 장수를 하신대죠? 이 빙판에 몇 켤레나 젊어지고 가실 수 있을지? 좀 져다 드릴까."

하며 혜란이도 지지 않고 대거리를 하였다. 병직이는 피 웃고만 만다.

"고무신 행상으로 전락하신 신세 딱하기 짝이 없습니다."

하고 혜란이는 또 비꼬다가,

"무슨 까닭으루 사서 하시는 고생인지? 그것두 무슨 팔자 땜이겠지."

하고 혼잣소리를 한다.

병직이는 못 들은 척하고 눈살을 찌푸리며 저편 유리창 밖으로 눈을 돌린다. 팔자란 말부터 듣기 싫었다.

"가긴 어딜 간다는 거야. 이 몸을 해 가지구 갈 것 같소?"

한참 만에 이런 소리를 톡 쏘듯이 한다. 혜란이는 귀가 반짝하며 남자의 등에 대고 인제야 안심이 되었다는 듯이,

"잘 생각하였소!"

하고 뒷말이 나오려는 차에 똑똑 하고 문을 두드리는 소리가 뒤에서 난다.

"누구세요? 들어오세요"

두 남녀는 일시에 돌려다 보다가 찔끔하여 한 순간 긴장한 얼굴이 해쭉하여졌으나 혜란이는 천연한 낯빛을 회복하였다.

"오래간만이구려. 어쩌다 이렇게 입원을 하셨단 말요"

들어오는 손은 그리 친숙할 것도 없으나 좋은 낯으로 인사를 건다.

"아, 어서 오세요"

병직이는 너무나 의외인 방문객에 마음이 설레었으나 붕대로 처맨 얼굴의 표정이 분명히 보이지 않아서 도리어 다행하다.

"어제 이동민 왔었지요?"

불의(不意)의 손은 겉마디 위문의 인사를 하고 나서 벌써 짐작은 한 일이지마는 불쑥 이런 말을 꺼낸다.

동민이 어제쯤은 서울을 떴을 것인데 이런 소리를 하는 것을 보니 병직이는 도리어 안심도 된다.

"이동민이 같은 사람이 내게 올 리도 없지만 동민이 서울에 그저 있었던가요?"

병직이는 코대답을 하였다. 그러나 어쩌면 동민이 노중에서 걸린 모양 같기도 하다. 잠깐 가슴이 덜렁하였다. 혜란이도 까닭은 모르겠으나 긴장하여졌다.

요전 다방골 '누님집'에서 붙들어가던 이 형사가 들어설 때부터 무슨 일이 나는 것만 같아서 조마조마한 판이다.

"최화순이가 여기서 묵어가며 간병을 한다더니? ……"

형사는 심문하듯이 차차 날카로워졌다.

"신문사에 나갔겠죠 저녁 때 다섯 시 후에나 들르더군요"

이 점은 별로 숨기려 하지 않았다.

"신문사엔 안 들어왔다던데?"

"왜 무슨 말 물어보실 거 있어요?"

혜란이가 부리나케 만든 차를 내었다.

형사는 찻잔을 들어 김이 모락모락 나는 달큼한 커피차에 쩌럭 소리

를 내며 마시다가,

"아니 별일이 있는 게 아니라 병직 씨가 봉변했다는 걸 신문에서도 보고 기자들에게도 들었기에 지금 지나는 길에……."

잠깐 깔끔해지던 기색이 스러지고 말 뒤를 흐리마리 한다. 차 한잔에 마음이 누그러져서 그럴 리 없고 슬쩍 느꾸어 주는 그 기색이 더 무서웠다. 형사는 남은 차를 마시며 방구석에 놓인 마작판을 눈짓으로 가리키며,

"병인이 마작판만 차리구 있구려. 어디 나두 한몫 끼여 볼까?"
하고 형사는 코웃음을 치며 약삭빨리 병직이의 얼굴을 돌려다 본다.

"밥상으로 안에서 빌어 내온 건데요"

병직이는 형사가 자기 얼굴에서 무엇을 찾아내려는 기색이면 주눅이 들었다. 그동안 밤이면 동무들이 모였던 것을 낌새나 채지 않았나? 이런 걱정도 하고 앉았는 것이다.

"아직 있겠구려?"

"네 며칠 더……."

형사는 그래도 멈칫멈칫하고 앉았다가 휙 일어서며 조리나 잘 하라고 하고 나가 버린다.

"이동민인가 그이하구 화순이는 간 게로군요……."

형사를 보내고 들어온 혜란이는 눈치챈 대로 물었다.

"뭐? 쓸데없는 소리!"

병직이는 화를 버럭 낸다.

"그럼 별안간에 왜 왔을라구?"

오만 원 십만 원 긁어모아서 노자를 만들어 주어 보냈나 보다고 혜란이는 생각하는 것이다.

"별일 없어요 그 후로는 우리하구 퍽 친해졌거든. 그야말로 위문 온 거지."

병직이는 태평으로 대꾸를 하다가 선하품을 하며,

"어이 한잠 자야 하겠군."

하고 누워 버린다. 혜란이는 가라는 말 같아서 혼자 앉았기가 어색하여 일어서 버렸다.

눈을 감고 누웠던 병직이는 혜란이의 발자취가 멀어지기를 기다려서 벌떡 일어나더니 얼굴의 붕대를 훌훌 풀고 석경에 잠깐 비추어 보고는 진찰실로 뛰어갔다.

"이가 쑤셔서 암만해두 치과를 가 봐야 하겠습니다."

"예, 가 보시죠"

원장은 눈에 안 띄고 조수가 외래 환자를 보며 간단히 대꾸를 한다. 간호부가 덜 아문 상처에 약을 칠한 가제를 반창고로 붙여 주었다. 어제부터 의사는 붕대를 풀어도 좋다는 것을 이가 부러진 왼편 윗잇몸이 쑤신다 해서 찜을 하느라고 붕대를 감아 두었던 것이다.

"갑갑해서 오늘 그만 퇴원을 할까 하는데요?"

나오는 길에 말을 비추어 보니까,

"예, 그만하면……하지만 한 일주일 더 다니셔야 할걸요"

하고 잔소리 없이 고개를 끄덕이는 것만 다행하다. 간호부에게 퇴원 수속을 부탁하고 나서 집에 전화를 걸자니 도무지 나오지를 않는다. 조바심이 나서 끊어 버리고 이번에는 혜란이에게 거니 나오긴 나왔으나 아까 나가서 아직 안 들어왔다 한다. 짐을 부탁하자던 것이나 차라리 잘되었다 하고 방에 돌아와 양복을 부둥부둥 입으려니까 모친이 희정이를 데리고 들어온다.

"웬일이냐? 퇴원하기로 됐니?"

모친은 딱지는 아직 붙였으나 붕대를 푼 아들의 얼굴이 반가웠다.

병직이는 일주일이나 누웠었으니까 그렇겠지마는 좀 해쓱하고 몹시 허둥거리며 쫓겨 가는 사람처럼 서둔다.

"나가두 좋다기에 지금 집에 전화를 거니 어디 돼야죠. ……그런데 넌 벌써 학교 다녀왔니?"

하고 누이에게 알은체를 한다.

"네, 오늘은 좀 일렀기에 뵈러 왔죠"

모친은 희정이의 말을 받아서,

"애, 그럼 구경은 그만두구 오빠하구 집으로 다시 가자."

하고 어쨌으면 좋을지 망단해 하는 말눈치다.

"응, 난, 위문 왔다기에 기특하다 했더니 뵈러 가는 사람이 따루 있구나!"

하고 병직이는 웃다가,

"그럼 구경 가세요. 저는 어차피 치과에 들러서 이를 보구 천천히 들어갈 거니까요"

결국 운전수를 불러들여 짐만 꾸려서 먼저 보내 놓고 삼모자는 나섰다.

"이 길루 아버니께부터 가 뵈라. 선생아씨한테두 알려 주어야지."

"네."

하고 병직이는 허청 대답을 하며 앞뒤를 슬쩍슬쩍 보살피기에 얼이 빠졌다. 아까 의사의 눈치로 보아서 문밖 누가 장맞이를 하고 서서 출입하는 사람을 망을 보는 것만 같다. 그러나 병원 앞을 무사히 빠져나와서 모친 일행과는 헤어졌다.

"저녁 전으루 일찍 들어오너라."

모친은 돌아다보며 또 한번 다졌다.

"네."

병직이는 두 번째 허청 대답을 하고는 큰길로 나서며 모퉁이에 섰는 택시를 잡아탔다.

"한강 통으루."

운전대에 한마디 일러 놓고 그는 기진한 듯이 뒤에 턱 실렸다.

왜 노할 줄 모르나?

병실 문을 열고 텅 빈 것을 보자 혜란이는 가슴이 털컥 내려앉았다. 맥이 풀려 돌쳐설 줄도 모르고 한참 그대로 섰었다. 침침한 방 안의 벌거벗은 침대를 보니 사람이 죽어 나간 것만 같다.

그렇지 않아도 아까 형사가 다녀간 것이 마음에 걸려서 좀 일찍 나오자는 것이라서 베커가 들러서 한 식경이나 떠들고 가는 바람에 도리어 늦어 버린 것이 몹시 후회도 나고 미안도 하다. 어떤 꼴로 붙들려 갔을구 하는 생각을 하면 기가 막힌다. 찬바람이 끼치는 쓸쓸한 복도를 돌아 나와 간호부를 만나러 가다가, 여기만 벌써 불이 환히 비치는 사무실부터 열어 보았다.

"오! ……"

놀라는 듯 반기는 듯한 이런 소리와 함께 혜란이는 또 한번 찔끔하며 문턱에 얼어붙었다. 아까 왔던 그 형사가 마주 쏘아본다.

"좀 들어오슈."

형사가 먼저 말을 건다.

'이젠 내 차롄가 보다!'

혜란이는 가슴이 부르르 떨렸으나 방 안에 들어서서는 도리어 마음이 가라앉았다.

방 안에는 정면에 앉은 젊은 의사의 옆으로 형사가 앉았고 사무원과 병직이에게 딸렸던 간호부가 서서 심문을 받는 모양이다.

"그래, 별안간 왜 퇴원을 했소?"

아까 왔을 때 정중하던 말씨와는 다르다.

"글쎄 모르겠습니다. 지금 와 보니 방이 텅 비었기에……."

"무슨 쓸데없는 소리야. 아까 같이 있지 않았었나."

눈을 곤두세우고 소리를 팍 지르며,

"부부끼리 모르면 누가 알어!"

하고 냉소를 한다. 부부끼리란 말에야 부부가 아니라고 변명을 할 필요도 없으나 할 수도 없어서 혜란이는 얼떨하여 말이 막혔다.

"아녜요. 이분은 아까 없었어요."

간호부가 보기에 딱하던지 변명을 하여 주려니까,

"잔소리 말구 가만있어!"

하고 호통을 하는 바람에 간호부는 질끔하여 얼굴이 발개졌다.

"어쨌든 집으로 갔겠죠. 집에 없어요?"

혜란이는 감잡힐 일이 없으니 그만한 엄포쯤 무서울 것이 없다.

"시원한 소리 하는구먼. 며칠 있겠다던 사람이 불이 시작하구 들구 뛸 때야 제 집에 가서 자빠졌을까."

형사 역시 혜란이도 모르게 퇴원한 줄 짐작이 드는지 어기가 퍽 누그러졌다.

하여간에 병직이가 잡히지 않은 것에 혜란이는 마음이 놓였다. 형사의 그림자만 보고도 벌벌 떨며 피신을 한 것이 얼떠도 보이고 금시로 종적을 감출 사람이 자기까지 따돌려 세우고 간 것이 몹시 불쾌는 하나 큰일이나 벌어지지 않을까 겁도 난다.

형사는 벌떡 일어서며,

"갑시다. 최화순이나 박병직이가 나서기 전에는 당신이 고생일 거니 어름거리지 말고 간 데를 앞장서요"

하며 혜란이를 끌고 나선다.

덮어놓고 갔음직한 데를 앞장서라니 기막힌 노릇이다. 데리고 갈 데라고는 성북동 자기 집밖에 없으나 형사에게 끌려서 이목이 번다한 그 크낙한 집에 들어설 생각을 하면 죽어도 못할 것 같다.

벌써 어둑어둑해 가는 거리에 형사의 앞에 서서 다박다박 기찻길로 빠져 나오려니까 큰길 건너 약국에서 나오는 박종렬 영감이 눈에 힐끗 띈다.

혜란이는 무심결에 앗! 소리를 지를 만치 반가웠으나, 저편도 알아보았는지 줄 닿은 자동차를 피하여 창황히 건너오며 손짓으로 알은체를 한다.

"병원에 다녀 나오는 길인가?"

영감 눈에도 뒤에 바짝 따르는 남자가 수상쩍던지 눈을 그리로 먼저 간다.

"네. 그런데 어느 틈에 퇴원했더군요"

"응. 퇴원했어? 내겐 어째 전화두 없었구? 예까지 오는 길에 잠깐 보구 갈까 하는 길인데……"

영감은 별로 놀라는 기색도 없다. 부친에게마저 기별을 못 했고나고 생각을 하니, 혜란이는 노엽고 야속하던 마음이 조금은 풀린다.

"하여튼 병원으로 다시 잠깐 들어가지. 차는 그리로 가져오라고 일러 놓고 나왔는데……"

자가용차를 회사에서 기다리다가 걸어 나온 모양이다.

"그런데 이 어른이 찾아다니는데요……"

"응? 누군데? ……"

영감은 그렇지 않아도 뒤따르던 젊은 사람이 눈을 대거리로 노려보고 섰는 것이 의아하던 터이라 목소리를 낮추어서 은근히 물었으나 혜란이는 대답 대신에 뒤를 돌아다본다. 영감도 비로소 짐작이 났는지 살짝 긴장한 빛이 돌며,

"누구쇼? 왜 그러시나요?"

하고 한걸음 다가선다.

"난 ××서(署)에 있습니다. 영감은 누구신가요?"

병직이의 부친인가 하는 짐작도 들고 또 저번에 병직이를 취조할 제 그 부친이 누구인 것을 아는 형사의 말씨만은 공손하다.

"자식놈을 만나겠다니, 왜 그러시는지?"

하며 영감은 명함을 꺼내 주었다. 여간한 경우면 자기의 명함이 세 개 네 개나 되는 그 직함이 상당한 경의를 받는 것을 내심으로 자랑도 하

고 이용가치에 자신도 있기 때문이다.

"네, 그러신가요?"

명함을 한참 보고서 고개를 숙이고 은근히 경의를 표하였다. 어슴푸레한 데서 깨알만 한 글을 박은 네 개의 직함을 읽자니 거레도 될 것이다.

"자제를 꼭 만나야 할 일이 있는데요……."

그 명함에서 받은 인상으로 '장래 탁지대신감이로군'하는 생각이 들어서 자연 말씨가 더 공손해졌다.

"대관절 무엇 때문이란 말씀이요?"

"직접 자제에게는 관계가 없습니다마는……."

이 말야 상투 수단이니까 믿을 수는 없는 말이나 노리는 초점이 화순이인 것이 사실이기는 한 모양이다. 그러고 보니 그동안 화순이가 닷새 엿새 병직이의 턱살을 치받치고 앉았던 것은 진교 병구완을 핑계로 병원 속에 숨어 있었던 것이로구나 하며 혜란이는 혼자 고개를 끄덕끄덕한다.

결국 병원으로 되짚어 가서 차를 타고 집으로 나가기로 되었다. 벌써 병원 문 앞에 차가 와서 기다리고 있으나 마누라가 희정이를 데리고 타고 있는 것은 의외였다. 극장에서 나오는 모녀를 기다려 태워 가지고 회사로 영감을 마중 갔다가 이리로 돌린 모양이다.

"어디를 갔습디까?"

"애가 하두 졸라서 활동사진 구경 갔었지요. 이 애는 아까 퇴원했죠."

형사가 자식을 찾으러 다니고 법석인데 한가로이 구경을 다니다니

영감은 못마땅하였으나,

"그래 이 애는 집에 있습디까?"

하고 급히 묻는다.

"이가 쑤신다구 병원에서 같이 나와서 치과루 갔는데 들어와 있겠죠"

"치과는 어느 치과로 갔나요?"

영감 곁에 섰던 검은 그림자가 불쑥 핀잔주듯이 묻는 말에 마님과 희정이는 이게 어디서 떨어지는 불호령인가 싶어 가슴이 덜렁하며 눈들이 뚱그래졌다. 영감은 곁눈질을 한번 끔벅해 보였다.

"어디루 갔는지?"

마님의 겁을 집어먹은 목소리는 막히고 말았다.

"그게 몇 시쯤이던가요"

"두 시 좀 넘어예요"

얼떨해 하는 모친 대신 희정이가 얼른 받았다. 형사는 어서 차에 오르라고 재촉을 한다.

"난 전차루 가겠어요"

혜란이는 좌석이 부족도 하지만 어서 해방이 되려 하였다.

"뭐요? 어서 타요"

형사는 눈을 부라리고 명령을 한다.

혜란이가 영감의 뒤를 타 올라가서 희정이의 앞에 옹크리고 앉으려니까 희정이는 한사코 사양하는 것을 자기 자리로 올려 앉게 하고 자기는 혜란이가 끄는 대로 무릎 위에 앉았다.

다른 때 같으면 계집아이들의 이러한 사양과 동작이 따뜻하고 귀여운 웃음 속에서 한참 부산을 떨었겠지마는 불빛이 환한 차 안은 침울하고 무거웠다.

문전에 와서 차를 내렸으나 먼저 뛰어내린 형사의 눈초리 앞을 지나서 들어가는 자기 집 문이 경찰서 문 같아서 발씨가 서툴러진 것 같다.

"미안하지만 마님도 이리 잠깐……."

형사는 혜란이를 데리고 영감을 따라서 사랑으로 들어가며 안중문으로 들어가려는 마님을 사랑으로 끌었다.

"서방님 들어오셨니?"

영감은 사랑마당에 들어서며 쭈르르 내닫는 아이놈에게 물었다.

"아뇨."

응접실로 들어가서 좌정하고 앉았다.

영감은 자기 자리로 가서 버티고 앉았으나 자기 집 응접실이라기보다도 완연히 취조실이 된 양하여 눈살이 찌푸려졌다.

심문은 마님이 몇 시에 갔더냐? 퇴원시킬 작정으로 갔더냐? 그때 누가 있었더냐는 것으로부터 시작되었다. 마님은 곧이곧대로 대답을 하였다.

"그러니까 오늘 꼭 데려내 오실 작정도 아니셨으나 가셨을 때는 양복을 입고 나가려는데 만나셨단 말이죠."

마나님은 자기의 말이 부지 중 아들을 옭아 넣은 줄을 몰랐으나, 영감은 형사가 다지는 것을 보자 형세가 불리한 것을 눈치채고, 껄껄 웃으며 말을 가로막는다.

"그거 무어 그다지 어렵게 생각하실 거 있나요. 집에서는 벌써부터 데려오려던 터인데 치과에를 간다고 기동을 하는 길이니 제 어머니도 이왕이면 나가자고 해서 데려낸 것 아니겠소"

"네. 그렇게 된 거예요"

마님은 인제야 문제의 초점이 무엇인 것을 깨달은 모양이다.

"아까 내가 갔던 것이 두 신데 두 시 반에는 벌써 퇴원할 준비를 하고 나서더라니……나더러는 며칠 더 있겠다고 해 놓고 더구나 댁에 기별두 없이!"

형사는 코웃음을 친다.

"허나 좀 더 기대려 보십시다. 그 어떤 계집년한테 휘둘려서 간혹 거기 파묻혀 며칠씩 안 들어오는 일도 있다긴 하지만……."

영감은 이 형사가 병원에 다녀가자 빠져나갔다는 말은 금시초문이라 일변 놀라면서도 이렇게 말마감을 하였다.

"영감두 아십니다그려. 그 내평을……."

"내 뭘 알겠소"

종렬 영감은 눈이 휘둥그래서 겁을 펄쩍 낸다.

"아니 그 여자 때문에 자제가 그 모양이 된 것을 말씀요"

"그 모양이라니요? 대관절 난 보지두 못했지만 어떤 여잔가요"

사실 영감은 입원하던 이튿날 아침에 들여다본 뒤로는 병원에 들른 일이 없으니까 화순이를 볼 기회가 없었다.

"그건 아마 여기 이 자부 되는 분이 더 잘 알 것입니다. 모두 한통속이니까!"

하고 형사는 마님 뒤에 섰는 혜란이를 거들떠보고 냉소를 한다.

"이 규수는 내 자부도 아니거니와 한통속이라니요? ……"

영감은 그렇지 않아도 혜란이가 빨갱이란 말이 있어 뜨악하던 것인데 한통속이라니 깜짝 놀라 혜란이를 돌려다본다. 무슨 누(累)가 미칠까 보아 겁을 내는 것이다.

"예? 자부가 아니세요?"

형사도 경멸하는 눈을 혜란이에게 던진다. 혜란이는 부끄럽고 분하고, 차마 못 볼 욕을 이 집에까지 끌려와서 또 보는구나 하는 생각에 얼굴이 취해 오르며 가슴이 부르르 떨렸다.

그러나 변명할 수도 없는 말 계제다. 그러나 마님이 와락 말하고 나서며,

"영감두 무슨 말씀을 그렇게 하시는 거요."

하고 우선 영감부터 나무라 놓고,

"우리 메누리로 정해 놓았으니 메누리가 다름없지만 그 여자하구 한통속이라니 말이 되나요 생각해 보세요 어떻게 한통속이겠나? 안 할 말루 남의 첩이 있다면 그 여편네하구 첩하구 한통속이 되겠어요?"

하며 역성을 들고 나서니까 형사는 무심코 빙그레 웃는다.

혜란이는 콕 막혔던 목이 탁 터진 듯이 숨을 쉬며 고개를 떨어뜨린다.

"응! 종차 내 집 사람이 되겠지마는 저 규수는 그따위 발록구니와는 다르니까……. 그 애들 이야기를 듣는댔자 알 리가 없을 거요."

자기에게 조금이라도 끼칠 일이 있을 듯하면 언제 보았더냐고 돌아

서는 영감의 성미로 혜란이가 한통속이란 말에 성이 펄쩍 나서 잡아떼는 수작을 하였으나 마누라가 아주 며느리가 된 듯싶이 싸 주는 말에 끌려서 다시 마음을 돌린 모양이다.

하여간에 늙은이 내외는 우연히 이 자리에서 경관을 입회시키고 혜란이와의 정혼을 당자에게 선언한 셈쯤 되었다.

어느 틈에 모친의 옆에 들어와 섰던 희정이는 부친의 말눈치에 반색을 하며 다소곳이 섰던 혜란이를 갸웃이 들여다보고 생글해 보인다.

"하지만 최화순이와도 잘 어울려 다니던데 저번 다방골서만 해두 셋이 한자리에서 의취 좋게 밥을 먹구……"

형사는 영감에게 할 대답을 놀리듯이 혜란이에게 질문으로 돌린다.

"그땐 내가 속아서 끌려간 거예요. 아마 자기네들 사이를 내게 보여주고 외려 나더러 눈치채고 물러서라는 뜻으로 놀러가자고 하던 것인가 봐요"

"흠……그런 수도 있지!"

무에 그런 수도 있다는 것인지 영감도 오입이나 연애에 아주 맹문이는 아니란 뜻인지 고개를 끄덕이니까 시앗을 모르는 마나님은 어이가 없어 영감의 그리 주름살도 없는 탱탱한 얼굴을 치어다본다.

형사는 혜란이를 더 시달리지는 않고 주인 영감이 저녁을 대접한다는 것도 사양하고 가 버렸다.

혜란이는 형사가 갔지마는 그래도 노중이 안심이 안 된다고 하인이 안동을 해서 자동차로 집에 돌아왔다. 하인이 따라 들어와서 아가씨를 늦게까지 두어 미안하다는 전갈을 하는 것을 듣고 어쩐 영문인지는 모

르겠으나 인제는 사돈이나 된 듯싶어 어쨌든 모친은 좋아하였다. 그러나 오늘 지낸 이야기를 듣자,

"그런 바람둥인 줄은 몰랐구나. 그러다가 너마저 끌려가면 어쩌니?"

하고 모친은 눈이 커다래지며 머리를 내둘렀다.

"별일야 있겠어요, 요새 사회에 나다니면 다 그렇죠."

혜란이는 모든 불만이나 야속한 생각을 참고 이렇게 싸고도는 소리를 하였다.

"딴 계집에 눈이 벌겋구 경찰은 뒤를 밟구 그런 헐렝일 줄은 몰랐구나."

모친은 입맛을 다신다. 경찰이 무서워 그렇겠지마는 의외로 모친까지 마음이 돌아선 기색이다.

"무얼 그렇게 걱정하세요 이 여자 저 여자 따르는 거야 남정네가 그만치 잘났으니까 그러죠 하인이 따르구 자동차로 모셔 오구 아가씨 시집가기 전부터 그런 위엄 받는 데가 어디 있겠어요"

오라범댁이 앞에서 부럽다는 듯이 이런 소리를 한다.

"자동차만 타구 다니면 고만이던? 자동차 운전 선수라두 첫째 사람이 착실해야지."

모친의 말에 혜란이는 잠자코 말았다.

"집 좋습디까? 어디께 사십디까?"

이야기가 김이 빠지니까 올케가 다시 말을 꺼낸다.

"그야 우리 집에 대면 대궐이지."

자동차 논래에 모친에게 핀잔을 맞은 끝이나 혜란이는 마지못해 대

꾸를 해 주었다.

"그럼 해방 덕은 그 집이 혼자 보았는데 으레 잘살 거지."

하고 모친은 코웃음 친다. 그 코웃음은 물론 영감의 박종렬이를 비웃는 코웃음과도 다른 것이요, 시들하다는 의미도 아니다. 그러나 혜란이도 해방 덕은 혼자 본 병직 집이 장하다는 생각은 없고 부러우면서도 냉소하는 마음이 한 구석에 다시 있는 것이다. 그 박씨집의 며느리가 되어 들어가는 것이 명예라고 생각지도 않는다.

도리어 모친이나 올케나 잘 사는 맛에, 호강하는 생각에 팔려서 병직이의 험절이나 모든 비굴한 것을 눈 감고 견디는 줄로 아는 듯싶어 더욱더 불쾌한 것이다.

그러나 혜란이는 역시 무조건하고 병직이를 용서하고 포용하는 것이었다. 오라범댁의 말과 같이 인물이 잘났대서만도 아니요, 잘산다는 데 마음이 끌리는 것도 아니다. 부모가 못마땅해 하는 것도 무리가 아닌 줄도 아나 병직이는 결국에 자기에로 오고야 말 사람이라고 믿는 것이다. 화순이에게 지지 않는다는 결기도 없지는 않겠지마는 병직이를 위하여서도 화순이에게 떼어 보낼 수는 없다는 결심을 가지고 있다.

병직이의 사상이나 성격을 누구보다도 더 잘 안다고 생각하는 혜란이는 화순이와의 관계까지도 투기를 하거나 두 사람을 책망하기 전에 이 시대의 젊은 사람은 병직이가 아니기로 그렇게 되는 수밖에 없으리라고 이해하고 관대히 보려는 아량을 가지고 있는 것이다. 그렇다고 한 걸음 물러서서 태연히 꼬락서니나 두고 보리라는 삐쭉한 생각은 꿈에도 없다.

편지

"요새는 형사가 안 오나요?"

"한 일주일 뜸하군요."

"인제 지쳐 자빠진 게로군요."

진석이는 코웃음을 치다가,

"아무튼지 삼팔 철벽이 무섭긴 해!"

하고 또 획 웃는다. 어떠한 중대 범인이라도 삼팔선만 넘어서면 일세를
위압하는 경찰의 권세로도 꼼짝 못하니 삼팔 철벽이 무섭다는 말인지?
그러나 진석이의 해죽 웃는 그 냉소가 혜란이는 자기를 비웃는 것 같아
서 이 남자와 짓궂은 입심이 싫었다.

"그 어쩌다가 그렇게 얼뜨게 놓치셨단 말씀이오?"

진석이는 또 싱글 웃는다.

"경찰서장 보구 하실 말씀이군요."

혜란이도 입을 빼쭉해 보였다.

"경찰서두 실상 그 여자를 잡자는 거니 김 선생에게는 좋은 일 하려던 거지마는……. 하나 과히 낙심은 마슈. 인제 남북통일 되면 만날 수두 있겠지마는……."

놀리는지 위로인지 알 수 없는 소리를 빈들빈들 이죽대고 앉았다.

아닌 게 아니라 남북이 통일이나 돼야 병직이를 다시 만나게 될지 모를 거라 이런 생각을 하니 혜란이는 마음이 어두워지고 병직이가 금시로 먼 딴 세상 사람이 된 것 같다. 자취를 감추던 첫 서슬 며칠 동안은 형사가 쫓아다니고 이리저리 수소문하러 다니랴 잘 가기나 하였을까 하는 걱정에 팔려서 얼떨결에 지냈으나 차차 정신을 차리게 되니 날이 갈수록 혜란이는 마음이 척 까부라지며 일이 심상치 않아진 것을 비로소 깨달아갔다.

어차피에 서울 바닥에서 저희끼리 코를 맞대고 있으면 쉽사리 끝장이 날 것도 못 되니 소원대로 가서 고생을 좀 해 보고 오라지 하는 이러한 단순한 생각으로 기를 쓰고 붙들려고도 안 하였던 것이 어림없는 짓이었다는 후회도 인제야 나고 한편이 무너져 나간 듯한 서운하고 허전한 마음이 차츰차츰 깊어가서 때때로 이러고서 어떻게 살아갈구 하는 지향할 수 없는 애수에 멀거니 정신을 잃고 앉았는 때도 많다.

"무얼 그렇게 넋을 잃고 생각을 하실 게 있나요. 허허허……눈물의 삼팔선, 원수의 삼팔선이라 하지만 삼팔선이래야 별 것인가요 총알이 쭉 늘어선 것도 아니요 감옥소 담처럼 만리장성을 둘러싼 것도 아니고 결국에는 사람의 맘에 있고, 마음에 달린 거죠 사람의 감정과 의지에 따라서 싸울 수도 있고 금시로 흔들 수도 있는 거란 말예요! 하하하…

…."

진석이는 삼팔선철학(三八線哲學)이니 터득한 듯이 한마디 꺼내 놓고
는 꺼졌던 여송연에 라이터를 붙여댄다.

혜란이는 지금쯤 둘이서 어떤 여관에 들어 재미있게 점심을 먹고 앉
았는지? 눈이 쌓인 산중이나 헤매지나 않는지? ……이런 잡념과 걱정에
팔려서 귀담아듣지도 않다가 나중 말에 '옛?' 하는 눈을 잠깐 돌렸다.

"난 이렇게 생각합니다. 정치 정세가 어떠니 미소(美蘇) 세력이 어떠
니 자 이데올로기다 이념이다 하고 떠들지마는 내가 무식해 그런지 세
상일이 주먹다짐으로만 되는 게 아니요 사람이 이론의 기계가 아니고
인간 생활의 이론대로 되는 게 아닌 바에야 이론이나 이념보다도 먼저
감정과 의지의 힘이 움직이는 것이요 일의 성패가 여기에 달렸다고 봅
니다. 삼팔선을 처음부터 이념이나 이론으로 세운 것은 아니겠죠?"

진석이는 혜란이 앞에서 자기도 한몫 단단히 보는 일가견을 가졌다
는 자랑이나 하고 싶은지 손짓 턱짓을 하여 가며 그 넙죽거리는 구변으
로 떠들어 놓는다.

"그래서요? ……"

혜란이는 하여간 들어 보자고 대꾸를 한다.

"그러니 삼팔선도 우선 우리끼리부터 감정을 정상적으로 완화하고
'하려는 열성' 의지력만 있으면 뚫리고 말 것이지마는 우선 박병직 군
만 해두 마음을 슬쩍 돌려서 다시 오려는 생각이 들게 되면 삼팔선이
가루막혀 못 올까요 이념으로 주먹으로 삼팔장벽이 뚫리지는 않을 거
죠"

혜란이는 무슨 신통한 말이나 나오나? 하였더니 속 시원한 소리도 한 다고 웃어 버렸다.

"그야 날마다 제시간이 되면 오던 이가 안 오니 나부터도 섭섭하거 든. 김 선생의 심회야 어떠실까, 잘 짐작합니다마는 저렇게 얼굴이 못 되시도록 애절을 하시면 무얼 하나요 매사가 때가 있으니까 때를 기대 리십쇼 그러는 동안에는 저절로 귀정이 날 거니까……"

진석이는 역시 위로 같기도 하고 공연히 집적거리고 싶어 하는 듯한 소리를 또 꺼낸다.

"누가 애절은 무슨 애절을……"

하며 혜란이는 선웃음을 치면서 풀 없이 고개를 떨어뜨렸다. 동정은 고 맙지마는 남의 아픈 데를 긁적긁적하면서 아프지? 아프지? 하고 들쑤시 는 것 같아야 싫다.

"그러나 대관절 내 삼팔선은 언제나 터지려는지? ……"

진석이는 또 한참 만에 다시 실없는 어기로 웃는다.

"에? 댁이 이북이시던가요?"

혜란이는 모른 척하려다가 돌려다 보았다.

"아니 삼팔선은 도처에 있거든요! 이렇게 책상을 나란히 놓고 눈에 안 뵈는 삼팔선, 감정과 의지를 막아 내는 삼팔선은 가루 놓였거든요"

"……?"

자기와 사상이 다르다는 말인가 싶어 혜란이는 말뚱히 남자의 얼굴 을 치어다보았다.

진석이의 얼굴에서는 웬일인지 웃음이 차차 스러지며 다소 침통한 기색까지 떠오른다.

"삼팔선은 삼천만의 원부(怨府)가 되었고 김 선생에게서는 청춘의 꿈을 뺏고 인생의 아름다운 시(詩)까지 짓밟아 버렸지마는……자, 김 선생의 삼팔선은 그렇게 잔인하실 수야 없겠지? 허허허……."

그 '허허허'는 언제나 지어 웃는 소리 같았으나, 이번의 '허허허'는 빈 대통을 부는 듯한 유난히 공허한 소리다. 자기를 조소하고 자기의 심중을 애소(哀訴)하는 듯한 소리기도 하다.

"에? 이 선생두 시(詩)를 읊으십니까? 하하하."

혜란이는 슬쩍 딴전을 붙이며 어디서 얻어 들은 풍월이냐는 듯이 웃어 버리려니까,

"내게라구 시가 없을까요. 꿈도 있습니다!"

하고 진석이는 여전히 웃지도 않고 심각한 눈으로 혜란이를 쏘아본다. 혜란이는 이때껏 이 남자에게서 이렇게 참다란 얼굴 표정을 본 일도 없지마는 그 눈길을 얼른 피하면서,

"난 그 꿈을 그 시를 잃어버렸습니다. 짓밟혔다지 않으셨습니까."

하고 일부러 소리를 내어 물었다.

그러자 문을 똑똑 노크하며 해죽 웃는 하얀 얼굴이 들여다본다.

"오, 이거 웬일요."

"돈벌이 공론이신가? 무슨 얘기가 그렇게 자지러졌습니까."

가네코가 생글거리며 들어선다.

"이 선생께서 지금 인생의 가장 아름다운 시를 읊으시는 판인데."

혜란이는 웃음의 소리를 하며 곁눈질을 해 본다. 진석이를 비웃자거

나 무안을 보이자는 것이 아니라 진석이의 이때까지 들려준 말이 자기에게는 통치 못 하였다는 의사 표시가 하고 싶은 것이다.

"헤? 이 선생이 시를? ……"

가네코는 앉지도 않고 눈을 커다랗게 뜨며 두 사람의 기색을 살피다가,

"……아아 내 사랑이여! 새벽이슬에 눈물 머금은 장미꽃 같은 나의 사랑! 이 선생 이런 것이 '인생의 아름다운 시'? 하하하."

하고 어린 계집애같이 깔깔댄다.

진석이는 두 여자에게 놀림감이나 된 듯싶어 어설픈 선웃음만 띠어 보이다가,

"그런데 웬일요? 별안간 나 같은 사람두 찾아오다니 셈이 흐려서 미안은 하지만……"

하고 농쳐 버렸다.

"나두 시를 읊어 보러 왔더니 요릿값 받으러 돈 전대를 차고 나섰대서야 볼 장 다 봤군?"

가네코가 외투 주머니에서 럭키 스트라이크를 한 개 꺼내니까 진석이는 선뜻 라이터를 켜서 내민다.

"그 좋은 말이로군! 가다가는 이런 운치도 있어야 사람이 살 재미가 있는 거야. 허허허."

진석이는 열없던 생각도 스러지고 매우 신기가 좋아졌다.

'이 쌍둥이 같은 미인들을 끌고 어디를 갈구?' 하는 생각을 가네코가 들어올 때부터 궁리하고 앉았는 진석이다.

무슨 일에나 누구를 대하거나 기분 대로 마음 드는 대로 하는 법이 없이 일일이 계획적으로 행동하는 이 사람이지마는 여자에게 한층 더 한 것이다.

가네코가 판을 차리고 앉아서 담배 한 대 태울 동안이나 진석이와 씩뚝거리는 것을 혜란이는 듣는 둥 마는 둥 혼자 시름에 팔려서 앉았다.

"무엇 때문에 이렇게 시름이 있으신지? ……아 참, 박 선생은 퇴원하셨댔죠? 언젠가 병원에 갔을 때는 김 선생 안 계시더군요"

가네코는 맥맥히 앉았는 혜란이에게 말을 붙인다.

"예! ……"

언제 병원에 위문까지 갔었던가? 하며 좀 의외이었으나 대꾸만 해 주었다.

"김 선생 바쁘시지 않건, 잠깐 나하구 나가실까?"

"……?"

혜란이는 눈이 동그래졌다.

"어디? 좋은 데면 나두 나서 볼까?"

혜란이가 미처 대답할 새도 없이 진석이가 앞질러서 대꾸를 하며, 가네코를 따라 일어선다.

"일 없어요. 남자 금지!"

하고 가네코는 혜란이 옆으로 가서 재촉한다.

"무슨 헐 말씀이 있거든 예서 하시지."

"아녜요. 잠깐만 옷 입구 나오세요. 꼭 뵐 일이 있어 이렇게 온 건데……."

하며 가네코는 은근히 눈을 끔벅해 보인다. 그 눈짓이 무슨 뜻인지는 모르겠으나 혜란이는 하여간 외투를 떼어 입고 따라나섰다.

"요릿집 마담은 못 미더워! ……뵈었으면 그만이지 또 뵙겠단 사람이 있나?"

진석이의 실쭉해 하는 이런 웃음의 소리에도 혜란이는 몹시 불쾌하였다.

"우리 집에 가서 점심이나 잡습시다."

이만큼 나오면서 가네코가 발론을 한다. 진석이의 객설이 머릿살 아픈 판에 바람 쏘일 겸 따라나선 것이지마는 자기게로 점심 먹으러 가자는 청자는 좀 의외다.

"고맙소이다. 하지만 이왕 나온 길이니 내 안내할게. 다른 데 가 보십시다. 구경 삼아……."

주머니밑천은 그리 넉넉지 않으나, 요릿집 마담에게 끌려서 번잡한 그런 데에 대낮에 가기는 싫었다.

"나 같은 사람하구 얼려서 다니시는 것두 어찌 아실지 모르겠지만……."

"온 천만에!"

"어쨌든 잠깐만 들러 주세요 창피하시지 않게 뒤로 모셔 들일 테니 ……."

말이 이렇게 나오니 창피스러워 네 집에 못 간다고는 할 수 없다.

"아니 무어 이야기하실 게 있어요?"

언제 그리 친하던 동무라고 일부러 찾아와서 끌고 오는 것이 아무래도 예사롭지 않다. 가네코는 생글생글 웃으며 흰 고무신 신은 발로 헤죽헤죽 걷다가,

"와 보셔요. 반가운 이 기대리구 있을 거니요."

하고는 웃음을 친다.

'반가운 이? ……'

혜란이는 가슴이 울렁하였다. 그러나 병직이가 아직 서울에 있었기로 대낮에 취송정에 가 앉아서 부를 리가 없다.

경요각에서 나올 제 진석이가 뒤에서 들쐬우듯이 하던 말이 머리에 떠오르며 어떤 놈이 만나고 싶다 해서 끌려오지나 않나? 하고 가슴이 술렁하기도 한다.

"누구기에 대낮에 요릿집에서 나를 만나잘구?"

혜란이는 핀잔을 주는 어기이나 열고가 나서 묻거나 겁을 집어먹은 기색을 아니 보였다.

뒷문으로 들어가서 뜰을 지나 툇마루까지 왔다.

"올러오셔요."

혜란이는 병직인 것이 분명하다고 다시 안심이 되면서 어디서 내다보지나 않나? 하고 가슴이 또 울렁하였다. 지난 일주간이 몇 달 된 것 같으나, 이렇게 쉽사리 만날 줄은 몰랐다고 그저 반가운 생각에 얼떨하다. 그러나 그이가 아니면? ……하는 선뜻한 생각이 들자 머리끝이 쭈뼛하였다.

마담은 부엌 쪽으로 휘돌아 저편 구석방 문 앞에까지 왔다.

슬리퍼가 한 켤레 놓였을 뿐이요 아무 기척이 없다.

낮이라 위아래가 한산하고 조용하다.

마담은 자기 방 열듯이 미닫이를 열어 제치며,

"퍽 기대리셨지."

하고 대수롭지 않게 인사를 하고 혜란이를 돌려본다.

"들어오서요 이리."

앞선 마담을 따라 혜란이가 나아 서니까 방 안의 남자가 벌떡 일어서며,

"이거 미안합니다."

하고 꼬떡 인사를 한다. 혜란이는 발을 들여놓으려다가 주춤하고 서며 얼굴이 화끈 취하여 올랐다. 눈은 실망과 분노에 어리어 똥그래지며 꼭 다문 입귀에 잔파동이 흘렀다.

"처음 뵙습니다마는 어서 들어오시죠"

청년은 은근히 인사를 한다. 완만스럽고 기운골이나 있어 보이는 노상 젊은 애나 대낮부터 요릿집에 와서 얼굴이 벌게 앉았는 꼴이 알부랑자라고 혜란이는 생각하다가,

'아니, 얘가 저번에 그 쌈패나 아닌가? ……'

하고 가슴이 서늘하여져서 방문 밑에 발이 딱 붙은 것이다.

정녕 병직이거니 하는 잔뜩 긴장하고 반갑던 마음이 탁 풀리고 실망한 데다 이 미지의 청년이 앞에 딱 가로막고 서니 쌈패에 놀란 신경이 다시 떨리며 등에 찬물을 끼어 얹는 것 같다.

"누구신지 나를 왜 보자시는 건가요?"

겁을 집어 먹은 목소리가 떨리어 나올까 보아 혜란이는 말소리에 조심하느라고 이마에 땀이 배는 듯싶었다.

"아니, 이분은 박 선생 친구신데, 우리 집에도 늘 같이 놀러 다니시구."

마담이 그제야 소개를 한다. 이 청년이 직접 만나서 전할 말이 있는데 모르는 터에, 불쑥 찾아가면 좀체로 믿지 않을 것 같아서 마담을 새에 넣은 것인데, 전화로 청하자니 선뜻 올 듯싶지도 않으니까 가네코 자신이 데리러 갔던 것이라는 사연을 가네코가 간단히 들려주었다.

혜란이는 그제서야 다소 마음이 놓이며 방 안으로 들어섰다. '전할 말'이라는데 귀가 반짝 띄었다.

"그럼 이야기들 하셔요"

마담이 나간 뒤에 두 남녀는 술병 하나에 안주 한 접시만 놓인 상을 가운데 놓고 마주 앉았다.

"그래 박병직 씨 일루 나를 부르신 건가요?"

그래도 조심성스럽고 또 그렇다면 아무리 초면이기로 경요각으로 찾아오지 못할 것은 무어기에 이런 데로 불렀나? 하는 의심이 덜 풀려서 눈을 똑바로 뜨고 시비하듯이 물었다.

"네, 이 편지를 보시면 아시겠죠마는……."

청년은 저고리 속 포켓에서 봉투를 꺼내어 내민다.

"그래 지금 박 선생은 어디 계신가요?"

편지를 받아 피봉을 보며 물었다.

"그건 나 역시 모르죠!"

혜란이는 고개를 반짝 들며 다시 눈이 똥그래진다. 심부름 온 사람이 편지 임자가 어디 있는지도 모른다 한다.

"그럼 이 편지는 뉘 편지예요? 누구 부탁인가요?"

이게 무슨 꿍꿍이속인가 하는 생각에 또다시 겁이 펄쩍 나는 것을 내색을 안 보이며 봉투의 앞뒤를 자세히 보았다.

앞의 자기 이름이나 뒤에 우경생(雨耕生)이라고 쓴 것이 병직이의 필적임에는 틀림없다.

"사실은 나두 만나 보지는 못 하구 어떤 친구의 부탁으로 전해 드릴 따름입니다."

이건 마치 불한당의 익명서 마찬가지다고 혜란이는 생각하였다. 하여간 편지를 뜯었다.

의리에 어둡다 노하실 것이요, 비겁에 날쌤을 웃으셨으리다마는 노여운 것은 이 시대요 울어야 할 것도 이 시대거니 돌려 생각하실 아량이 계시다면 이 마음이 조금은 가벼워질 것을! ……그러나 모든 탓을 시대에 돌려서 제 흥에 겨워 제멋대로 달떠 나다닌다고는 아예 생각 마옵소서. 당신 앞에서 스러진 박병직이는 순정과 양심에 보자기를 씌우지는 않았습니다. 오늘의 박병직이가 어제의 박병직이와 조금도 달라지지는 않았습니다. 다만 시대와 주위가 그 순정과 양심에 봉인을 시켜 놓았다 할지? ……그러나 이 봉인도 삼팔선이 터질 날이 있을 거와 같이 풀릴 날이 올 것을 믿습니다. 그렇다고 이것을 실제 문제에 연결하여 그때까지 기다리시라는 뜻은 아닙니다. 오직 내 본심이 이렇다는 것만 알아주십사 함이외다. 그러나 이 역시 자기변명이나 한때 위로에 지나지 않는 객설이었습니다. 한가로이 이러한 이야기를 할 형편이 아닙니다……

결국 편지의 요점은 돈 십만 원을 사흘 안으로 변통해서 이 청년에게 주어 달라는 것인데 그나마 부친에게나 태환이에게는 일체 발설 말고 주선해 달라는 것이다. 열흘 기한하고 경요각 주인에게 돌려서 보내고 나중에 태환이를 시켜 부친에게 말하여 갚게 하는 것이 제일책이요 그것이 아니 되거든 모친에게 의논하여 일 할 이자의 고리(高利)라도 좋고 그 역시 안 되거든 자기 세간 속에서 양복이고 금붙이고 팔아 보내라는 것이다. 그러나 절대적으로 부친과 태환이에게는 당분간 알리지 말라는 것이다. 부친이 경찰을 끼고 섣부른 짓을 하였다가는 첫째 자기와 혜란이의 신변이 위태로울 것이니 주의하라는 것이다.

혜란이는 편지 끝에 우경생(雨耕生)이라고 수결이나 두듯이 야단스럽게 쓴 것을 무심히 바라보면서 '우경'이란 호(號)처럼 고생을 사서 하는 사람이라고 속으로 혀를 찼다.

"어쨌든 나를 만나게 좀 해 주셔요"

편지를 접어 넣으며 혜란이는 새판으로 청년을 졸라 보았다.

"글쎄 낸들 압니까."

청년은 눈을 똑바로 뜨며 잡아뗀다.

"친구끼리 심부름은 하시면서 계신 데를 모르시다니 말이 돼요?"

"딱한 말씀이로군! 내가 알기로 대 드릴까요! 그 분만 해도 만나실 수가 있으면야 편지를 하셨을까요!"

청년은, 혜란이가 이 편지를 의심치 않는 눈치에 비로소 안심이 되어 처음 수작과는 딴판으로 냉랭하여졌다. 혜란이는 다시 겁이 났다.

'쌈패들에게 붙들려 앉았는 것은 아닌가? ……'

쌈패에 혼이 나 본 혜란이의 머리에는 역시 쌈패가 먼저 떠올라 왔다.

"하여간 난 그럼 갑니다. 글피 토요일 오후 여섯 시에 이 방에서 다시 만나 뵙죠 오시겠죠"

청년은 분부나 내리듯이 제 말만 하고 일어선다.

"돈이 되기루 무얼 믿구 드리겠어요"

"그건 모르겠습니다. 알아 하셔요"

청년은 쾌쾌히 이런 소리를 하고 방문 밖으로 나선다.

성의

가네코가 그제서야 나오며 점심 먹고 가라고 붙들었으나, 청년은 훌쩍 가 버렸다. 혜란이는 청년과 함께 나가기가 싫어서 한걸음 뒤처졌지마는, 가네코에게 물어보고 싶은 말도 있어서 끄는 대로 마담의 방으로 같이 들어갔다.

"지금 어디 계시대요? 몸 성히 계시대요?"

"있는 데두 안 알리구 돈만 십만 원 해 보내라는군요."

혜란이는 가네코의 얼굴에서 무엇을 찾으려는 듯이 빤히 치어다보며,

"지금 그이, 이 거리의 쌈패 아녜요? 위협하는 듯한 큰소리를 치구 가는 게 이상한데……"

하며 겁을 집어먹은 눈으로 여전히 멀거니 바라본다.

"글쎄요, 하지만 박 선생이 내게두 이런 편지를 하신 걸 보면……"

가네코는 창 밑에 소파로 와서 앉으며 앞에 테이블 위에 놓인 봉투를 집어 준다.

병직이가 이 여자에게 편지를 하는 사이가 되었던가? 하는 생각을 하며,

"보면 무얼 해요"

하고 받기를 좀 주저하였다.

"보시기루 어때요 온⋯⋯."

가네코는 아무렇게도 생각지 않는 것을 자기 혼자서 샐쭉대는 것같이 보일까 보아 혜란이는 편지를 꺼내 보았다. 편지 사연은 별말 없었다.

귀찮은 일이 많아서 병후의 정양 겸 문밖에 은신하고 있는데 혜란이에게 연락할 일이 있으니 편의를 보아 달라는 부탁뿐이다.

"그러나 비밀히 해 달라시는 것을 보면 박 선생이 꽤 빨개진 모양이죠? 혹은 댁에 알려서 안 될 일이 있는지?"

가네코는 이런 소리를 하며 혜란이 손에서 편지를 받아서 또 한번 읽어 본다. 편지를 골똘히 들여다보고 앉았는 이 여자의 입가에 상그레 웃음이 피어오르는 것을 곁눈으로 보고, 혜란이는 마음이 좀 덜 좋았다. 그 청년을 집으로나 상회로 보내면 첫째에 형사가 무섭고 남의 눈에라도 수상쩍게 띌 것이요 또 혜란이부터 초면의 청년을 의혹만 내고 일을 얼른 서두르지 않을까 보아서 가네코를 증인처럼 내세우고 이 집을 이용하게 한 것인지는 모르겠으나 병직이가 가네코를 자기와 똑같은 정도로 믿고 이런 비밀한 일을 시키는 것이 덜 좋은 것이다.

음식상이 들어왔다. 방 치장은 다다미 팔조방에 일본 살림 그대로요 도코노마에는 이 겨울에도 이케바나의 커다란 화병까지 놓였어도 횃대

에는 조선 치마저고리와 비단 두루마기가 곱다랗게 걸렸고 들여온 교자상도 조선 요리다.

"저리 가시죠 박 선생 걱정 그리 마시구 오늘은 이야기나 하며 천천히 놀다 가세요"

가네코는 언젠가 좀 놀러오라고 부탁도 하고 친하려는 기색이었지마는 신기가 좋아서 마음껏 대접하려는 기색이다.

"그 십만 원 어떻게 해 보내라셨어요? 댁으로 직접 말씀 안 하시는 걸 보면……"

상 앞으로 앉으며 가네코가 먼저 말을 꺼낸다.

"글쎄 아무게두 말 말구 사흘 안으로 해 바치라니 딱하죠. 자기 생각에는 그까짓 돈쯤 하겠지마는 내야 그런 큰돈 어디 가 만져 보기나 했을까요"

혜란이는 그래도 그리 원망하거나 냉연한 말눈치는 아니다. 편지 허두에 쓴 자기의 고충을 알아 달라는 하소연이라든지 부득이 봉인을 한 순정과 양심이 제대로 터져 나올 날이 있으리라는 말에 혜란이는 만족을 느끼는 것이다. 지금의 병직이로서는 그 밖에 더 할 말이 없는 처지일 거라고 이해하는 것이요, 그 이상 딴소리를 한다면 오히려 입에 붙은 말로 들렸을 것이다.

"그 여기자하구 숨어 버렸대요? 혼인두 하시기 전부터 난봉 서방님 뒷바라지에 혼쭐나십니다!"

가네코는 포도주 병을 들어 따르면서 쌕쌕 웃다가,

"어쨌든 급한 모양이시니까 해 보내야는 하겠는데……정 안 되면 내가 한 반은 돌려 드려두 좋죠마는……."

하고 자기도 책임의 반은 져야 하겠다는 듯이 같이 걱정을 하여 주며 자청하여 이런 소리를 한다. 의외다.

"에에 고맙습니다."

혜란이는 인사는 하면서도 그렇게 해달라고 탐탁히 덤벼들지는 않았다. 해 보다가 안 되는 한이 있더라도 가네코에게 응원이나 원조를 받고 싶지는 않았다. 그러나 그런 호의가 있는 것을 보니 병직이가 쌈패에게 붙들려 갔나, 가네코가 그 청년과 한통속은 아닌가 하는 아직도 남은 의혹이 시원히 풀려서 기분이 조금은 명랑하여졌다.

"그렇다고 내 말씀을 남 애매하게 오해하시거나 의심은 마세요, 호호호"

"무얼요?"

혜란이는 말귀가 어둔 듯이 딴전을 하여 보인다.

"자기 집 술 회사와 거래가 있으니까, 한 오만 원쯤이면 병직 씨가 취해 가셨다 하구 술값과 엇걸 수두 있겠기에 돌려 드린단 말씀이지 딴 의미는 없습니다요!"

가네코는 당신 애인을 가로챈 일은 없다고 혜란이를 놀리듯이 웃는다.

"천만에! 참, 그렇게 해 주시면 고맙겠구먼요!"

혜란이는 우선 반시름 잊었다고 속으로 반색을 하였다.

"벌써 해방 전부터 단골이시죠 어느덧 한집안 속 같은 정두 들었지만 김 선생이 저렇게 혼자 애쓰시는 것두 딱하구……."

"고마운 말씀예요"

정두 들었다는 그 정이 어떤 정도인지는 모르겠으나 생색내려는 말만도 아닌 것 같았다. 이러한 번화한 생활을 하면서도 지금 자기의 처지가 적막하고 고독해서 이러한 따뜻한 정서를 스스로 향락하는 듯한 그 심정을 혜란이는 도리어 동정도 하고 반갑게도 여기었다.

"허지만 그 돈을 그 색시하구 생활비로 쓴다면 나는 도와 드리구두 생색이 안 나는데!"

"왜? 샘이 나우?"

"아무려면 상제보다 복재기가 더 설울라구!"

두 여자는 마주 보며 웃어 버렸다.

취송정에서 나온 혜란이는 그 길로 부리나케 희정이를 학교로 찾아갔다.

병직이는 진석이에게 돌리는 것을 제일책이라 하였지마는 혜란이는 구칙칙하게 진석이 따위에게 손을 벌리기가 싫었다. 그야 개구만 하면 기다렸소이다 하는 듯이 선뜻 내놓을지도 모르나 그것은 마치 물속에 드리우고 앉았는 낚시 바늘에 번연히 그런 줄 알면서도 덤벼들어 덥석 무는 것 같다는 생각이 들어서, 그렇다고 무서울 것은 없지마는 왜 그런 짓을 이편에서 사서 하랴 싶다. 또 그런 돈을 한때라도 돌려서 병직이에게 보내고 싶지도 않다.

그러고 보니 병직이 모친에게 의논하는 수밖에 없는데 전화로는 못할 말이요, 그 집에를 찾아가자니 아무리 속이 틔고 올찬 혜란이지마는 게까지 숫기가 좋지는 못하였다. 숫기 좋게 간다 해도 저 색시가 왜 또 왔나? 하고 상하가 눈이 휘둥그레 숙설거릴 것이니, 비밀은커녕 소문내러 가는 셈일 거요, 자연 영감의 귀에도 들어가게 되고 말 것이다. 그래서 희정이를 시켜 모친에게 일러 보내자는 생각이다.

마침 마지막 시간이라 얼마 아니 기다려서 책가방을 들고 파해 나오던 희정이는 생각지도 않은 데서 만난 것이 반갑던지 덮어놓고 자기 집으로 함께 가자고 조르는 것을 달래가며 할 말만 일러서 전차까지 타고 가는 것을 바래다주고 상회로 돌아왔다.

그럭저럭 네 시는 되었다. 오늘은 수만이가 결근인지 사무실에는 역시 진석이가 혼자 앉았다. 얼굴이 벌건 것이 점심을 먹고 갓 들어온 모양이다.

"오늘이 마담 생일이랍디까?"

"왜요?"

혜란이는 날이 푸근해서 난로를 피하여 저편으로 떨어져 앉았다.

"특별 초대루 마담 방에서 잘 노시던 모양이던데?"

하고 진석이는 낄낄 웃다가,

"그래 먼저 간 젊은 애는 누구요?"

하고 똑바루 치어다본다.

"먼저 간 젊은 애? ……몰라요"

"뒷문으로 나간 애 말예요"

진석이는 짓궂이 픽 웃는다.

"나두 뒷문으루 들어가긴 했지만……. 뒤따라오셨던 게로군?"

혜란이는 천연히 딴청을 해 버렸다. 비루하게 뒤를 밟구……하는 생각에 몹시 불쾌하였으나 그보다도 그 청년이 갈 제 마루 끝에서 인사를 하는 것을 이층 위에서 내려다보지나 않았나 싶어 눈살이 찌푸려진다.

"나만 따돌려 놓고 가기에 점심두 먹을 겸 습격을 갔더니 계제가 그렇지 않은 듯하기에……. 허허허."

"그럼 마담더러 물어보시지 그 젊은이가 누군지."

혜란이는 코웃음을 쳤다.

"허나, 인젠 그자들이 본격적으로 활동을 개시한 것이나 아닌지 그게 염려가 돼서 말예요"

"예? ……"

"박군을 퇴치한 그 패가 말예요! 인젠 호위병으로 내가 따라다녀야 할 판인지 모르지!"

하며 진석이는 또 실없이 웃는다.

진석이의 말을 들으면 또 그럴 듯도 하다. 이때껏 병직이를 습격한 그놈들의 정체가 무엇인지를 캐어 보지도 못하였지마는 돈이 문제가 아니라 정말 자기를 노리는 놈이 있나 싶어 또 새로운 의혹이 든다.

"어쨌든 조심하서요. 아무래도 댁에 가실 제는 내가 바래다라두 드려야 마음이 놓일 것 같은데!"

이번에는 웃지도 않고 서두는 소리를 한다. 제 짐작으로 하는 말인지 가네코에게 무슨 소리를 들었는지 궁금도 하다.

"마담이 무어래요?"

"그 약은 계집이 무슨 말을 할까마는 암만 해도 수상쩍기에. ……하지만 염려 없어요. 내가 있는데 어떤 놈이!"

진석이는 혼잣말로 큰소리를 치고 일어나며 잠깐 다녀올 동안 가지 말고 기다리라 일러 놓고 나간다. 무식하고 밉둥스럽고 허풍이나 치며 돈에 눈이 벌게서 돌아다니는 축이요, 더구나 요새로 부쩍 추근추근히 구는 것이 싫기는 하나, 이런 때 자기 신상을 진심으로 염려해 주는 그 말이 솔깃이 들리었다.

머릿속이 한참 뒤숭숭한 판에 진석이가 훌쩍 나가 주는 것은 고맙다. 혼자서 전후 갈피를 찬찬히 궁리해 보고 싶은 것이다. 그러나 역시 이럴 듯도 싶고 저럴 듯도 싶어 정체를 꼭 집어낼 수가 없다. 혜란이는 손가방에서 병직이의 편지를 다시 꺼냈다. 오래간만에 보는 병직이의 필적은 아까 그 청년 앞에서 급히 읽던 것과는 달리 새삼스레 반갑다. 무엇에 홀린 것같이 얼떨하고 바늘방석에 앉은 듯이 송구스럽던 마음도 차츰차츰 가라앉는다. 꼭꼭 씹듯이 구절구절을 읽어 가는 동안에, 윗 사연을 보면 도저히 쌈패 같은 놈들의 위협을 받으면서는 그런 여유 있는 말을 쓸 기분이 아니 생기리라는 생각을 하자 얼마쯤 마음도 놓였다. 그러나 화순이를 옆에 앉혀 놓고 이 편지를 썼으려니 하는 공상이 들자, 순정과 양심에 변함이 없다는 그 말을 얼마나 믿어야 좋을지 몰랐다. 대체 자기는 어째서 이 곤경을 치러 가며 뒤치다꺼리를 해 주어야 하는 건가? 기가 막힌다. 어느덧 방 안이 침침해지니 가뜩이나 더 심란하다. 편지를 접어놓고 일어나서 불을 켰다. 물색없이 진석이를 기다린대야 저녁이나 먹으러 가자고 조르거나 정말 데려다 주마고 성이 가시게 굴 것 같아야 일찍 가겠다고 테이블 위를 치우자니까, 보이가 문을 펄쩍 열며 뒤에 성북동 마님이 섰다.

"어떻게 이렇게 나오셨어요."

혜란이는 뛰어가 맞아들였다.

"그런데 서울 안에 무사히 있는 것만이라두 안 것은 다행하지만 어디 있는지 모른다니 딱한 일 아닐까? 어린애 말만 듣구는 모르겠구. 전화를 거니 나오지는 않구……."

그래서 시급히 뛰어왔다는 말이다. 자꾸 집으로 가자는 것을 들어앉히고 일장 설화를 했어야 그게 그 소리다.

"정녕 제 편지는 제 편지겠지?"

"네. 그거야……."

하여튼 집까지 데려다 주마고 하여 함께 자동차를 타고 오면서도 모레까지 영감님께는 말씀 말고 넌짓 오만 원만 갖다 달라고 신신당부하였다.

마님도 그럴싸히 듣는 눈치면서도 돈을 쓸수록 점점 벗나가서 집에 안 들어올까 보아 걱정이라는 것이었다.

진석이 친구, 소위 무역패들이 서넛 몰려와서 떠들어대는 통에 혜란이는 거기 끼여 앉았기가 싫기에 진열대로 나와서 한담을 하고 섰으려니까 태환이가 불쑥 들어온다. 이때껏 상회로 찾아와 본 일이 없는 오라비가 허둥허둥 달겨드는 것을 보니 벌써 짐작이 들며 마님이 기어코 발설을 하였고나 하고 혜란이는 속으로 혀를 찼다.

조용히 들어앉아 이야기할 데가 없으니 혜란이는 태환이가 나가자는 대로 사무실에 들어가서 외투를 떼어 입고 따라나섰다.

"편지가 왔다면서? ……"

나란히 걸으며 태환이는 핀잔주듯이 말을 꺼낸다.

그런 일이면 뉘게보다도 자기에게 먼저 의논을 하였어야 할 텐데 시치미 뗀 것을 나무라는 어조다.

"비밀히 해 달라는걸."

"아무리 비밀이기루 네 따위더러 별안간 십만 원씩 무슨 재주루 해 보내라는 거야? ……몸을 팔아 보내라던? 지각없는 사람!"

태환이는 누이를 성이 가시게 하는 것이 못마땅해서 그러는지 친구의 행동을 비난하는 것인지 혼자 분개를 한다.

혜란이는 잠자코 따라가면서도 몸을 팔아서라는 말이 머리를 찔렀다.

경요각 주인에게 돌려보내라고 하더라네 라고든지 무어라고 들은 말이 있어서 하는 말 같다.

"영감님은 내게 화풀인지 요전 오만 원 사단이 탄로가 나서 나만 가지구 들볶구, 당장 그 편지 가지고 온 놈을 붙들어서 병직이를 찾아오라구 야단이니……우선 그 애를 좀 만나야 하겠는데……"

태환이는 허청 나오는 코웃음을 친다. 요전 오만 원 사단이라는 것은 병원에 들어앉아서 변통해 오라고 할 제 회계를 끼고 돌려준 돈 말이다.

"공연히 이렇게 떠들어서 경찰에 알렸다가는 큰일예요. 돈은 내 수단껏 해낼 테니 염려 마세요."

말을 내놓으면 으레 이렇게 법석이 날 것을 마님만 탓하는 것이 아니지마는 혜란이는 오라비부터라도 자기가 무슨 죄나 진 듯이 핀둥이만 주는 것이 화가 나서 이런 소리를 하였다. 정 하면 죽어도 싫다고는 생각하였지마는 진석이에게라도 돌려보지 하는 생각이 든 것이다.

"무슨 수루? ……그건 고사하구 돈이 문제가 아냐. 그렇지 않아두 영감님은 경찰에 말을 해서 귀정을 내겠다구 야단인데 그렇게 되면 돈 해보낸 너두 걸려들 걸 생각해야지."

어느덧 '고려각'에까지 와서 태환이는 선뜻 들어선다. 이 집이 태환이의 단골이다.

혜란이는 점심 생각도 없지마는 아직 이야기가 덜 끝났는데 추운 길거리를 싸지를 수도 없어 잠자코 따라 들어섰다.

그러나 아직 듬성긋한 좌석을 휘둘러 보다가 태환이가 고개를 끄덕하며 알은체를 하는 편으로 고개를 돌리던 혜란이는 눈이 휘둥그래지며 가슴이 뜨끔하였다. 생그레 웃고 돌려다 보는 수만이는 고사하고 마주 앉은 청년이……혜란이는 무심코 앗! 하고 소리를 칠 뻔하였다.

실내가 좀 침침한데 서너 간통이나 떨어졌으니 잘못 보지나 않았나? 하고 혜란이는 외면을 하였던 얼굴을 다시 돌려 보며 이편 구석으로 와서 앉았다. 청년도 고개를 외로 꼬고 담배를 피우며 앉았으나, 곁모습으로 보아도 틀림없이 어제 취송정에서 만난 그 청년이다.

'희한한 일도 많다? 허릴없는 정탐소설이지……'

혜란이는 무엇에 홀린 것 같고 또 새로운 겁이 가슴에 뭉긋이 내려앉는 것을 깨달았다. 그러나 반드시 수만이와 저희끼리 아는 사이란 법도 없을 것이다. 우연히 한 테이블에 마주 앉게 된 것인지도 모를 거라는 생각을 하며 또 한번 슬쩍 눈을 치떠 바라보니 수만이 역시 인제는 이쪽에는 무관심한 듯이 덤덤히 찻종만 노려보고 앉았다.

"대관절 어떤 애야? 전부터 알던 사람야?"

태환이는 여급에게 점심을 시켜 보낸 뒤에 새판으로 말을 꺼낸다. 혜란이는 저편 테이블에서 들을까 보아 애가 씌우면서도,

'바루 저기 앉았는 저 사람이라우!'

하고 들려주고 싶은 충동을 참으며, 속으로 코웃음이 나왔다.

"친구라니까 그런가 보다 했을 뿐이지 누가 아나요. 어쨌든 내게 맡겨 주세요."

혜란이는 저편에서 귀를 기울이고 있을 것만 같아서 말을 입속에 넣고 하였다.

"딱한 소리는! 네게 맡겨 둘 일인가 생각을 해 봐요."

"하지만 저이를 단순히 수색 청원을 해서 데려내는 거라면 몰라도 무슨 일을 저질러서 되레 옭아 들게 될 경우를 생각해 봐야죠. 그뿐인가! 주위의 여러 사람이 희생을 당한 것은 어쩌구? 숙호충비로 섣불리 경찰에 의뢰를 한다니 말이 되나! 영감님께라두 그 점을 잘 알아들으시도록 말씀하시구려."

혜란이 역시 박종렬 영감이 경찰을 끼고 운동하면 병직이 하나만은 소리 없이 찾아 들고 설사 웬만한 사건에 관계가 있더라도 무사타첩을 지을 만한 세력도 있을 것이요, 그렇게만 되면 누구보다도 자기가 해롭지 않을 것을 모르는 것은 아니다. 자기 혼자 해롭지 않겠다고 뭇 사람을 희생시키고 싶지는 않다.

"그 편지 지금 가졌건 좀 보자."

"이따 보세요."

하고 혜란이는 그 청년 편을 돌려다 보니 어느덧 간 곳 없고 수만이만
덩그러니 앉았다.

"저 사람하구 마주 앉았던 청년, 오빠두 아세요"

혜란이는 어쨌든 그 청년이 눈앞에서 스러진 것만 시원해서 기죽을
편 듯이 목소리가 좀 커졌다.

"몰라. 차 먹으러 오는 것을 가끔 보기는 했지만……왜? ……"

"아니 글쎄 아시는 듯싶기에……저 강수만이도 늘 여기 오나요?"

"응. 늘 오나 보더군. 이 집이 우리 청년단 축의 구락부 셈이니까."
하며 태환이가 수만이를 돌려다 보니까 수만이는 벌떡 일어나 이리로
건너온다.

"지금 그 사람 친구? ……"

"친구랄 건 없어두 예서 가끔 만나는 차(茶) 친구죠. 왜 아셔요?"
하고 수만이는 웃는다. 그 웃는 양이 혜란이에게는 또 의혹과 불안을
주었다.

"아니, 글쎄 말예요."

혜란이는 지나는 말로 물어보았다는 태연한 기색이나 태환이는 혜란
이가 그 청년을 몹시 사념하는 눈치요 자기더러도 아느냐고 묻던 것을
생각하며 누이의 얼굴을 유심히 치어다본다.

"그 사람 우리 단원은 아니지?"

"아뇨"

"어째 이거 같아 보이던데!"
하며 태환이는 왼편 손을 들며 주먹을 쥐어 보인다. 좌익이란 말인지

쌈패란 말인지 알 수 없다.

"글쎄요. 그런지도 모르죠"

그래도 수만이는 알아듣고 빵긋 웃는다.

"좀 알아봐요"

태환이는 이 고려각이 잡인은 출입을 금하는 자기네의 전용 구락부나 되는 듯싶이 자기 축 외에 이분자(異分子)가 침입한 것이 수상하다는 듯이 명령하는 구조로 일러 놓고 누이를 건너다보며,

"병직이 친군 게지? 어제 그 애가 아니야?"

하고 넘겨짚어 본다.

"아뇨 그러면 그렇다지, 오빠한테 왜 숨기겠어요"

혜란이가 필요 이상으로 눈을 커다랗게 뜨며 질겁을 하는 소리를 하는 데에 태환이는 의심이 들었다.

"어제 그 애라니요?"

수만이가 말참견을 하고 나서는 데는 모른 척하고,

"어디 두구 보면 알겠지. 모레라지?"

하고 태환이는 웃지도 않고 긴장한 낯빛으로 누이를 물끄러미 바라본다.

"왜요? 장맞이를 해서 붙들어 보시랴구? ……가만 내버려 두시라니까. 그러다가 큰코다쳐요"

수만이가 듣기에는 수수께끼 같은 수작들이나 들은 체 만 체하면서도 귀를 반짝 기울이고 앉았다.

음식이 나오는 것을 보고 일어서는 수만이를 붙들어서 셋이 식사를

하였다.

"나더러 내버려 두라지 말구 너나 모른 척해 두어라. 모레고 언제고 일체 거기는 갈 것두 없구."

혜란이는 잠자코 말았으나 다시는 그 청년과 만나지 말라니 뒷구멍으로 자기네가 붙들어 본다는 말인 모양이다.

"이따 회관에 오겠지?"

"네. 가죠"

"네 시쯤 해서 좀 만나세."

태환이는 밥을 먹으며 수만이와 이렇게 맞추어 놓고 나서,

"우리는 좌익 청년의 동태에 대해서는 깜깜이니, 이런 때는 참 답답하거든. 아까 그 청년만 해두 빨갱이라면 필시 무슨 냄새를 맡으려 드나드는 것인지 모를 거니, 자네부터라두 주의해야 할 테, 우리게는 그런 활동이 없거든! ……"

하고 무슨 생각이 났던지 이런 소리를 하는 것이었다.

고려각에서 나와서 태환이가 헤어져 가니까, 수만이는 기다렸다는 듯이 혜란이에게 착 달라붙어 걸으며,

"무슨 일예요? 김 선생 또 테러 만나셨군요?"

하고 은근히 그러나 얄망궂은 웃음을 머금으며 묻는다.

"왜 나보담 수만 씨가 더 잘 아실 텐데?"

혜란이는 곁눈으로 빤히 남자를 치어다본다.

"내가 무얼 알아요?"

"그런 줄 몰랐더니 수만 씨두 여간내기 아니십니다그려!"

저편 말은 들으려고도 안 하고 혜란이는 뒤집어씌우듯이 포달포달 자기 말만 한다.

"무슨 꾸중이신지 알 수나 있나? ……"

하고 수만이는 달래듯 빌붙듯이 웃음의 소리를 하면서도 의기양양해 하는 기색이다.

"하여간 그 사람 좀 날 만나게 해 주세요."

"그 사람이라니? 박석이 말씀요? 왜 첫눈에 퍽 맘에 드시는 게군요?"

혜란이는 실없이 덤비는 데에 화가 나서 무안하도록 한참 눈으로 나무라 주었다. 그러나 병직이 편지에는 그 청년을 김영식이라고 했던데 이 사람은 박석이라고 한다. 어느 것이 정말 본성명인지 두 가지가 다 변성명인지 물론 알 바 아니다.

"그래 박석이 말예요. 이따라두 만나게 해 주세요."

"언제부터 아세요?"

"당신은 언제부터 아슈."

"언제부터구 말구 거리의 친구지만, 요다음 만나면 그 말씀은 전하죠. 그런데 왜 만나시자는 거예요?"

수만이의 말이 어디까지 진담인지 모르나 혜란이는 덮어놓고,

"그러지 말구 박병직 씨만 만나게 해 주슈. 수만 씨두 한통속인 모양이니 병직 씨 있는 데를 아시겠구려?"

하고 얼러대었다. 박석인지 김영식인지가 수만이 또래라면 필시 쌈패라는 생각이 든 것이다. 그러나 그 청년이 정녕 빨갱이라면 수만이 역시 우익을 가장한 빨갱이가 아닌가? 하는 의심도 난다. 어쨌든지간에 이

두 젊은 애가 한통속이라면 수만이도 병직이가 숨어 있는지 갇혀 있는지 한 데를 알 것이다.

"글쎄 이런 딱한 말씀이 있나. 나더러 박병직 씨 계신 데를 대라니 그럼 나두 쌈패란 말씀예요?"

"무어? ……그럼 병직 씨가 쌈패한테 붙들려 간 것은 분명하군요? 그 박 씨라는 이가 쌈패군요"

혜란이는 귀가 반짝하였다.

"그역 모르지요. 하지만 가만히 계십시오. 알아보아 드릴게."

경요각에 들어오니 진석이가 혼자 앉았다가 수만이와 함께 어울린 것에 눈이 동그래지며 실쭉해 하는 눈치다.

"이 선생! ……"

혜란이는 진석이 옆에 가서 앉으며 말을 걸었다.

"네? ……"

"청이 하나 있는데요"

"허허허. 미스 김이 내게 청할 때가 다 있구. 하하하."

"나 돈 오만 원만 잠깐 돌려주시겠어요?"

혜란이는 상기가 된 기색으로 이때까지의 흥분 김에 전후 사념 없이 말을 꺼내고 말았다.

"그러죠. 무엇에 쓰시게?"

진석이는 그런 청이 나올 것을 미리 짐작하고 있었던 듯이 싱긋이 웃으며 선뜻 대답을 한다.

"네. 좀 쫄리는 조건이 있어서요 한 열흘 후에 드려요"

두말없이 선선히 수응을 하는 것이 반갑기는 하면서도 무슨 큰일을 저질러 놓는 듯한 겁도 조금은 나는 것이었다.

"그야 셈에 흐리시지 않은 줄야 잘 알지만 언제 갚으시거나!"

놀리듯이 웃는 양이 언제 받으랴고 주는 돈이냐는 말눈치다. 수만이는 진석이가 이르는 대로 오만 원 수표를 세어다가 혜란이 앞에 놓고 생긋 눈웃음을 치며 제자리로 간다.

혜란이가 수표를 손가방에 넣어 가지고 일어서려니까, 진석이가 치어다보며,

"참 그런데 내일 틈이 있겠죠?"

"왜요?"

"내일 나하구 인천 좀 가 보실까?"

오만 원 돈을 내어놓더니 단통 이러한 수작이 나오는구나 하고 혜란이는 벙벙히 서서 남자를 내려다보았다.

"아, 다른 게 아니라, 미스터 베커가 인천에 시찰을 간다기에 함께 가자고 약조를 해 놓았는데 요새 일기두 따뜻하구 하루 놀러가십시다그려?"

"오케이."

혜란이는 신기가 좋게 생긋해 보인다.

"허허허……"

진석이는 승낙을 받은 것이 좋은 것보다도 혜란이 입에서 농지거리처럼 '오케이' 하는 소리가 나온 것이 신기하고 유쾌하였다.

"그렇지만 나하구 가자니까, 눈살을 찌푸리던 이가, 베커 군이 간다

는 말에 두말없이 오케이란 말요? 허허허."

그런 점에도 역시 시기하는 기색이다.

"참 그랬던가? 그럼 오케이 오케이 두 번 하지요."

혜란이는 남자의 웃음소리를 뒤에 두고 훌쩍 나와 버렸다. 그러나 혜란이는 나오면서 눈살이 찌푸려졌다. 저편이 선선히 생색을 보여 준 끝이니 마다고 할 수도 없고 네가 그처럼 현금주의면 이편도 돈이라면 얼마든지 놀아난다는 듯싶이 한술 더 떠서 실없이 대꾸를 한 것이지마는 이러나저러나 불쾌하였다.

취송정에를 역시 뒷문으로 들어서자니 뒷마루 끝에 마담이 양복쟁이와 나란히 앉아서 양지발을 따뜻이 받으며 이야기를 하고 있다. 처음에는 멈칫하였으나 자세 보니 오라비다.

"응, 너 웬일이냐?"

모자를 쓴 채 구두도 벗지 않고 마루에 걸터앉았던 태환이가 벌써 알아보고 소리를 친다.

'그럴 듯싶더라니! ······'

공교한 데서 또 만났다고 혜란이는 속으로 혀를 차며 가까이 갔다.

"오늘은 웬일이십니까? 남매 분이 앞서거니 뒤서거니······취송정 마담도 한참 세가 사는 판이군요."

가네코는 한가로이 웃는다.

"돈을 가지고 온 거냐? 돈을 변통하러 온 거냐?"

"딴소리 마세요. 내가 무슨 짝에 이리 돈 취하러 왔을까요."

"그럼 돈을 가져왔거든 내게 맡겨라. 내가 그 애를 만나서 함께 가서 주고 올게."

오라비의 놀리는 수작이 불쾌도 하지마는 가네코에게 무슨 말이든지 들었기에 아까 서둘던 때와는 딴판으로 마음이 유해진 모양이다. 혜란이는 가네코의 눈치만 슬슬 보다가,

"오빠가 갈 수 있는 데면 내가 갔게! 그 사람들이 어떤 사람이라구 대어 줄 것 같아요"

하고 핀잔을 주었다.

"그만 돈 내라두 돌려 드리구 싶지만……."

번연히 오라비에게 들은 말이 있을 텐데 가네코가 새삼스레 이런 소리를 하며 웃는 것도 자기를 놀리는 것 같아서 얼굴이 빤히 보인다.

"객설 그만두슈. 몸이 달아 다니는 애를 괜히 충동이지 말아요"

태환이가 여전히 실없는 소리처럼 하고 웃는다.

"몸 달 건 무어 있어요 못 해 보낸다는 말이나 그 사람한테 전해 달라구 온 거죠"

"그 말인들 아랑곳없는 마담한테 부탁할 경우가 되나. 내가 만나서 일러 뵐 테니 아무 염려 말구 가만있으라니까."

하고 태환이가 핀잔을 주니까 가네코가 가로막으며,

"이런 딱하신 말씀 봤나. 어쩌 여자 맘에 애가 씌우시겠어요 부잣댁 도련님 버릇으루 딴 색시 데리구 숨어 앉아서 돈 해 보내라는 걸 애를 쓰구 다니시는 것만두 마음이 무던하시지 그 복을 받으실 거예요 요샛말루 최후의 승리가 올 것입니다."

하고 편을 들어준다. 모든 사람이 음모를 꾸미고 자기만이 속아 넘어가

는 것 같아서 가네코마저 오라비 편으로 돌아섰나 하는 의심이 부쩍 들던 혜란이는 마음이 풀리며 말만이라도 고마웠다.

같이 가자는 태환이를 먼저 보낸 뒤에,

"오만 원은 변통해 왔는데, 그 오만 원 되겠어요?"

요새로 모든 사람을 못 믿게 된 혜란이는 반신반의로 급급히 말을 비춰 보았다.

"염려 마세요. 지금 드릴까요?"

혜란이는 인제는 마음이 놓였다.

"아니 어려우시지만 함께 맡아 두셨다가 좀 전해 주었으면 하는데……?"

"그러죠."

가네코는 손쉽게 대답을 하다가,

"일이 말썽스럽게 된 모양인데……."

하고 눈을 깜작깜작하고 무슨 생각을 한다.

"왜요? 그 사람을 붙들어 달라는 거죠?"

"글쎄 말예요. 하지만 오라버니 말씀대루 하는 게 두 분께 이로울지 모르지 않아요?"

"안돼요! ……"

하고 혜란이는 펄쩍 뛰었다.

"설사 이롭기루 일이 거칠어 나서 남 못할 일을 하게 되면 어떡합니까. 다만 내 성의껏은 하는 거죠. 내게로 오고 안 오는 거야 인력으로 어찌하겠습니까. 때를 기다리죠"

"그두 그렇죠만……."

하며 가네코는 혜란이가 꺼내 주는 돈표를 받는다.

혼선

"그 돈은 언제 받으시랴구 오만 원 택이나……."

"그건 너 알아 뭘 하니?"

마루에서 저녁상 보는 것을 거들고 있는 작은 마누라가 들을까 보아 진석이는 말을 채 다 듣지도 않고 가로막아 버렸다.

"지배인이 오만 원 상급이면 제게두 한 오분지 일쯤은 상급이 내리실까 해서요"

수만이는 한 수 접어 보고 덤비듯이 콧날을 찌긋하며 웃어 보인다.

"쳇!"

하고 진석이가 눈살을 찌붓 하며 네 누이가 들으면 성이 가시다는 듯이 턱짓으로 마루 쪽을 가리켰으나 수만이는 모른 척하고 아까 혜란이가 하던 입내로,

"저두 쫄리는 조건이 있어서요……."

하며 조른다. 누이가 알고 바가지를 긁는 것이 듣기 싫거든 내 입부터

막으라고 일부러 집으로 찾아 들어와서 누이가 듣는 데서 발설을 하는 것이다.

요전 한때 혜란이에게 사과를 시키고 법석을 한 뒤로는 첩이 한 풀 꺾인 대신에 요 첩처남 녀석이 혜란이 문제를 꺼내면 머리를 못 드는 것이다.

"너두 점점 악질이 돼 가는구나!"

진석이는 마지못해 쓴웃음을 웃어 보였다. 그만하면 되었다고 수만이는 입이 벌어지며 말을 돌린다.

"그 돈 어디 쓰는지나 아셔요?"

"글쎄! 살림두 안 하는 처녀가 빚에 쫄리겠니 돈 취해서 옷 장만하겠니……."

하며 진석이는 코웃음을 친다.

"짐작을 하시면서 주세요?"

"그럼 어쩌니. 절박하게 못한다나."

누이가 들었으면 그런 데는 어째 그리 후하고 손이 크냐고 덤빌 터인데 못 들었는지 듣고도 모른 척하는지 누이는 마루에서 오락가락할 뿐이다.

"십만 원 해 보내란 편지가 왔대요 박가가 계집 데리구 숨어 앉아서."

"글쎄. 그랬다는구나."

수만이는 네 시에 만나자고 약속한 태환이에게 조금 전에 가서 들은 말을 옮겨다가 돈 만 원의 반승낙은 얻은 대신에 생색 겸 또는 좀 놀래 주려는 생각인데 진석이가 되레 먼저 알고 앉았으니 말에 김이 빠졌다.

"뉘게 들으셨어요? 마담이 그래요?"

"나 모르는 게 어디 있니."

진석이가 픽 웃는다. 수만이는 문제의 인물인 박석이를 날마다 만나면서도 그런 낌새도 못 채고 있던 것을 생각하면 진석이에게도 한 수 넘어간 것 같아서 실없이 화가 났다. 그러나 진석이 역시 가네코에게 그러한 자세한 내용까지는 못 들었던 것이다. 혜란이의 뒤를 밟던 날 그 청년이 누구냐고 마담을 족치니까,

"돈 변통해 보내라는 애인의 편지를 가지고 왔다니 그런가 부다 할 뿐이지."

하고 핀둥이만 맞고 말았던 것인데 오만 원 꾸라는 말을 듣고서야 짐작이 났었던 것이요, 또 그런 짐작이 났으니까 더구나 선뜻 취해 준 것이다.

"돈 들여가며 헛생색만 내구……, 남의 다리 긁으십니다그려?"

수만이는 불을 질러 주려 하였으나,

"남의 다리 긁기는 혜란이도 일반이지."

하고 진석이는 껄껄 웃는다.

"바쁘신 몸이 남의 다리까지 긁으러 다니시기에 얼마나 고되실까!"

진석이의 말끝을 잡아서 비꼬는 소리를 던지며 채봉이는 방으로 들어선다.

"누난 웬 치마폭이 이렇게 넓소? 딴 이야기예요. 남의 집 걱정 말구 어서 나가 볼일이나 봅쇼"

누이의 입이 터지면 무슨 소리가 나올지 무서워서 수만이는 얼레발을 친다.

"남의 집 걱정이 아니라, 남의 다리 걱정, 아니 내 다리나 긁으시란 걱정이란다."

곧 나가려는지 채봉이는 방바닥의 담뱃갑을 집어서 한 대 붙이며,

"너는 또 한 다리를 걸러서 뉘 다리를 긁어 주고 만 원 상급이 내린 다는지? ……누가 널더러 그런 짓 하구 다니라던?"

하고 흡연을 해서 한 모금 뿜는다.

"이거 왜 이러는 거요 또 불려 다니며 사과를 하구 싶어 이러우? ……에구 소인은 물러갑니다."

하고 수만이가 모자를 들고 일어서려니까,

"밥 다 됐는데 먹구 가렴."

하고 붙들며 쫑알댄다.

"사과는……그깟 년한테 멍석 대죄가 어떻든? 그년도 남의 다리 긁고 다니는 품이 약혼인가 했다는 제 서방이 벌써 코에서 냄새가 나던 게지. 딴 년 붙여 주구 지배인이니 무어니 거드럭거리는 꼴을 날더러 보라니! ……그러기에 계집년이란 몸이 맨 데가 있어야 하는 거야."

혜란이도 귀가 가렵겠지마는 채봉이의 입초에 오르면 '그깟 년'이 되고 만다.

그때는 혜란이를 놓치면 당장 몇백만 원 손해를 보느니 사과를 안 하면 헤어진다느니 하며 서두르고 달래고 하는 바람에 머리를 숙여 보였지마는 날이 갈수록 혜란이라면 자나 깨나 치가 떨리게 분한 것이다.

"그렇지 않아두 그깟 년 꼭 비끄러매 놓으러 가는 길이니 그만 고정합쇼."

"이거 왜 이렇게 서분거리는 거야. 매부의 그따위 심부름이나 하구 넌 무어냐?"

누이는 팩 나가 버린다. 진석이는 탄할 말도 못 되어 모른 척하고 듣다가 픽 웃어 버렸다.

"그래서 날더러 그 편지 가져온 놈을 붙들어서 박가가 자빠졌는 데를 찾아 놓으라는군요."

수만이는 진석이의 신기를 고쳐 주려고 이런 내평 이야기를 다시 꺼냈다.

"누가? 혜란이가?"

"아뇨. 그 오래비하구 술 회사 영감이요."

"어째 하필 널더러?"

"제 친구가, 좀 빨갱이 비슷한 애가 하나 있는데 공교히 그 애가 심부름을 했다나요."

"흥……."

하고 진석이는 요놈들도 혜란이를 노리고 무슨 손잡손을 하지는 않나 하는 의혹도 들었으나,

"가만 내버려 두어! 고양 밥 먹구 양주 구실한다더니 넌 그것두 일이라구 해 주러 다니고 만 원 택이나 점심 값을 내게 물리런?"

하고 역정을 낸다. 수만이는 머쓱해졌다.

생각해 보니 딴은 그렇다. 오만 원 돈이 아까운 줄 모르고 어서 배송

을 내고 싶어 하는 사람한테 할 말은 못 된다.

누이는 매부의 조방꾸니 노릇이나 하고 다니는 줄 알고 부옇게 몰아대고 매부는 고양 밥 먹고 양주 구실한다고 투덜댄다.

그 사품에 나오게 되었던 돈 만 원이 움츠러져 들어가 버린 것이 더 분하다.

'그 입이 병통야!'

수만이는 제 입을 나불거려서 그런 줄은 생각 없이 누이의 입이 싼 것만 탓을 한다.

누이 집에서 나온 수만이는 지금 박석이를 만나러 고려각으로 가는 길이다. 아까 박석이는 고려각에서 혜란이 남매와 마주치자 고개를 외로 꼬고 앉았다가 저녁에 만나자는 부탁을 하고 자취를 감추어 버렸던 것이다.

'그러나 대관절 그놈을 붙들어 바치나 마나? ……'

태환이는 젊은 애를 두엇 데리고서 내일부터 취송정의 앞뒷문에서 장맞이를 하였다가 '범인'을 잡고, 박석이의 뒤도 밟아 보라는 것이다. 박석이의 뒤를 밟아 보나 마나, 혜란이가 만나게 하여 달라고 조르던 것만 보아도 박석이가 '진범'인 것은 의심할 여지가 없다. 그러나 태환이에게 그댓말은 아니하였다.

하여간 수만이는 재미있는 일이 걸렸다고 신바람이 났다. 첫째 혜란이의 일에 직접 팔을 걷어붙이고 나서는 것이 유쾌하고 태환이나 박종렬 영감에게 생색이 나든 말든 그까짓 것보다도 혜란이가 고마워하며 머리를 숙이고 덤벼들 것이 좋다. 그러나 진석이와 누이의 핀잔을 맞고

나서 생각하니 어느 편을 들어야 좋을지 망설이게 되었다. 애를 써 병
직이를 붙들어 놓은대야 소득이 무어냐는 생각이 드는 것이다. 병직이
를 붙들어 내면 이번에야말로 혜란이와 부랴부랴 성례를 시키고 말 것
이니, 그러고 보면 곁애가 말라 하는 누이는 눈엣가시나 빠진 듯이 시
원해 할지 모르지마는 혜란이 결혼이나 시키고 누이 안심시키자고 팔
을 걷어붙이고 나설 맛은 없다. 역시 혜란이가 남의 아내가 되지 말고
처녀대로 곁에 있어 주기를 바라기는 진석이에 지지는 않는 수만이다.
설사 혜란이가 임자 없는 자유로운 몸이 됐댔자 자기 따위는 감히 얼러
볼 수도 없고 진석이의 좋은 일이나 하여 주고 마는 한이 있더라도 이
눈으로만 사랑하는 감히 범하지 못할 공상의 애인이 눈앞에서나마 스
러진다는 것은 참을 수 없는 일이다.

그러나 그렇다고 진석이 말대로 이 일을 집어치울 생각은 없다.

정탐적 흥미로뿐만 아니라 혜란이가 매달려 오고 혜란이가 좋아하는
그 낯빛이 보고 싶은 것이다.

고려각에 들어서며 둘러보니 박석이는 바로 문 밑에 혼자 앉았고 저
편 구석에 대령하고 앉았던 젊은 애들이 눈을 꿈쩍해 보인다. 태환이가
'범인 체포'에 함께 활동하라고 붙여 준 아이들이다. 박석이의 낯을 익
혀 두게 하느라고 아까 태환이에게서 헤어질 제 여기서 만나자고 일러
두었던 것이다.

"그래, 그럴 법이 있나?"

수만이는 박석이와 마주앉으며 눈을 곤두 뜨고 시비를 건다.

"무엇 말인가?"

"생각해 보면 알겠지. 그래 날 감쪽같이 그렇게 속여?"

"속이긴 너를 무얼 속였단 말이냐?"

수만이의 기세가 전에 없이 팽팽한 데에 박석이는 놓쳐 버리면서도 불끈한 생각에 너라고 얕잡는 말씨로 변한다.

"흥, 정보를 교환하자더니……."

정보교환이라는 말에 박석이는 찔끔해서 눈살을 찌푸리며 입을 담치라고 눈을 꿈쩍여 보인다.

"정보교환이래야 이때껏 나만 팔렸지……."

수만이는 목소리를 낮추어서 수군수군하였다. 박석이는 또 '쉿' 하고 입을 틀어막으려 한다.

자칭 박석이가 고려각에 드나들게 되기 시작한 것이 반 년 전 서로 말을 건네게 되고 소속 단체를 알게 되자,

"우리 정보를 교환하세."

"그거 좋지!"

하고 약속하였던 것이다. 물론 박석이가 먼저 제안한 것이었다. 박석이 말은 자기는 실상 ××청년단에서 일을 하지마는 좌익 계열인 ××노동조합에도 가맹해서 있기 때문에 정보는 자기가 빠르다는 자랑이었다.

수만이도 거기에 지지 않고 자기 역시 ××단에서 선전과 정보에 책임이 있기 때문에 A당에도 숨어 들어가 있어서 정보 수집에는 너만 못지 않다고 코가 높았다.

그러나 어느 놈이나 곧이들으려 하지 않고 어느 놈이나 '정보'를 쑤셔 내려고 눈이 벌겋기는 일반이었다. 그러면서도 정보교환은커녕 저놈

이 진짜 빨갱인가? 저놈이 나를 올가미나 씌우지 않나? 하는 의심에 팔려서 서로 만나면 찻잔을 마주 놓고 고양이 쥐 노리듯, 서로가 도적놈 같고 서로가 형사만 같아 보이는 불안에서 지내는 것이다.

"그만둬! 자네 배짱은 인젠 다 알았어……잇속 많을라!"

수만이는 토라져서 벌떡 일어났다.

"나 이런 무정지책이 있을 리가 있나. 그러지 말구 어서 앉아."

박석이는 제가 감잡히는 조건이 있고 아쉬우니까 달랜다. 나이 두어 살이라도 위니만치 말이 조금은 점잖고 수만이를 쥐고 노는 기세다.

"난 바뻐! 가 봐야 하겠네."

수만이는 홱 나와 버렸다.

"여보게, 장윤만이!"

뒤에서 박석이가 다가오며 가만히 부른다. 수만이도 대개의 경우에 이름을 두세 가지 입에서 나오는 대로 쓰는 버릇이 있다. 이것도 해방 이후의 유행이니 수만이 역시 그 본을 뜬 것이지 별 의미는 없었다. 이만치 오다가 수만이가 돌려다 보려니까 박석이 뒤에 서너 간 떨어져 오는 두 검은 그림자가 보인다. 수만이는 호위병이나 데린 듯이 든든한 마음이 든다.

"여보게, 여기 들어가서 한잔 하세."

큰길을 건너서 오뎅집 문전까지 오자 박석이가 왔다. 박석이 입에서 이런 말이 나오기도 처음이다.

누이 집에서 밥을 안 먹고 나온 수만이는 시장한 판에 좋다고나 하고 끌려 들어가며 이것도 혜란이 덕이라는 생각을 하자 혜란이가 보고 싶은 증이 와락 났다.

"그 계집애가 무어라던가?"

술병이 나온 뒤에 한잔 부으며 박석이는 운자를 뗀다.

"자네를 만나구 싶다네. 눈이 짓무나 보데 흥!"

수만이는 아니꼽다는 듯이 코웃음을 쳤다.

"언제 만나제?"

"두었다 이야기하지."

"애 비싸구나. 오뎅쯤으론 수지 안 맞는다는 말이구나?"

"여부가 있나!"

"그래 그 계집애 나를 왜 만나자고 하던가?"

박석이는 혜란이가 이 아이에게 어느 정도로 통사정을 하였는지 떠보려는 생각이다.

"둘째 번 키스를 바치겠다네."

수만이는 또 코웃음을 치면서 설익은 배우의 입내나 내듯이 어깨를 으쓱하고 외면을 하며 의기양양하게 거드름을 뺀다.

"첫째 번 키스는? ……"

박석이도 냉소를 한다.

"그야 알쪼지! 흥!"

하고 수만이는 또 뽐내 보다가,

"그런 객설은 집어치구, 대관절 그 편지 임자가 있는 데를 대게! 결코 무조건은 아니야. 중대한 교환 조건이 있으니까 알아 하게."

하고 쑥 얼러 보았다.

"호홍! 찻값 벌이가 단단히 되는가 보이그려. 그래 그 사람 있는 데를 알아 바치면 얼마 낸다든가?"

"사람을 어떻게 보구 하는 수작야? 이래 봬두 내가……."

수만이는 허풍을 친다.

"이래 봬두 어쨌단 말야? 첫 번 키스의 임자란 말이지? 이마 덜 식은 소리 그만해라."

하고 박석이는 경멸하는 웃음을 기껏 커다랗게 웃는다.

"그만두게. 나 아쉴 일은 조금두 없으니까."

"흥, 되우 비쌘다……. 그래 그 중대 교환 조건이란 무언가? 조건 따라서는 교환 못 할 것두 없으니까."

박석이는 오늘 저녁에 만나자고 한 것은 기위(旣爲) 이 애가 보는 데서 맞장구를 쳤으니 혜란이 편의 정보를 캐어 보려는 것인데 공연히 터뜨려서는 안 되겠다고 돌려 생각한 것이다.

"그럼 박이 있는 데부터 말해 보게."

"그건 누가 알겠다던가? 자네 대장의 지휜가?"

박석이는 눈을 딱 부릅뜬다. 그러나 속으로는 겁이 부쩍 나는 것이었다.

"이건 무슨 어림없는 소린가? 내가 정말 청년단원이요 그놈들 간부의 주구(走狗)인 줄 아나? 김혜란이의 청 아니면 내가 이렇게 몸이 달리도 없지만……."

"흥! 혼자 듣기 아까운데!"

박석이는 입으로는 실없이 대꾸를 하면서도 수만의 말이 얼마나 믿을 수 있나? 눈치를 가만히 보고 앉았다.

"김혜란이는 어떤 사람인데! 박이나 제 몸을 위지(危地)에 넣겠나? 나밖에는 제 오래비에게도 절대 비밀일세. 한 번만 만나 보고 깨끗이 헤지겠다니 소원대루 해 주게그려."

"그럼 내가 직접 만나 보고 이야기하지."

"딴소리! 형사가 미행을 하는데!"

"허풍 그만 쳐! 누가 그 수에 넘어갈 듯싶은가?"

박석이는 태연히 코웃음은 치면서도 마음이 안 놓였다.

"맘대루 해 보게! 나중에 후회는 말구…… 우리두 아까 고려각에서 함께 점심을 먹고 나오다가 비로소 눈치를 챈 일이지만……."

"너 그런 허튼 수작 했다간 귀신도 모르게 모가지 달아날 줄 알아야 한다."

박석이가 눈을 곤두세우며 수군수군 윽박지르니까,

"누가 할 소리인지."

하고 수만이는 찔끔하면서도 팽팽한 소리를 하여 보인다.

"바른대루 이야기를 합세. 그 계집애가 자네를 만나자는 게 아니라 실상은 자네를 만났다가는 피차에 큰일이니 오지 말라는 신신당부라네."

수만이는 잔을 들어 목을 축이고 나서 또 새 소리를 꺼냈다.

"난 만날 일두 없어!"

박석이는 짐짓 훌뿌리는 수작을 해본다.

"취송정으로두 가지 말라는 거야!"

박석이는 잠자코 술잔을 든다. 마담의 일이 못 미덥기도 하다는 생각이 드는 것이다.

"별안간 미행이 따른 걸 보면 암만해두 마담이 입을 놀린 것 같은데 잘못하다가는 김혜란이가 대 끝에 올라앉게 되거든. ……어쩌면 혜란이도 벌써 몸을 감추었는지 모르지만……"

박석이는 수만이를 다시 달래듯이 술을 쳐 주며 가만히 입을 벌린다.

"그러니까 그게 교환 조건이란 말이지? 그 계집애가 숨어 앉은 데를 가르쳐 줄 테니 그 교환조건으루……? 흥 네 수단 좋구나! 어디 두구 보자."

한편으로는 달래면서 또다시 위협을 하여 본다.

"지레짐작 매꾸러기야. 김혜란이를 만나기보다도 더 급한 일이 있지 않은가?"

수만이는 한술 더 떠서 얼러 보았다.

"응? ……"

박석이는 내심으로는 놀라면서도 말귀가 어둔 듯이 멀거니 치어다보려니까 이번에는 수만이가 달래는 수작으로,

"그러니 모든 것을 내게 맡기란 말야. 자네가 나서서 서두르다간 붙들리네. ……나두 일이 되게 하느라구 생기는 일 없이 이러는 것 아닌가."

하고 의논성스럽게 서둘러 놓는다.

"맡기다니? 맡기면 어떡할 텐가?"

"내일 오전 때 저기서 만나세. 그 돈 내 가져다가 줄 테니 내 말대루

만 하게."

"내 말대루 하라니? 나하구 그걸 가지구 같이 가잔 말야?"

"내야 가서 무얼 하나. 주소만 알으켜 주게그려."

박석이는 잠자코 앉았다가 큰 결심이나 한 듯이,

"그럼 이렇게 하세. 내일 저녁 여섯 시에 이리 가져오게. 그때 내 일러 줌세."

돈과 맞바꾸자는 말이다. 그러나 고려각은 수만이 패의 소굴이니 안심이 안 되어 싫고 낮보다는 밤이 좋은 모양이다.

"여긴 재미없네. 고려각이 어떤가?"

수만이 역시 밤이 되레 좋을 듯하나 이 오뎅집에서 만나기는 박석이가 고려각을 꺼리듯이 사념이 되었다. 그러나 박석이가 우기는 대로 그대로 낙착을 짓고 일어섰다.

두 청년이 나오며 뒤선 수만이가 오뎅 냄비 앞의 술청을 돌려다 보니 짝패들이 어느덧 들어와 앉아서 한잔 하고 있다. 수만이는 눈짓을 하고 나왔다.

"아 인제 오시는군요!"

혜란이가 사무실에 들어서자니 혼자 난로 앞에 앉았던 수만이는 반색을 하며 일어나서까지 맞는다. 퍽 기다렸던 모양이다. 그러나 혜란이 역시 일찍이 수만이를 만나고 싶어 부리나케 나오는 길이다.

"왜요 무슨 일이 있어요?"

혜란이도 정답게 생긋 웃어 보였다. 후림새라는 그런 천한 의식이 있는 것은 아니나 어제 가네코와 헤어져 와서 수만이를 만나려고 기다리다 못해 가 버렸던 것이요 또 오라비와 만나서 무슨 이야기를 하였는지 궁금한 것이다.

그보다도 오늘 인천에 가자는 약속이 있는데 아침결에 박석이를 만나서 가네코에게 맡겨 놓은 돈을 얼른 찾아가라고 일러야만 되겠는데 그게 순조로 될지 그 역시 걱정인 것이다.

하여간 수만이를 달래서 손아귀에 넣어야 박석이를 만날 수도 있고 병직이와의 길이 터지게 되려니 하는 생각에 오늘은 수만이가 진심으로 반가운 것이다.

"그 돈 날 주세요"

수만이가 다짜고짜 손을 벌리고 덤비는 데는 좀 놀랐다.

"무슨 돈요?"

어제 오라비에게 들은 말이 있을 것이요 진석이에게 오만 원 취하는 것을 제 손으로 주었으니 잡아뗀대야 별 수 없을 줄은 아나 한 마디 해 본 것이다.

"두말 말고 내놓으세요. 박이 섣불리 취송정에 갔다가 붙들릴까 보아 걱정이시겠죠? 병직 씨를 만나구 싶으시죠? ……"

"……?"

혜란이는 눈만 깜박거리며 남자의 기색을 엿보고 앉았다.

"병직 씨 심부름꾼이 붙들리지 않고, 혜란 씨는 병직 씨를 만나서 끌어내구 하면 그만이겠죠? 내게 맡기세요."

당신이 말 안 해도 나는 짐작이 다 있어서 이만치 애를 쓰고 입의 혀 같이 놀지 않습니까? 하는 듯이 만족과 흥분을 느끼며 혜란이의 얼굴을 가만히 들여다본다.

"응! 내가 오만 원 취한 것까지 오빠한테 이야기하신 게군? 뒷구멍으로 돈을 보낼까 봐서 뺏어 오라십디까?"

밑도 끝도 없이 별안간 돈을 제게 맡기라니 그밖에 생각이 들지 않는다.

"퍽은 사람을 못 믿으시는군요. 혜란 씨가 하지 말라시는 일을 혜란 씨가 눈살을 찌푸리실 일을 내가 할 듯싶어요?"

이 말에 혜란이는 귀가 반짝하며 무조건하고 고개가 수그러졌다. 고마웠다. 아무려니 이 사내가 속이랴 하는 믿는 마음도 비로소 생겼다.

"애쓰셨습니다. 그러나 그 돈 마담에게 있는데 어쩌면 가져갔을지도 모를걸요"

"그럴 듯싶더라니. 하지만 박석이는 취송정에는 발그림자도 못합니다. 어제 나하고 헤진 뒤로는 제 집 속에 들어앉았습니다."

수만이의 자신 있는 소리에,

"명탐정이 되셨군."

하고 혜란이는 놀렸다.

사진 공세

"대관절 인삼인가 홍삼인가는 해결됐나요."

"차차 어울려 들어가는 판인데 꼴의 턱까지 온 셈이니까 우리 지배인께서 조금만 더 뒷받침을 하면 당장 탁방이 나련마는……."

"그래 오늘 인천행두 그 공작(工作)?"

"그럼! 이 바쁜 세상에 조건 없는 일이 어디 있을구! ……몰라요 인제는 미스 김의 수완에 달렸으니까."

"나두 몰라요. 날더러 어떡하란 말예요."

혜란이는 쌀쌀히 잡아떼면서 눈살을 찌푸렸다.

"그저 흠씬 삶아만 놓아요."

"통장작이나 지피나? 삶는 수단이 있어야 말이지. 난 오늘 못 가겠어요."

"지금 와서 무슨 소리슈?"

하며 진석이는 펄쩍 놀란다. 저번에 그만두려 했을 제 다시는 그런 데에 이용하지 않는다는 다짐을 받고 나온 것이지마는 결국 말뿐이요 도로 아미타불이다. 실상 생각하면 그런 데에 이용 안 하자면 자기를 비싼 월급 주어 가며 떠받들고 둘 리가 없기는 한 일이다. 그러나 이 사람들의 배짱이 어떠한 것인지는 여전히 수수께끼다.

남자가 둘이니 남 보기에라도 어떠랴 싶기는 하나 아무리 당일에 갔다 올 테라도 서울을 떠나는 것이 마음에 안 놓이기도 하고 수만이를 따라가서 박석이를 직접 만나고 싶은 생각도 있어 인천은 그만두기로 결심하였다.

벌써 오정을 바라본다. 베커가 허둥허둥 뛰어들더니, 인사도 할 새 없이 어서 나서라고 서둘러댄다.

"난 미안하지만 못 가겠는데……."

원족 가는 어린아이처럼 신기가 좋아서 펄펄 뛰는 베커의 낯을 보고는 혜란이는 차마 꺼내기 어려운 말을 꺼냈다.

"에? ……미스 김이 가신다기에 시간을 비집어서 나선 길인데! 그럼 나두 그만두겠소이다."

베커의 금시로 풀이 죽어 실망하는 낯빛은 옆에서 보기에도 가엾고 딱하다. 분연한 기색으로 진석이를 나무라듯이 치어다보는 눈치는 왜 사람을 바람을 맞췄느냐는 항의 같기도 하다.

"그 왜 사람을 이렇게 안을 채우. 그러지 말구 어서 나섭시다."

베커에게 눈총을 맞는 진석이는, 다시 혜란이를 눈을 흘겨 나무라면서도 달랜다.

"그리 큰 낭패 될 일 아니거든 가십시다. 일기두 좋구 훌륭한 하이어를 하나 빌어 가지고 왔습니다."

베커도 다시 누그러지며 조른다. 어깨에는 사진틀을 걸어 메고 경칩을 지내니까 벌써 봄 기분이 나는 듯도 싶지마는 하이킹 기분으로 벼르고 나선 모양이다.

혜란이는 이 꼴을 보니 제 고집만 셀 수도 없었다.

"그럼 다섯 시까지는 돌아와야 해요"

"그래 염려 말아요"

진석이는 겨우 마음이 놓여서 선뜻 혜란이의 외투를 떼어 들고 뒤로 돌아가 입혀 주려니까 베커도 신기가 좋아서,

"잠깐만 잠깐만……"

하고 사진기를 부리나케 꺼내더니, 혜란이더러 자기 자리에 다시 앉으라거니 싫다거니 한참 법석을 하다가 달깍 한 장 찍는다.

나와서 보니, 옆 골목 모퉁이에 딴은 짙은 은행 빛깔의 번질번질 윤이 흐르는 고급차가 대령하고 있다. 보니 운전수는 없다. 베커가 혜란이를 위하여 뒷좌석의 문을 열어 주는 것을 혜란이는 마다하고 저편으로 돌아가서 운전대의 보조석으로 들어갔다. 베커는 싱글 웃으며 어깻바람이 나서 운전대로 들어와 앉으며,

"저렇게 맑은 푸른 하늘을 보면 아름다운 그림을 보는 듯이, 사는 것이 행복스런 생각이 납니다그려!"

하고 혜란이를 돌려다본다. 혜란이는 따라서 웃으며 구름 한 점 없이 바닷물을 들여다보는 듯한 푸른 하늘을 치어다보았으나, 베커의 그 말이 무슨 딴 뜻을 가진 수수께끼로 들렸다. 진석이가 말의 뒤를 받아서,

"이런 화창한 날 아름다운 아가씨와 드라이브하는 것보다 더 큰 복도 있던감?"

하며 실없이 웃자니까 베커는 천천히 핸들을 틀며 혜란이의 얼굴을 째꾸하듯이 들여다보고 있으면서,

"미스터 리는 시(詩)를 모르니까……."

하고 핀잔을 준다.

"시를 모르다니? 청춘의 전 생명을 바치고도 족한 줄을 모르는 사랑 그런 시가 또 어디 있을구! 허허허."

진석이는 젊은 남녀의 정열에 짓궂게 부채질을 하듯이 대거리를 한다.

베커는 껄껄 웃고 또 한번 옆에 혜란이에게 곁눈을 썼으나, 앞만 바라보고 앉았는 혜란이의 얼굴은 취해 올랐다. 혜란이도 기분은 좋았다. 아직 외투는 입었을망정 따뜻이 차창으로 비껴 받는 햇발에도 봄은 온 것 같은데, 이러한 훌륭한 차 속에 편안히 몸을 실리고, 앞뒤로 젊은 신사들에게 옹위가 되어 교외로 산책을 나간다는 것은 서양의 어느 소설에서 보던 귀족의 따님이 된 듯싶은 달뜬 기분이 들먹거리는 가슴속에 은은히 피어올랐다. 옆에서 가다가다 미칠 듯 말 듯하게 소르르 끼쳐오는 상글한 향기는 이 남자가 무슨 향수를 뿌렸는지는 모르겠으나 그것이 아메리카 냄새라기보다도 남자의, 이성의 냄새같이 맡아져서 전신으로 느글느글한 감촉을 받았다. 핸들을 붙든 베커. 갸름한 보얀 손길은 좀 유착스러워 보이면서도 매끈하고 날씬한 손끝의 손톱이 여자의 손끝처럼 햇빛에 반질거린다. 혜란이는 무심코 눈길이 가다가 외면을

하면서도 그 냄새가 다시 맡아 보고 싶고 그 손길로 다시 눈길이 가곤
하였다.

차는 한강철교를 넘어간다. 강가에는 아직 얼음이 붙어 있어도 중류
는 용용히 흘러 내려간다. 베커는 속력을 늦추며 이리저리 원경을 내어
다 보다가 혜란이와 눈길이 마주치자 또 한번 방글 웃으며,

"조선의 자연은 원시(原始)를 생각게 하여서 좋아요. 사람의 마음을
현대 문명의 기계 속에서 잠깐 풀어놓아 주어서 가벼운 숨을 후우 돌리
게 해 주는 듯싶어요"
하고 은근히 찬사를 드린다.

"그렇게 보아 주시니 고맙습니다. 참 그런데 민속 연구는 어떻게 되
었어요?"

혜란이는 웃으며 비로소 말문이 터졌다.

"아, 날씨도 차차 따뜻해졌으니, 이 차를 내가 전용으로 차지하게 되
면 우선 문밖에 같이 돌아다녀 보실까."

혜란이는 이 청년의 민속 연구라는 것이 얼마만 한 정도의 것인지,
무슨 필요로 내세운 간판이나 아닌지 떠보자는 것인데, 베커는 혜란이
를 좋은 차에 태워 가지고 놀러 다닐 공상부터 하고 있는지 이런 소리
를 한다.

"그거 좋은 계획이군. 나두 민속학 연구를 하는데 조수로 한몫 끼여
봅시다."
하고 진석이가 실없는 소리를 하니까,

"돈 나오는 장삿속이 아니니까 당신은 가만히 계시는 것이 좋을걸

……."

하고 베커는 껄껄 웃는다. 혜란이에게 이 남자가 그림자처럼 달려 있는 것을 어린아이가 샘을 내듯이 싫어하는 것이었다.

"요담 일요일에는 어디 가까운 절에 가 보실까?"

베커는 은근히 돌려다 보며 열심히 수군수군 의논을 한다. 그러나 언젠가 자기 집에 갔을 때처럼 숨결이 거칠어지며 눈의 영채가 달라졌다. 혜란이는 가슴이 설레하였으나 전같이 경계하는 겁이 없어진 자기 마음을 가만히 생각하여 보았다.

"글쎄요……."

혜란이는 가만히 웃어 보였다. 짧은 시일이었으나 자주 만나는 동안에 이 청년의 선악을 짐작하게 되었느니만치 믿는 마음도 한편에는 있는 것이었다.

곱게 꾸민 조선 여자를 보면 '동양의 선녀'를 생각하면서 몽환적 기분에 잠겨 들어간다는 이 이국의 청년, 조선의 하늘과 자연을 예찬하고 조선은 서서(西瑞)와 같은 평화의 나라가 되어 동서양의 두 문화가 여기에 아담스럽게 결정될 날이 있을 것을 믿는다는 이 청년을 어디까지든지 문화인이요 신사로 믿는 것이다. 그 눈과 말투가 가다가다 몹시 선정적이요 자극이 심하여서 한 꺼풀 그 속에는 폭풍우 같은 열정이 굽이치는 것같이 보일 때에는, 혜란이는 선뜻하기도 하고 정신이 얼떨하기도 하지마는, 그런 거야 순진한 젊은이로서 누구나 가지고는 있는 청춘의 정열이거니 생각하면 반드시 자기에게 향하여 뿜어 나오는 정염은 아닐 거라, 그렇게 야비하게 보고 공연한 겁을 집어먹어서는 도리어 이 청년을 모독하는 것이라고 생각하는 것이다.

영등포를 지나서는, 겨우내 쉬었던 부평, 인천의 공사가 다시 벌어져 가느라고 아직 초조한 시골 거리에 점차 미군 트럭들이 정신살 없이 오락가락하는 것이 점점 세차 간다. 여기는 촌길이니만치 베커 옆에 앉은 조선 여성이 한층 더 눈에 띄우는지 지나치는 차마다 미군들의 날카로운 시선은 혜란이에게로만 모였다가 스쳐가곤 한다.

"요담 일요일 절에 가게 되거든 될 수 있으면 조선 머리에 조선 신을 신구 오셔요"

베커는 무슨 공상을 하였는지 한참 만에 이런 소리를 역시 뒤에서는 안 들릴 만큼 수군수군한다.

"왜요? 싫어요!"

혜란이는 무심코 얼굴이 발갛게 취해 올랐다.

"아니 다른 게 아니라 기념 촬영을 하구 싶어 말예요……"

베커는 좀 수줍은 듯이 웃어 보이며 뒷말을 잇는다.

"삼십육 밀리가 내게 있는데 조선에 왔던 유일한 기념으로 조금만 백여 두게요! 좋겠죠?"

베커는 지금부터 간청하듯 매달리는 소리를 응석 비슷이 한다.

"절간의 선녀를 영화로 소개하는 생각이시군? 에구 난 싫어요"

그 말을 듣고 생각하니 아까 사무실에서 떠나 나올 제 불시에 사진기를 들이대고 졸라서 박이고 만 그 뜻도 짐작이 난다.

"옳은 말씀이에요 '동양의 선녀'를 박여다가 일생의 기념으로 삼으려는 거예요 어쩌면 우리 집 가보가 될지 모르죠 허허허."

"천만에! 나 같은 것은 백여다가 무얼 하시게!"

혜란이는 얼굴이 더 발개지며 도리질을 하였다. 그러나 마음에 좋지 않은 것도 아니었다.

"그렇지 않아요. 내가 조선에 왔었대야 미스 김을 우연히 친구로 가졌었다는 것밖에 아무 소득도 기념도 없습니다. 미스 김이 계신 조선은 일생에 잊지 않겠지요! ……"

베커는 말을 툭 끊고 별안간 역정스럽게 핸들을 휘두르며 다시 속력을 낸다.

"미스터 베커, 무엇 때문에 별안간 역정이 나셨소?"

둘이 이야기하게 가만 내버려 두고 뒷자리에 멀거니 앉았던 진석이가 앞으로 몸을 실리며 말을 걸었으나 베커는 웃지도 않고 앞만 바라보며 기운차게 운전을 하고 있다. 혜란이도 아무 대꾸 없이 생긋이 그러나 김빠진 웃음을 띠우고 역시 바깥만 바라보고 앉았다.

인천에 들어서서는 진석이의 발론대로 만국공원에부터 올라갔다. 인천항의 전경을 우선 구경시키자는 생각이다. 그러나 베커는 한 바퀴 휘둘러보고는 첫대 사진기부터 꺼내 들었다. 무심코 바다를 바라보고 섰는 혜란이의 뒤에서 한 장 재그럭 찍었다. 혜란이는 알고도 모른 척하고 박이게 해 주었다.

"숨어 백이는 건, 난 싫어! 이리 주서요, 나두 한 장 백여 드릴게."

혜란이가 사진기를 뺏으려니까 베커는 좀체 내놓지를 않고, 혜란이를 바윗돌에 앉히고 앞으로 또 한 장 백이고야 내놓았다. 베커는 신기가 좋아서 너털대며 혜란이가 앉았던 자리에 가서 싱글벙글하며 혜란이가 찍기를 기다렸다. 혜란이는 기계속이 서투르니만치 잘 박았을지 애가 쓰우며, 그럴 줄 알았다면 손에 익은 오빠의 사진기를 가지고 올걸 하는 생각도 났다.

이번에는 진석이가 사진틀을 달래서 베커와 혜란이를 나란히 세우고 박았다. 베커는 진석이도 박아 주었으나 혜란이와 함께는 박아 주지 않았다.

진석이는 혜란이와 같이 박이고 싶어 하였으나 혜란이가 선뜻 사진기를 뺏어서 베커와 함께 찍어 주었다.

"현상해요 누가 잘 박구 또 누가 잘 백혔는지?"

혜란이도 어느덧 신기가 좋아서 떠들어대었다.

호텔에 점심을 먹으러 들어가서도 또 카메라가 한참 활약을 하였다. 베커는 혜란이를 베란다로 끌고 나가,

"난 이때껏 미스 헬렌 김이 웃는 얼굴만 보았지 성난 얼굴은 못 보았어. 좀 노해 보슈. 이 보기 싫은 녀석! 하구 노해 보슈."

하고 새로운 주문을 한다. 인제는 혜란이를 미국식 발음으로 헬렌이라고 이름까지 껴서 부른다. 하여간 이런 농담 끝에 소원대로 '노한 혜란이'를 또 찍었다. 식탁에 들어와 앉으니까 이번에는 진석이가 청을 하노라고 혜란이와 베커가 마주 앉아서 식사를 하는 광경을 박아 주었다.

"인젠 그만해 두어요. 사진에 체하겠군."

하고 혜란이가 눈살을 찌푸렸으나,

"이번 사진은 '단란한 한때'였습니다."

하고 진석이가 놀리니까 베커는 '단란한 한때'라는 말에 대단히 만족한

듯이 껄껄대면서,

"실상은 '미스 헬렌 김의 하루'라는 기록사진을 만들 계획인데!"

하고 웬일인가 금시로 입가에서 웃음이 스러지며 낯빛이 흐려진다. 혜
란이는 지금 마주 앉은 이 이국청년의 그 '고민의 상징'이라고도 할 일
순간의 표정을 보고 가엾은 생각이 잠깐 들었다. 그러나 그 동정이 다
음 순간에 고마운 생각으로 변하자 혜란이는 혼자 소스라쳐 놀랐다.
'아, 이래서는 안 되겠다!'고 머리를 흔들었다. 병직이의 얼굴이 머릿속
을 스쳐갔다.

"앨범을 만들어 드리죠. 그러나 한 벌 더 만들어서 내가 가져도 꾸지
람 안 하시겠지?"

평정한 낯빛을 회복하며 베커는 이런 소리도 한다. 이 청년은 지금
사진으로 무슨 무언의 고백을 하려는 것이었다.

"무어요? 나는 또 하나 만들어서 나를 준다는 줄 알았더니! 그럼 나
는 어떻게 하구?"

하고 진석이는 남의 마음은 조금도 못 알아차린 듯이 장난삼아 노해 보
인다.

"하, 미처 거기까지는 생각 못했군."

하고 베커는 웃어 버렸다.

해안을 돌면서도 혜란이는 유쾌한 기분으로 또 몇 장을 박이게 하였
다.

"내가 오늘은 모델이 됐나? 배우가 됐나?"

"아니, 세상 남자의 수백 수천이나 되는 카메라가 당신을 노리고 따

라다닐 것인데 나는 지금 그 수백 수천 명의 카메라를 혼자 독차지로 내 맘껏 백일 수 있는 것만도 얼마나 큰 기쁨인지 아시겠어요?"

베커의 말소리는 감격에 떨리며 감상적으로 들리었다. 혜란이는 잠자코 고개를 떨어뜨렸다. 말은 고마우나 대답할 말이 준비되어 있지 못하였던 것이다.

일행은 부두로 돌아와서 세관으로 들어갔다. 여기에 온 혜란이는 경요각의 지배인으로 다시 돌아왔다. 베커의 관청의 출장소에도 들렀다. 이러한 데서는 베커는 한걸음 물러서고 혜란이는 진석이의 비서나 되는 듯이 진석이의 생색을 내고 경요각의 광고가 되었다.

베커의 친지와 진석이와 관계있는 축이 서넛 나서서 안내하는 대로 부두를 시찰하고 나서 진석이가 끄는 대로 점심 먹던 호텔에 쉬러 들렀다.

우정이라면

다섯 시 십 분이 넘었다. 그래도 호텔 보이의 말이 서울 가는 막차가 다섯 시 반이라니 아직 이십 분은 있다. 곧 나가시면 될 겁니다고 하던 보이의 말에 마음은 놓이나 해방 전에 학생을 데리고 왔었건마는 정거장 길이 어정쩡하다. 택시를 집어탈 거리도 아닐 것이요 차차 전등이 들어오게 된, 석양이 지난 거리를 혜란이는 팔뚝의 시계를 보며 길을 물어 가며 종종걸음을 쳤다.

조용히 시간을 대어서 몰래 빠져나오기는 했지마는 이때껏 그 틈에 끼여 앉았던 것이 창피하였던 것은 고사하고 분하다.

"늦으면 묵고 가지. 무슨 걱정이란 말야. 이 사람들처럼 일부러 서울서 '출장'을 와서 여관을 잡고 놀고 있는 사람도 있는데!"

"이 양반이 이게 무슨 객설야. 입에 똥 들어간다……."

혜란이가 먼저 가겠다고 일어서려는 것을 보고 어떤 젊은 손은 혜란이를 붙들고 놓지 않으며 계집년들과 이렇게 시시덕거리고 법석을 하던 것이었다.

진석이가 호텔 식당으로 끌고 온 손님이란 것은 미국 사람 둘 조선 사람 셋이었다. 알고 보니 진석이가 인천에까지 추켜 내서 끌고 온 것은 베커를 삶으라는 것만이 목적이 아니라 그 소위 무역에 끼고 놀아야 할 이 사람들을 한턱 먹이자는 것이요, 이 사람들도 한턱먹자고 판을 차리고 나선 모양이다.

그러나 그것은 하여간에 혜란이가 경요각 지배인이라면서 영어를 곧잘 하는 것을 보고 경요각이란 외국인 상대의 요릿집이나 호텔이요 혜란이는 '그런 계집'들의 주름을 잡는 마담으로쯤 아는 눈치들 같았다. 미국 손님들도 이번에 서울 가면 경요각에 꼭 들르마느니 오늘 저녁에는 좋은 데 구경을 시켜 주마느니 하며 술을 먹어라 댄스를 하자 하고 무람없이 시달리던 것을 생각하면 누구를 탓할 것이 아니라 진석이를 따라다니기가 불찰이요 그보다도 경요각을 나온 것이 잘못이라 화가 나는 것이다.

그는 고사하고 그 계집들은 비틀어진 양장들을 한 꼴이 기생들도 아니요 서울서 출장을 와서 여관에 들어 물밥 사 먹고 있다니 세상에 별 꼴도 다 본다고 혜란이는 침을 톼 뱉고 싶었다.

'이러고 다니는 것을 집의 아버지께서 보시면……'

언제나 머리에서 떠나지 않는 생각이나 혜란이는 이런 생각을 하고는 목이 움츠러졌다.

정거장 앞을 바라보니 쓸쓸하다. 시간은 아직 안 되었을 텐데 하고 뛰어 들어갔다. 그러나 차는 막 떠났다 한다. 다섯 시 반이 아니라 다섯 시 이십오 분 차라 한다.

혜란이는 정거장 문 앞에 나와서 저물어 가는 거리를 바라보며 발길을 어디로 둘지 망단하였다. 경인버스도 있을 리 없고 하여간 택시는 얼마나 하는지 물어나 보려고 큰길로 나서자니, 눈에 익은 자동차가 마주 달려오는 것이 힐끗 눈에 띈다.

짙은 은행 빛 차다.

혜란이는 눈이 번쩍하였다. 그렇지 않아도 혹시나 하는 생각이 없지 않았지마는, 그 짙은 은행 빛이 눈에 스밀 듯이 반가웠다. 프런트 글라스 안에서 손을 번쩍 쳐들어 보이고 빙그레 웃으며 차를 소리도 없이 스르르 밀어다가 대인다. 혜란이는 열어 주는 대로 운전대에 올라탔다. 차는 경인가도(京仁街道)로 들어섰다.

"나두 불쾌해서 일어서려던 판이었는데 눈짓이라두 해 주든지 보이를 시켜 불러내셨더면 곧 따라 나왔는걸……"

베커도 자기 부하들까지 혜란이를 노는계집같이 시달리던 꼴이 보기 싫어서 불쾌하였다는 말눈치나 자기를 내버려 두고 혼자 달아났다고 원망을 하는 것이었다. 하여간 혜란이가 호텔에서 나올 제 보이에게 차 시간을 물어본 것은 잘되었었다. 설마 혼자 갔으랴고 언제까지 식탁에 다시 들어오려 하고 기다리다가 보이에게 정거장으로 나가나 보더라는 말을 듣고서 부랴부랴 쫓아 나선 것이었다 한다.

"미스터 리는 나중 온대요?"

"모르죠. 보이더러만 일러 들여보내고 그대로 나와 버렸으니까."
하며 베커는 웃는다.

"욕하겠군. 우리끼리만 달아났다구."

"아무려면 어떨라구. 우리끼리만 달아나 봅시다요! ……"

하고 베커는 그 독특한 열정적 표정이 휘끈 떠오르며 쩨긋하듯이 얼굴을 옆으로 들이댄다. 혜란이는 무심코 한 말이나 '우리끼리' '달아난다'는 그 말이 은근하고 다정스럽게 들려서 몹시 마음을 건드려 놓았던 것이다.

베커도 몇 잔 먹은 모양인데 차차 흥분이 되어서 이렇게 이야기에 팔리고 한눈을 팔고 하면 운전이 위태하지 않을까 애가 씌워서 혜란이는 입을 닫아 버렸다.

"자기 손님 대접하느라고 우리를 끌고 와서……우리는 덧붙이로 끌려와서 이용이나 된 셈이니까……."

그러니까 버리고 가도 상관없다는 말이다. 자기에게는 부하인 그 사람들과 함께 장사꾼에게 향응을 받고 하는 것도 싫었던 모양이다. 그러나 그보다도 혜란이와 조용히 놀게 내버려 두어 주지 않은 데에 큰 불평이었다.

"그래두 오늘 주빈이 베커신데."

"내가 주빈은 무슨 주빈."

베커는 코웃음을 치다가,

"실상은 미스 김이 나를 데리고 인천으로 놀러 가자고 하셨대기에 난 이거 웬일인가 했었구먼!"

하고 픽 웃는다. 혼자 좋아서 날뛰다가 무슨 패에 떨어진 것 같아서 열없고 분해 하는 웃음이다.

"내가 청했기루 어때서 웬일인가 하구 놀라실 건 뭐예요"

혜란이는 위로 삼아 방긋 웃어 주려니까,

"정말 나 같은 사람을 초대해 주셨다면야, 어째 아니 놀라겠어요! 맥이 일 분에 한 번씩 뛰는 놈 아니면야!"

하고 베커는 웃어는 보이면서 퉁명스럽게 말한다.

"헬렌 씨도 그런 사람한테 이용만 당하는 것이 가엾은 생각이 들어요"

베커 청년도 눈치가 뻔하여 이런 소리도 한다.

"하하하······사람이 좋아 그렇지요"

"사람이 좋으신지, 맘이 좋은지 어째 미스터 리한테만 그렇게 뼈 없이 좋으시던가요?"

베커는 장난처럼 눈을 흘겨본다.

아까부터 괘달머리적게 핀잔을 주는 소리를 하는 것은 진석이에게 할 화풀이를 자기에게 다하는가 싶었지마는 한편으로는 자기에게 좀더 탐탁히 우정을 보여 주고 자기의 부풀어 오르는 감정을 그 고운 손으로 쓰다듬어 주지 않는 것이 안타까워서 그러는 눈치를 못 채는 혜란이도 아니었다.

"왜 뉘게는 좋지 않게 했기에요?"

"몰라요!"

베커는 톡 쏘는 소리를 하고 핸들을 힘껏 이리저리 틀어서 앞 차를 제쳐 놓고 빠져나간다. 속에 치미는 울화라느니보다는, 속에서 복받치는 젊은 기운을 이렇게나 해서 발산시키는 양 같다.

혜란이는 곁눈질을 살짝 해 보며 생긋 웃었다. 이 청년의 몸 전체에서 흘러나오는 힘찬 청춘의 표정에 쾌감을 느끼는 미소이었다.

"이진석이 이야기는 그만둡시다. 그까짓 이야기를 하기에는 시간이 아까워!"

조금 있다가 베커는 제풀에 마음을 돌리며 웃어 보인다. 그러나 시간이 아깝다면서 속력을 뚝 떨어뜨린다. 서울까지의 한 시간 반이나 두 시간이 사실 아까웠다.

그렇게 말하면 이 밤을 새워서 서울에 간들 족할 것은 없으리라.

"나두 바빠요. 여섯 시까지 대어 가야만 되겠는데요."

"미안합니다! 시계가 앉은뱅이가 되었더면 좋았는걸."

"시계가 앉은뱅이가 아니라, 이 차가 앉은뱅이가 되어서……."

"허지만, 차(車)가 심사 사납지, 운전수가 불충실한 것은 아닙니다."

베커는 콧노래를 부르며 차를 느럭느럭 부린다.

"주인의 마음을 알아주는 차가 기특치 않습니까. 차와 차 임자가 볼이 맞아서."

"허허허……. 누구와 맞추셨는지 시간 안 지킨다고 화를 내고 달아날 사람은 아니겠지요."

"에에 그야 뭐 밤을 새고라도 기대릴 사람이지마는……."

"허어 내 차(車)보다도 더 밑둥이 질긴 양반이군요."

"그런 사람 아니구 내 친구 될 자격이 있겠나요. 하지만 일곱 시까지만 대어 주시면 내 상급 후히 드리지."

"무슨 상급을?"

355

"글쎄……. 조선 버선, 조선 신 신고, 절에 가서 '선녀의 웃음'을 웃어 드리죠. 하하하."

"오케이!"

베커는 호들갑스럽게 소리를 치며 속력을 다시 놓는다.

차의 속력은 금시로 또 느려지며 베커는 무슨 공상에서 깨어난 듯이,

"헬렌 씨."

하고 가만히 은근히 부른다.

"네? ……"

아까부터 미스 김이라 부르는 대신에 자기만 부르는 애칭처럼 헬렌 씨라는 것이 귀에 거슬릴 것은 없어도 근실근실하기도 하고 또 무슨 거북한 말이 나오지나 않을까 보아 애도 씌웠다.

"결혼하신다니 정말예요?"

"조선의 선녀는 금강산에 들어가서 안개를 마시고 살죠."

베커가 하도 묻기가 어려운 듯이, 어렵다기보다도 결혼 이 자를 입초에 올리기가 괴로운 듯이 목소리가 목에 걸리면서 꺼내는 말을 혜란이는 일부러 딴전을 하고 웃어 버렸다.

"아 참, 조선에 와서 금강산도 못 보구 가는군요."

베커도 여자가 참되게 응하지 않는 바람에 기가 질려서 선뜻 말을 돌렸다.

"언제 돌아가시는지 또 오서요. 삼팔선이 뚫리면 그때야말로 구경시켜 드리죠."

"고맙습니다. 내야 몇 번이라도 오겠지만 혜란 씨 미국에 안 가 보시

겠어요?"

"조선두 원시(原始)의 나라가 아니라 원자(原子)의 나라가 되거든 구경 가죠"

미국에를 가라면 천당에서 올라가는 듯싶이 귀가 번쩍할 텐데, 이 여자가 코대답을 하는 것을 보면 정말 결혼을 하는가 보다는 생각도 든다.

"그러지 말구 가 보세요. 내 주선을 드릴 게니. 나 있는 집 매코이 박사의 말 한마디면 당장 될 겁니다. 가시기만 하신다면 여비니 학비니 조금두 염려하실 거 없어요"

차의 속력은 점점 줄어들며 베커는 차차 열심으로 권한다.

"고맙습니다. 하지만 농군의 딸은 밭 갈고 김매는 것이 제격이겠죠. 대도회에 쪼아다 놓은 병아리처럼 촐랑거리고 가서 부잣댁 설거지나 하다가 접시를 깨뜨리고 불호령을 만나는 날이면 얼마나 섧겠습니까! 하하하……."

"그게 무슨 말씀입니까? 그렇게 말씀하면 섭섭합니다마는, 우선 그 어학력부터 아깝지 않습니까? 삼 년만 더 공부하구 오시면 대의사두 되구 대신두 되구 출세하시지 않습니까?"

마음에 드는 이국의 이성 친구가 출세하기를 바라고서 하는 간권인지 언제 떨어질지 모르는 이 어여쁜 청춘의 동무를 제 고국 제 고향에 초대하여 마음껏 정성껏 관대하고 싶어서 그러는지 입에 붙은 말은 아니겠지마는 꾀는 수작 같기도 하다.

"미국만 갔다 오면 아무나 대의사 되구 대신 된다면 안 갈 사람 없겠

죠마는 조선 돈이 미국 돈과 일대일(一對一)로 교환될 때가 오면 그때
가죠."

혜란이는 여전히 코대답이다. 베커는 놀랄 만한 자존심의 소유자라
고 눈이 커다래졌다.

"돈시세가 일대일이 되어야 미국에를 가신다니 학비가 많이 들까 보
아 그러겠지마는 글쎄 학비 걱정은 마시라니까……."

"호호호……딸러[弗]의 나라 양반이라 다르시군!"

"허어 그럼 조선 양반이 동등한 대우를 못 받을까 걱정이 돼서 그러
시는군요? 하지만 화폐가치가 모든 것의 표준은 아니니까요."

"하하하. 이건 또 딸러의 나라의 서방님 같지도 않으신 말씀이시군!"

혜란이는 또 한번 냉연히 코웃음을 쳤다.

"허허허……당신께도 내가 딸러외교[弗外交]를 한다는 말씀이지? …
…"

"아니면, 덜!"

혜란이는 또 비웃는 소리를 하였다.

"……그러나 우리 미국 사람은 딸러! 만으로 사는 인간은 아녜요."

"사람은 빵만으로 살지 않는다니까?"

"여부가 있나요 미국 사람은 어느 나라 어느 민족에게나 일대일이지
그 이상이란 자긍은 없습니다."

베커는 자기가 진실로 그렇게 믿는지 안 믿는지 반성을 할 새도 없
이 열심으로 변명을 한다.

"고맙습니다. 콤마 이하(以下)로 보아주지 않는다는 말씀만 들어도…

……"

"콤마 이하로 보다니? 어째서 그런 민족적 편견만 가지고 나를 보시는지 이런 섭섭한 말씀이 또 있을까! ……"

베커는 호들갑스럽게 펄쩍 뛴다.

"……인격적 융합, 심령과 심령이 부닥뜨리는 데에 일대일도 없고 일 플러스 일도 없는 것입니다. 남성이니 여성이니 하는 의식까지 잊어버린 완전한 일(一)이 있을 뿐이지요. 생명의 심지가 서로 엉크러져 다 옳을 제 일(一)이라는 의식조차 남을 여지가 없습니다. 구태여 의식할 필요가 어디 있겠나요……"

젊은 청년은 무슨 아름다운 꿈을 쫓듯이 눈을 공중에 멍히 뜨고 자기 감격에 숨이 차서 떠듬떠듬 이런 소리를 하는 것이었다.

"그런 심경 그런 정서를 맛보실 수 있는 당신은 행복하십니다. 거기 비하면 나는 불행해요."

혜란이는 비로소 참답게 대꾸를 하였다. 일편 고마운 생각도 드나 완곡히 거부하는 의사표시였다.

"헬렌 씨는 너무 냉정해요. 당신은 왜 그리 저 하늘같이 맑고 쌀쌀하신지?"

베커는 원망하듯이 탄식을 하며 또다시 발작적으로 핸들을 힘껏 틀어 속력을 낸다. 차가 한강철교를 들어섰다.

"아! 달이! ……"

베커가 소리를 치는 바람에 창밖으로 치어다보니 중류에 흐르는 물은 반짝이며 가장자리의 얼음 위에 비친 달빛이 눈이 부시다. 중천에는 열흘 달이 높이 달렸다.

"저 달을 보서요. 맑고 쌀쌀은 하지마는 모로 선 선녀가 방긋이 웃고 있습니다! 달을 보면 선녀의 웃음을 생각합니다. ……아마 미국에 돌아가서 저 달을 보아도 그럴 겁니다!"

혜란이의 얼굴에는 괴로운 빛이 떠올랐다.

"나 여기 내려 주세요."

자동차는 명동 어귀에 와서 뚝 섰다. 한강철교를 넘어서면서부터 두 남녀는 이때껏 말이 없었다. 이야기에 지친 것도 아니었고 베커 청년은 아직도 미진한 말이 하두 많으나 혜란이가 두 손으로 막아 내는 태도이니 부접을 하는 도리가 없었다. 그러나 혜란이는 베커에게만이 아니라 자기 마음에 향하여도 두 손으로 막는 것이었다. 뒤흔들리려는 자기 마음을 휘둥그렇게 싸고 앉았노라니 쌀쌀히 구는 것이었다.

베커는 문을 열고 나가는 혜란이에게 손을 들어 알은체를 할 뿐이었다.

가는 사람은 가는 대로 내버려 둔다는 냉정한 표정이다. 혜란이도 인사성일망정 웃어도 아니 보이고 되돌아서 수만이가 박석이와 만나기로 하였다는 오뎅집으로 종종걸음을 쳤다. 시계를 보니 일곱 시가 넘었다.

오뎅집에는 두 젊은 애의 그림자도 안 보였다. 대개는 그럴 줄 알았지마는 혜란이는 맥이 풀리며, 인제는 병직이와의 연이 툭 끊어진 것 같은 생각이 아무 이유 없이 불현듯이 든다. 수만이는 오늘은 박석이와도 만날 것 없이 자기에게 일임하라는 것이었고 자기 역시 시간을 꼭 댈지 몰라서 어리뻥뻥하게 해 두었던 것이지마는 애를 써 와서 못 만나니 그 애들이 돈 십만 원을 가지고 들고 뛴 것만 같고 병직이란 존재도 벌써 사라져 버린 듯싶이 미덥게 생각이 드는 것이었다.

혜란이는 오뎅집에서 차마 그대로 나오기가 섭섭한 듯이, 손님이 북적대는 속을 바라보며 멈칫거리다가 문밖을 나서자니까 바로 코앞에 지금 막 내린 차가 척 놓여 있는 데는 깜짝 놀라지 않을 수 없었다.

베커는 차 안에서 싱긋 웃어만 보이고 잠자코 문을 열어 준다. 혜란이도 무슨 힘에 끌리듯이 싫다 좋다 아무 말 않고 들어갔다.

바로 근처의 오뎅집으로 들어가는 것을 보고 차를 돌려다 놓고 기다렸던 모양이나 혜란이는 그따위 오뎅집에 다녀 나온 것이 창피한 생각도 드나 이렇게 차를 대령하고 기다려 주는 것이 고맙지 않을 수도 없었다.

"댁에 모셔다드리죠"

자기에게로 가서 매코이 박사인가를 소개한다고 조르지나 않을까 하였더니 차를 종로 편으로 곧장 달린다.

"미안하군요"

"한번 김 박사께도 뵙구 인사를 드려야 한다면서……."

베커는 불쑥 이런 소리를 한다. 김 박사란 혜란이 부친 말이다. 해방 후에 혜란이 부친도 '박사'가 되었지마는 혜란이는 박사란 말이 듣기에 좋으면서도 귀에 서툴러서, 늘 혼자 웃는 것이었다.

"밤이면 동리 출입을 하시니까 아마 안 계실걸요. 한데 어떻게 아세요?"

"예, 브라운 씨한테 선성은 익히 들었죠"

그것은 고사하고 베커가 혜란이에게 길을 묻지도 않고 자기 집 찾아가듯이 차를 부리는 데는 놀랐다.

"우리 집이 어딘데 이리 가시나? ……"

"왜? 대강 짐작은 하죠. 흐흥……."

베커는 혜란이 집을 짐작하는 것을 자랑이나 하듯이 웃는다.

그러나 혜란이는 목이 움츠러졌다. 자기 집까지 은근히 알아 둔 이 남자의 성의가 고맙다 할지 미안하다 할지, 그러나 겁이 펄쩍 나는 것이었다.

강가에서

    즐비한 점포에서 전등불은 흘러나와도 종로의 네거리는 달빛이 전등
불빛보다 더 생색이 난다. 문을 닫은 백화점 앞 컴컴스레한 정류장에
열을 지어 섰는 사람들의 얼굴이 두어 간통 떨어졌어도 달빛에 대중치
고 분간할 수도 있었다. 수만이는 앞선 네 그림자가 전차를 기다리는
승객의 열로 들어서는 것을 보고 한참 붐비는 선두에 섞여 끼었다. 다
방골에서부터 두 남녀를 앞세우고 좌우로 뒤를 밟는 두 검은 그림자를
수만이는 또 그 뒤를 댓 간통쯤 떨어져 예까지 쫓아온 것이다.

    한참 뜸하였던 전차가 두 대나 몰려오니까 선후 없이 우우들 몰려나
가는 통에 수만이는 찔끔하여 뒤로 물러섰다. 그러나 박석이와 여자는
노량진 차는 요다음이라는 소리에 멈칫한다.

    박병직이가 멀찌감치 노량진에 나가 있는가 하고 수만이는 의외라는
듯이 혼자 고개를 끄덕였다. 머리를 비녀로 쪽 찌고 검중한 두루마기에
날은 푸근하건마는 목도리를 칭칭 감아서 더구나 얼굴은 자세히 보이

지 않으나 부엌데기보다 조금 조촐한 이 여자가 그들의 동지라는 것도 의외이지마는 대관절 다방골의 문전이 비슷한 그 집이 무엇하는 뉘 집 인지 거기서 나온 이 여자는 병직이나 화순이를 부리나케 찾아가는 것 일 거다.

하여튼 수만이는 탐정적 흥미에 차차 일이 재미있어 간다고 속으로 웃었다.

필시 오만 원짜리 은행 어음 두 장이 저 여자의 허리춤에 끼어 있을 것이요, 박석이는 그 돈표를 호위하고 가는 모양이나 그렇다면 박석이 가 직접 전하지를 못하고 저 여자에게 주어서 저 여자를 앞장세우고 가 는 것일 거니 박석이가 병직이의 있는 데를 아직 모른다는 말이 생판 거짓말은 아닌 양 싶기도 하다. 수만이는 아까 여섯 시에 박석이를 만 나서 돈만 뺏기고 한 수 넘어간 것이 분해서, 더구나 제 부하나 어디다 가 매복해 놓은 듯이 눈을 부르대고 위협하는데 질려서 돈부터 내놓고, 정작 병직이의 숨은 데는 내일 알아다가 준다고 얼러맞추는 대로 패에 떨어지고 만 것이 분해서, 지금 기를 쓰고 뒤를 밟는 터이다. 그러나 수 만이는 제 자신이 또 어떤 놈에게 뒤를 밟히지나 않는가 하는 의심에 앞뒤를 연해 보살피고 섰는 것이다.

백화점 문 위에 달린 시계가 맞는지 일곱 시 반을 가리킨다. 이맘때 쯤 혜란이를 옆에 태운 베커의 자동차가 이 앞을 지나갔으련마는 수만 이나 박석이나 그런 것을 눈여겨볼 경황도 없었다.

노량진 차가 왔다. 이때껏 모르는 사람들끼리처럼 시치미 떼고 섰던 박석이는 차를 타러 가는 여자에게 고개만 끄떡해 보이고 돌쳐선다. 여자가 앞으로 가서 타자 뒤를 밟던 두 젊은 애도 오르는 것이 보인다. 수만이는 박석이가 사람 틈으로 스러지는 것을 본 뒤에야 마음 놓고 떠나려는 차에 뒤로 뛰어올랐다.

노량진에서 내린 검은 두루마기의 여자는 강가로 내려서서 컴컴한 흑석동 어귀로 들어선다. 빽빽이 탔던 승객의 반 넘어는 이 골짜기로 몰려드니 수만이는 오히려 거기에 얼싸여 검정 두루마기만 노리고 가기가 좋았다. 그러나 첫마루턱이를 지나서 사람이 듬성긋해지자 뒤에서,

"장윤만 씨 어디 가슈?"

하는 소리가 들린다. 수만이는 가슴이 섬뜩하였으나 못 들은 척하고 앞사람들 틈을 빠져 발씨를 채치었다. 장윤만이라는 수만이의 또 하나 이름은 박석이밖에 알 사람이 별로 없는 변성명이다.

"윤만 씨, 날 몰라보겠소?"

알지 못할 목소리의 임자는 버썩 막아서며 겨드랑이를 서슴지 않고 끼며 딱 선다. 수만이는 부르르 떨며 얼굴이 맞닿도록 들여다보는 청년에게 고개를 돌렸다.

팔까지의 힘이 애먼 자기의 팔은 곧 부러지지 않나 싶었지마는 컴컴한 속에서 딱 부릅뜨는 두 눈에는 생사를 결단하려 드는 사람같이 필요 이상으로 살기가 맺혔다. 두툼한 입술에 방그레 조소가 떠올라 왔다. 그러나 보지 못하던 얼굴이다.

"박석 군의 집은 이쪽이 아닌데 길 잘못 들었구려?"

청년은 비꼬아 본다.

365

"에, 박석이를 아슈."

수만이는 얼떨결에 한마디 대꾸로 하며 앞을 바라보니 검정 두루마기는 어디론지 벌써 사라지고 말았다. 그러나 둘이 따르니 우선 안심하고 자기는 어름어름 빠져 달아나는 것이 수라고 생각하였다.

"예가 어디라구 발을 들여놨어? 주점으로 나가 봐. 어쩌면 박석 군이 기대리구 있을 거니."

청년은 수만이를 빵그르 돌려 세워서 팔깍지를 뿌리쳐 빼 가지고 등덜미를 탁 민다.

나꿔채는 바람에 중심을 잃은 수만이는 앞으로 고꾸라질 뻔한 것을 서너 발자국 나가서 간신히 몸을 가누었다.

등이 얼쩍지근하다.

"박군과 안면이 있다니까 그대루 보내는 거야. 너희들 따위 백이 오면 어떠랴마는 뒤를 밟는 게 괘씸해 그런 거야."

'이놈들!'

수만이는 입 속으로만 이런 소리를 하고 헛주먹을 부르르 쥐며 돌려다 보니 벌써 그 자는 비호같이 달아났다.

수만이는 종점으로 나왔으나 차는 떠났고 기다리는 승객도 듬성긋하다. 빙빙 돌고 섰기가 무시무시하나 혼자만 가 버릴 수도 없다. 사람 틈에 끼여서 흑석동 동구만 바라보고 섰자니까 또 하나 젊은 애가 낑낑하며 골목에서 나와서 두리번거린다.

"어떻게 됐어, 왜 그래?"

수만이가 뛰어가 보니 한편 볼이 부풀어 오르고 연해 침을 퉤퉤 뱉는 것이 얻어맞고 입에서는 피가 나고 하는 모양이다.

"그놈들을 가만 내버려 둬! 파출소로 가지! 갑시다."

바로 비스듬히 바라보이는 파출소를 건너다보며 젊은 애는 씨근벌떡 서둔다.

"가만있어. 덕진이나 기다려 보구……."

수만이는 투덜대는 젊은 애를 달랬다.

덕진이란 흑석동에 따라 들어간 또 하나의 젊은 애 말이다.

"……그리구 어차피 경찰에 고발하려면 상부에 보고를 해서 근본적으로 해결을 해야지."

상부란 청년단 상부인지 경찰의 상부 말인지 수만이는 이런 소리도 하는 것이었다.

전차가 우르르 와서 닿았다. 승객들이 꾸역꾸역 내리는 통에 수만이들은 길가로 비켜서며,

"그래 그놈들을 가만 내버려 두다니 이 밤중으로 요정을 내야지!"

하고 젊은 애는 발을 구른다.

"가만 내버려 두지 않으면 어쩌누? 허허허……."

차에서 내려서 지나가던 사람 속에서 이런 소리가 난다. 두 사람은 눈이 회동그래졌다.

박석이가 빙그레 웃으며 막아선다.

"활동이 대단히 민활하이그려? 여긴 뭘 차려 먹으러 왔나?"

박석이는 볼이 뒤둥그러진 젊은 애를 치어다보며 또 웃는다.

"자네 좀 만나러 왔네?"

수만이는 설레한 가슴이 덜 가라앉았으나 눈을 까뒤집고 쇠하여 보였다.

"할 말이 있거든 아까 종로서 차 타기 전에 하지 않구! 하하하……잔소리말구 어서 가게. 이젠 자네 만날 일두 없구……"

"뭐? ……이리 좀 오게 애기 좀 하세."

수만이가 기세를 뽐내 보이자니까,

"이거 왜 이러는 거야? 얻어터지지 않은 것만 다행한 줄 알구 어서 저 차 타구 가게."

"나, 가거나 말거나 아랑곳이 뭔가."

수만이도 입을 악물고 덤볐다. 그러나 서투른 동리에 와서 또 무슨 봉변을 할지, 박석이 뒤에 무엇이 있는지 알 수가 없어서 겁도 아니 나는 것은 아니었다.

그러자 덕진이가 풍우같이 다가오는 것을 보니 수만이 편은 마음이 든든하여지며 셋이 이까짓 놈 하나쯤 못해내랴 싶은 생각이 들며 으슥한 데로 박석이를 끌려 하였다. 그러나 덕진이는 수만이의 소매를 넌지시 당기며 눈을 꿈적한다. 보아하니 아무렇지도 않은 양이 무사히 성공하고 온 모양 같다.

"내일 만나세."

수만이는 뒤가 좀 묽게는 되었으나 얼른 덕진이의 보고가 듣고 싶어 획 떨어져 전찻길로 나섰다.

"만나서 무얼 하나만 만나게 되면 만나세."

박석이는 여전히 코대답이었다. 그러나 수만이가 안간힘을 쓰며,

"맘대루 해보게! 나두 생각이 있으니!"

하고 앙심을 먹은 소리를 하는 것을 듣자,

"여보게 그러지 말고 오늘 일은 어떻게 되었는지 모르지만 내일 만나서 자세한 정보교환을 하세그려."

하며 뒤를 두는 듯이 농쳐 버리고 돌쳐섰다.

방문

"이 후미진 데 이런 큰 동리가 있는 줄은 몰랐군요 별장 지대 아닌가."

혜란이는 아침 볕이 상글하게 쨍쨍히 비치는 비탈길을 한 마루턱 올라서며 앞선 젊은 아이에게 말을 붙였다.

"에, 예전 진고개 장사치 놈들이 신통지게 별장을 지었던 게죠……. 아니 지금도 진고개 모리배들이 차지하였을걸요"

눈 아래 분지에는 새 집들이 총총들이 들어찼지마는 왼편으로는 바로 한강 물줄기를 끼고 높직이 앉은 품이 예전 시절로 말하면 새문 밖 근처의 서양 사람 주택지 같다. 조선 사람의 산비탈집이란 오막살이 움이지마는 제법 이런 별장지대에 장독을 늘어놓고 사는 것도 해방 덕인가 싶다. 길은 자동차가 드나들 만치 넓으나 언덕이 급하여질수록 혜란이는 숨이 차고 따뜻한 날씨건마는 아침 바람이 내리 질려서 추웠다.

"가쁘시지요? 좀 더 올라가서 저리 휘돌아야 합니다만……"

앞선 청년은 연해 좌우를 휘휘 돌려다 보며 어젯밤 같은 쌈패인지 호위대인지 정체를 모를 청년들의 눈을 경계하는 모양이었다. 혜란이도 아까 집에서 나오기 전에 수만이에게 들은 말이 있는지라 행인도 드문 호젓한 길에 마음이 조마조마하였다.

'이런 데 와서 틀어 백혀 있다니, 대관절 누구 집인구? ……'

연줄을 얻어서 화순이와 셋방살이라도 하는지? 그러나 어젯밤에 검정 두루마기짜리의 여자 하나를 호위하느라고 몇 놈씩 경호대를 풀어 놓고 주먹다짐이 나고 그 법석을 했다는 말을 들으면 사랑의 보금자리라기보다는 소위 '아지트'라는 소굴이 이 산속에 묻혀 있는가 싶어 혜란이는 또다시 어깨가 오싹하는 듯하였다.

오늘 이른 아침에 수만이가 집으로 찾아와서 어젯밤 경과를 이야기한 뒤에 병직이를 가서 만날 테거든 집을 배워 놓은 젊은 애도 데리고 왔으니 곧 따라나서라고 서두르는 사품에 하여간 반가워서 따라나선 것이다.

지금 저 뒤에는 수만이의 부하가 또 둘이나 따르고 수만이 자신은 그 뒤에 처져서 총 지휘 격으로 호위를 하고 오는 것이다.

'박석이가 돈을 받아 가지고 갔더라는 다방골이란 것은 묻지 않아도 '누님집'이겠지마는 그렇다면 검정 두루마기가 바로 화순이었던지 모르지……'

혜란이는 또 이런 생각을 해 보는 것이다.

다방골 '누님'이란 여자가 화순이의 어떻게 되는 형님이라니 그리 길이 닿는 것일 거요, 비녀야 가장을 하자면 쪽 찌기도 하였겠지마는 언제까지 그 모양으로 숨어 엎드려 있으려는지 생각하면 딱한 일이다.

대관절 화순이는 무슨 일을 했기에 잡으려는 것인지? 병직이는 단순히 화순이와 떨어질 수 없고 화순이를 감추어 주느라고 그러는 것인지? 병직 자신도 같이 한 일이 있어 붙들리면 큰일인지? 혜란이는 얼마 동안 잊었던 걱정에 팔려서 만나러 가는 것도 반가울 것이 없다.

"저 집예요"

앞선 젊은 애는 발을 멈추며 겁을 집어먹은 목소리로 우물거린다. 턱짓으로 가리키는 집을 바라보니 댕금히 외딴 자그마한 이층 벽돌집이, 위층은 덧문까지 달려 있고 사람 사는 집 같지도 않게 조용하여 유리창 안에서는 충혈된 눈들이 반짝이며 내다보는 것 같고 어째 발이 선뜻 나가지를 않는다.

"어서 가 보세요"

젊은 애는 권총은 아니라도 몽둥패라도 곧 나올 것만 같은지 망을 보며 수군거리고는 뒤를 돌아다본다. 뒤에서도 어디 몸을 감추고 서서 망만 보는지 수만이들의 그림자가 눈에 안 띈다. 사방은 괴괴하다.

그러나 혜란이는 저 속에 병직이가 있거니 하는 생각을 하니 사람의 마음은 모르겠으나, 아니 그래도 소청대로 돈을 변통해 보냈으니 아무려면 괄시를 하고 내쫓기야 하랴는 생각에 조금은 마음이 놓였다. 문 앞으로 올라가서 눈에 띄는 대로 초인종을 눌렀다. 그러나 병직이가 폭력단에 잡혀 앉았다면? 하는 걱정이 불현듯이 나서 안에서 발자취 소리가 나나 귀를 기울이면서도 가슴이 두근거렸다.

안에서는 슬리퍼 소리가 차차 가까워 오더니 짜그럭 하고 소빗장을 여는 소리가 난다. 혜란이는 전신의 힘이 가슴으로 얼굴로 기어오르는 듯싶었다.

문이 펄썩 열렸다.

"앗! ……"

오라비인 태환이가 잠이 부족한 눈을 멀뚱히 뜨고 찌뿌듯해서 딱 섰다.

"웬일이세요? 병직 씨는 있어요?"

어젯밤에 오라비가 집에 안 들어와 잤기에 대개는 이 사단 때문인가 보다고는 짐작하였지마는 여기서 만날 줄은 몰랐다.

"수만이는 어떻게 됐어? 수만이를 오랬더니……."

태환이는 자기의 말만 하고 역정을 낸다.

"뒤에서 와요"

"뒤에서 오다니? 아니 자동차 보낸 것 같이 타구 왔겠지?"

"몰라요. 난 집에서 바루 오는 길인데요. 수만 씨가 집으로 왔더군요"

"객쩍은 짓!"

하고 태환이는 혀를 찬다. 수만이를 데리러 차를 보내 놓고 기다리는 눈치다.

"하여간 올라오렴,"

혜란이는 밖으로 나가서 길 건너 양옥집 모퉁이에 숨어 섰는 젊은 아이를 찾아 수만이를 데리고 오라고 일러 놓고 집에 들어갔다.

응접실로 들어가니 이건 또 의외다. 박종렬 영감이 버티고 앉았고 늙

수그레한 허연 솜바지 저고리 입은 영감이 문 밑에 국궁하고 섰다. 이 늙은이가 이 집 주인일 리는 없고, 언뜻 보기에 별장지기인 듯싶다. 종렬 영감도 혜란이가 나타난 것을 보고는 좀 놀란 기색이었으나 인사 대답도 하는 듯 마는 듯 별로 알은체도 않고, 섰는 노인과 하던 이야기를 그대로 계속한다.

가뜩이나 계집애년이 열고가 나서 쫓아다닌다고 개전치 않게 보일까 보아 열없는데 영감의 역정 난 얼굴을 보니 혜란이는 무안이나 본 듯이 나가도 못 하고 문 밑에 오그리고 섰었다.

"자네 말은 암만 들어도 모를 소리야. 술잔이나 사 주고 돈푼 얻어 쓰는 맛에 젊은 것하구 부동이 돼서 그런 거지? 낫살이나 먹은 사람이 그래두 그만 요량야 없더란 말인가?"

"글쎄 누가 이런 줄야 알았겠습니까. 날마다 댁에서 사람이 오구 전화로도 연락이 있으니 찾아가 뵐 것두 없다시기에 그런 줄만 알았죠 실상 저희 내외는 그동안 무슨 감금이나 당한 듯이 꿈쩍도 못하고 대문 밖에 발도 못 내놓고 지냈습니다. ……하기야 들락날락하는 젊으신네들이 하두 많아서 여러분 식사만 해도 저의 양주는 그 시중에 눈코 뜰 새도 없었습니다마는……."

말눈치로 보아서는 종렬 영감은 병직이가 나와서 묵는 것을 어째서 십여 일이나 넘도록 자기에게는 감쪽같이 알리지도 않았더냐는 꾸지람이요 또 별장지기인 이 영감은 주인댁 서방님이 병후에 정양차로 며칠 나와서 묵고 간다니까 그런가 보다 하고 신지무의하였을 뿐이지 병직이에게 돈이나 술잔 얻어먹었다고 일부러 속인 것은 아니라는 변명인 모양이다. 종렬 영감은 바로 자기 집이나 다름없는 이 별장에 와서 숨어 있던 것을 까맣게 모르고 그 법석들을 한 것이 어이가 없고 더 분해서 한 말을 또 하고 또 하고 이 늙은이만 나무라는 것이었다.

이 별장이란 것은 제법 별장다운 것도 못 되지마는 작년 가을에 이것도 브라운을 끼고서 구락부를 하나 만들자는 핑계로 손쉽게 걸린 것인데 차차 첩이나 하나 얻겠다는 속셈이 있는 터이라 우선은 전에 부리던 늙은이 내외에게 부엌방 한 칸을 내주고 첩을 골라 들일 때까지 지키고 있게 한 것이라서 이 적산집을 또 차지하였다는 것은 소문이 날까 보아 쉬쉬하고 아무도 모를 것인데 자식 놈이 어떻게 알고 이런 때 이용할 줄은 천만뜻밖이다.

"듣기 싫어! 아무러면 그렇게두 눈치가 없더란 말인가? 그래 떠날 젠 먼 길 떠나는 눈치는 아니던가?"

어제 뒤를 밟혀서 안심이 안 되니까 시내로 옮아앉았는지, 서울을 떴는지 그것이 알고 싶은 것이다.

"온양 온천으로 전지요양을 가신다는 말은 벌써부터 들었죠마는, 열 시나 돼서 웬 밤차가 있었을라구요…… 참, 딴은 보지 못하던 웬 배낭인지 두 개나 젊은 사람들이 들어다 드리나 보더군요"

혜란이는 기어코 떠났구나 하고 혼자 생각하며, 수만이들이 들어오는 기척에 마루로 나왔다.

"그럴 줄 알았다면 어제저녁으로 서두는 것을. 그거 분하군요"

문간에서 내다보고 섰던 태환이를 따라 들어오며 수만이는 이런 소리를 한다. 그러나 어제도 동무가 얻어맞고 박석이에게 속고 위협을 받고 한 것이 분할 뿐이지, 병직이를 놓친 것은 조금도 분할 것이 없다. 혜란이에게 생색은 낼 대로 내고, 병직이는 제멋대로 달아나고 하였으니, 소원대로 마침 잘된 셈이다.

"큰소리 말어. 얼어터지기나 하구. 고려각에 드나들던 바루 고놈이라면서 고놈마저 잡지를 못하구 놓쳐 버리구……."

태환이는 핀잔을 주고 저편 온돌방으로 세 청년을 데리고 들어가면서,

"대관절 너희들은 품팔이 모군꾼이란 말야. 남의 일 보듯 어름어름하다가 결국 감쪽같이 그놈들의 수에 넘어 가구 말았으니 그래 분한 생각도 없단 말야?"

하고 호통을 한다. 젊은 애들을 단속하고 격려하는 말이겠지마는 태환이는 어제 늦게 나왔다가 시간이 늦어서 까닭 없이 운전수와 함께 여기서 새우잠을 자고 난 화풀이로 투덜대는 것이었다.

"공 없는 말씀 마세요. 누가 품삯 받고 이런 일 할까요. 그 오천 원 물어 놓죠."

수만이도 맞서 보았다. 오천 원이란 세 사람 부비로 받은 것 말이다.

"큰소리는 하네마는 어젯밤만 해두 애썼기에 한잔 먹고 오랬더니 그만 꿩 궈 먹은 수작 아닌가."

"청요릿집에서 나와서 회사로 갔더니 벌써 문이 잠긴 걸 어쩝니까."

"그러기루 오늘은 또……? 궁금해서라두 일찌감치 나와야지."

"그러기에 새벽같이 댁으로 대령하지 않았습니까."

"누가 내 누이 데려 오랬던가?"

"간 길에 이야기가 나서 따라오신 거죠"

태환이는 말이 막혔으나 수만이가 집으로까지 갔던 것은 역시 누이에게 더 긴하게 보이려고, 앞질러 병직이와 만나도록 해 주려던 것이거니 하는 짐작에 불쾌하였다. 물론 수만이는 혜란이를 찾아갔던 것이지 태환이는 만날까 보아 도리어 조마조마하였던 것이다.

"그래 어떻게 됐어요?"

한참 말다툼하기에 수만이는 인제야 조롱으로 말을 꺼냈다.

"어떻게 되구 말구 난 어젯밤에 나와서 이때껏 매달려 앉았는데……."

태환이의 말을 들으면 어젯밤에 수만이들이 밤참 먹으러 나간 뒤에 영감한테 전화로 보고를 하니까 그러면 그 집은 분명히 자기가 맡은 적산 별장이요 운전수도 몇 번 데리고 가서 잘 아니, 전화를 걸어 보고 어쩌고 할 것 없이 곧 쫓아 보라고 지휘를 하고 자기 집 자동차를 보내 왔더라 한다. 그러나 나와 보니 병직이 일행은 벌써 자취를 감추어 버렸더라는 것이다.

수사

"다방골에를 좀 갔다 와야 할 텐데……. 혜란이 전부터 잘 안댔지?"

"네 그렇지 않아두 가 보려는데, 내 갔다 오죠."

"그럼 지금 차가 밖에 온 모양이니 강 군하구 곧 가 보라구."

태환이는 수사본부나 차려 놓고 어젯밤의 문제의 여자를 붙들어올 듯이 여러 가지 무의를 시키며 서둔다.

혜란이는 다방골집의 '누님'이라는 주인 여편네가 한통속이 아닌 모양이지마는 아니 한통속이 아니니만치 그 입에서 무슨 들을 만한 말이 나올 것이라고 생각하는 것이었다. 혜란이와 수만이가 나서려니까 종렬 영감이 태환이를 부르더니,

"지금 경찰청 김 과장한테 전화를 걸어 놓았으니 강수만이를 데리고 곧 가서 그동안 경과를 자세히 이야기하게."

하며 명한다. 김 과장이란 이 영감이 도회의원 시대부터 잘 알 뿐 아니라 지금도 늘 추축이 잦은 젊은 후배다. 이런 사람을 두고도 아들을 찾

아 달라고 부탁 아니한 것은 큰소리를 내기가 싫어서 그런 것이요, 이 추위에 제가 가면 어디를 가랴. 계집년하고 서울 바닥의 어느 구석에 자빠졌겠지 하는 생각으로 찾아왔던 것이다. 그러나 륙색을 둘이나 들고 나섰다 하니 인제는 겁이 펄쩍 나서 삼팔선을 넘겨 보내지 않겠다고 서두는 것이요, 한편으로는 말썽 부리는 자식은 혼을 좀 내야 하겠다고 흥분도 된 모양이다.

"좀 더 참아보시죠. 아침 차로 떠나지 않은 것은 분명하니까 알아볼 데 알아보고 오늘 해 전으로는 찾아오죠"

하고 태환이는 장담을 하였다. 새벽 첫차와 아침 차에는 영감과 연락을 하여 서울역에는 병직이 집 사랑사람이 내보냈었고 용산역에는 함께 여기서 잔 운전수와 같이 태환이가 나가서 지켰기 때문에 병직이가 아직 북행은 아니하였으리라는 자신이 있다. 하여간 경찰과 경쟁을 하자는 것은 아니나 이만치나 뒤를 밟아서 조금만 하면 붙들게 된 것을 중도에 내던지기가 아까운 생각도 드는 것이었다.

"그러나 돈 있겠다 자동차로는 못 가겠나. 정녕 그년한테 이북으로 끌려가는 것일 거니 제 소위를 생각하면 이 애를 쓸 것 뭐 있겠네마는 부자간에 총부리를 마주대고 앉았자는 수도 없고 자네 댁에나 아니 그보다도 그만치 애를 쓰고 무던히 하는 자네 매제에게도 남 못할 일 아닌가!"

그러하니 수색원이라도 내어서 개성을 넘어가기 전에 붙들어야 한다는 것이다.

"김 과장한테도 말을 내놓고 가만있을 수야 있나. 내가 여기 있을게

어서 갔다들 오게."

오늘 이 집을 비지 않는 것은 병직이 친구가 한 놈이라도 달겨들면 붙들어 보자는 것인데 젊은 애들이 마주치면 충돌이나 날까 보아 자기가 지키고 있을 것이니 태환이더러 대리로 다녀오라는 말이다.

세 남녀를 태운 자동차는 수사대가 대활동이나 개시한 듯이 기세 좋게 다방골로 내달았다. 이만큼 동구 밖에서 내린 혜란이와 수만이는 '누님집'으로 앞뒤를 사리우며 가만가만히 들어갔다. 뒤의 차 속에는 태환이가 대기하고 있다.

어젯밤 그 여자가 이 집에 몸담아 있는 사람이기로 뒤를 밟힌 바에야 박석이와 함께 벌써 꼬리를 감추었을 것이나 그래도 혹여 눈에 띨까 하는 생각과 혜란이를 혼자 들여보내기가 염려스러워서 수만이를 따르게 한 것이다. 그러나 들어가서 보니 주인마님은 출입하였다 하고 텅 빈 집이 절간 같다. 건넌방에서는 집 지키는 늙은이가 유리 구멍으로 내다볼 뿐이요 전에 보던 아이만 아랫방에서 나와서 알은체를 하는 것이었다.

"쥔아주머니 언제 들어오시니?"

"남대문 장에 가셨으니까 좀 있으면 오시겠죠"

"요새두 손님 오시니?"

"예 어쩌다 오시는 분만 오시죠"

"신문사 아주머니두 오시구?"

"네? ……그 아주머닌 벌써 시골 가셨죠"

아이놈은 당신도 한 축일 텐데 어째 그걸 모르느냐는 듯이 눈이 똥

그래지는 것이었다.

"신문사 박 선생은?"

"그 어른두 함께 가시지 않았어요?"

"언제?"

"언젠지요 ……한 열흘 되나요"

하여간 이 집에서들은 그렇게 소문이 난 모양이다.

"박석이라는 이 너 알지? 그이두 늘 오니?"

"박석이란 이요?"

아이는 잘 모르겠다는 듯이 고개를 외로 꼬며 생각하는 눈치다.

"왜, 어젯밤에 그 누구라는 아주머니냐? 검정 두루마기 입구 목도리 한 아주머니하구 같이 나갔지?"

"네, 평산 아주머니 말요"

"그래 그 평산 아주머니는 지금 계시냐?"

"어제 나가서 웬일인지 아직 안 들어오셨어요"

그 말을 듣고 생각하니 평산 아주머니라는 그 여자를 혜란이도 짐작 하겠다. 찬간을 맡아보는 모양이나 손님 접대도 하고 시중을 드는 부숭 부숭한 삼십 가량의 여자다.

별양 말수도 없고 점잖은 태도로 보아 인텔리 여성이거니 하는 짐작 은 있었지마는 숫보기같이 머리를 쪽 찌고 찬간 일이나 보는 그 여자가 그런 지하 운동을 하는 사람이던가 하면 천만 뜻밖이요 세상이 달라도 졌구나 하고 놀랐다.

혜란이는 이 아이에게 그 이상 더 물어볼 것이 없을 것 같아서 이따 또 오마고 일러 놓고 나왔다.

"그만하면 여순사 서장도 하시겠군요"

하고 수만이는 그 의문의 여자가 누구인 것만이라도 안 것이 다행해서 혜란이를 치켜세웠다.

오라비와 차를 같이 타고 지금 경과를 이야기한 끝에 혜란이는,

"편지 사단이나 이 다방골집 이야기는 경찰청에 가서두 이야기 마세요"

하고 부탁을 하였다.

"자연 이야기가 나오지 안 나올 수 있나."

"집에 있다가 달아났다면 그만이죠"

"경찰에 맡기는 바에야 그깟 놈년들 뒤 사폐 볼 것 있어요"

운전대에 앉은 수만이가 들고일어난다. 수만이는 끝끝내 속아 떨어지고 아니꼬운 박석이와 어제 흑석동에서 만난 죽들을 옭아 넣고 싶은 것이다. 그러나 혜란이는 다방골집, 취송정, 경요각 할 것 없이 모두 휩쓸려 들어갈까 보아 겁이 났다.

병직이와 자기가 받는 청원도 청원이지마는 여자들을 유치장 신세나 지게 하면 애처로워 어찌 볼까 하는 걱정이다.

경찰청 앞에서 헤어진 혜란이는 경요각으로 갔다. 잠깐 들여다보고 다방골로 다시 가려는 생각이다. 문 안에를 들어서니, 인천에서 오는 길인지 진석이가 의관을 한 채 상점 한가운데 서서 투덜대며 점원들을 나무라다가, 혜란이를 거들떠만 보고 모른 척한다. 뒤미쳐 사무실로 들어와서도 여전히 뾰로통한 기색이다.

"그래 그런 법이 있단 말요?"

진석이는 외투를 벗어 걸고 난로 앞 의자에 가 앉아서야, 이편은 돌아다보지도 않고 비로소 말을 붙인다. 혜란이는 관음상 밑의 소파에 외투도 벗지 않고 앉았다가,

"무엇이요? 참 언제 올라오셨어요?"

하고 대꾸를 하여 주었다. 이것저것 걱정이 많으니 이야기할 흥도 아니났다.

"무엇이라니? 그래 간다 온다 말두 없이 혼자 떨어뜨려 놓고 둘이만 살짝 빠져 달아나다니!"

말공대도 전과는 달라졌다.

"왜요? ……삶으러 갔었죠!"

혜란이는 코웃음을 쳤다. 정작 이편이 노해야 할 텐데 적반하장이라고 비꼬아 주었다.

"허허허……."

진석이는 하는 수 없이 웃음이 터지며 눈을 흘긴다.

"그래 어디를 갔더란 말요? 서울로 바루 오진 않았겠지요?"

서울로 바루 오지 않으면 인천에서 어디를 갔을 성싶은지 의미를 알 수 없다.

"백자동 병풍이 잘 있나 보러 갔었죠"

혜란이의 이 대답도 실없는 말 같기는 하나, 십중팔구 그랬으리라고 진석이는 눈살을 찌푸리며,

"그 길에 병풍 값이나 받아 오죠"

하고 마지못해 웃었다.

"아니, 산삼인가 홍삼인가는 인젠 싹이 노래졌나요?"

혜란이는 여전히 입심 좋게 비꼬아 주었다. 원체 사무적이 아닌 잡담이 나오면 장삿속과 천리만리 떨어진 이러한 농담을 주고받는 것이 요새로 부쩍 늘었지마는 혜란이는 여기도 며칠이나 더 다니랴 싶고 또 사실 베커의 말눈치 같아서는 홍삼 문제도 싹수가 노래진 것 같아서 마구 이런 말도 나온 것이다.

"병풍 값이란 실없는 말이지만, 싹이 노랗냐라니 왜 베커 군이 무어라구 합디까?"

인천에서 둘이 몰래 빠져 올라와서 베커의 집에 놀러갔다는 말에 부쩍 머리를 들던 시기는 슬며시 수그러지며 또다시 눈이 둥그래진다.

"별말 없더군요. 그 집주인 박사한테 소개를 해서 제 돈 안 들이고 공부시켜 주게 할 테니 미국 유학 가라고 열심히 권하는 말밖에 아무 이야기도 없었어요."

"응? 유학 가라구? 흠……딴은 그럴듯한 말야! 그래 뭐라고 대답하셨소?"

"무어라고 대답했을 것 같아요?"

"그래 가실 테란 말이지?"

"글쎄요. 내월쯤 떠나게 될지요……."

혜란이는 천연히 대답을 하며 혼자 속으로는 나두 왜 이리 사람이 못되어졌나? 하고 웃었다.

"허……."

하고 진석이는 반신반의면서도 놀란 눈으로 돌려다 보다가,

"홍삼 조건만 되면 학비쯤야 내가 대어 드려두 좋지."

하고 베커에게 지지 않겠다고 헛생색을 낸다.

"좋군요. 공부는 한 사람 못 하구 학비는 두 사람 못 받구……."

혜란이는 콧날을 째긋하였다.

"하여간 가신다는 것은 나두 대찬성이죠. 나 역시 정부만 서면 차차 대미무역을 시작해야 할 것이니까, 우리 상회의 지점장으로 가시면야 학비만 나오겠소. 그렇게 되면 나두 왔다 갔다 할 거니 피차에 좋은 일이지……."

처음에는 낙심도 되고 시기도 났으나, 생각이 쭉 들자 딴은 이 여자를 미국에 갖다 앉혀도 이용할 길은 충분히 있다고, 매우 구미가 당기는 수작을 한다.

"그거 좋은 말씀이군요. 어디루 구나, 미국엔 가게 되는군요."

혜란이는 팔뚝의 시계를 보고 발딱 일어섰다.

"왜 어딜 가시려구? 이리 좀 와 앉으슈. 어디 구체적으로 의논을 해 보십시다요."

진석이가 되레 부쩍 서둔다.

"아, 난 약조한 데가 있어 잠깐 갔다 와서 하겠어요."

"누구한테? 베커 군 만나러 가슈?"

"네 잠깐……."

혜란이는 웃으며 훌쩍 나와 버렸다.

'내가 무엇 때문에 요새로 사람이 이렇게 나빠졌누? ……'

걸으면서 혜란이는 또 한번 혼자 웃었다. 실없이라도 거짓말을 실실하게 된 원인이 어디 있누? 하는 생각을 하여 보았다. 진석이 때문인가? 베커 때문인가? 병직이 때문인가? 화순이 때문인가? 하여간 마음이 달떠진 때문이다. 마음을 외곬으로 먹는다면서도 어느덧 남자란 뭐냐 하는 코웃음이 나오고 세상이 우스꽝스러운 생각이 들어가는 것을 자기도 안다.

'이러나저러나 미국을 결심만 하면 언제나 나설 수 있게 되었으니 좋지 않은가.'

하는 생각에 혜란이는 마음이 느긋하기도 하다.

다방골 마님은 집에 있었다.

"오래간만이구려. 아까 오셨더라는걸……"

"네. 그 추위에 안녕하셨어요?"

"어서 올라오슈. 그러기루 일자 이후에 어떠면 한번두 들르질 않더란 말씀요"

소위 일두양이주의자라나 하는 조정원 여사는 냉대할 이유도 없지마는 반색을 하며 혜란이를 맞아 준다.

현대 여걸이라 남자처럼 '일자 이후'라고 문자를 쓰는 그 일자 이후란 이 집에서 이동민이 때문에 경찰서에 함께 붙들려 갔던 때 말이다.

"내가 오면 또 경찰서에나 붙들려 가게요"

"에구 사위스런 소리 말우."

두 여자는 방으로 들어오며 웃었다.

"그래 우리 오래비 서방님인가는 어딘가 갔다더니 소식이나 들으셨소?"

"글쎄 말씀예요. 예서나 아실까 하구 왔는데요."

"내야 더구나……"

그 말이 잡아떼는 것 같아서 도리어 의심스러웠다.

"함께 갔나요? 따루따루 갔나요?"

"그야 함께 갔겠지. 고 악바리가 저 싫기 전에야 떨어질라구."

이 말을 들으면 이 마나님이 아무것도 모르는 것이 사실이다.

"아씨만 가엾게 됐지만 어쩌우 이런 세상이니……"

이렇게 위로까지 해 주는 것은 고마웠다.

"무어 가여울 거까지야 있습니까. 그야말로 저 싫어서 떨어질 때까지 기다리죠"

하고 혜란이가 방긋 웃으려니까, 마나님은 이 색시가 아주 단념한 게로군 하는 내색으로 물끄러미 치어다보다가,

"그렇게 벋버듬하니까 놓치는 거지. 단념할 수 있으면 단념하는 것두 좋지. 한이 있는 노릇이라구 언제까지 난봉 총각 믿고 시집 못 가겠소"

하며 은근히 권하는 것이었다.

"단념을 하게 되면 하지요마는 인력으로 못 하는 노릇이니 어쩝니까."

혜란이의 낯빛은 어느덧 흐려지며 말소리가 풀 없이 구슬피 들렸다.

"그래. 내뇌 주기만 턱을 괴고 기다리고 앉았단 말요?"

마나님은 짓궂이 놀렸다. 그러나 무어라나 들어 보고도 싶고 한편으로는 기운을 돋워 주려는 동정에서 나온 웃음의 소리였다.

"사랑이 어디 물건처럼 먼저 차지하고 나중 차지하였다고 권리 다툼으로 되는 거래야 말씀이죠"

"하하하……마음을 그만큼 너그럽게 먹고 무던하면 도루 찾아오게 될 거요"

또 칭찬을 한다.

"참, 그런데 댁에 평산 아주머니라구 있죠? 그이두 함께 갔습니까?"

"함께 가진 않았지만 왜 누가 무어랍디까?"

마님은 눈이 뚱그래진다.

"그럼 나중에라도 쫓아가나요? 한통속이군요?"

"한통속인지 이용이나 하는 것인지 그건 모르지만 친정어머니두 가볼 겸 무슨 물건을 해 가지구 장사를 해 보겠다구 하더니 정말 떠났는지 어제 나가서 안 들어오는구먼……."

이 말도 진국의 소리일 거다. 혜란이는 슬며시 염탐꾼이 되어서 자기가 아는 말을 하여 주고 주의하란다든지 좀 더 통사정을 못 하는 것이 미안하였으나 어쩌는 수도 없었다.

"아, 그런데 이동민이란 이는 어떻게 됐어요?"

"화순이네보다 한걸음 먼저 갔나 봅니다."

그렇게 생각하니 병직이가 병원에 들어앉아서 십만 원인가 장사 밑천 한다던 것이 그리 들어갔구나 하는 짐작이 나선다.

"대관절 일은 뭐예요? 그야말로 장사로 왔다 갔다 할 리도 없구, 이래저래 마님두 퍽 성이 가시겠군요"

"뒤숭숭하고 성이 가시기야 하지만 어쩌우. 난 주의가 다르니까 뛰어

들지는 않지만, 내버려 두는 수밖에. 하여간 통일이니 협상이니 하고 젊은 애들이 애를 쓰고 다니는데 쌩이질이나 혜살 놓아 되겠소"

이 역시 정치 마나님다운 수작을 한다.

"저 역시 한편으론 그런 생각이 없지 않아서, 한사코 못 가게도 않고 그렇다고 따라나설 계제도 못 돼서, 이러고 결말이나 기대리고 있자니 갑갑합니다그려."

혜란이도 장단을 맞추었다.

"그건 그렇다 하고 그 평산네가 만일 아직 안 가고 들어오거든 저를 좀 만나게 해 주세요"

혜란이가 이런 부탁을 하고 명함을 꺼내서 경요각 전화번호를 쓰고 있노라니까 마당에서 우중우중 구두 발자취가 난다.

유리 구멍으로 먼저 휙 띄는 것이 수만이의 얼굴이다.

혜란이는 가슴이 설레하여졌다.

"쥔 없소?"

형사의 목소리다.

혜란이는 맞장구를 치게 된 것이 싫었다.

나중에라도 내평을 알게 되면 자기가 앞잡이로 와서 형사를 끌어온 것같이 오해받을 것도 께름칙하다. 형사는 평산네부터 찾았다.

"어제 저녁에 나가더니 안 들어오는군요. 왜 그러세요?"

"어디 갔는지 정말 모르겠소?"

"아무 말 없이 나갔으니 모르지요."

"방 안의 저 사람은 누구요? 좀 나오래우."

"손님예요"

혜란이가 마루로 나오자니까 비켜섰던 수만이가 형사의 귀에다 대고 수군수군한다. 형사는 그럴 듯이 듣는 듯이 고개를 끄덕끄덕하며 마루 위에 섰는 혜란이를 연해 치어다보더니,

"미안하지만 두 분 같이 잠깐만 가십시다."

하고는 옆에 섰는 아이놈더러도 같이 나서라 한다. 주인마님은 짜장 이 색시만 오면 붙들려 가니 이게 웬일이냐고 의심을 부쩍 내며, 혜란이를 원망하는 눈으로 쏘아본다.

발병

혜란이는 나흘 만에 유치장에서 저녁때 나왔다. 오라비의 앞을 서서 지칫지칫 들어오는 딸을 창문을 방긋이 열고 내다보던 부친은,

"허! 망한 놈!"

하고 문을 딱 닫아 버린다. 태환이는 그 '망한 놈'이 자기에게 들씌우는 소린가 싶어 섬뜩하며 닫힌 창문을 돌려다 보았다.

공연히 섣불리 박석이 패를 혼을 낸다고 서두르다가 누이만 골탕을 먹였다는 무색한 생각이 없지 않은 태환이기 때문이다. 그러나 실상은 '망한 년이!' 할 것을 딸의 꼴이 측은도 하고 체면차려서 말이 막히니 자연 화풀이가 병직이에게로 가서 '망한 놈'이 되었다. 병직이를 아들 보다는 낫게 생각하던 한때도 있었으나 병직 자신이 발개져서 그런지? 빨갱이 계집에게 오금을 못 쓰고 끌려서 그런지? 하여튼 이북으로 가지 못해 발광이란 말을 듣고는 태환이와 한 바리에 실을 놈이라고 욕을 하는 영감이다. 대체 이 영감은 어디 가서 살겠다는 요량인지 이북이나

이남이나 살기 싫고 비위에 틀리기는 역여시일반이라 하니 두 청년을 한 바리에 싣겠다는 것도 그럴 법하거니와 그런 점으로는 병직이 부친까지도 들어 망한 놈이라고 하는지도 모르겠다.

그러나 혜란이가 다시 부친의 방문을 열고 얼굴을 보이니까 마나님이 찔끔거리는 데에 늙은이의 눈이 여려서 그런지 부친도 눈물이 흥건히 고여 앉았다.

"얼굴이 못 됐구나. 마음이 단단치 못해서 그런 거야……어서 올라가거라."

하고 부친은 이런 중에도 꼬장꼬장한 소리를 한마디 하고야 말았다.

혜란이도 퀭하니 깔딱 제쳐진 두 눈에 이슬이 맺혔다. 단 나흘이건마는 잠 못 자고 먹지를 못하여 제 몸이 제 몸 같지를 않아서 쓰러질 것 같았으나, 머리가 허연 부친의 눈물을 보니, 제 몸 괴로운 것도 잊어버리고 그 눈물을 씻어드리고 싶을 만치, 부친이 가엾고 미안하여 그 앞을 선뜻 떠나지를 못하였다.

"해방 덕에 너두 유치장 귀신이 될 뻔했구나! 우리 집에는 이게 해방 덕이로구나!"

모친은 딸을 건넌방으로 데리고 들어와서 자리를 깔아 주며 이런 푸념을 하였다.

"에크 그런 소리 마세요"

혜란이는 목소리는 약하나 힘 있게 그 말을 막았다. 궂은일이라면 무어나 해방 덕이라고 입초에 올리는 것이 혜란이의 귀에는 몹시 듣기 싫은 말이었다.

"어쩌면 얼굴이 저렇게 못 됐니?"

모친은 딸의 얼굴을 다시 들여다보며 가슴이 쓰렸다.

"잠을 못 잤어요 사흘 밤을 꼬박 샜군요"

"게다가 들어가던 첫날 저녁에 먹은 밀밥이, 점심도 못 먹은 빈속에 다가 밀밥덩이를 한 술 먹은 것이 꼭 눌려서 이틀을 두고 설사군요……"

폭 꺼진 눈이 공중 걸린 것을 보면 중병 치르고 난 사람 같다.

"온 저런! 그렇기루 왜 자지를 못했니? 곡기를 못 하고 잠 못 잤으니! ……"

모친의 목소리는 또다시 눈물에 젖었다.

"첫날은 배가 곯고 자리가 떠서 못 자고, 이틀 밤은 취조한다고 그래 도 밤을 꼬박이 밝힙니다그려."

"그 왜 잠은 안 재요?"

옆에 섰는 올케가 혀를 찬다.

"고등 고문이지. 그것도 대접해서 그런 거야."

태환이는 그만한 '대접'이라도 받게 된 것을 박종렬 영감을 중심으로 한 자기네 세력이나 주선 때문이란 것을 이런 자리에서도 자랑이 하고 싶은 어기이었다.

"그래 지금은 속이 어떠냐?"

며느리에게 미음을 쑤고 우유를 사 오라고 일러 내보내며 모친이 묻 는다.

"인제는 명치께만 쓰리고 어질거려요"

그래도 혜란이는 흥분해서 누우라 해도 눕지를 않는다.

태환이가 약을 지으러 나가려니까 부친이 안마루로 올라온다.

"그래, 그놈은 붙들렸다던?"

태환이는 부친의 잔말이 무서워서 그대로 나가려다가 붙들려 섰다.

"어제 개성서 붙들려 왔대요"

그랬기에 혜란이와 다방골 마누라며, 취송정의 가네코가 한꺼번에 풀려 나온 것이다. 다방골 집 아이놈은 불려 가던 당일로 내놓았고, 박석이 패는 어느 구멍으로 들어갔는지 애초에 걸리지도 않았던 것이다.

"어서 누웠거라. 그래 저 애는 무얼 좀 먹여 속을 돋우고서, 약을 써야 하지 않겠소?"

영감은 딸이 편히 눕지를 못할까 보아 방문 밖에서 들여다만 보며 병인을 소복시킬 의논을 한 뒤에 다시 뜰로 내려온다.

"저 혼자만 잡혔다던?"

"네 일행은 없었다나 봐요"

"흠."

하고 영감은 마당을 뒷짐을 짓고 찬찬히 거닌다.

"그 계집은 어쩌구서?"

"먼저 떠나서 벌써 빠져 간 모양이죠"

"흠."

영감은 또 흠 하고 무슨 궁리를 하는 눈치다. 그 여자와 떨어졌다면, 그리고 병직이가 유치장에서 나오면 생각을 다시 하여야 하겠다는 걱정에 팔린 모양이다.

화순이는 평산네와 둘이만 바로 그 이튿날 새벽차로 떠났던 것이다. 그러고 보니 병직이 집의 사랑사람이 컴컴한 새벽에 서울역에를 애를 써 나갔었대야 헛발만 쳤던 것은 당연한 일이었다. 그러나 하루를 뒤쳐졌다가 애를 써 수색까지 가서 차를 탄 병직이는 토성역에서 붙들려 하루를 묵고 그제께 밤에 서울로 되고팽이를 쳐 끌려온 것이다. 그 귀공자연한 허울 좋은 얼굴과 키대가 경찰의 힘을 덜어 주었던 것이다. 동시에 혜란이의 고생도 덜어 주었다.

"그 세도 좋은 사람이 제 자식 일에 형사 끄나풀처럼 부려먹은 계집 아이를 어째 나흘씩 가두어 두도록 가만 내버려 두다니 박종렬이도 인젠 한풀 꺾여서 숨이 넘어가게 되었다던?"

영감은 이렇게 꼬집는 소리를 한다. 제 자식이면야 당장 내놓게 했을 박종렬이가 아니냐 하는 생각을 하면 더 분한 것이다.

사실 혜란 자신도 다방골 마누라에게 들은 일을 물어보느라고 형사가 데려가는 줄 알았지, 설마 병직이와 내통이 있다는 혐의로 유치장에 넣을 줄은 몰랐었다.

그러나 동티는 십만 원에 있었는데 돈을 박석이에게 직접 전해 준 수만이는 심부름을 했을 뿐이요, 도리어 경찰에 협력하였다 하여 애썼다는 인사를 듣고 혜란이와 가네코, 조정원이들 여자만은 혼이 나고 만 것이다.

그래도 박종렬 영감이 김 과장과 친하니까 주선해 주려니 하고 믿었으나 그것도 허사이었다.

박종렬 영감은 무엇이 근본적인지는 몰라도 근본적 해결을 한다고 모른 척해 버렸던 것이다.

　"그놈만 해도 인제야 대가리에 피가 마른 놈이 공부나 하는 게 아니라 모리배 아비 덕에 밥술이나 먹는다고 계집에 눈을 뜨고 이 계집 저 계집 버려만 놓고! ……"

　여기에서 영감은 응? 하고 안간힘을 쓴다. 계집애만 버려 놓았을 것이니 이 혼인을 딱 거절 못 하는 것이지 그렇지 않으면 벌써 귀정을 내고 이런 꼴도 안 보았겠다는 생각이다. 영감은 뒷말을 또 잇는다.

　"……게다가 제깐 놈이 정치 운동은 무슨 정치 운동! 저 아니면 정치할 사람이 없구. 계집의 치맛도리에나 매달려 다니는 놈이 이북에는커녕 북극에를 간들 정치를 할 테냐? 애비 안 닮은 자식 없어!"
하고 혀를 차려니까 건넌방에서 마님이 와락 나온다.

　"인젠 그만해 두슈. 그 사람들한테 무슨 웬수진 일 있는 거 아뇨, 재 잠 좀 자게 어서 들어가세요 공부 밑지시리다!"

　마나님은 방 속의 딸이 가뜩이나 한데 눈살을 찌푸리며 듣기 싫어하는 것이 안되어서 나와 말리는 것이나, 영감은 대꾸도 않고 자기 말만 한다. 태환이는 축대 아래에 그린 듯이 섰다.

　"너두, 한 자리에 걸귀가 들린 박종렬이를 따라다닌다마는, 밥벌이나 하라는 것이지, 되지 않게 정치 운동에 덤빈다든지 한 자리 꿈이나 꿀 테거든 내일부터라도 다닐 생각 마라."

　이번에는 아들에게로 직접 달려들었다.

　세상을 서재의 유리 구멍으로만 내다보고 앉았는 이 영감은, 자기의 울분을 집 속에서 늙은이의 잔말로 이렇게나 풀어 버리는 것이 한 자기

위안인 것 같기도 하다.

"제가 무슨 정치 운동합니까. 청년 운동을 좀 거들 뿐이죠."

태환이는 참다못해 한마디 하였다.

"청년 운동? ……잘 먹지도 못하고 비쓸거리는 남의 집의 젊은 애들을 몰아다가 정상배나 모리배 따위들을 목말이나 태우는 것이 박종렬이의 청년 운동이라든? 너는 경마잡이쯤 되겠구나."

"대체는 늙은이가 입심두 좋으슈. 그만 들어가셔요"

하고 마님이 뜰로 내려서려니까,

"어서 가서 약이나 지어오너라."

하고 영감은 마지못해 서재로 기어 들어간다. 그 뒷모양이 마치 양지에 모가지를 빼냈던 달팽이가 제 딱지 속으로 오무라지는 것 같았다.

위문객

속은 차차 자리가 잡혀가는 모양이나 새벽부터 기침이 나고 목이 뜨끔거리더니 편도선이 되려는지 귀밑서부터 어깨께에 걸쳐 몹시 당기고 열이 오른다. 사흘 밤을 못 잤으니 잠이 폭 들 것 같은데 너무 고단하니까 몇 번이나 소스라쳐 깨고 가위에 눌리고 하여 밤새도록 고민을 하였다. 얼굴은 더 쪽 빨린 것 같다.

아침결에도 머리가 여전히 한 꺼풀 씌운 것같이 띵하니 내둘리고 몸은 독이 풀리려고 그렇겠지마는 요 위에 척 눌어붙어서 마음만은 곧 일어날 수 있을 것 같으면서 손끝 하나 건드리기가 싫다. 눈알은 벌겋고 이마에서는 식은땀이 삐져나왔다.

"게다가 감기 몸살이 겹쳤구나……. 먹기나 잘 해야 기운을 차리지."

모친은 혜란이의 이마를 짚어 보고 눈살을 찌푸렸다. 어제 저녁은 우유 한 잔과 미음 한 탕기밖에는 입맛이 쓰다고 먹지를 않았다. 몸집은 가냘파도 몸져누워 본 일이 없는 이 아이가, 어쩌다 이 지경이 되었나 하고 겁이 펄쩍 나는 것이었다. 영감님을 모셔 올리고 태환이가 또 약을 지어 오고 하여 조반 전에 한 첩 달여 먹이니까 혜란이는 아침결에 혼곤히 한잠 들었다.

음력으로 이월 보름께나 된 두꺼워진 볕빛이 앞창에 가뜩히 들어서 자는 시간도 눈이 부실 듯한 늦은 아침이다. 그래서 그런지 역시 잠이 깊이 들지 못한 혜란이는 어느덧 머릿속은 개었으나 옆에 모친이 신문을 보느라고 버스럭거리는 소리를 들으면서도 눈을 뜨기가 싫어서 감은 채 누웠다.

'그이는 지금 어떡하구 있누?'

유치장 광경이 또 머릿속을 지나치며 병직이가 그 컴컴한 속에 웅크리고 들어앉았는 꼴이 감은 눈앞에 떠오른다.

그렇게 애틋하게 불쌍한 생각은 나지 않으나 그 찬바람이 도는 마룻바닥에 웅크리고 앉아서 마음이 바작바작 타던 첫날의 자기 경험을 생각하면 역시 가엾었다. 자기 몸이 괴로우니 만사가 무심해서 그렇겠지마는 곧 쫓아가서 얼굴이라도 보고 싶은 간절한 충동은 없다. 어쨌든 붙들어 놓았거니 자기 부친이 김 과장을 끼고서 우물쭈물하면 오늘 내일 새로라도 나오게 되려니 하는 생각을 어렴풋이 하고는 마음이 든든한 것이었다. 그러나 그 사람이 그런 무서운 속에 들어앉았는데 애가 부덩부덩 씌우거나 만나 보고 싶은 아기자기한 애정이 솟아나지 않는 것이 혜란이에게는 안타깝게 생각되었다. 어쩐지 자기와는 연이 멀어진 딴 사람같이 몽롱히 머리에 떠올랐다가는 차차 스러지곤 하였다. 잠이 다시 스르르 왔다.

혜란이는 미닫이 닫는 소리에 깜빡 들었던 잠이 소스라쳐 깨었다. 누가 왔는지, 모친이 문간으로 나가는 기척이다. 잠결의 흐릿한 머리에는,

'그이가 왔군.'

하는 생각에 눈이 환해지며 발딱 일어나 앉았다. 아까까지도 멀어 가던 병직이가 와락 달려들며 앞에 와서 딱 선 것같이 가슴이 덜렁하고 메어오르며 정신이 휙 든다.

"어머니 누구예요?"

"응, 깨었군. 그럼 들어오우."

"미안합니다."

수만이의 목소리다. 바짝 긴장하였던 혜란이의 신경은, 당긴 활줄이 꽉 끊긴 듯이 풀어지며 머리가 다시 어찔하여져서 내다보려도 않고 그대로 쓰러졌다.

모친을 따라 마루로 해서 들어오는 수만이의 손에는 커다란 탐스러운 꽃다발이 안겨 있다. 다시 정신을 차리고 일어나 앉는 혜란이는 머리를 쓰다듬으면서 눈길이 꽃다발로 먼저 갔다. 겨우내 꽃에 주린 눈이다. 그래도 꽃은 반가웠다. 그러나 모친은 그 꽃다발이 눈이 부시면서도 서둘러서 딸을 깨우지도 않고 그대로 쫓아 보내려 하였었다.

"욕보셨습니다. 어디가 그리 편찮으셔요?"

수만이는 꽃다발을 들고 앓는 미인을 위문 온다는 것만 해도 자랑이요 만족하였다.

더구나 그대로 가려는 것을 일부러 불러들여 주고 반가워하는 기색이 기뻤다.

"다방골집에서 손님이라고만 해 두었더면 아무 일 없는 것을, 내 딴에는 우리 편이란 뜻으로 한 말인데 되레 미안하게 됐습니다."

다방골집에서 형사에게 병직이의 애인이라고 귀띔을 해준 것이 도리어 의심을 사서 붙들리게 되었다는 인사다.

"무얼! 그야 날 위해 하신 말이지마는 그보다두 하지 말라는 십만 원 사단을 기어코 들추어내기가 잘못이죠"

혜란이는 들어 보라고 한 마디 하였다. 뉘 사폐 볼 것 있느냐고 쫑알거리던 수만이의 얼굴이 빤히 보인다.

"참 그 땜에 매부두 불려 갔었지요"

"저런!"

"곧 나오기야 했지만 돈 오만 원 들여서 경찰서 구경했다구 사람 잘못 두면 그 모양이라구 어찌나 야단이던지……."

수만이의 말을 안 들어도 꽤 투덜댔을 것이 보는 듯싶다.

"미안하구먼마는 취송정 마담은 몸이나 성한지? ……"

"매부가 어제 나왔다는 말을 듣고 뛰어가 보니까 좌석에 나와서 술만 잘 먹더라던데요"

"그렇기나 하니 다행하군요……."

그러나 혜란이는 가네코야 병직이와 좋은 새니까 그리 억울해 하고 청원은 아니하려니 싶었다. 그는 고사하고, 가네코가 나온 줄을 어떻게 알고 당장 뛰어갔을구? 자기에게부터 위문 아니 온 것이 섭섭할 것은 없으나 돈만 쓰고 경찰에 불려 다녔다고 토라지겠거든 토라지라지, 그 편이 도리어 성이 가시지 않고 다행하다는 생각도 든다.

"베커두 나 거기 들어간 줄 알았나요?"

"알기만 해요. 그 후로는 하루두 빼지 않고, 아침에는 꼭 전화죠. 저녁때면 파사해 나가는 길에 들러서 김 선생의 빈 의자에 문안을 드리구 가죠. 얼굴이 다 못되었어요. 하하하."

혜란이는 그렇지 않아도 상기가 된 얼굴이 살짝 발개지며 방긋 웃다가,

"실없는 소리 그만두슈. 그건 왜 그런답니까?"
하고 핀잔을 주어 버렸다.

"하하하. 왜 그러는지를 누가 알아요! 초상집 개 모양으로 풀이 빠져 다니는 게 가엾긴 하더군마는, 참 그런데 일본 말 잘하던데요."

일본 말로 전화를 하게 되어서 베커와 친구가 되었다고 수만이는 자랑 삼아 좋아한다. 베커가 그렇게 걱정을 하고 다녔다는 생각을 하니, 따분하던 혜란이는 반짝 생기가 도는 듯싶었으나 마음이 다시 무거워졌다. 미안하고 가여운 생각이 든다.

"아까두 전화가 왔기에 일러 주었으니까 아마 찾아뵈러 올걸요."

수만이가 놀리듯이 이런 소리를 하며 웃자니까 문간에서 여봅쇼 소리를 치고 자동차 조수 비슷한 아이가 커다란 과일 광주리와 서양 술병을 들고 들어서며,

"이 댁이 김혜란 씨 댁이죠? 손님 오셨습니다."
하고 마루 끝에 가져다 놓고 나간다.

짜장 베커가 왔나? 하고 혜란이는 좀 당황하였으나 내어 보낸 계집애를 따라서 진석이가 중문 턱까지 들어온다.

"아, 난 잠깐 뵈었으니 이대루 가겠습니다. 그런 봉변이 어디 있습니까? ……"

이 집 영감이 무섭다는 말을 들어 아는지라 안마당으로 성큼 들어서지를 못하고 창문을 열고 내다보는 혜란이에게 마당을 격하여 말만 건넨다.

"상관없어요. 좀 들어오셔요."

섰는 혜란이는 다리가 허전허전하고 목소리도 맥없이 가라앉았다.

"감기신 모양인데 바람 쏘여 되겠습니까."

그래도 진석이는 건넌방 창 앞까지 들어오더니 수만이가 한구석에 숨듯이 가만히 앉았는 것을 보고,

"응? 너 언제 왔니?"

하고 놀란다. 수만이는 찔끔하며 일어섰다. 바로 아침결에 태환이의 전화를 받고서 더구나 앓는다니 위문을 가야 하겠다는 말을 둘이 했는데 요놈이 어느 틈에 혼자 빠져 왔누? 하며 진석이는 맞은편 테이블 위에 꽃다발이 파라핀지(紙)에 뚤뚤 말린 채 놓인 것을 보고는 더 한층 삐쭉한 낯빛이다.

"열이 심하신 모양인데 누워 계시죠. 어제 저녁에 취송정에를 들렀더니 의외로 마담이 나왔기에 그 길로 곧 와 뵈련마는 날은 저물고 어른은 계신데 도리어 폐가 될까 싶어 인제야 와 뵙습니다마는……. 허, 어쨌든 잘되었습니다."

진석이는 수만이보다도 위문이 늦어서 죄송한지 기다랗게 변명이다.

"이 선생두 고생하셨대죠? 미안합니다."

"천만에! 아 이런 때 아니면 경찰서 구경하겠습니까. 허허허 나는 한 열흘 들어가 있어두 상관없지만 몸은 약하신데 하두 애가 씌워서……."

듣는 사람만 없으면 당신 대신에 내가 들어가 있고 싶었다고 하려던 말이다. 하여튼 그 말 들어서는 가네코한테 위문을 먼저 갔던 것이 아니라 술 먹으러 갔다가 소식을 안 모양이요 당자의 앞에서니까 그렇겠지마는 수만이의 말처럼 사람 잘못 두었다가 욕보았다고 펄펄 뛴 사람 같지는 않았다.

가네코는 몸이 성하더냐고 물으니까 고단하다고 누웠기는 하나 아무리 쪽발이라 해도 요리 장수요 남편이 요령 있이 거두어 주었을 게니까 유치장 속에서라도 저 먹을 것은 다 들여다 먹고 편히 있었나 보더라고 하면서,

"조선 독립에 자기도 한몫 거든 셈이요 고생은 되었지만 신문에 이름이 나고 취송정 광고가 되어서 장사가 더 잘될 거라고 좋아하던데요"

하며 진석이는 웃는다. 남편이 옥바라지를 잘해 주어서 편하였다가 나왔더라는 말도 혜란이에게는 무심히 들리지 않았으나 요리 장수도 그런 속에 들어가서는 자기보다 행세거리던가 싶다. 그것은 고사하고 수만이는 마담이 유치장에서 나오는 길로 술만 잘 먹더라는데 진석이 말을 들으면 쓰고 누웠더라 한다. 수만이란 위인이 이해 상관없는 일에도 거짓말을 살살 하는 위인인지는 모르겠으나 진석이를 헐어 내려는 그 심사가 알 듯 모를 듯하다. 그렇게 말하면 진석이도 수만이가 여기에 와 있는 것을 싫어하는 눈치다.

'왜들 그럴구. 나를 어쩐다는 것인구?'

혜란이는 이 두 사람의 심리를 짐작 못하는 것은 아니나, 그리고 고맙기는 하나 코웃음이 저절로 나고 성이 가시었다.

"너무 바람을 쏘이서서 안됐군요. 어서 문 닫으세요. 그런데 어르신네께 경의를 표하고 가야 하겠는데……."

하며 진석이는 명함을 꺼내서 구경 삼아 옆에 섰는 아이년에게 주고 영감님 방에 갖다 두라 한다.

수만이는 그 사품에 빠져 달아나 버렸다.

"아, 누구쇼? 좀 들어오시구려."

김관식 영감은 누군 줄 몰라서 이런 소리를 하며 마루로 나오는 것은 아니었다. 앉아서 만나도 좋을 것을 마루로 나와서 맞는 것은 딸의 주인이래서 경의를 표하려는 것이 아니라, 자기의 서재로 불러들이기가 싫어서다.

유리 구멍으로 잠깐 내다보기에 비계 기름이 지르르 흐르고 미국 출신이라 해도 자기와는 다른 세상 사람이거니 싶어서 긴 이야기하고 싶지 않았다.

진석이의 자기소개와 혜란이의 봉변 당한 인사를 줄로 친 듯이 혼자 늘어놓는 것을 영감은 예예 하고 허청 대답만 하고 섰다.

인사가 끝나니까 영감은 그만 가려니 하는 생각으로 저런 얼굴이어야 돈이 붙나 보다 하는 공상에 팔려서 면구스럽도록 턱이 짧고 볼이 처진 진석이의 얼굴을 건너다보고 섰으려니까 진석이는 멈칫멈칫하다가 또 말을 새판으로 꺼낸다.

"참 그런데 이번에 영애가 미국으로 유학을 가신다니 그런 반가울 데가 없습니다마는……."

"네? 네? ……무어? 누가 어디를 간다구요?"

하고 영감은 귀가 먼 늙은이 모양으로 눈이 뚱그래서 소리를 커다랗게 지른다. 외국서 자라난 진석이는 '영애'라는 말을 잘못 쓴 것은 아닐 텐데 하며 얼굴이 좀 벌게졌다.

"따님이 미국을 가실 결심인 모양인데 아직 모르시는 게로군요?"

"금시초문인데, 그 모를 소리로군. 나 모르는 일을 이녁은 어떻게 그렇게 잘 아우?"

이건 마구 시비조다. 이 영감이 괴팍스럽다는 말은 혜란이를 데려올 제 브라운 씨에게도 들은 말이지마는 이렇게도 괴팍스러울 줄은 몰랐다. 그런 줄 알았다면 조선 사람으로는 얻기 어려운 진짜 브랜디를 두 병이나 가지고 올 맛도 없었고 섣불리 이런 수작을 꺼내지 않으니만 못하다고 후회가 난다. 그러나 기위 꺼내 논 말이니 휘갑은 쳐야 하겠다.

"그러니까 만일 보내시게 되면 올여름까지만 기대려 주십사고 그 말씀을 하자는 것입니다."

"기대리고 말고가 없소마는 그것은 어째 그러는 거요?"

"당장 따님을 내놓고는 제가 아쉬워 그럽니다. 상회 일에 큰 낭패요, 또 하나는 그때쯤 되면 한미 무역을 착수하게 될 거니까, 영애를 미국 주재의 지점장으로 활약해 주십사는 생각인데……."

진석이는 간청 비슷한 소리를 하면서도 여기서 한번 뽐내 보았다.

"그거 모를 말이로군! 내놓으면 당장 아쉽다니 그 애가 상회에 가서 밥을 짓소? 옷을 꿰매우? 또 미국 무역은 좋은 일요마는 그 애 빼놓구는 지점장감이 그렇게두 없습디까?"

어디까지든지 시비조다.

"그야 사람은 많죠마는 첫째 영어 잘하고 교제에 능란하고 믿을 만하고……그만한 사람이 쉽습니까."

열심히 주워섬긴다.

"내 딸을 그만큼 칭찬하는 것은 고맙다 할지 가당치도 않다 할지 나는 모르겠소마는 그 애는 그런 재목도 아니오. 인젠 들여앉히겠소 계집자식이란 시집보낼 때 시집보내야지 내놓으면 저 지경이구려. 동리가 창피하게……."

동리가 창피하다는 말은 유치장에 다녀 나왔다 하여서 하는 말인가 보다고 진석이는 들었으나 실상은 그런 것이 아니었다. 유치장에 들어가던 전날 달 밝은 저녁에 베커와 자동차를 타고 오니까 동구 밖 아이들이 양갈보 왔다 하고 꼬여 드는 것을 혜란이가 소리를 질러서 쫓아버렸었다. 그렇지 않아도 혜란이는 인천 호텔에서 양갈보를 피해서 오던 길이라 어찌나 분한 것을 혼자 속으로 꽁꽁 앓던 것인데 아이 보는 년이 동리에 나가 듣고 들어와서 무슨 반가운 소문이나 들은 듯이 영감님 듣는 데서까지 떠들어 놓았던 것이다. 그동안은 유치장에 들어가 있은 덕에 부친의 불호령은 만나지 않았으나 지금 영감은 앓는 딸을 건드리지도 못하고 속만 꼴깍꼴깍 고이는 터이다.

"온, 벽창호 같은 늙은이, 그 영감이 브랜디 가져간 것은 몰랐더란 말인가? 브랜디의 낯을 보기로……."

진석이는 어름어름하고 나오며 이렇게 혼자 투덜대었다.

혜란이 부친은 진석이를 보내 놓고 지금 그 횡설수설하던 말이 궁금은 하나 제 몸이나 성해지거든 물어보리라 하고 잠자코 방으로 들어갔다.

혜란이 역시 진석이의 객설을 웃으며 듣고 누웠을 뿐이요 앞질러 변명도 아니하였다. 그러나 영감이 입이 궁금하겠다고 진석이에게서 선사받은 술병과 과실을 가지고 마나님이 내려가니까,

"마누라, 저 애가 미국 가겠다고 하는 말 들었소?"

하고 묻는다.

"그렇지 않아두 지금 물어보니까 공연한 소리라고 웃기만 하던데요"

늙은이 부처의 머리에는 일전에 혜란이가 밤중에 서양 사람과 차를 같이 타고 왔더란 말이 똑같이 떠올랐으나 피차에 그 말을 꺼내려 하지 않았다. 그러한 길을 뚫어서 미국에를 가려는가 하는 짐작도 드나 건드리기가 싫은 문제다. 건드리면 무슨 큰소리가 나고 말 것은, 영감 자신도 생각하는 바요, 마나님도 영감의 입이 무서워서 입 밖에 내지를 못하는 것이다.

"그 술 좋다!"

영감은 말을 돌려 버렸다. 술을 좋아하는 영감은, 가져온 사람은 마음에 안 들어도, 술맛만은 칭찬한다.

"딸의 덕에 부원군 되시겠소"

마님이 과실을 벗겨 놓으며 웃음의 소리를 한다.

"부원군도 싫고 공술이라고 고마울 것도 없고…… 대관절 그놈이 술

은 왜 가져왔을구? ……"

"왜 가져오긴. 인사요 혜란이를 더 데리구 있게 해달란 청이지."

"술잔에 청 들을 사람이 따루 있지. 하여간 혜란이는 단연코 그만 들여앉힙시다."

영감은 술을 가져오고 얼렁거리고 하는 눈치에 첫인상도 좋지 않았지만 진석이가 아주 안경 밖에 났다.

"그야 성례를 곧 한다면……."

"신랑감이 있어야 성례를 하지 않소"

"새삼스럽게 이건 무슨 말씀요"

마나님은 펄쩍 뛴다.

"병직이 말요? 딴소리! 빨갱이는 집에 들일 수두 없지마는 어디 그 계집하구 헤진 거요? 경찰에 붙들렸으니까 마지못해 한때 떨어진 거지. 사상 문제나 남녀 관계란 그렇게 간단한 게 아니야."

영감은 머리를 쩔레쩔레 내두른다.

"어떻게 영감 사상과 똑 맞구, 딴 계집애는 눈을 안 뜨구……그런 젊은 애를 고르자니 말이 되우. 사내자식이 잘났기에 계집년두 따른 거지."

"허허허……이거 늦게 이상한 소리 듣는다! 나같이 방외색 모르는 사람은 남편 재미없는 걸 간신히 참고 살았구려."

두어 잔 양주 김에 영감은 껄껄 웃는다.

마님도 따라 웃자니까 밖에서,

"김 박사! ……"

말은 조선말이나 브라운의 목소리다.

"이 집은 김 박사 집 아니요"

하고 영감은 먹던 것을 치우라고 눈짓을 하며 일어선다.

"허허허, 그 목소리 반갑습니다그려."

"들어오쇼"

영감은 사랑문을 바깥 편 마루 끝으로 나와서 열었다. 브라운이 인사를 하며 들어오는 뒤에는 미국 청년이 따라 들어선다. 영감은 일전에 혜란이를 배웅하여 주었다는 청년인가 보다고 짐작하였다.

깨끗한 교양이 있어 보이는 부드러운 청년이라고 생각하였다.

방에 들어와서 브라운은 조선말을 집어치우고 영어로 베커를 소개하고 나서,

"그래 따님은 편치 않다더니……온 어쩌나 놀라고 애가 씌었는지요"

하고 인사를 한다. 브라운 부처가 혜란이를 귀해도 하지마는, 브라운이 일부러 인사까지 올 리는 없고, 베커에게 끌려온 눈치였다.

베커는 그 사람의 집이 처음이라 신기한 듯이 두리번두리번 방 안을 둘러보면서 양서가 그득히 쌓인 데에 속으로 반색도 하고 주인에게 경의도 느끼었다.

"애, 아가 좀 내려올 수 있겠니?"

정작은 딸을 보러온 손들인데 안으로 데리고 들어갈 수도 없어 영감은 혜란이를 불렀다.

"네!"

혜란이의 가냘픈 목소리가 깊숙이 들린다.

베커는 그 목소리가 반가웠다. 그 힘이 드는 듯한 병인의 목소리가 애처롭게도 들리었다. 안팎이 소리 없이 조용하고 한가로운 기분은 일본과 조선에서 본 절간을 생각게 하였다. 주인이 브라운 부친의 근절(近節)을 묻고 이야기하는 동안에 안에서는 방문을 여닫는 소리가 나더니 혜란이가 내려오는 기척이다.

부친이 알아듣고 창문을 밀어 보니 혜란이의 수줍은 웃음을 머금은 얼굴이 베커와 마주쳤다. 베커는 정중히 머리를 꾸벅하며 정열적인 그 특징 있는 눈이 정채를 띠어 온다.

"바쁘신데 어떻게 오셨어요. 죄송합니다."

혜란이는 브라운을 보고 인사를 하며 올라왔다. 베커의 눈은 혜란이의 조선 버선 신은 발로 가며 요다음 일요일에는 순 조선식으로 차리고 절에 가서 십육 밀리 활동사진을 찍자고 약속한 것이 생각났다.

옥색 뉴똥치마를 발등이 덮이도록 흐르르 늘이고 양회색 저고리가 창에 비친 햇빛을 받아서 열기 있는 두 뺨을 한층 더 붉그레하게 비추어 아나하게 보였으나 야윈 얼굴과 나른한 전신의 표정이 그야말로 '절간의 선녀'를 여기서 보나 싶었다.

"이런 이쁜 아가씨가 유치장에를 들어가다니! 조선두 무서운 세상 됐군!"

브라운은 이런 소리를 하며 너털웃음을 웃는다. 혜란이는 생글 웃어 보이며 곁눈으로 베커의 기색을 살짝 보자니까 베커는 여자의 시선을 얼굴에 느끼며, 마침 약 걱정을 하였던지 얼떨결에,

"무슨 약을 쓰시는지 내게 페니실린이며 좋은 약이 있는데 이따 보

411

내드리죠"

하고 간신히 얼굴을 이리로 향한다.

"고맙습니다. 염려 마셔요"

혜란이는 전에 없이 마음이 흔들리는 것을 깨달았다. 이때껏 선머슴
끼리처럼 대하다가 이렇게 정중하게 만나니 도리어 수줍어지는 것이었
다.

혜란이가 들어간 뒤에 브라운은,

"따님두 보러 왔지만 오늘은 김 박사께 좀 청이 있어 왔는데……"
하고 새판으로 말을 꺼낸다.

"브라운 박사의 청이면야 듣고 말고……"

주인은 그 김 박사라는 것이 듣기 싫어서 부러 브라운 박사라고 부
르며 말허리를 잘라 놓았다. 이 사람이 해방 후에 조선에 오더니 만날
때마다 전에 없던 박사를 붙여 부르는 것이 놀리는 것 같기도 하여 듣
기 싫은 것이다.

"허허허. 나두 김 박사 덕에 박사가 되었군! 그는 그렇고, 따님을 미
국에 보내서 공부시키지 않으시려우? 그런 이진석 따위한테 두어서 썩
느니 우리 그렇게 합시다."

영감은 눈이 먼해서 멀뚱멀뚱 마주 보고만 앉았다. 하고 보면 아까 진
석이의 말이 까닭이 있었고나 하는 생각이다.

"고마운 말씀이나 어디 내 형세에 공부시키겠나요. 또 과년했으니 시
집이나 보낼 작정이니까."

"그야 시집도 보내야 하겠지마는 마침 좋은 기회가 있으니 삼사 년

보내 주면 인재 양성뿐 아니라 문화교류를 위해서 그것도 한 사업이거든요."

브라운이란 사람 역시 대수롭게 여기는 바가 아니요, 미국 무역상의 앞잡이밖에 안 되는 위인이라고 생각하나, 오랜 친구라, 그래도 믿음성 있게 들렸다.

"좋은 기회라니?"

"김 박사도 매코이 박사 아시겠구려? 그 사람이 독학 청년을 몇 사람 골라 보내게 되었는데 이 친구가 열심히 영애를 천거하겠다는구려. 남은 이런 길을 얻지 못해서 눈들이 벌게 하는데 좀 좋은 기회요."

"흠……"

하며 영감은 생각을 한다. 대관절 혜란이가 이 애와 어떻게 교제가 된 것인지? 이 청년이 총각이나 아닌지 그것이 알고 싶다.

"실상은 약혼한 자국이 있어서 성례를 곧 시킬 작정인데……"

영감은 이런 소리를 하고 슬쩍 베커의 눈치를 엿보았다. 그러나 그 말에도 별로 낯빛이 달라지지 않았다.

"약혼이라니, 내 잠깐 들은 법도 하지마는, 미스터 박의 자제란 말씀요? 그러나 남의 댁 일을 말할 것은 아니로되 곧 나오게 된다손 치더라도 빨갱이 사위가 소원 아닐 것은 아마 김 박사나 내나 일반일걸!"

하고 브라운은 펄쩍 뛰는 소리를 한다. 실상은 혜란이 부친도 그래서 브라운의 말이 솔깃이 들리기 시작한 것이다. 진석이에게 맡겨 두기 싫고 시집도 곧 안 보낸다면 이 기회에 공부나 시키는 것이 좋은 노릇이다.

"고마운 말씀요. 생각 좀 해 보십시다."

종시 잠자코 있던 베커는 비로소 눈을 번쩍하며 헤! 하였다.

유학? 결혼?

이 두 사람이 갈 제 영감은 동구 밖에 놓아둔 자동차에까지 배웅을 나갔다. 그렇게까지 할 것은 없으되 이 양키 손님들이 딸을 찾아온 것이 아니라 자기의 친구라는 것을 동리 사람이나 아이들에게 보이고 싶었던 것이다.

그날 저녁때 수만이는 베커의 심부름으로 혜란이 집에 두 번째 왔다. 아까 보내마던 약을 가져온 것이다. 그 길에 수만이는 한 아름이나 되는 종이 상자를 무엇이 들었는지 끙끙하며 안고 들어와서 마루에 놓는다. 수만이의 기색은 덜 좋았다. 혜란이를 하루에 몇 번이라도 찾아올 수만 있으면 문턱이 닳도록이라도 오겠지마는 이런 심부름은 마지못해 왔다는 것이요 '남자의 체면'이 깎인 듯이 뽀로통한 낯빛이었다.

약갑에서는 페니실린과, 명동 거리에서 귀가 아프게 듣던 다이아진이며 감기약들과 함께 편지봉투가 나왔다. 사연은 간단하였다.

"당신 아버님의 유학 승낙을 축복하며 이 사람도 반갑기 짝이 없습니다. 언제나 하나님은 당신의 건강과 행복을 보살펴 주심을 감사하면서……."

오늘은 바람을 자주 쏘이고 손님들 때문에 조섭을 잘못하여서 그런지 저녁 때로 열이 부쩍 심해서 혜란이는 꿈속같이 편지를 보면서도 부친이 유학을 승낙하였다는 말에 눈이 회동그래졌다.

무슨 꼬임수나 지나는 말로만 들렸던 것이 진담 되었고나 하며 반갑다기보다도 놀랐다.

베커 자신에 대하여도 인제는 생각을 고쳐 하고 좌우간 책임 있는 태도를 분명히 취하여야 되겠다는 생각도 든다.

수만이는 혜란이가 편지를 머리맡에 던지는 것을 눈여겨보다가 여전히 좋지 않은 기색으로 가 버렸다.

수만이가 간 뒤에 모친은 마루에 놓인 상자를 계집애년과 마주 들고 들어 와서,

"이건 뭐냐? 펴 보란?"

하고 보여 주면서도, 어째 손을 대기가 실쭉해 하는 기색이었다. 오늘 해가 다 가도록 박씨집에서는 그 흔한 하인네, 인사 한마디 전갈을 해 보내오지 않는 것이 못마땅한 판인데, 꿈에도 생각지 않던 위문객들이 드나들고, 위문품이 들어오는 것이 좋을 것도 없거니와 더구나 서양애가 보낸 물건이라니 께름한 것이다.

"과자 나부렁인 게죠. 펴 보십쇼그려."

하고 혜란이도 모친이 어찌나 알지 않는가 싶어 불쾌도 하여 탐탁히 덤벼들지를 않았다. 결국 올케가 들어와서,

"무어예요?"

하고 젊은이의 호기심으로 부덩부덩 뜯었다.

모과통이 나온다. 이름도 모를 실과가 나왔다. 마른 포도, 초콜릿갑, 캔디 상자들이 나왔다. 비스킷 봉지, 우유 가루 봉지, 레몬 가루 통, 고기 통조림……나중에는 포도주 병까지 나왔다.

병인이 먹을 만한 것은 가짓수를 헤일 수 없을 만치 있는 대로 모은 모양이다. 방 안은 금시로 명동 피엑스(PX)를 벌인 것 같다. 신기해 하는 사람은 아이년과 오라범댁뿐이다. 마님도 신기는 하나 선웃음을 칠 뿐이요, 손을 별로 대지 않는다. 몸이 괴로운 혜란이는 속에 든 것이 무엇인지 몰라서 묻는 대로 영어를 읽어 보고 설명을 해 주기에 힘이 들었다.

"그 언젠가 구제품 배급 준 것 있죠? 그보담 열 갑절은 되구 물건이 좋지요"

하고 계집애년이 침을 삼킨다.

"응, 이것두 구제품이란다!"

혜란이는 계집아이 말끝에 웃음의 소리처럼 대꾸를 하였으나 어머니의 기분을 맞추려는 생각이요 서양 남자가 보낸 것이라도 별 의미는 없다는 뜻을 표시하려는 것이었다.

"잔소리 말구 입 닥치구 있어."

올케도 실상은 구제품인지 배급품인지가 연상이 되고 양키 청년이 보냈다는 데에 실쭉한 마음이 없지 않았으나 계집애년을 나무라면서,

"그래두 얌전히 담은 것을 보아도 정성껏 체면 차려 보냈는데요"

하고 시어머니나 시뉘에게 듣기 좋게 한마디 하였죠. 혜란이 보기에도 그렇기는 하나 아무래도 일전에 자동차 타고 왔을 제 동리 아이들이 양갈보 왔네! 하던 소리가 귀에 남아 있어서 기분이 좋을 수는 없었다. 그래도 포도주를 진석이가 가져온 양주 두 병과 함께 예반에 받쳐서 영감 서재의 탁자 위에 꽃병이나 치장해 놓듯이 가져다 놓으니까 영감은 싫다고도 않고 쓴웃음을 웃어 보였다.

그것은 고사하고 저녁에 병직이 모친이 왔을 제 양과자에 과일을 벗겨 내는 것을 보고는 혜란이는 혼잣속으로 우습지 않을 수도 없었다. 병직이 모친은 오늘 마지막 위문객으로 저녁 후에야 왔다. 자식 때문에 어엿치 못한 인사를 와서 미안하다고 고개를 숙이기가 다른 자국과도 또 달라서 차마 오기 싫은 것을 온 것이다. 등성이 하나 넘어오는데 자동차를 타고 하인을 딸리고 야단스럽게 온 것 보아서는 병 위문에 빈손으로 온 것도 이 집이 장래의 암사돈이거니 해서 그런 것인지 모른다. 그러나 혜란이 모친에게는 속으로 시비를 하다시피하며 기다리던 제일 반가운 손님이었다. 이 마님의 방문으로 혼담은 다시 변통 없이 되었거니 생각하는 것이다. 혜란이도 꼭 그런 의미로는 아니나 반가웠다.

"인제는 한시름 잊었으나 또 걱정입니다그려. 그래 언제나 나오게 된데요?"

"영감님 말씀 같아서는 이삼 일만 더 있으면 나올 거라 하시지마는, 고생을 좀 시켜서 정신이 반짝 들도록 혼이 나야죠."

"허튼 난봉 아니고 인제 짐을 지워 놓으면 마음을 잡겠죠."

"그렇지 않아두 하루 바삐 임자를 맡겨서 굴레를 씌워 놔야 하겠어
요"

하며 병직이 모친은 다시 혜란이를 보고,

"선생 아가씨두 이번엔 그만 들어앉지?"

하고 의미 있는 소리를 한다. 혜란이는 방긋 웃고만 말았다.

"글쎄 그럴까 하는데요"

"좋은 절기두 돌아오고 하니 차차 엉구어 보시도록 하는 게 어때요?"

"댁에서만 그러실 의향이시라면……무어 차려둔 것두 없지만 언제든
지 좋겠지요"

두 마나님은 택일만 하면 그만일 것같이 말이 쉽게 의사가 맞았다.

혜란이는 두 마나님의 수작에 귀를 기울이고 앉았다가 무심코 머리
맡에 던져둔 베커의 편지가 눈에 띄자 그렇게 급히 서두를 것은 없다는
생각이 든다.

혜란이는 결코 베커에게 마음이 끌려간다고는 생각지 않는다. 그러
나 인천에 다녀온 뒤로 베커를 좀 더 분명히 안 것 같고, 다만 인간적
으로 친구로서 고맙다는 정도로는 늘 머리에서 떠나지 않았다. 또 미
국 유학을 하라는 권고도 귀에 솔깃이 들리기는 하나 믿음성도 적으려
니와 병직이와 그렇게 오래 떨어져 있을 수 없으니 깊이 생각지 않았었
다. 그러나 유치장 속에서도 가끔 생각난 일이지마는, 갈 수 있으면 훨
훨 갔다가 오는 편이 차라리 좋겠다는 생각이 차차 들기 시작한 것이
다. 병직이가 화순이 문제를 깨끗이 청산할 동안 떨어져 있다가 새 기
분, 생신한 감정으로 다시 만나게 된다면 그 편이 도리어 피차에 좋겠

다는 생각이다. 더구나 병직이가 저렇게 된 오늘에 와서는, 무사히 나오면 모르지만, 만일 복역이나 하게 된다면 멀거니 앉아서 기다리느니보다 그동안 공부나 힘껏 해 보겠다는 타산도 해 본 것이다. 아무튼지 유치장에를 들어가면서부터 차츰 마음에 동요가 온 것은 사실이다. 그런 것이 오늘 베커와 브라운이 와서 부친에게 무어라 하였고 부친은 어떤 생각인지 모르겠으나 베커의 편지만 보아서는 유학 권고라는 것이 입에 붙은 말만이 아니었고 부친도 정말 찬성을 하였다면 확실성이 충분히 있게끔 되었다. 혜란이는 결혼 문제를 백지에 돌리고 냉정히 궁리해 보아야 하겠다는 생각이 들어가는 것이다.

"그러나 이번 일에 댁 영감님께서는 좀 꾸지람을 하셨을라구요?"

"글쎄 그래서 좀 걱정예요 정말 빨갱인지 노랭인지 됐을까 봐 늘 잔말이시죠"

병직이 모친은 염려가 되는 듯이 잠깐 얼굴빛이 흐려지다가,

"아 집의 영감은 이 댁 영감님이 빨갱이라고 머리를 내두르시는데요"

하고 깔깔 웃는다.

"좋군요. 피장파장으루……."

결국에 당자끼리의 의사에 달렸고 당자끼리의 의사대로 따라가는 수밖에 없다고 이 두 완고 마나님은 가장 민주주의적 의견에 일치되고 말았다.

오늘 저녁에는 혜란이가 기운도 차리고 정신도 깨끗해진 것 같으면서 열은 고비에 올라갔다. 바람을 여러 번 쏘이고 더구나 베커와 병직

이 모친이 갈 때는 무리로 중문 안까지 나가고 한 관계로 촉상이 된 데다가 편도선이 점점 부어오르느라고 그런 모양이다. 그러나 그보다도 심로(心勞)가 더 안되었었다. 휘둘리고 한 꺼풀 쓰인 듯하던 머리가 번해 가니 번민이 잦아 가는 것이었다.

이튿날은 또다시 앓는 소리를 하고 몸져누웠다. 그러나 오라비가 아는 의사를 불러다가 페니실린을 놓기 시작하면서부터 딴은 차도가 있기 시작하였다. 사흘이나 되니까 열이 훨씬 내리고 한약으로 돌워 구미도 차차 붙어갔다.

"역시 그 미국 약에 효험을 보았구나."

혜란이는 미국 약이라느니보다도 베커가 보내준 약의 효험을 본 것을 부친도 신통해 하는 것이 좋았다.

"그런데 인제 정신을 차렸으니 말이다마는 그 베커란 아이는 누구냐?"

지나는 말처럼 부친은 말을 꺼내는 것이었다.

"장만춘 선생의 소개로 알게 된 이예요 조선 민속을 연구한다고 늘 상회에 들러서 골동품두 만적거리구 하죠"

"응. 다소 교양은 있는 자로구나. 그래 미국 가게 해 달라고는 네가 청을 한 거냐? 저편이 자청을 해서 가자는 거냐?"

"와도 가려는 생각 있거든 길이 있으니 소개를 해 주마기에 마다구 해 두었죠"

부친은 그 마다고 하였다는 것이 의외의 소리라는 듯이 흥! 하며 딸을 치어다보다가,

"어째서? 계집애들도 미국 가지를 못해서들 발광인데……. 그야 어서 시집도 가야는 하겠지마는……."

하고 웃는다.

"결혼 문제 때문이 아녜요. 첫째는 그 사람의 호의가 어떤 동기에서 나온 것인지? 그 호의를 받아서 좋을지? 또 하나는 비릿비릿하게 가서 천대나 받으면 무얼 합니까. 공부야 할 마음만 있으면 집에서 책을 주문해다가 보죠. 그래 조선도 원자탄을 만들게쯤 되면 구경 가마고 했었죠"

"옳은 말야. 네 말이 옳아!"

매우 딸의 말이 마음에 드는 모양이었다.

"나 역시 학비가 나온대도 꼭 보내구 싶지는 않다마는, 기위 병직 편과 파의를 할 바에는, 브라운도 역권을 하려니와 매코이 박사가 알선을 하는 일이라면 믿을 만도 하기에, 심기일전을 시키는 의미로 구경 삼아 갔다 오는 것도 좋겠다는 생각을 해 보았는데 그래 그만두련?"

영감은 병직이와는 아주 파혼한 것으로 작정하고 하는 말눈치다.

"좀 더 생각해 보아야 하겠어요"

혜란이는 어째서 파혼하자는 것인지 따져 보고 싶고 반대의 의사를 분명히 표시하고 싶었으나 말이 길어지는 것이 싫어서 참아 버렸다.

"그러나 네 생각이 그만큼 분명하면야 그리고 베커의 호의란 것도 정면으로 엄연히 받을 만한 정도로만 받을 자신이 있다면 물론 매코이 박사도 찾아보고 자세히 알아본 뒤의 이야기다마는 가는 것도 좋지 않으냐? 자기의 자존심을 살리고 나도 너만한 대접을 받아야 하겠다는 생각은 절대로 필요하지마는 대접을 받자면 지식을 널리 구해야 하고 문견을 넓혀야 하니까……."

혜란이는 부친의 말이 옳다고는 생각하였다. 그러나 그것이 파혼을 하기 위하여 병직이와 떼 놓으려고 달래는 수단같이도 들려서 좀 불쾌도 하고 그렇다면 안 가겠다는 반항심도 슬며시 머리를 드는 것이었다.

그러나 혜란이는 유학을 단념하지는 않았다. 병직이가 나와서도 아주 냉랭하다거나 징역살이를 하게 된다면 물론 가는 것이지마는 순조롭게 나간다 해도 예식을 한 삼 년 물리고라도 가야 하겠다는 결심이 섰다. 부친과 이야기가 있은 지 이틀 만엔가 저녁때 베커가 또 위문을 와 주었다. 처음 다녀간 지 닷새 만이다. 어딘가 다녀가는 길에 들렀다고 하는 양이 만나고 싶은 것을 닷새나 참다못해 온 눈치 같았다.

마침 부친은 없었으나 어머니는 좋지 않은 내색이었다. 혜란이도 브라운과 같이 왔을 때와 달라서 집안이고 동리에고 불안스러웠다. 부친의 서재로 들어오라니까 아예 마다고 하여 뒤 툇마루에 앉아서 이야기를 하기로 하였다.

"저번보다 혈색두 좋아지구 퍽 나으셨군요"

베커는 연해 혜란이의 얼굴을 마음 놓고 이렇게 아늑한 데서 잠깐이라도 비밀히 만나는 것이 좋아서 싱글벙글한다.

"에, 보내 주신 약 덕에 참 고마웠어요"

혜란이도 둘이만 만나서 이렇게 이야기해 보는 것이 처음이니만치 신기한 흥미도 나거니와 만나서 이야기를 해 보면 아무렇지도 않은 좋은 사람인데 무슨 까닭에 이 집 문 안에 들어오는 것을 남이 알 세라고 그렇게 그랬던구 싶기도 하다.

"그래. 어떻게 결심을 하셨나요?"

"가기로 결심은 했는데, 좀 수속이 걸려서요"

"왜요? ……아, 미스터 박이 오케이를 해야 하겠군요? 그도 그럴 거지요"

베커는 히죽 웃었으나, 지어 보이는 웃음이었다. 혜란이는 이 남자가 유학을 권고하기 전까지도 병직이와 약혼한 사이인 줄을 몰랐던가, 그것이 알고 싶었다.

"나 하는 일에 오케이를 해야 할 사람이 아버지밖에 또 있는 것은 어떻게 아셨어요?"

"벌써 전에 미스터 리한테 들어 알았지요 허나 실례의 말씀이지만"

베커는 말을 하다가 말고 뚝 끊는다.

"실례의 말씀이지만 뭐예요? 얘기를 해 보세요"

베커는 픽 웃기만 한다.

"알았어요 그이가 빨갱이란 말이죠? 왜 그런 사람과 결혼할 생각이 난 말이죠? 하지만 그이는 빨갱이 아녜요"

혜란이는 열심으로 변명을 하였다.

"내야 아랑곳없는 일이지만 그렇다면 다행하군요"

하고 베커는 일어서며,

"자, 그럼 언제나 오시겠어요? 아, 참 그 앨범을 편치 않으신 동안에 보시게 하려구 재촉을 했으나 아직 안 되었어요 되면 갖다 드리죠"

하며 딴소리를 꺼낸다. 그렇게 보아서 그런지 올 때보다 풀이 없어 보였다.

베커를 보낸 뒤에 혜란이는 그 사람이 벌써 전부터 약혼한 줄 알면서 내게 왜 그랬을까? 하고 생각해 보다가 어쨌든 병직이와 파혼이 되든지 복역을 하게 되든지 하면 유학은 가고 마는 것이란 말을 아니한 것이 잘되었다고 생각하였다.

백년손

병직이의 목소리를 먼저 알아들은 사람은 혜란이었다. 문간으로 내달은 혜란이는 자기도 모르게 눈물이 그렇게도 쏟아질지 남이 볼까 창피하였다. 병직이는 웃지도 않고 다 안다는 듯이 고개만 끄덕끄덕하며 영감의 서재로 들어갔다. 그러나 방 안에서는 언제까지나 감감히 소리가 없다. 뒤늦게 내려온 마나님이 궁금해서 문을 열어보니 영감은 보던 책을 여전히 들여다보고 앉았고, 병직이는 윗목에 우뚝이 꿇어앉았다가 일어나서 마님한테 인사를 한다. 마님이 자질구레히 언사를 하는 동안에도 영감은 귀머거리 모양으로 모른 척하고 책에만 팔려 있다. 마님은 섣불리 영감을 건드렸다가는 무슨 불벼락이나 만날지 몰라서 자기 할 인사만 하고 문을 곱게 닫았다. 밖에서는 모녀가 방 안의 기척에만 귀를 기울이고 섰다.

"자네 여긴 왜 왔나?"

그런지도 얼마 만에 비로소 영감의 가라앉은 목소리가 난다.

"오래간만에 뵈러 왔습니다. 그동안……."

"누구를 뵈러 왔나? 나를 뵈러 왔나? 이 집 색시를 뵈러 왔나?"

채 인사도 듣지 않고 조급히 채찍질을 한다.

"천만의 말씀입니다. 백년손이라니 영감님 뵈러 왔습니다."

밖에 섰는 모녀는 마주 보고 웃었다.

"자네를 백년손이라고 누가 그러던가?"

여기서부터 영감의 어기는 좀 누그러졌다. 병직이는 잠자코 눈을 내리깔고 앉았다. 또 한참 있다가,

"자네 모스크바 갔다더니 언제 왔나?"

하고 딴전을 붙인다.

"괴팍한 노인은 하는 수 없어."

하고 밖에서는 마나님이 혀를 찬다.

"모스크바까지는 아니고 이북에 가다가 왔습니다."

"다시 가게! 내 딸은 워싱턴으로 보내기로 됐네."

"워싱턴이고 모스크바고 갈 것 없지요."

병직이는 넙죽넙죽 대답을 한다.

"왜? ……"

말이 잠깐 끊겼다.

"조선서 할 일두 이루 많은데 그 먼 데까지 가서 무얼 합니까. 공부를 하재두 과학 방면은 그렇지 않지마는 저희는 기껏 하려면 조선서두 넉넉하죠. 조선학만 가지고도 일생이 모자랄 것 아닙니까."

"자네 언제부터 국수주의자가 되었나?"

"아니올시다. 천만에요! 애국주의자일 따름입니다. 모스크바에도 워싱턴에도 아니 가고 조선에서 살자는 주의입니다."

마나님은 저것이 다 무슨 쓸데없는 수작인가 하고 또 혀를 찼다.

"얼마나 고생했나? 이후에는 주의하게, 이렇게 한마디 하면 그만이지 늙은이 객설두! ……"

하며 얼굴을 찡그렸다.

"그래 인젠 무얼 할 턴가?"

영감은 '백년손'의 취재를 보려는 모양 같다.

"공부를 하렵니다."

이 영감이 젊은 놈이 공부는 안 하고 돌아다닌다고 야단을 치는 것을 들은 듯싶어 이런 대답을 한다. 첫 멘탈 테스트에 합격이 되었는지 영감은,

"흠……무슨 공부를?"

하고 노려본다.

"우선 삼팔선이 어떻게 하면 소리 없이 터질까 그것부터 공부를 해야 하겠습니다."

"소리라니? 대포 소리 말인가?"

"그렇죠.."

"그리고?"

"그 다음에는 두 세계가 한데 살 방도가 필시 있고야 말 것이니까 그 점을 연구하렵니다."

"허허허 어서 가서 공부하고 오게."

영감은 책상으로 돌아앉는다.

"네!"

병직이는 공손히 절을 하고 일어섰다.

'이건 연극을 꾸미나?'

하고 뜰에서 마님도 픽 웃었다.

병직이는 영감 방에서 나와서 혜란이를 따라 안으로 올라갔다.

"그래 언제 나오셨소? 추웠지?"

"오늘이 들어간 지 꼭 열흘이거든. 별일이 있을 리 있나. 아침에 내놓아 주기에 회사로 아버지 가 뵙구, 집에 잠깐 들렀다가 하두 궁금하기에 부리나케 오는 길인데……아, 영감님께는 진을 뺐구먼."

하며 병직이는 웃다가,

"그래 얼마나 고생했소? 앓았다지? 얼굴이 못됐구려?"

하고 옆에 앉은 혜란이를 몇 해 만인 듯이 면구스럽게 보고 또 본다.

"그까진 소리는 그만두구 대관절 어떻게 된 셈예요?"

"그건 알아 무얼 하우. 뻔한 일이지. 차차 이야기하지만, 미국을 간다니 베커가 충동인 게로군?"

"그럼 누구를 바라구 살아요. 미국에 가기로 결심을 했지."

혜란이는 어리광 비슷하게 토라져 보인다.

"그래 가요. 가만있으면 워싱턴도 가고 모스크바도 가게 될 거니 우리 신혼여행으로 같이 가자구."

"이건 무어 어린애 달래는 수작이슈? 그건 고사하구 화순이는 어쩌구 오셨소?"

"누가 그 염려하라나? 다 만날 날 있지. 자 이렇게 되었으니 인제는 우리두 새 살림 배포를 해야지 않소? 차차 이야기하겠지만 난 우리 아버지 그늘에서도 떠나서 우리끼리만 셋방살이를 하면서라도 우선 공부를 좀 해야 하겠어……."

"좋죠! 그렇지 않두 그런 생각이었는데 서루 벌며 공부하면 아무려면 두 식구 못 살라구."

혜란이는 이튿날 베커에게 미국 유학은 중지하겠다는 뜻을 정중한 인사와 함께 기별하였다. 이튿날 베커는 수만이를 시켜서 인천 가던 날에 찍은 사진 앨범과 함께 장래를 축복한다는 간곡한 답장을 보내왔다.

작품 해설

김종욱(서울대)

해방기 국민국가 수립과 염상섭 소설의 정치성

1. 들어가는 말

염상섭은 1930년대 중반 돌연 서울에서의 작가 생활을 그만두고 만주로 건너가 평범한 직장인으로서 인생의 황금기인 40대를 보낸다. 그가 절필을 하게 된 이유라든가 직장인으로서 어떠한 삶을 살았는가에 대해서는 거의 알려져 있지 않다. 대신 해방과 함께 귀국하여 단편 「첫 걸음」(1946.08.10. 作, 1946년 11월 ≪신문학≫ 4호에 발표하였으며, 1949년 2월 금룡도서에서 소설집을 간행할 때 「해방의 아들」로 개제하여 표제작으로 삼았다)을 통해 자신의 문학적 재출발을 선언한다. 소설의 제목이야 당연히 주인공의 새로운 출발을 의미하는 것이겠지만, 작가로서의 재출발이라는 염상섭의 다짐이 담겨 있다고 해도 과언은 아닐 것이다.

「첫 걸음」 이후 염상섭은 해방기에만 스무 편이 넘는 단편소설을 발표하고, 여러 편의 장편을 발표한다. 그렇지만 장편소설로 출발하였던 「무풍대」와 「입하의 절」은 뚜렷한 이유 없이 중단되었고, 「난류」는 한국전쟁 때문에 연재를 지속할 수 없었다. 「채석장의 소년」이 있긴 하지만, 어린 이를 위한 동화였기에 문학적인 성과를 논하기에 부족함이 많다. 따라서 「효풍」(≪자유신문≫, 1948.1.1.~11.3)이야말로 해방기 염상섭의 거의 유일 한 장편소설인 셈이어서 작가로서의 의욕과 방향을 엿보기에 가장 적절 한 작품이라 할 수 있다.

「효풍」이 발표된 것은 삼팔선 이남과 이북에서 두 개의 국가가 건설되 던 시기였다. 제2차 세계대전이 끝나고 한반도를 분할 통치하던 미국과 소련은 통일정부 수립을 위한 공동위원회가 결렬되자 각각 독립적인 정 부 구성을 꾀하고 있었다. 1947년 9월 23일 한반도 문제가 유엔총회 의제 로 상정되어 11월 14일 "유엔 한국임시위원단의 감시 하에 인구 비례에 따른 남북 총선거를 실시하고 여기에 선출된 대표로서 통일정부를 구성 한다"는 결의가 이루어지긴 했지만, 삼팔선 이북에서 군정을 실시하고 있 던 소련이 1948년 1월 8일 유엔 한국임시위원단의 입북을 거부함으로써 남북분단이 현실화되었던 것이다.

「효풍」이 연재될 당시 염상섭은 ≪신민일보≫(1948.2.1~5.26) 주필 겸 편집국장으로 활동하고 있었는데, 5월 10일 예정된 남한 단독정부 수립을 위한 총선거를 반대하는 입장에 서 있었다. 4월 14일 통일정부 구성을 위 한 남북회담을 지지하는 남한 문화인 108인 성명에 참여하기도 했고, 4월 27일에는 '총선거 방해' 때문에 포고령 2호 위반으로 수도경찰청에 피검[1] 되어 5월 1일 열린 군정재판에서 신민일보 부사장 김성수와 함께 징역 5 년에 벌금 70만원을 언도받기도 했던 것이다.[2] 이러한 맥락을 염두에 둘

---

1) 1949년 4월 29일자 ≪경향신문≫
2) 이 사건으로 ≪신민일보≫는 1948년 5월 26일 공보부로부터 허가 말소 처분을 받게 된다.

때 「효풍」을 연재하면서 밝혔던 「작자의 말」은 말은 자못 비장하다.

새벽바람은 치웁고 어둡습니다. 그러나 그것이 곧 해방 조선의 현실인
듯싶습니다. 독립을 앞에 놓고 일고삼장(日高三丈)이 되도록 노닥거리고
만 앉았는 것이 안타깝지 않은 게 아니로되, 이렇듯이 맵웁고 쓰라리고
혼란과 분잡이 끝간 데를 모르는 것은 아무 준비 없이 큰 길을 떠나는 차
림차리에 면할 수 없는 일이요 한때 너저분히 늘어놓고 서두르는 무질서
한 꼴은 그날살이의 새 질서를 정돈하는 준비거니 생각하면 오늘날 우리
앞에 전개된 현실상에 공연히 눈만 찌푸리고 앉았다든지 외면을 한다든
지 한때의 흥분에 비분강개하여 정력을 낭비하고 일을 저질러 놓아서는
안 될 것입니다. 새벽바람은 모질고 어지럽되 개동의 여명은 희망의 빛이
요 간밤의 피로와 악몽을 씻어준 새 힘의 줄기외다. 여기에 쓰는 이 생활
기록이 아무리 기구하고 혼란하고 무질서하고 참담하더라도 그것은 당장
오늘 낮이 되면 바람이 자고 정상(正常)한 제 살이, 제 자국에 들어앉을
새 질서를 찾아가는 고민이요 노력에 지나지 않음을 잊지 말고 읽어주시
기 바랍니다.3)

염상섭은 해방 조선의 현실을 "혼란과 분잡이 끝간 데를 모르"는 상황
이라고 인식한다. 「효풍」이 처음 연재를 시작하면서 불과 일주일 전인

"만장일치 된 국제연합 총회의 결의에 의하여 독립 중앙 조선정부를 수립하려는 남조선의
총선거를 반대 방해하고 동포는 살상하고 국가의 귀중한 재산과 자료를 파괴 방화하는 폭
도들의 만행을 인민봉기라고 최대의 찬사를 보내어 허구날조의 선전을 일삼던 ≪우리신문≫
과 ≪신민일보≫는 드디어 법령 88호에 의하여 26일부로 공보부장의 명의로 허가 말소의
통지가 전달되었다."(≪동아일보≫, 1948.5.28.) 이와 관련된 공보부장의 특별발표에서도
"민족자결원칙에 의한 총선거를 실시하게 되매 일부 언론기관에서는 반동 파괴 공작을 좋
은 재료로 삼을 뿐만 아니라 총선거를 단정단선(單政單選)이라고 규정하고 그 방해공작으
로 등록 강요 강제투표라는 강령을 날조하여 치안을 교란하고 민심을 현혹케 하는 동시에
살인 방화 습격 파괴 등 동족살상을 언론과 기자로서 조장선동"하였다고 언급되었다.(≪동
아일보≫, 1948.5.30.)
3) 염상섭, 「작자의 말」, ≪자유신문≫, 1947.12.30.

1947년 12월 24일을 시대적 배경으로 삼아 "시대나 상황에 바짝 다가선 가운데 하루하루 일지를 쓰듯이"⁴⁾ 쓴 것은 이러한 부정적 현실을 극복하려는 의식과 무관하지 않을 것이다. 작가가 바라보기에 해방 조선은 '아무 준비 없이 큰 길을 떠나' 온 탓에 어지러운 새벽바람 속에서 헤매고 있지만, '새 질서를 찾아가는 고민이요 노력' 속에서 희망을 발견할 수 있다는 것이다. 이렇듯, 개동, 여명, 새 질서 등으로 축조된 미래가 어떤 함의를 지니고 있었을까 짐작해 보는 것은 염상섭 연구에서 매우 흥미로운 지점이라 아니할 수 없다.

염상섭에 대해 많은 연구들이 축적되어 왔음에도 불구하고 「효풍」은 오랫동안 주목받지 못했다. 김종균의 『염상섭 연구』(고려대출판부, 1974)나 김윤식의 『염상섭 연구』(서울대출판부, 1987) 등에서 간략하게 언급되는 데 그쳤던 이 작품은 김재용에 의해 본격적인 분석⁵⁾과 함께 단행본 출판이 이루어지면서 본격적으로 연구되기 시작했다. 김재용의 선구적인 연구 이후 「효풍」은 대체로 좌우 이념 대립 상황 속에서의 염상섭의 정치적 선택과 관련되어 이해되어 왔다. 김경수는 이 작품이 해방 이후의 사회적 현실을 배경으로 혜란과 병직이라고 하는 두 남녀의 사랑이 이루어져가는 과정을 그리고 있는데, 이는 식민지시대의 작품부터 확립된 염상섭 특유의 이야기 전개의 틀이라고 할 수 있는 연애소설의 형식에 잇닿아 있다고 지적한다. 그리고 이러한 바탕 위에서 화순을 두 사람의 연애관계에서 또다른 한축을 담당하는 유혹자로 설정하고 있다. 그 결과 「효풍」의 삼각구도는 좌우익의 이데올로기 선택의 문제와 결부되어 있는데,

---

4) 조남현, 「1948년과 염상섭의 이념적 지향」, 『한국현대문학사상논구』, 서울대출판부, 1999, 308쪽.

5) 김재용, 「8·15 이후 염상섭의 활동과 '효풍'의 문학사적 의미」, ≪한국문학평론≫, 1997. 여름.

"혜란이 중도적인 이익을 대표하고 화순이 분명한 좌익을 대표한다고 보면, 삼팔선을 경계로 한 병직의 번민은 결국 사랑과 동일시된 이념 선택의 번민일 것이다"6)라는 해석으로 이어진다. 김병구 역시 "염상섭은 일관되게 민족적 정체성 형성의 가능성을 서사적으로 모색"했다고 전제한 뒤 "작가적 이념의 분신이라고 할 수 있는 박병직의 관점에서 '삼팔선'으로 상징되는 남북분단의 원인 및 그것의 극복가능성의 문제를 서사적으로 탐색"하고 있다고 말한다.7)

그렇지만, 「효풍」의 인물 구조를 남북한 간의 이념 대립과 연관시키는 방식은 여러 모로 작품의 전개 양상과 부합하지 않는 듯이 보인다. 이 소설의 중심서사를 병직의 이념 선택 과정으로 보기에는 그 역할이 분명하지 않다. 개인적인 생각으로는 박병직보다 김혜란이 중심인물로 여겨진다. 그녀는 서두에 등장한 이후 거의 모든 사건에 깊이 관여하고 있어서 혜란을 중심으로 한 삼각관계(베커 - 혜란 - 병직)를 중심서사로 보고, 병직을 중심으로 한 삼각관계(혜란 - 병직 - 화순)를 보조서사로 보는 것이 적절하다고 생각된다. 그런 점에서 "작품의 소제목들 역시 거의 전부 혜란이라는 여성 주인공을 향하고 있"8)다는 서형범의 지적은 눈여겨볼 만하다.

이러한 점을 염두에 두고 본고에서는 해방시기에 가장 주요한 정치적·사회적 이슈였던 국민국가의 건설 과정에서 선결되어야 했던 주권성의 담지자로서의 '국민'의 범주에 주목하고자 한다. 혈통·언어·지역·문화적 동일성이라는 민족에 대한 개념적 정의에도 불구하고 포스트식민적 현실에서 존재하는 여러 균열과 간극들이 포착되는 과정을 통해 리얼

---

6) 김경수, 「혼란된 해방 정국과 정치의식의 소설화 – 염상섭의 '효풍'론」, 『염상섭 장편소설 연구』, 일조각, 1999, 228쪽.
7) 김병구, 「염상섭 '효풍'의 탈식민성 연구」, 《비평문학》 33, 2009, 82쪽.
8) 서형범, 「염상섭 '효풍'의 중도주의 이데올로기에 대한 고찰」, 《한국학보》, 2004, 72쪽.

리스트로서의 염상섭의 면모를 살펴보고, 이를 통해서 염상섭이 구상했던 국가의 모습 또한 짐작해 볼 수 있으리라 기대되기 때문이다. 이 과정에서 일본의 패망과 함께 조선에 들어온 미군정을 환기시키는 베커와 자본주의에 대한 환멸과 사회주의에 대한 동경 사이에서 부동하는 지식인 병직 사이에서 고민하는 혜란의 선택을 통해서 해방기 염상섭의 정치의식 또한 자연스럽게 드러날 것이다.

2. 혈통과 국민 사이의 균열

아시아태평양전쟁이 끝난 뒤에 동아시아에서는 대동아공영권이라는 제국적 질서를 대신한 새로운 국제질서가 모색되기 시작하였다. 그동안 제국 일본의 국민으로서 살아 왔던 동아시아 민중들에게 새로운 국민적 정체성을 부여함으로써 국민(국가)적 질서로 재편했던 것이다. 하지만 일본 제국주의로부터 해방된 '조선인'의 경우 일본 국민의 지위에서 벗어나긴 했지만, 여전히 독자적인 국민적 정체성을 획득할 수 없었다. 적어도 1948년 8월 삼팔선 이남에 국가가 수립되기까지 조선인은 혈통이나 언어의 차원에서 동아시아의 다른 종족들과 구분되는 존재에 불과했던 것이다.

이러한 상황은 일본이나 중국과 명확히 구분되는 지점이었다. 미국의 점령상태에 놓인 일본의 경우 과거의 식민지 출신들을 배제하는 방식으로 국민적 정체성을 형성할 수 있었고, 중국의 경우에는 제국 일본에서 이탈한 만주국 국민들을 새롭게 포함하는 방식으로 국민적 정체성을 형성할 수 있었다. 그렇지만 조선인의 경우에는 국가가 부재한 상태였기 때문에 국제법적으로 국민적 정체성을 부여할 수 없는 미결정의 상태였던 것이다.

삼팔선 이남에서 국적 문제, 곧 조선인의 법적 정체성에 대해 공식적인 논의를 시작한 것은 1947년 하반기였다. 1947년 9월 30일 미군정 당국은 남조선 과도입법회의에 '국적'을 법률적으로 검토하기를 요구했던 것이다.[9] 미군정이 조선인의 국민적 정체성을 새삼 문제 삼았던 것은 적산 처리 때문이었다. '일본인'이 남기고 간 재산을 처리하는 과정에서 '일본인'과 '조선인'을 명확하게 구분할 필요성이 생겼던 것이다. 일본인과 조선인을 구분하는 가장 쉬운 방법은 이름을 활용하는 것이었지만, 염상섭의 소설 「모략」에서 잘 나타나듯이 일제 말기의 창씨개명 때문에 일본인과 조선인을 이름만으로 구분하는 것은 쉽지 않았다. 그래서 미군정에서는 창씨개명한 조선인들이 원래의 이름으로 되돌아가도록 하는 조치를 내리는 한편 남조선 과도입법회의에 '조선인'의 경계에 대한 법률적 검토를 요청하였던 것이다.

「효풍」에서 염상섭은 조선인과 결혼한 일본 여성을 통해서 '조선인'의 정체성을 묻고 있다. 해방 직후 취송정 마담으로 일하고 있는 '가네코(金子)'는 본디 "통감부시대에 이주"(37쪽)한 일본인 요시노(吉野) 집안의 외

---

9) 1947년 9월 30일 군정측에서 제기한 국적법 제정에 대해 남조선과도입법의원은 10월 6일 제150차 회의에서 법제사법위원회에 맡겨 안을 기초하도록 하고 '조속한 시일 내에 보고' 할 것을 결정하였다. 이에 법제사법위원회에서는 각국의 국적법을 참고로 하여 수차례의 회담과 연구를 통해 전문 6조로 이루어진 '국적에 관한 임시조례 기초의 건' 초안을 작성하였고, 이 초안은 1948년 1월 12일 188차 회의에서 보고되어 3월 19일 제2독회를 끝으로 가결되었다. 그리고 제헌의회 선거가 끝난 직후인 5월 11일 '국적에 관한 임시조례'가 공표된다. (김수자, 「대한민국 정부 수립 전후 국적법 제정 논의 과정에 나타난 '국민' 경계 설정」, ≪한국근현대사연구≫ 49, 2009, 121~122쪽)

동딸이었다. 그녀의 집안은 조선에 이주한 후 "해방되던 해 봄에 소개(疏開) 법석이 날 제까지도 이 거리에서 '가네마스(金松)'라면 일류는 못 가도 쏠쏠히 알려진 요릿집"(38쪽)을 경영한 바 있었다. 비록 조선에서 태어나 "조선 사람 유모의 젖"(37쪽)으로 자라나긴 했지만 가네코는 혈통상 완전한 일본인이었던 것이다. 그런데 일본인들이 다니던 제일고녀에서 학창 시절을 보내던 중, 집 근처에 있던 M(미쓰코시)백화점 점원이었던 조선인을 사모하게 되면서 부모와의 갈등이 시작된다. 정혼 관계에 있던 일본인 고등상업학교 학생과의 결혼도 마다한 채 임평길이 근무하던 M백화점에 취직해 버린 것이다. 결국 가네코의 부모는 딸의 뜻을 좇아 임평길을 양자사위로 받아들이게 된다.

> 하여간 한 풍파 있었으나 조선 아이에게는 아직 징병 징용이 없던 때라 그것이 여러모로 도움이 되었던지 창씨 통에는 이름만은 고쳤어도 성은 제대로 지니고 있을 수 있던 임평길이는 길야평길(吉野平吉)이가 되어 가네마스의 양자 사위가 되어 들어갔던 것이다. 그러나 아직 입적을 하지 않았던 관계로 일본인으로서 징병에 끌려가지도 않았고 조선에서 징병 징용이 실시될 때도 장인 덕에 빠져서 콧노래를 부르며 팔자 좋게 잘 먹고 자빠져 있었다.(39~40쪽)

이 과정에서 가네코 남편의 이름은 몇 차례에 걸쳐 바뀐다. 먼저 조선식 성(姓)만 남기고 일본식 이름으로 개명한 임평길(林平吉)은 가네코와 결혼하여 요시노 집안의 양자사위가 되면서 요시노 헤이키지(吉野平吉)로 바뀌게 된다. 하지만 성과 이름이 바뀌었다고 해도 그는 법률적으로 여전히 조선인이었다. 요시노 집안의 민적에 양자사위로 이름을 올리게 되면 완전한 일본인이 되어 징병 대상이 되기 때문에 요시노 헤이키지는 일본

민적에 입적을 하지 않고 조선 민적에 이름을 남겨 두었던 것이다. 그런데, 해방이 되자 요시노 헤이키치는 다시 "'길야'라는 성을 떼어 버리고 임가(林家) 행세를 하면 다시 훌륭한 조선 사람"(40쪽)으로 복귀한다. 필요에 따라 '임평길(林平吉) / 하야시 헤이키치(林平吉) / 요시노 헤이키치(吉野平吉)'이라는 가면을 바꿔 쓰고 있는 것이다.

일본인과 조선인의 경계를 넘나드는 임평길의 변신은 일본제국주의가 식민통치의 기술로 활용했던 민적 제도 때문에 가능한 일이었다. 일본제국주의는 통치 기간 내내 식민자와 피식민자에게 모두 일본국민이라는 국적을 부여함으로써 하나의 국민으로 통합했지만, 대내적으로는 민적을 통해 일본인과 조선인을 구분함으로써 국민 간의 차별을 정당화했다. 당시 일본제국의 국민들은 누구나 민적에 이름을 올려야만 했는데, 아이누인과 오키나와 인을 포함한 '내지 일본인'의 경우에는 일본 민적에, 조선인과 대만인과 같은 '외지 일본인'은 각각 조선 민적과 대만 민적에 등록하도록 하였다. 그런데, 각각의 민적 내에서 전적(轉籍)이 자유롭게 허용되었던 것과는 달리 다른 민적으로의 전적은 혼인·입양·인지 등의 특별한 경우를 제외하고는 허용하지 않았다. 이에 따라 민적을 옮기는 것은 곧 조선인, 대만인 또는 일본인으로서의 법률적 신분이 변경됨을 의미하였다.[10] 만약 임평길이 가네코와 결혼한 뒤에 일본인 장인의 민적에 이름을 올렸다면 그는 법률적으로 완전한 (내지) 일본인이 되었을 것이다. 하지만 임평길은 일본식 이름을 사용했을망정 조선 민적에 이름을 올리고 있었기 때문에 해방 후에는 조선인으로 인정받을 수 있었고, 조선인과 결혼한 가네코 또한 마찬가지였다.

---

10) 임경택, 「근대 일본의 국적제도와 '일본인'의 설정」, ≪한국문화인류학≫ 45-2, 2012.5.

이와 달리 일본 민적에 이름을 올렸기 때문에 조선인이 될 수 없었던 경우를 염상섭의 「첫 걸음」에서 만날 수 있다. 이 작품에서 '마쓰노/준식'이라는 존재는 일본의 제국주의적 팽창과 더불어 탄생한 복합적인 정체성, 달리 말하면 제국적 정체성을 지닌 존재이다. 그는 조선인 아버지와 일본인 어머니 사이에서 태어났지만, 아버지의 죽음과 함께 아버지의 고향인 부산을 떠나 일본 나가사키로 건너가 어머니 슬하에서 성장한다. 그리고 어른이 된 뒤에는 만주국 안동에서 일본인으로 시공서에서 근무하며 일본인 여성과 결혼 생활을 영위한다. 이처럼 마쓰노/준식이 어엿한 일본인으로 행세할 수 있었던 것은 일본으로 건너간 뒤 일본인 외조부의 민적에 이름을 올렸기 때문이다. 아버지가 조선인이라는 사실과 무관하게 그는 법률적으로 완전한 일본인이었다. 그가 통행증을 얻어 자유롭게 신의주로 옮아갔던 조선인들과는 달리 안동에 숨어있었던 것은 이 때문이다. 당시 만주에 살던 일본인의 이동은 엄격하게 제한되어 있었기 때문에 그는 안동 조선인회에 영향력을 행사하고 있던 홍규의 도움을 받아 조선인 피난민증을 얻은 뒤에야 신의주로 올 수 있었던 것이다.

그렇지만, 마쓰노/준식이 일본인이라는 사실은 조선에 들어와서도 변하지 않는다. 그가 신의주에서 다른 일본인들과 함께 '×정 창고'에 강제로 수용된 것은 그것을 잘 말해준다. 일본 민적에 이름을 올린 일본인 마쓰노/준식이 완전한 조선인이 되기 위해서는 국적 포기, 곧 탈적 수속을 밟아야만 했겠지만, 국적법이 제정되어 있지 않은 상황에서는 그것조차 불가능한 일이었다.[11] 결국 마쓰노/준식은 어머니가 있는 나가사키로 돌

---

11) 전후 일본은 "메이지시대 이래 유지되어온 호적 제도에 의거하여 일본인의 경계를 재설정한다. 즉 일본 호적법의 적용대상이었던 오키나와인, 아이누인 그리고 일본인과 결혼하여 내지호적에 편입된 대만조선인 출신 여성들과, 입양 등에 의해 내지호적에 편입된 자들에게는 일본 국적을 부여"한다. 따라서 마쓰노/준식은 전후 동아시아에서의 국적법 논

아가기로 결심한다. 만약 그가 일본행을 포기하고 조선에 남는다면 그의 앞에 놓여진 것은 비국민으로서의 삶일 것이다. 설령 탈적을 통해서 조선인으로 인정받는다 하더라도 일본인에서 조선인으로 귀화했다는 점에서 '이등국민'이라는 낙인을 피할 수 없을 것이다. 따라서 마쓰노/준식의 일본행은 혈통주의나 부계주의를 넘어서는 일이었다. 홍규가 마쓰노/준식의 일본행을 받아들이면서 일본국민으로 살더라도 조선인이라는 사실을 잊지 말라는 당부밖에 할 수 없었던 것은 이 때문이다. 조선인으로서의 법적 정체성은 혈통이 아니라 '민적'에 의해 규정되었던 셈이다.

이처럼 일본의 식민통치를 정당화했던 민적은 제국적 질서가 붕괴된 뒤에도 여전히 작동하고 있었다. 식민지배자와 피식민자 사이의 제국 내부의 경계가 아니라 국민국가 외부의 경계로 그 의미가 변질되긴 했지만 여전히 각 개인들의 정체성을 구분하는 기준이었던 것이다. 그래서 조선인 아버지와 일본인 어머니 사이에서 태어난 마쓰노/준식은 일본으로 쫓겨난 반면, 일본인 부모 사이에서 태어난 가네코는 조선에 남을 수 있게 된다. 뿐만 아니라 가네코는 "양애비나 장인의 재산을 상속한 것이 아니라 조선 사람으로서 적산을 쳐 맡았다"(40쪽)고 주장함으로써 요릿집 가네마스까지 물려받는다.

> "그야 당신네니까 무슨 말인지 모르기도 하지만 우리는 사생 문젠데!
> ……"
> 아까부터 가네코를 못마땅하게 보았던 터이라 화순이의 말은 뾰죽하였다. 가네코는 말끔히 화순이의 얼굴을 치어다보다가,

---

의 과정에서 '일본인'으로 편입될 수밖에 없는 운명에 놓여 있었다. (김범수, 「'국민'의 경계 설정」, ≪한국정치학회보≫ 43-1, 2009, 186쪽.)

"그건 무슨 말씀요? '당신네니까'라니? '우리'는 어떻단 말씀인지?"

가네코도 '너는 무어기에!' 하는 듯이 입을 삐쭉해 보인다.

"이십 년 후에 다시 만나자, 두고 보자고 하던 일제가 남기고 간 무거리니까? 우리 이야기가 으레 통할 리 없단 말이지……."(145~146쪽)

화순이 가네코를 '당신네'라고 부르면서 촉발된 두 사람의 설전은 조선인에 대한 법률적인 개념과 대중적인 감수성의 차이를 보여주고 있다. 비록 법률적으로는 조선인으로 인정받았을지언정 혈통상으로는 일본인일 수밖에 없는 가네코를 두고 화순은 "일제가 남기고 간 무거리"(146쪽)라고 모욕을 주었고 장만춘은 "쪽발이 왜녀가 진솔 버선을 뭉그려 신었"(31쪽)다고 비아냥댔던 것이다.

이처럼 염상섭은 조선인 아버지와 일본인 어머니 사이에서 태어난 마쓰노/준식과 일본인 부모 사이에서 태어난 가네코의 엇갈린 운명을 통해 '국민'으로서의 조선인이 '혈통'으로서의 조선인으로 환원되지 못하는 현실을 포착한다. 해방기의 다양한 세력들이 모두 '민족=국가'에 기반하여 '민족국가'의 건설을 내세우고 있음에도 불구하고 '민족'국가와 민족'국가' 사이에 균열이 발생할 수 있다는 사실에 주목하고 있는 것이다.

3. 제국의 대리인으로서의 통역사와 무역상

「효풍」에는 가네코뿐만 아니라 베커와 브라운 등 여러 외국인들이 등장한다. 일찍이 외국인의 형상화는 우리 소설사에서 흔치 않은 일이기는 했지만, 염상섭은 일제강점기에도 일본인을 등장시켜 식민 치하의 현실을 비판하는 데 능력을 발휘했던 작가였다. 「사랑과 죄」나 「이심」 등을 통해서 다른 리얼리즘 소설에서 다루지 못했던 식민지배자의 모습을 다채롭게 그려냈던 것이다. 이 작품에서도 염상섭은 일본인들이 조선에서 축출된 뒤 미국인들이 그 자리를 차지하는 상황을 보여준다.

미국인 브라운(Brown)은 아버지가 구한말에 한국에 와서 운산금광을 경영한 탓에 조선에서 태어나고 자라나 "조선 사정에 정통하니만치 어디를 가나 신임을 받고 은연한 세력"(44쪽)을 형성하고 있었다. 그의 아내도 미션스쿨 L여전 영문과에서 영어를 가르치다가 해방이 된 뒤에는 문교부에서 일하고 있다. 해방과 함께 조선에 들어온 미국인 베커(Baker) 역시 무역, 산업관계의 기관 ×××에서 "실업 방면의 사무"(12쪽)를 맡고 있다. 그래서 자신의 말 한 마디면 "지참금 백만 원의 신부님"(213쪽)을 만들 수 있다고 호언할 만큼 막강한 권한을 지니고 있다.

이처럼 「효풍」에서 일본인 가네코라든가 미국인 브라운·베커와 같은 외국인들이 중요한 서사적 역할을 담당하면서 등장인물 간의 의사소통은 매우 흥미롭게 펼쳐진다. 조선어뿐만 아니라 일본어와 영어가 의사소통 수단으로 사용되는 것이다. 당시 조선인들은 오랜 식민지배의 경험으로 말미암아 모어인 조선어뿐만 아니라 일본어도 사용할 수 있었다. 조선인 민중들이야 일상생활에서 조선어만을 사용했겠지만, 박병직이나 김화순 같은 지식인이라든가 박종열과 같은 지도층들은 일본어를 능숙하게 사용할 수 있었던 것이다. 「효풍」에서 일본어를 사용할 수 없는 사람은 하와이에서 일제강점기를 보내고 귀국한 이진석뿐이었다.

그런데, 식민지배자의 언어를 배운 조선인뿐만 아니라 외국인들 또한 다중언어사용자들이었다. 가네코는 일본인이면서도 "빈틈없는 조선 말씨"(32쪽)를 구사할 수 있었고, 베커 역시 "어려서 아버지 따라 일본에 삼사 년 와 있"(89쪽)다가 태평양전쟁 중에 "통역 겸 선전공작대"(89쪽)로 오키나와까지 종군한 바 있기 때문에 일본어로 능수능란하게 사용할 수 있었다. 일본 식민 치하의 조선에서 오랫동안 생활했던 브라운은 영어뿐만 아니라 일본어나 조선어에 모두 능통했다.[12]

따라서 「효풍」의 등장인물들은 대화 상황에 따라 영어와 일본어와 조선어 중에서 하나를 사용한다. 예컨대 댄스홀 '스왈로'에서 조선인들 사이의 사적인 대화에서는 조선어가 사용되는 반면, 가네코가 베커에게 일본을 방문하고 싶다고 부탁하거나 박병직·김화순이 베커와 미국의 식민주의적 성격에 대해 논쟁을 벌일 때에는 일본어가 사용된다. 일본어는 일제강점기 동안 누렸던 국가어로서의 지위를 영어에게 빼앗겼음에도 불구하고 여전히 주요한 의사소통 수단으로 남아 있었던 것이다. 일본인들이 가시적인 영역에서 축출된 것과 달리 일본어는 은밀하게 혹은 공공연하게 사용되고 있었던 셈이다.

> "이런 말이야 베커 군에게 할 말은 못 되지마는 우익에게까지 지지를 못 받는 것은 군정의 실패요, 우익끼리까지 분열시킨 것도 미국의 책임이라고 아니할 수 없지. 더구나 남조선이 적화할 염려가 있다면 완전히는 당신네의 실패요."
> 병직이 차차 열이 올라간다.
> "그 반면에 조선인 자신의 과오에도 책임이 없지 않겠소?"
> "그야 우리도 모른 게 아니요. 반성하여야겠지마는 그러나 조선 사람 모두가 미국 정책에 열복(悅服)하지 않고 미국 세력에 추수(追隨)하고 아부하지 않는다는 의미로 조선 사람에게 책임을 물어서는 안 돼요! 적어

---

12) 「효풍」에 나타난 다중언어상황에 대해서는 서준섭의 「염상섭의 '효풍'에 나타난 정부 수립 직전의 사회·문화적 풍경과 그 의미」(『한중인문학연구』 28, 2009.)를 참고할 수 있다.

도 그와는 정반대의 의미로 해석돼야 할 거요!"

　　베커와 같은 미국 청년과 다행히 일본 말로라도 수작을 직접 하여 의
사소통이 되는 것만 병직이에게 시원하고 유쾌하였다.(143~144쪽)

　　물론 다중언어상황이 의사소통에 도움을 주는 것만은 아니다. 등장인
물들은 공통언어로 대화를 나누다가도 때로 다른 사람이 모르는 언어를
사용함으로써 한 사람을 대화에서 완전히 배제시키기도 한다. 예컨대 일
본어나 조선어를 사용하여 가네코와 대화를 나누다가도 정작 가네코와
정보를 공유하고 싶지 않을 때에는 영어를 사용하는 식이다. 따라서 영어
를 모르는 가네코, 박종열, 박병직, 김화순이나 조선어를 모르는 베커, 그
리고 일본를 모르는 이진석 등은 의사소통 과정에서 소외되는 경험을
하게 된다. 영어와 일본어와 조선어의 잡거상태 속에서 언어는 선택과 배
제를 위한 전략으로도 작동하는 것이다.

　　그런 점을 염두에 둔다면, 「효풍」에서 세 언어를 모두 사용할 수 있는
인물들이 의사소통의 주도권을 장악하리라는 것은 충분히 예상가능한 일
이다. 미국인 브라운을 비롯하여 미국 유학을 다녀온 대학 영문과 교수
김관일과 영어 교사를 하다가 베커가 근무하는 ×××에 고용된 통역사 장
만춘, 그리고 경요각에 통역으로 고용된 김혜란 등이 바로 그들이다.

　　주인이 들어오니까 네 사람은 조선말은 쑥 빼 버리고 영어로만 수작이
되었다. 영어 회화의 경연(競演) 쉽직하나 모두들 유쾌하였다. 듣는 베커
는 물론이요 그 중에도 제일 유창한, 아무리 유창해도 베커만이야 못하겠
지마는 어쨌든 본토는 아니나 하와이에서 청년 시대를 지낸 이 상점 주
인 이진석(李晋錫)이 역시 서투른 조선말보다는 서양 사람과 영어로 거침
없이 이야기하니 유쾌하고 혜란이는 혜란이대로 서양 청년과 회화 연습

을 하니까 재미있다.(13쪽)

그런데, 인용문에서 주목해야 할 것은 통역사로 고용된 장만춘이나 김
혜란이 언어와 언어 사이를 매개하는 역할을 수행하지 않는다는 점이다.
왜냐하면 통역사들이 존재하지 않더라도 베커와 이진석은 의사소통에 전
혀 지장이 느끼지 않기 때문이다. 두 사람은 영어로 직접 대화를 나누는
것이 훨씬 자연스럽다. 실제로 베커는 일본어를 사용할 수 있기 때문에
조선인들과 의사소통을 하는데 큰 어려움도 겪지 않는다. 이진석 또한 영
어와 조선어에 능하기 때문에 통역사를 필요로 하지 않는다. 다중언어사
용자의 경우, 내부적으로 통역이 이루어지기 때문에 외부적으로 통역사
가 필요하지 않은 것이다.

그렇다면, 경요각의 주인 이진석이 적지 않은 돈을 지불하고 혜란을
통역사로 고용한 것은 무엇 때문이었을까? 이진석에게는 베커의 환심을
사기 위해 동양적인 신비를 간직한 꽃과 같은 존재가 필요했다. 이러한
사실을 가장 잘 알고 있는 이가 이진석의 첩이었고, 혜란 역시 "서양 사
람 교제의 미끼"(17쪽)에 불과하다는 사실을 깨닫게 된다. 베커의 통역사
로 나선 장만춘 또한 크게 다르지 않다. 자신이 통역사라기보다는 "형사
비슷한 일이나 아니하면 거간꾼"(19쪽)에 불과하다고 푸념하고 있는 것이
다. 장만춘은 이진석의 뒷배를 보아주는 거간꾼 역할뿐만 아니라 작품 속
에서 분명히 드러나진 않지만 ×××의 정보원 역할 또한 수행하고 있었던
것이다.13)

이렇듯 「효풍」에 등장하는 통역사는 두 언어 사이에서 의사소통을 매

---

13) 통역사와 스파이의 기능적 유사성에 대해서는 마이클 크로닌의 논의(『번역과 정체성』, 김
용규·황혜령 역, 동인, 2010, 171~182쪽)를 참조할 수 있다.

개하는 존재라기보다는 다른 목적, 즉 자신들을 고용한 인물들을 대리한 '미끼', '거간꾼', '형사 끄나풀'에 가깝다. 그들은 어떤 의미에서 조선어와 비조선어의 경계에 놓임으로써 조선인으로서의 언어적 정체성이 훼손된 존재[14]이면서, 동시에 제국과 식민, 중심언어와 주변언어 사이에서 권력을 가시화하는 존재[15]이기도 하다. 장만춘이 고등학교 선생으로서의 명예도 버리고 "통변쯤은 부리는 하인"(21쪽)으로 여기는 베커의 통역사로 나선 것은 바로 이러한 권력에 대한 욕망 때문이다. 과거 한성일어학교 출신들이 일본의 식민통치 기간 동안 출세했던 역사적 경험은 영어가 일본어를 대신하여 새롭게 국가공용어로 사용되고 있는 미군정기에 영어 통역사들이 새로운 지배층으로 부상되리라는 사실을 장만춘에게 일깨워주었던 것이다.

이렇듯 정치적인 영역에서의 제국을 대리하는 통역사에 조응하여 경제적인 영역에서 제국의 이익을 대변하는 존재가 무역상이라 할 수 있다. 일제강점기 동안 하와이에서 머물다가 귀국한 이진석은 브라운의 도움으로 경요각을 인수하고 무역상이 된다. "이 사람은 월전에 마카오 종이에 맛을 들인 뒤로는 한층 더 눈이 벌게서 돌아다니는 판이요 코 큰 사람만 보면(그야 제이 고향의 친구나 만난 듯이) 반갑기도 하겠지마는 제 코부터 컹컹 소리를 내며 무슨 냄새를 맡으려 들고 쓸모가 있을 위인인지 진맥을 하기에 바쁘다."(16쪽) 과거 일본과 맺어 왔던 제국—식민의 부등가교환 체제가 붕괴되고 새로운 세계경제체제로 편입된 상황에서 이진석은

---

14) 조은애는 설정식의 경우를 예로 들어 '신뢰(불)가능한 통역사의 운명'에 대해서 논의한 바 있다.(조은애, 「통역/번역되는 냉전의 언어와 영문학자의 위치—1945년~1953년 설정의 경우」, 《한국문학연구》 45, 동국대 한국문학연구소, 2013.)

15) 마이클 크로닌은 『번역과 정체성』에서 "언어자원의 독점은 일반적으로 신화나 왕족에게만 주어진 특권과 권위를 통역사에게 부여"(168쪽)한다고 말한다.

외국과의 무역을 통해서 일확천금의 꿈을 키우고 있었던 것이다.

　이러한 대리인(agent)으로서의 통역사와 무역상16)은 제국이나 권력 그 자체를 위해서도 필요한 일이기도 하다. 왜냐하면 대리인의 가장 중요한 효과는 지배의 직접성을 은폐하는 것이다. 장만춘이 "한 세상 만났다고 날뛰는 그놈들의 뒷배나 봐 주고 술잔이나 얻어먹자고 영어를 배웠겠나? 우리 처지는 구문도 아니 나오는 거간이니! 그래두 욕은 욕대루 먹구!"(41 쪽)라고 자조 섞인 푸념을 하는 것에서 잘 드러나듯이 대리인이란 지배자를 대신하여 악역을 담당하는 것이다. 통역사와 무역상이 개입함으로써 형식적으로는 제국의 지배가 아니라 제국과 결탁한 대리인들의 지배로 은폐되고 변질된다. 이처럼 지배를 간접화함으로써 제국에 대한 저항 역시 불명료해진다. 만약 저항이 강하게 일어날 경우에는 대리인을 교체함으로써 권력을 유지시킬 수도 있다. 대리인들의 권력이라는 것은 제국의 필요에 의해 부여된 것이어서 언제든지 회수될 수 있기 때문이다.17)

　이처럼 통역사로서 제국의 대리인의 위치에 있는 혜란은 조선인으로서의 정체성을 확신할 수 없는 존재인지도 모른다. 「효풍」에서 서술자가 이진석의 입을 빌어 여러 차례 혜란과 가네코를 '쌍둥이'(32쪽, 292쪽)와 같다고 언급하고 있다는 점은 그런 면에서 매우 흥미롭다. 가네코와 혜란은 비단 외모가 아름답다거나 이권을 추구하는 미끼로 사용된다는 이유 때

---

16) 미군정기의 통역사와 무역상에 대한 염상섭의 비판적 인식은 「부문별 위원회 설치와 실질적 이양」(《신천지》, 1947.2)에 잘 나타나 있다.

17) 새로운 제국과 함께 정치적·경제적·언어적 매개자를 자처한 통역사나 무역상들의 등장은 일본제국주의의 직접 통치와는 다르게 대리인에 의한 간접 통치를 시도했던 미국의 진면목을 보여주는 것이기도 하다. 염상섭이 1950년대에 들어서서도 삼한무역 김택진 일가 (「난류」), 한미무역 김학수 사장(「취우」)과 같은 무역상과 함께 덕희(「난류」), 명신·순제 (「취우」)와 같은 통역사들을 소설 속에서 지속적으로 형상화하는 것은 이런 맥락에서 이해될 수 있을 것이다.

문에 쌍둥이인 것은 아니다. 그들은 법률적인 측면에서 새로이 건설될 국가의 구성원이었지만, 혈통과 언어의 차원에서 조선인과 비조선인 사이의 경계에 놓여 있었다. 가네코가 "빈틈없는 조선 말씨"(32쪽)로 위장한 일본인이었다면 혜란 역시 빼어난 영어 실력을 가지고 있어서 통역사나 무역상으로서 제국의 이익을 대변할 수 있는 존재였던 것이다.

그런 점에서 혜란이 걸어가는 길은 매우 흥미롭다. 혜란이 처음 경요각에 취직한 것은 영어를 배우기 위해서였다. 이 목적은 결국 베커가 제안한 미국 유학과 잇닿아 있다.[18] 그리고 미국 유학이 사회적 성공을 보장한다는 것은 식민 경험이 증명하고 있다. 하지만, 혜란은 스승 장만춘의 길 대신에 아버지 김관일의 길을 선택한다. 김관일은 해방 전에 미국 유학을 다녀왔지만, 해방이 된 후 대학에서 강의만 할 뿐 자신의 영어 실력이나 미국인 브라운과의 친분을 활용하여 치부를 하는 것에 관심을 두지 않는다. 또한 삼팔선 이북에서 군정을 펼치고 있던 소련이 유엔한국위원회의 입북을 거부함으로써 남북분단이 현실화되고 있는 1948년 연초의 정치현실 속에서 박종열이 청년회 조직을 바탕으로 재빨리 ××당을 결성하며 분회장이나 고문을 맡으라고 권유할 때에도 이를 거부한다.[19] 비프스테이크를 즐겨찾았던 해방 전과는 달리 선술집에서 빈대떡의 참맛을 느끼게 되었다는 김관일의 말이 상징성을 지니는 이 때문이다.

결국 통역사로서의 혜란은 아버지 김관일의 편에 선다. 이로써 베커가

---

18) 조형래, 「'효풍'과 소설의 경찰적 기능—염상섭의 '효풍' 연구」, ≪사이間SAI≫ 3, 2007, 204-205쪽.

19) 서형범은 『양과자갑』을 예로 들어 "식민지 말기 미국 유학을 했다는 것 때문에 갖은 고생을 겪었고, 삼팔선을 넘어와서도 남들처럼 약삭빠르게 처신하지 못한 채 대학 시간강사에 만족하는" 영수에 대해 "지사적인 자긍의 태도"이긴 하지만, 현실에 무기력한 "고결한 이상주의"(앞의 글, 58쪽)에 불과하다고 평가한다.

제안했던 미국 유학과 이진석이 내세웠던 무역상으로의 변신 또한 모두 거부된다. 이러한 선택은 베커의 호의에 마음이 흔들리다가 결국 병직을 결혼상대자로 선택하는 것과 상동적이다. 모두들 권력과 부를 좇아 미국 유학에 혈안이 되어 있는 상태에서 조선을 떠나지 않는 혜란의 모습을 통해 작가는 '조선학'으로 상징되는 김관일과 박병직의 길을 문학적 비전으로 제시하고 있는 것이다.

4. 새로운 '조선'의 구상

해방은 조선인이 제국 일본의 국민이라는 멍에에서 벗어나 국민국가를 건설함으로써 주권자로 자리 잡을 수 있는 가능성이 펼쳐진 사건이었다. 그 결과 3년여에 걸친 치열한 역사적 과정을 거쳐 1948년 7월 17일 "대한민국은 민주공화국"(제1조)이고 "대한민국의 주권은 국민에게 있고 모든 권력은 국민으로부터 나온다"(제2조)라고 규정한 제헌헌법이 선포되기에 이른다. 그런데, 형식논리적인 차원에서 본다면, 국가가 건설되지 않은 상태에서 국가의 주권을 소유하는 국민이 선재(先在)할 수 있는가, 라는 의문을 던져볼 수 있다. 만약, 국민이 국가보다 선재할 수 없다면, 국민주권을 내세운 대한민국은 '국민이라는 유령'이 주권성을 소유하고 있는 셈이다. 유진오가 '인민(people)'을 주권성의 담지자로 설정하지 못한 것에 아쉬움을 토로했던 것은 이러한 문제를 의식했기 때문이었다.

이로 미루어 볼 때, 대한민국이 건설되는 과정은 표면적으로 국민주권을 내세우고 있긴 하지만, 국민이 주권자가 되어 국가를 건설하는 것이 아니라 국가가 국민을 만들어가는 과정이라고 해야 할 것 같다. 국가가 만들어낸 정치적 효과로서의 국민이 있었을 뿐, 국가의 주인으로서의 국민이 아니었던 것이다. 따라서 주권재민의 원칙은 일종의 정치적 수사에 지나지 않았다. 실제로 대한민국의 주권을 소유한 국민이 명확히 법률적으로 규정된 것은 국가가 수립된 지 네 달이 지난 뒤였다. 1948년 11월 10일 국회에 국적법 초안이 제출되어 두 차례의 독회 과정을 거친 뒤에 12월 3일 법안이 통과되었고 12월 11일에 공포되었던 것이다. 국적법 제정을 통해 '누구를 국민으로 할 것인가'를 결정함으로써 국가의 인적 경계를 설정하고 국가의 주권성을 확보하고자 했던 것이다.

그런데 국민과 비국민을 구분하는 경계를 결정하는 것은 그리 단순한 문제가 아니었다. 당시 수많은 민족주의자들은 '피는 물보다 진하다'라는 감성적인 슬로건을 통해서 '혈통=언어=민족=국민'이라는 단일민족국가의 신화를 부추기고 있었다. 조선인은 단일한 혈통이라는 육체성과 단일한 언어라는 정신성을 지닌 것으로 상상되었던 것이다. 이러한 발상법은 일제 말기의 언어와 정체성 침탈을 경험했던 조선인으로서는 어쩔 수 없는 선택이었는지도 모른다. 제국 일본의 황국신민화 정책은 한 개인이 혈통적 차이를 넘어 하나의 국민으로 통합하는 것을 자발적으로 선택할 수 있다는 환상에서 출발한 논리였던 만큼 그 연장선상에서 모어로서의 조선어를 포기하고 국가어로서의 일본어를 선택하는 것이 당연하다는 것을 부각시키고 있었다. 하지만 표면적인 자발성에도 불구하고 본질적으로는 강요된 선택일 수밖에 없는 제국 일본의 논리에 맞서 민족주의자들은 혈통과 언어가 선택불가능하다는 피히테적인 논리를 내세워 식민정책의 폭력성에 맞섰던 것이다.

그런 점을 염두에 둘 때, 해방기 염상섭의 현실인식은 매우 특이한 것이었다. 그는 좌우익을 막론하고 해방기 문학의 목표로 제시된 바 있는 '민족문학'이라는 용어에 부정적인 태도를 보인 바 있다. 「'민족문학'이란 용어에 대하여」(≪호남문화≫, 1948.5)[20]에서 좌우익 문인들이 공감하며 지향했던 '민족문학' 대신 '우리 문학' 혹은 '조선 문학'을 내세우고 있는 것이다. 이러한 염상섭의 인식은 국민적 정체성으로서의 '조선인'을 혈통이나 언어로 환원할 수 없다고 보았던 「효풍」의 현실인식과 무관하지 않을 것이다.

식민지적 유산이란 이처럼 과거의 친일파들이 미군정과 결탁하여 권력을 유지하고 있는 사실보다 훨씬 복잡한 것이었다. 그것은 일상의 영역에서 혈통과 언어의 잡거상태로 내밀하게 자리 잡고 있어서 쉽게 청산되기 어려운 일이었던 것이다. 더욱이 식민지배의 청산과 민족국가의 건설이라는 목표 아래 단일한 국민으로 호명하는 과정에서 이념적 타자를 억압하는 폭력적인 상황이 발생하고 있었다. 「효풍」이 연재되던 기간만 하더라도 삼팔선 이남에서 남한 단독정부 수립에 반대했던 세력들은 제주 4.3 항쟁과 같은 사건들을 통해서 제도적으로 거세당하고 있었으며, 염상섭 또한 언론 필화 사건에 연루되어 고통을 당하기까지 했다.

더욱이 1948년 9월을 거치면서 '조선' 혹은 '조선인'은 동아시아의 다른 국가나 민족과 구별되는 개념이 아니라 삼팔선 이북의 조선민주주의 인민공화국이나 그에 소속된 국민을 가리키는 개념으로 변질된다. 그런 점에서 대한민국 수립 후에 연재된 「효풍」의 결말부에서 염상섭이 김관일과 박병직의 입을 빌어 '조선학'을 문학적 비전으로 제시한 것은 눈여겨보아야 한다. 그에게 있어 '조선문학'이 좌우익의 문학 모두를 지칭하

---

20) 한기형·이혜령 편, 『염상섭문장전집』 3권, 소명출판, 2014, 77~81쪽.

는 '우리 문학'이었듯이 '조선'이란 남과 북을 모두 포괄하는 지극히 정치적인 단어였던 것이다. 이처럼 염상섭은 식민지배가 남긴 이질성에 대한 공포 때문에 혈통적·언어적·이념적 잡거상태를 외면했던 다른 작가들과는 달리 다양성의 토대 위에서 '조선학'을 구상하고 있었다. 비록 좌우 이념의 극단적인 대립 속에서 그의 자리는 거의 남겨져 있지 않았지만, 그 가능성을 끝까지 놓지 않고 있는 「효풍」에서 우리는 그의 정신적 고투를 만날 수 있는 것이다.

염상섭(1897~1963)

한국근대문학이 계몽주의적 성격을 벗어나기 시작한 1920년대에 처녀작을 발표한 염상섭은 분단된 남한 사회에서 1963년에 작고하기 전까지 동시대 삶을 증언하면서 내일을 꿈꾸었던 탁월한 산문정신의 소유자였다. 식민지 현실과 분단 현실의 한복판에서 생의 기미를 포착하면서도 세계 속의 한반도를 읽었기에 우리의 삶을 이상화시키지도 세태화시키지도 않았다. 처녀작 「표본실의 청개구리」를 비롯하여 「만세전」, 「삼대」, 「효풍」 등은 이러한 성취의 산물로서 우리 근대 문학의 고전으로 자리 잡은 지 오래다. 제국주의적 지구화의 과정에서 동아시아 및 비서구가 겪는 다양한 문제를 천착하여 보편성을 얻었던 그의 문학세계는 이제 더 이상 한국인만의 것은 아니다.

작품 해설 김종욱

문학평론가. 서울대학교 국어국문학과 교수.
1992년 중앙일보 신춘문예로 등단.
저서로는 『한국 소설의 시간과 공간』, 『한국 현대소설의 서사형식과 미학』,
　　　『한국 현대 문학과 경계의 상상력』 등이 있음.

효풍(曉風)

초판 1쇄 발행 2015년 12월 28일
초판 2쇄 발행 2018년 6월 12일

지 은 이 염상섭
펴 낸 이 최종숙
펴 낸 곳 글누림출판사
책임편집 문선희
편　　집 이태곤 권분옥 홍혜정
디 자 인 안혜진 홍성권
마 케 팅 박태훈 안현진 이승혜

주　　소 서울시 서초구 동광로46길 6-6(반포4동 577-25) 문창빌딩 2층(우 06589)
전　　화 02-3409-2055(대표), 2058(영업), 2060(편집)
팩　　스 02-3409-2059
전자메일 nurim3888@hanmail.net
홈페이지 www.geulnurim.co.kr
블 로 그 http://blog.naver.com/geulnurim
북트레블러 http://post.naver.com/geulnurim
등록번호 제303-2005-000038호(2005.10.5)

정　가 23,000원
ISBN 978-89-6327-329-7 04810
　　　 978-89-6327-327-3(세트)

출력/인쇄·성환C&P 제책·동신제책사 용지·에스에이치페이퍼

* 이 도서의 국립중앙도서관 출판예정도서목록(CIP)은 서지정보유통지원시스템 홈페이지(http://seoji.nl.go.kr)와
  국가자료공동목록시스템(http://www.nl.go.kr/kolisnet)에서 이용하실 수 있습니다. (CIP제어번호: CIP2015033899)